KB260283

서문문고
075

# 수호지 (1)

김 광 주 옮김

# 차  례

# 해 설

　이 ≪수호지≫는 ≪삼국지연의(三國志演義)≫ · ≪서유기(西遊記)≫ · ≪금병매(金甁梅)≫와 함께 중국 소설 중 사대기서(四大奇書)로 꼽히는 책으로, 이 이야기는 북송말(北宋末)~남송초(南宋初부터 구전되어 온 것을 명(明)나라(1368~1644년) 때 간추린 것이다.

　송사(宋史)에 의하면 선화연간(宣和年間 ; 1119~26년)에 송강(宋江) 등 36명이 반란을 일으켜 산동(山東) · 하남(河南) · 강소(江蘇) 등지를 점거하고 한때 관군을 괴롭혔으나 곧 항복했다는 기록이 있음을 보아, 이 반란은 부패 관료정치에 반발한 민중봉기였던 듯싶으며, 이후 민중은 송강을 영웅시하여 갖가지 설화(說話)를 만들어낸 것 같다.

　이와 비슷한 이야기가 ≪송사휘종기(宋史徽宗紀)≫ · ≪후몽전(侯蒙傳)≫ · ≪장숙야전(張叔夜傳)≫ · ≪선화유사(宣和遺事)≫ · ≪계신잡식(癸辛雜識)≫ 등에도 실려 있는 것을 보면, 이미 송(宋)나라 때부터 수호설화(水滸說話)의 저작(著作)이 행해져 왔음을 알 수 있다. 원(元)나라때에 이르러서는 희곡화(戱曲化)한 것만도 무려 21종이나 되었다.

　그러는 동안에 36명의 호걸이 108명으로 늘어난 것이며, 그 다종다양했던 설화들을 취사선택하여 거의 현재의 ≪수호전(水滸傳)≫ 모양으로 나타난 것이 명대(明代) 초기이다. 그러므로 저작자(著作者)에 대해서도 이설이 구구하였다.

송인(宋人)에 의해 씌어졌다고도 하고, 원말(元末)의 시내암(施耐庵)이 썼다고도 했으며, 명대(明代)의 나관중(羅貫中)이 쓴 것이라고도 했다. 그러나 근래에 와서 실재 인물이었는지조차 의심이 가던 시내암(施耐庵)의 행적이 강소성(江蘇省) 흥화현지(興化縣志)에 의해 나타나고 ≪수호지≫ 저작자임이 밝혀짐으로써 그의 원작설이 가장 유력하게 되었다.

전본(傳本)은 김성탄(金聖歎) 평(評) 70회본, 이탁오(李卓吾) 평(評) 1백회본과 1백20회본, 경본증보교정전상충의(京本增補校正全像忠義) 수호전평림(水滸傳評林) 등의 1백15회본, 영웅보(英雄譜) 1백10회본, 광서기묘대도당간(光緖己卯大道堂刊) ≪수호전(水滸傳)≫ 1백24회본, 정사구(征四寇) 49회본, 김창영설당간(金閶映雪堂刊) 수호전전(水滸傳全) 30권 무회본(無回本) 등이 있는데 이 중 이탁오 평 1백회본이 현존하는 책자 중 가장 오래 된 것으로 16세기에 나왔으며, 1백20회본은 1백회본에 20회를 추가한 것으로 16세기 말께 나왔는데, 바로 이 책의 원본으로 삼은 것이다.

항간에 널리 유포되어 있는 김성탄 평 70회본과는 내용에 약간의 차이가 있고, 또 많은 얘기들이 후속(後續)되어 있는 것으로 보아 70회본은 김성탄이 이야기의 후반을 잘라 개작(1640년)한 것임을 알 수 있다.

1973년 4월
김광주(金光洲) 씀

# 수호지 1권

# 1  전염병이 창궐해서

孫 天 師 祈 禳 瘟 疫
洪 太 尉 誤 走 妖 魔


송(宋)나라, 가우(嘉祐) 3년 봄에 천하에는 전염병이 성행했다.

강남(江南)에서 양경(兩京—개봉·낙양)에 이르기까지 어느 한군데 백성치고 이 전염병에 걸리지 않은 사람이 없었다.

천하의 이 주(州) 저 부(府)로부터 눈발이 휘몰아치듯 신주(申奏)의 글이 날아들었다. 우선 동경(東京)의 성 안, 성 밖만 하더라도 군민(軍民) 중 사망하는 자가 태반이었다.

개봉부(開封府) 장관의 대제(待制-시종고문관)로 있는 포증(包拯)이란 사람은 친히 혜민화제(惠民和濟)의 약방문을 가지고 자기의 봉자(俸資-봉급)까지 던져서 약을 만들어 만백성을 구제해 보려고 했다. 그런데도 전염병은 도무지 치료할 수가 없었고, 갈수록 더욱 성행할 뿐이었다.

문무백관(文武百官)이 상의한 결과, 모두 대루원(待漏院-대기실)에 집합하여 조례(朝禮)를 올리는 마당에서 이런 실정을 천자에게 아뢰기로 했다.

그 해 3월 3일. 아침 오경(五更) 3점(點) 때.

천자는 자신전(紫宸殿)에 가좌(駕坐)하여 문무백관의

조하(朝賀)의 인사를 받았다. 그것이 끝났을 때, 전두관 (殿頭官-궁정시종관)이 소리를 질렀다.

"무슨 사건이 있으면 출반(出班)하여 빨리 아뢰고, 일이 없으면 주렴을 걷고 퇴조(退朝)토록 하시오!"

반부(班部) 한가운데로부터 재조(宰朝-재상) 조철(趙 哲)과 참정(參政-참의) 문언박(文彦博)이 썩 나서면서 아뢨다

"목하 경사(京師)에는 전염병이 성행하여 쓰러지는 군 민이 심히 많사옵니다. 엎드려 폐하께 바라옵건대, 죄를 사해 주시고 너그러이 은혜를 베푸시며, 형(刑)을 면케 하 고 세(稅)를 가볍게 하시고, 기도를 올려 천재(天災)를 제 거하시어 만백성을 구제하여 주옵소서!"

천자는 아뢰는 말을 듣자, 시급히 한림원(翰林院)에 조 서(詔書)를 기초하라는 칙명을 내렸다. 일변 천하의 죄수 에게 대사령을 내렸고, 민간의 세부(稅賦)는 일체 면제하 도록 했다. 그리고 서울 장안의 궁관(宮觀-道敎場)이며 사원(寺院)이며 다 같이 기도를 올리도록 마련해서 재앙 을 제거하기에 힘쓰도록 했다.

그러나 뜻밖에도 그 해에는 전염병이 점점 더 창궐할 뿐이었다. 천자 인종(仁宗)은 이 소문을 듣고 용체불안 (龍體不安)하여 또다시 백관을 한곳에 모아놓고 대책을 상의했다.

반부(班部)중으로로부터 대신 한 사람이 월반(越班)해 나 오면서 아뢰려고 했다. 천자가 바라다보니 바로 참지정사 (參知政事-참정) 범중엄(范仲淹)이었다.

절을 마치고 다시 일어서서 하는 말이,

"이제 천재(天災)가 성행하여 군민은 도탄에 빠져 조석으로 생명을 지탱할 도리가 없게 되었습니다. 소신의 어리석은 의견으로는, 이 재앙을 제거하는 데는 도교(道敎)의 조상인 사한천사(嗣漢天師)를 시급히 조정으로 오도록 하시어 기도를 올려 전염병을 제거케 하심이 좋을까 합니다. 바로 금원(禁院)에 3천6백분(分)의 나천대초(羅天大醮)를 마련하여 하늘과 별에 기도를 올리는 제사를 지내서 상제(上帝)께 주문(奏聞)하시면 틀림없이 민간에 창궐하고 있는 전염병을 물리칠 수 있으리라 생각됩니다."

천자 인종은 아뢰는 말을 듣자 시급히 한림학사(翰林學士)에게 조서를 기초하라고 명령하여, 그것을 어필(御筆)로 친서(親書)했으며, 아울러 어향(御香) 일주(炷)를 첨부하여 내외제점(內外提點-경호치안관) 전전태위(殿前太尉) 홍신(洪信)을 천사(天使)로 파견해서 강서(江西)의 신주(信州) 용호산(龍虎山)에 가 사한천사 장진인(張眞人)에게 급히 조정으로 달려와서 기도를 올려 전염병을 제거하도록 청해 보라고 했다.

금전(金殿) 위에 어향(御香)을 피우고 천자 친히 단조(丹詔)를 홍태위에게 내려주어서 곧 떠나가도록 했다.

홍신은 성칙(聖勅)을 받들자, 천자와 작별인사를 마치고 조서를 등에 짊어지고 어향(御香)을 상자에 담아 가지고 종자(從者) 수십 명을 거느리고 포마(鋪馬-驛馬)에 올라, 일행이 동경(東京)을 떠나 곧장 신주(信州) 귀계현(貴溪縣)으로 향했다.

태위 홍신은 며칠 만에야 강서의 신주에 도착했다. 대소 관원들이 성 밖에까지 나와서 그를 영접했고, 즉각 용호산 상청궁(上淸宮)에 있는 여러 주지(住持)와 도사(道士)들에게 사람을 보내어 이런 소식을 알리고 조서를 받을 준비를 하라고 연락했다.

그 이튿날, 여러 관원들은 태위를 용호산 기슭에까지 전송했다. 상청궁의 여러 도사들은 종을 울리고 북을 치며, 향화등촉(香火燈燭)을 찬란하게 마련하고 깃발과 보개(寶蓋)도 화려하게 선악(仙樂)을 연주하며, 모두 산에서 내려와 단조(丹詔)를 영접해 가지고 상청궁 앞에 이르러서 말을 내렸다.

즉시, 위로는 주지진인(住持眞人)으로부터 아래로는 도동(道童)과 시종(侍從)에 이르기까지 모든 사람들이 앞으로 영접하고 뒤를 따르며 삼청전(三淸殿) 위에 모셔 들여가지고 그 조서를 맨 가운데 적당한 장소에 받들어 놓았다.

홍태위는 곧 감궁진인(監宮眞人)에게 물어 봤다.

"천사(天師)께서는 지금 어디 계시오?"

주지진인이 앞으로 나서며 대답했다.

"태위께 알려 드립니다만, 이번 대(代)의 조사(祖師)께서는 호를 허정천사(虛靖天師)라고 하시며 성품이 청고(淸高)하시어 영접이니 송별이니 그런 세속적인 일은 싫어하십니다. 친히 용호산 꼭대기에 암자를 한 채 지어 놓으시고 거기서 수진양성(修眞養性)하고 계십니다. 그래서 이 궁(宮)에는 계시지 않은 것입니다."

"이번에 천자께서 조서를 내리셨는데, 어떻게 하면 그 진인(眞人)을 만나뵐 수 있겠소?"

"조칙은 이 전(殿) 속에 모셔 두십시오. 소인들이 감히 그것을 함부로 열어서 읽어보지는 못합니다. 우선 방장(方丈-주지의 거실)으로 태위님을 모시고 차나 한잔 올리고 싶습니다. 그러고 나서 다시 대책을 상의하심이 좋겠습니다."

즉각 단조(丹詔)를 삼청전 위에 모셔 두고 여러 관원들과 방장으로 건너갔다. 태위가 맨 가운데 자리잡고 앉자, 집사들이 차를 올렸다. 잿밥도 나왔다. 산해진미가 그득했다.

잿밥이 끝나자, 태위는 다시 진인에게 물어 봤다.

"천사께서 산꼭대기 암자에 계시다면, 어째서 사람을 보내어 내려오시게 해서 만나뵙고 조서도 열어 보실 수 있도록 해주지 않는 것이오?"

"이번 대(代)의 조사께서는 산꼭대기에 계시다고는 하지만 사실은 도행(道行)이 비상하시어서 능히 안개를 타시고 구름을 일으키실 수 있으니, 그분의 종적은 대중을 삽을 수 없습니다. 소인들도 항시 뵙기가 어려운 형편이니 어찌 사람을 보내어 내려오시게 할 수 있겠습니까?"

"그렇다면 어떻게 해야 만나뵐 수 있겠소? 목하 경사(京師)에는 전염병이 성행하여 천자께서 특별히 하관(下官)을 파견하시어 어서단조(御書丹詔)와 용향(龍香)을 친히 받들고 천사를 청해다가 3천6백분의 나천대초(羅天大醮)를 마련하여 천재(天災)를 물리치시고 만백성을 구제하시려는 것인데, 형편이 이렇다면 어찌해야 좋겠소?"

"천자께서 만백성을 구출하시려 하옵신다면 우선 대위님께서 정성스런 마음을 가지시고 목욕재계하시고, 깨끗한 포의(布衣)로 옷을 갈아입으시고, 종인(從人)도 거느리지 마시고 친히 조서를 메시고 어향(御香)을 피우시며 산 위로 걸어 올라가시어 땅에 엎드려 예배를 올리시며 천사님께 청을 드려야만 비로소 만나뵐 수 있을 것입니다. 마음이 정성되지 못하시다면 소득 없이 한 차례 헛걸음만 하실 것이며 만나뵙기 어려울 것입니다."

"나는 경사에서부터 채식만 하면서 이곳까지 왔소. 어째서 마음이 정성되지 못하겠소? 하여간 그대의 말대로 내일 아침 일찌감치 산에 올라가 보기로 하겠소."

그날 밤에는 각각 잠자리에 들고, 이튿날 오경 때쯤 되어서 여러 도사들은 향탕(香湯)을 마련하여 태위를 깨워 목욕을 시켰다. 태위는 포의(布衣)로 갈아입고, 마혜초리(麻鞋草履)를 신고, 소재(素齋) 밥을 먹고, 단조(丹詔)를 누런 비단으로 싸서 등에 짊어지고, 은수로(銀手爐)를 든 채 쉴새없이 어향(御香)을 피우며 산으로 올라갔다. 여러 도사들은 그를 뒷산까지 전송하고 길을 가리켜 주었다. 진인이 또 이런 말을 했다.

"태위님께서 만백성을 구출하시려면 후회하시거나 뒤로 물러설 마음을 잡수시면 안 됩니다. 오로지 성심성의만 생각하시고 올라가십시오."

태위는 여러 사람들과 작별하고 입으로 천존(天尊)의 보호(寶號-尊啣)만을 외면서 산 위로 걸어 올라갔다.

혼자서 외로운 길을 줄기차게 걸어, 언덕과 좁은 산길을 이리저리 넘고 돌면서 칡덩굴을 움켜잡기도 하고 등나무덩굴에 매달려 올라가기도 했다.

2,3리 길쯤 왔을 때는 발과 다리가 시큰시큰하고 휘청휘청해서 걸어갈 수가 없었다. 그는 입 밖으로는 투덜거리

지 못했지만, 속으로는 저주하면서 이런 생각을 했다.

'나는 이래봬도 조정의 귀관(貴官)으로서 경사에 있을 적에는 푹신한 자리에서 잠자고 온갖 반찬을 다 늘어놓고 식사를 해도 싫증이 나던 몸인데, 뭣 때문에 짚신을 신고 이 따위 산길을 걸어가고 있다는 거지! 천사가 어디 있는지 알 게 뭐냐! 공연히 이 하관(下官)을 이렇게 괴롭게 굴다니!'

또다시 4, 50보를 걸어갔다.

씨근씨근 어깨로 가쁜 숨을 쉬었다.

별안간 산속 깊숙한 곳으로부터 바람이 불기 시작했다. 그 바람이 스쳐간 다음에, 저편 소나무 뒤로부터 벽력같이 울부짖는 소리가 들리더니, 두 눈이 위로 치올라 가고 하얀 턱주가리에 비단결 같은 털을 가진 무시무시한 호랑이 한 마리가 불쑥 내달았다.

홍태위는 깜짝 놀라서 "아이쿠!" 하고 소리를 지르며 뒤를 돌아다보고 땅 위에 털썩 주저앉았다.

그 무시무시한 호랑이는 홍태위를 꼬나보고 좌우 양편으로 빙글빙글 돌아다니며 한참 동안이나 으르렁거리고 나서 훌쩍 뒷산 언덕 아래로 뛰어내려가 버렸다.

홍태위는 나무 밑둥 아래 주저앉은 채, 서른여섯 개의 이빨이 우두둑우두둑 소리를 내며, 가슴은 마치 두레박 열다섯 개가 오르내리듯이 두근두근, 전신이 중풍이라도 걸린 사람같이 비칠비칠, 두 다리는 싸움에 패한 수탉처럼 후들후들 떨렸다. 입으로는 연방 비명을 지를 뿐.

호랑이가 가버리고 나서 한참 만에야 그는 간신히 엉금

엉금 기어서 일어났다. 다시 땅바닥에 동댕이쳤던 향로를 수습하고 용향(龍香)을 피우면서 산 위로 올라가서 천사를 찾아보기로 했다.

또 4,50보쯤 걸어가면서 입 속으로 몇 번인지 탄식을 하고 원망이 가득 찬 말을 했다.

"황제님 덕택에 이런 곳에 파견되어서 나는 이렇게 혼이 나는 셈이군!"

말을 마치기도 전에 또 저편에서 바람이 한바탕 일어나더니 독기가 충천할 듯이 휘몰아쳐 왔다. 태위는 두 눈을 동그랗게 떴다. 산기슭 대나무와 등나무가 얽히고설킨 깊숙한 곳으로부터 물병만큼이나 굵고 눈처럼 흰 구렁이가 내달아왔다.

홍태위는 또 한 번 깜짝 놀라서 손에 들었던 향로를 집어던지고 소리를 질렀다.

"이번에는 꼼짝 못하고 죽을 판이로구나!"

뒤로 벌떡 나자빠져서 울퉁불퉁한 반타석(盤陀石) 가에 쓰러지고 말았다. 그 무시무시한 구렁이는 쏜살같이 달려들더니 홍태위를 노려보며 똬리를 틀고 앉아 두 눈으로는 금빛 광채를 발사하면서 금방이라도 주워 삼킬 듯 커다란 입을 딱 벌리고 혓바닥을 날름거리며 독기를 홍태위의 얼굴로 뿜었다. 홍태위는 어찌나 놀랐던지 삼혼칠백(三魂七魄)이 하늘로 날아 버리는 듯했다.

구렁이는 홍태위를 차갑게 노려보더니 산 아래로 미끄러지듯 쉭하고 내려가서 순식간에 자취를 감춰 버렸다. 태위는 그제야 간신히 기어 일어나면서 투덜거렸다.

"이런 빌어먹을! 놀래 죽일 작정인데…."

온몸엔 온통 소름이 끼쳐서 새알심같이 돼 있었다. 홍태위는 벌컥 화가 났다. 도사란 놈이 밉기만 했다.

"괘씸한 놈, 나를 희롱하다니! 나를 이렇게 놀라게 하다니… 만약에 산 위에서 천사를 찾아보지 못한다면 내려가서 그놈을 단단히 혼을 내야겠다!"

다시 은제로(銀提爐)를 집어들고 몸에 지닌 조칙이며 의복, 두건 등을 정돈하고 매만져 가지고 다시 산 위로 올라가려고 했다.

막, 걸음을 떼어 놓으려고 하는 판인데, 소나무 뒤로부터 피리소리가 은은히 울려 오더니 점점 가깝게 들려왔다.

태위는 피리 소리가 나는 쪽을 바라보며 서 있었다. 도동(道童) 하나가 황소 위에 비스듬히 올라앉아서 한 자루의 쇠피리[鐵笛]를 가로 뻗쳐 불면서 싱글싱글 웃는 낯으로 산을 돌아오고 있었다.

홍태위는 도동이 가까이 오자, 대뜸 이렇게 물었다.

"너는 어디서 오느냐? 나를 알아보겠느냐?"

도동은 아는 체도 하지 않고 피리만 불었다. 태위는 연거푸 물었다. 도동은 깔깔대고 웃으며 쇠피리로 홍태위를 가리키면서 말했다.

"그런 말씀을 물으시는 품이, 태사님을 만나뵙고 싶으신 모양이군요?"

태위는 깜짝 놀라서,

"너는 일개 목동의 몸으로서 어떻게 그것을 아느냐?"

도동이 웃으면서 대답했다.

"저는 아침결에 숲속 암자에서 천사님의 시중을 들고 있었을 적에 천사님께서 말씀하시는 것을 들었습니다. ―이

제 천자께서는 홍태위를 파견하시어, 단조와 어향을 가지고 산속으로 와서 날더러 동경(東京)에 나가 3천6백분의 나천대초(羅天大醮)를 마련하여 기도를 올려서 전염병을 제거하도록 하라신다. 그래서 나는 지금 학을 타고 구름을 몰아서 가봐야겠다, 하시던 걸요. 그러니까 지금 쯤은 아마 떠나 가시고 암자에 계시지 않을 것입니다. 올라가지 마십쇼. 산속에는 독충(毒蟲)과 맹수가 득실거려서 생명에 위협을 받으시기 쉽습니다.”

“너는 터무니없는 소리를 하는 게 아니냐?”

도동은 한 번 씽긋 웃더니 아무런 대답도 없이 다시 쇠피리를 불면서 언덕 아래로 내려가 버렸다. 태위는 곰곰 생각했다. 도동이 이런 사실을 알고 있다는 것은 천사가 그렇게 분부한 것같이 생각되었고, 여태까지 혼이 난 일로 미루어 볼 때, 아차! 하면 생명을 잃어버릴 판이니 그대로 산 아래로 내려가느니만 못하다고 생각됐다. 태위는 향로를 손에 들고 다시 올라오던 길을 더듬어서 산 아래로 내려오고 말았다.

여러 도사들은 태위를 맞이하여 방장(方丈)에 들어가 앉게 하고, 진인(眞人)이 대뜸 천사를 만나봤느냐고 물었다.

“나는 조정의 귀관(貴官)이오! 어째서 이런 산길을 올라가게 해서 혼이 나게 하는 거요? 하마터면 목숨이 없어질 뻔했소!”

태사는 허두부터 도사들이 자기를 희롱하려는 수작이었다고 야단을 치고 나서 여태까지 산 위에서 호랑이와 구렁이를 만나게 된 경과와, 운수불길했으면 이렇게 살아서 돌아오지도 못했을 것이라고 한바탕 사실대로 이야기했다.

그러자 진인이 말하기를,

"소인들이 어찌 감히 대신께 소홀히 굴겠습니까! 이것은 조사(祖師)께서 태위님의 마음을 떠보신 것입니다. 산에는 호랑이와 구렁이가 있다고는 하지만 사람을 해치지는 않습니다."

태위는 다시 도동을 만났던 사실과 도동이 하던 말을 그대로 도사들에게 이야기해 주고, 천사가 학을 타고 구름을 몰아서 동경으로 떠났다고 하여 산을 되돌아 내려왔다고 말했다.

그랬더니 진인이 말하기를,

"태위님, 그건 유감스럽게도 잘못하셨습니다! 그 목동이 바로 천사님이십니다!"

"그게 바로 천사였다면 어째서 그렇게 시시한 꼴을 하고 있단 말이오?"

"이번 대(代)의 천사님은 이만저만한 분이 아니십니다. 비록 연소하시다 하지만 도행(道行)이 비상하십니다. 그 분은 보통 분이 아니시고 사방에서 현화(顯化)의 힘을 발휘하시는데 굉장한 영험(靈驗)을 보여 주셔서 세상 사람들이 모두 도통조사(道通祖師)라고 일컫습니다."

"나는 이렇게도 눈을 멀뚱멀뚱 뜨고 진사(眞師)를 알아뵙지 못했단 말인가! 마주 대하고도 그대로 지나쳐 버렸다니!"

"태위께서는 안심하십쇼! 도사께서 법지(法旨)대로 떠나가신다고 하셨다니, 태위께서 동경에 돌아가시는 날이면 조사께서는 모든 제사 지내는 일을 끝내셨을 것입니다."

태위는 그 말을 듣고서 마음을 놓았다. 진인은 일변, 연석을 마련하여 태위를 대접하고 단조(丹詔)를 어서갑(御書匣)에 넣어 상청궁에 간직하고 용향(龍香)을 삼청전 위에서 태웠다. 방장(方丈) 안에는 잿밥을 굉장하게 차려 놓고 자리를 베풀어 술을 마셨다.

그 이튿날, 아침상을 물리고 나자 진인과 제점(提點), 집사(執事) 등은 태위더러 산으로 놀러가자고 했다. 태위는 크게 기뻐했다.

여러 사람들이 차례차례 줄을 이어 방장(方丈) 밖으로 걸어나왔다. 앞에서는 두 도동(道童)이 길을 인도하여 궁(宮) 앞뒤 여러 곳의 경치를 구경시키었다. 삼청전은 이루 말할 수도 없이 호화찬란했다.

여러 전(殿)을 구경하고 오른편 회랑(迴廊) 뒤로 접어들자 또 한 채의 전우(殿宇)가 보였다. 온통 새빨간 흙담으로 둘러쳐져 있으며, 정면으로는 두 짝의 주홍빛 여닫이 문이 있었는데, 문에는 큼직한 자물쇠가 채워져 있었고 그 위에는 열몇 장의 봉피(封皮)가 가로 세로 붙어 있었으며 봉피 위에는 또 겹겹이 주인(朱印)이 찍혀 있었다.

처마 앞에는 주홍 바탕에 칠금(漆金)으로 만든 패액(牌額)이 걸려 있는데, 그 위에는 복마지전(伏魔之殿)이라는 네 개의 금자가 씌어 있었다.

태위가 그곳을 가리키며 뭣하는 곳이냐고 묻자, 진인이 그곳은 전대(前代)의 노조천사(老祖天師)가 마귀를 굴복시켜서 가둬 둔 곳이라고 대답했다. 어째서 이렇게 많은 봉피를 붙여 두었느냐고 다시 물으니, 진인은 마귀를 굴복시켜서 잡아 가둔 뒤부터 천사(天師)가 바뀔 때마다 봉피 종이를 한 장씩 더 붙여 왔고, 자자손손이 절대 이곳을 열지 못하도록 되어 있다는 것이었다. 또 마귀가 한번 튀어 나오기만 하면 여간 무서운 일이 일어나는 게 아니어서 지금까지 8,9대(代) 조사를 거치는 동안 감히 한 번도 열어 보지 못했고, 또한 열지 못하게 자물쇠에는 쇳물을 끓여 부었으니 그 안의 일을 누가 알 수 있을 것이며, 자기도 이 궁(宮)에서 주지 노릇을 해온 지 30여 년, 그저 이야기로만 듣고 있을 뿐이라는 것이었다.

홍태위는 이런 말을 듣자 내심 이상하게 생각하고, 그 마왕(魔王)이란 것을 한 번 봤으면 해서 대뜸 진인에게 이렇게 말했다.

"문을 좀 엽시다. 마왕이 어떻게 생겼나 한번 보고 싶소."

그러나 진인은, 선조(先祖)의 천사로부터 엄중한 명령이 전해 내려오기 때문에 절대로 열어 볼 수 없다는 것이었다.

태위는 웃으면서 또 말했다.

"못생긴 소리! 그대들은 괴상한 일을 함부로 만들어내 가지고 양민을 선혹(煽惑)하는 것이며, 고의로 이런 장소를 마련해 놓고 마왕을 가둬 두었다고 거짓말을 해서 그대들의 도술을 자랑해 보자는 것뿐이오. 나는 책도 꽤 많이 읽어봤지만 일찍이 마귀를 가둬 둔다는 법을 본 일이 없소. 귀신이란 유명(幽冥)을 달리하는 것이니 나는 이 속에 마왕이 들어 있다고 믿을 수 없소. 빨리 열어 주시오.

마왕이 어떻게 생겼나 한 번 봐야겠소."

진인은 막무가내, 절대로 열 수 없다는 말만 되풀이하며, 만약에 문을 열기만 하면 무서운 일이 발생해서 인명을 해치고야 말리라는 것이었다.

태위는 대로하여 도사들을 가리키며 호통을 쳤다.

"그대들이 나에게 열어 보이지 않는다면, 나는 조정으로 돌아가서 우선 그대들 여러 도사들이 조명(詔命)을 가로막고 성지(聖旨)를 배반하며 나로 하여금 천사를 만나지 못하게 하는 큰 죄를 범했다고 보고할 것이며, 또 그대들이 이 전(殿)을 사설(私設)하여 마왕을 가뒀다고 거짓말을 해서 군민 백성을 선혹(煽惑)한다 보고할 것이며, 그대들의 도첩(度牒-증명서)을 모조리 걷어들이고 멀고 거친 땅으로 귀양살이를 보내서 고생하도록 할 것이오!"

진인들은 태위의 권세를 두려워하여 마침내 몇 사람의 화공도인(火工道人)을 불러다가 먼저 봉피 종이를 뜯고 나서 쇠몽치로 자물쇠를 깨뜨렸다. 여러 사람들이 문을 밀어젖히고 일제히 전(殿) 안으로 들어서니 그 속은 칠흑같이 어두운 동굴처럼 아무것도 보이지 않았다.

수백 년 동안 태양광선이라곤 보지도 못하고 억천만 년을 두고 달빛을 본 일이 없는 곳 같았다. 동서남북을 분간하기 어렵고 시커먼 연기가 사람의 코를 찌르며 음침하고 싸늘한 기운이 소름을 끼치게 하였다. 인적이 완전히 끊어진 곳, 요정(妖精)만이 내왕하는 곳, 두 눈을 번쩍 떠봐도 여전히 장님 같고, 두 손을 뻗어도 손바닥을 볼 수 없었다.

태위는 종인(從人)들을 시켜서 10여 개의 횃불을 밝히도록 했다. 불빛 속에서 사방을 휘둘러 보았으나 아무것도 보이는 것이 없었다.

단지 하나, 맨 가운데로 돌비〔石碣〕 하나가 서 있는데 그 높이가 약 5,6척, 아래로는 돌로 만든 거북이 쭈그리고 앉아 있었다. 그 몸은 태반이 진흙 속에 묻혀 있었다.

횃불로 그 돌비를 비추어 보았다. 전면에는 모두 용장봉전(龍章鳳篆), 천서부록(天書符籙)으로 주문(呪文)만이 새겨져 있어 아무도 그것을 알아볼 수 없었다.

후면을 비추어 봤더니 거기에는 네 개의 진자(眞字)가 새겨져 있는데 '우홍이개(遇洪而開=홍가를 만나 열리다)'라는 것이었다.

이것은 첫째로 천강성(天罡星—북두칠성)이 이 세상에 나타날 시운(時運)이 됐다는 것, 둘째로는 송나라 조정에 반드시 충신이 나타나리라는 것, 셋째로는 홍신(洪信)을 만나게 됐다는 의미를 암시하는 것이니 이야말로 하느님의 힘이 아니고 무엇이겠는가.

홍태위는 그 넉 자를 보자 기뻐서 어쩔 줄 모르며 진인에게 말했다.

"그대들은 날더러 열지 말라고 가로막았지만, 수백 년 전부터 나의 성(姓)이 여기 이렇게 적혀 있지 않소? '우홍이개'라고 한 것은 분명히 날더러 열어 보라는 뜻인데 뭣을 거리낄 일이 있단 말이오? 내 생각 같아서는 마왕이 돌비 밑바닥 속에 있는 모양이니 그대들 종인(從人)은 화공(火工)을 몇 명 더 불러다가 호미와 가래로 파헤치도록 해주시오."

진인이 황망히 말렸다.

"태위님, 그곳을 파헤쳐서는 안 됩니다. 무서운 일이 발생해서 인명을 해치고야 말 것이니 섣불리 손을 대시지 마십시오!"

태위는 대로하여 호통을 쳤다.

"네놈들이 뭣을 안단 말이냐! 비석 위에 분명히 나를 만나 열린다고 새겨져 있는데 어째서 가로막는 것이냐? 빨리 사람을 불러다가 파헤쳐라!"

진인은 재삼 되풀이해서 말했다.

"반드시 좋지 못한 일이 일어날 겁니다."

그러나 태위는 막무가내, 그 말을 듣지 않고 여러 사람을 모아다가 먼저 돌비를 쓰러뜨리고, 일제히 힘을 합쳐서 반나절이 지나서 돌거북을 간신히 움직여 놓았다.

그 아래를 또 계속해서 파내려갔다.

3,4척쯤 깊이 파내려가자, 한 조각의 대청석판(大淸石板)이 보였다. 언저리가 1장(丈)이나 돼보였다.

홍태위는 더 파내려 가라고 했다.

진인은 기를 쓰며 말렸다.

"절대로 파내려가면 안 됩니다!"

그러나 태위가 그 말을 들을 리 없었다.

여러 사람들은 하는 수 없이 석판을 떠메어 올렸다. 자세히 살펴보았더니 그 석판 아래로는 1만 장이나 되게 깊어 뵈는 지혈(地穴)이 있었다. 그 지혈 속을 들여다 보니 거기서 울려 나오는 굉장한 음향은 마치 하늘이 무너지고 땅이 쪼개질 것만 같이 요란스런 것이었다.

그 무시무시한 음향이 지나가자, 이번에는 한 줄기 시커먼 기운이 지혈 속으로부터 무럭무럭 퍼져 올라오더니 이 전각(殿角)의 한 귀퉁이를 휩쓸어서 날아가 버리고 말았다.

그 한 줄기 검은 기운은 곧장 허공으로 치밀어 올라가서 백십여 줄기의 금광(金光)이 되어서 흩어졌다. 그것은 다시 사면팔방으로 줄기줄기 뻗쳐서 사라져 버렸다.

여러 사람들은 깜짝 놀라서 고함을 지르며 호미와 가래를 걸어 가지고 전내(殿內)로부터 뛰쳐나왔다. 밀치고 쓰러지고 자빠지고 일대 소동이 일어났다.

홍태위도 깜짝 놀라서 두 눈이 휘둥그레진 채 어리벙벙했다. 어찌해야 좋을지 몰라서 얼굴이 흙빛으로 변했다.

그는 낭하(廊下)로 달려갔다. 진인이 앞으로 내달으며 놀라움에 가득 차서 소리를 지르고 있었다.

태위는 이렇게 물어 봤다.

"달아난 것은 무슨 요마요?"

진인이 대답하는 말이,

"데위님께서는 모르십니다. 당초에 노조천사(老祖天師) 동현진인(洞玄眞人)이 법부(法符)를 전해 주시면서 이런 말씀을 하셨습니다. ―이 전(殿) 속에는 36원(員)의 천강성(天罡星)과 72좌(座)의 지살성(地煞星), 도합 1백8개의 마군(魔君)을 진압해 넣고 쇠를 채워서 가두었다. 돌비 위에 용장봉전(龍章鳳篆)으로 성명을 새겨서 이곳에 진주(鎭住)케 한 것이다. 만약에 이 마군을 두 번 다시 세상에 내보낸다면 반드시 하계(下界)에 사는 생령들을 성가시게 굴 것이다라고 말씀하셨습니다."

그때, 홍태위는 이 말을 듣고 나더니 전신에 식은땀을 흘리며 쉴새없이 부들부들 떨었다. 시급히 짐을 꾸려 가지고 종인(從人)들을 데리고 산을 내려와 서울로 돌아갔다.
진인과 도사들은 관원(官員)들을 전송하고 나서 궁(宮)으
로 돌아가 전우(殿宇)를 수리하고 돌비를 처음같이 다시
세워 놓았다.

# 2　도적과 친해진 사나이

王 敎 頭 私 走 延 安 府
九 紋 龍 大 鬧 史 家 村

　홍태위는 서울로 돌아가는 도중에, 이런 사실을 천자가 알게 되면 혼이 날까 겁이 나서 여러 종인(從人)들에게 요마를 달아나게 한 사실을 절대로 입밖에 내지 말라고 신신당부했다.

　변량성(汴梁城)으로 돌아와 보니, 벌써 천사(天師)는 동경의 궁중에서 7일 7야 동안이나 제사를 지내 전염병을 물리치고 군민들이 편안해지자 다시 학을 타고 구름을 몰아 용호산(龍虎山)으로 돌아갔다는 소문을 들을 수 있었다.

　홍태위는 이튿날 아침에 조정에 나가서 천자께 배알하고, 천사가 먼저 왔기 때문에 자기는 뒤쫓아서 이제야 도착한 것이라고 어물어물해 두었다.

　천자 인종(仁宗)은 그 말을 곧이 듣고, 홍신(洪信)에게 후하게 상을 내려서 복직케 하였다.

　그후 인종 천자는 재위(在位) 42년 만에 붕어했고, 태자가 없었기 때문에 태종황제(太宗皇帝)의 손자 되는 영종(英宗)이 황위를 계승했고, 영종은 재위 4년 만에 황위를 태자 신종(神宗)에게 물렀으며, 신종은 재위 18년 만에 황위를 태자 철종(哲宗)에게 물렀다. 이 동안에 천하는 태평하고 사방에는 아무런 변고도 없었다.

바로 송(宋)나라 철종황제 재위시의 이야기다. 동경(東京) 개봉부(開封府) 변량(汴梁) 선무군(宣武軍-治安軍) 중에 허랑방탕한 팔난봉〔破落戶〕 자제가 하나 있었다.

고(高)씨 집안의 둘째아들로 태어났는데 소시적부터 가업(家業) 같은 것은 아랑곳이 아니었고 언제나 창을 찌르고 몽둥이를 휘두르는 짓에만 열중했으며, 특히 공〔毬〕을 차는데 뛰어났기 때문에 그 고장 사람들은 그를 고가집 둘째아들(高二)이라고 부르는 법이 없이 '공 잘차는 고구(高毬)'라고 부르기 일쑤였다. 장성하면서부터 구(毬)자에서 모(毛)자변을 떼버리고 인(人)변을 붙여서 이름을 구(俅)라 했다.

이 고구(高俅)란 인물은 가무음곡(歌舞音曲), 창술(槍術), 봉술(棒術)에는 통했지만, 인의예지(仁義禮智)니 신행충량(信行忠良)이니 하는 것은 알 까닭이 없었고, 하고한 날 동경성 안팎으로 돌아다니며 어퉁비퉁 난봉이나 부렸고, 왕원외(王員外)라는 부잣집 아들을 살살 꾀어 가지고 돈을 쓰게 하며 유곽에나 드나들어, 그의 부친은 보다 못해서 친히 개봉부(開封府)에다 고소를 제기했다.

부윤(府尹)에게 태형(笞刑) 20대를 맞고 외지로 추방령을 받게 된 고구는, 임회주(臨淮州)에 살며 도박장을 차리고 있는 건달 유태랑(柳太郞-본명 柳世權)이란 사람을 찾아갔다.

그곳에서 3년을 지내고 났을 때, 철종황제가 천하에 대사령(大赦令)을 내리게 되자, 유태랑은 고구더러 동경으로 올라가면 자기의 친척이 되는 동장사(董將仕)를 찾아가 보라고 소개장을 써주었다.

금량교(金梁橋) 근처에서 동생약점(董生藥店)을 경영하고 있는 동장사는, 고구의 소행을 잘 알고 있었기 때문에, 죄를 짓고 돌아다니는 놈을 자기 집에 오래 머물러 둘 수 없다 하여, 열흘쯤 잘 대접해 주고 나서, 소소학사(小蘇學士)란 사람을 찾아가 보라고 또 소개의 편지 한 통을 써주었다.

동장사의 편지를 받아 본 소소학사는, 역시 이런 위험 인물을 집에 받아들이기를 꺼려하며 소왕도태위(小王都太尉)를 찾아가 보라고 편지 한 통을 써주었다. 소왕도태위란 천자의 사위로서 부마도위(駙馬都尉)의 벼슬도 지낸 인물이었다. 그는 의기왕성한 장정들을 평소부터 좋아해서, 편지를 보자 두말없이 고구를 맞아들였고, 자기 저택에서 가족이나 다름없이 편히 지내도록 해주었다.

어느 날, 소왕도태위는 자기 생일을 축하하려고 부중(府中)에 연서을 마련해 놓고 처남뻘이 되는 단왕(端王)을 초청하게 됐다.

잔치에 초대를 받아서 나온 단왕은 우연히 태위의 서원(書院)에 들어가서 잠시 쉬게 되었는데, 책상 위에 놓인 양지옥(羊脂玉)으로 만든 진지사자(鎭紙獅子)를 발견하고, 그 예쁘고 교묘한 품에 한번 집어 보더니 다시 손에서 내려놓으려고 하지 않았다.

이런 눈치를 알아챈 왕도태위는 바로 그것을 단왕에게 선사하겠다 쾌히 약속했고, 또 한 가지 옥룡필가(玉龍筆架)까지 곁들여서 함께 이튿날 궁중으로 보내 드리겠다고 했다.

공교로운 일이었다.

이 두 가지의 물건을 가지고 단왕의 궁중으로 가는 심부름을 맡은 것이 바로 고구였다. 왕도태위의 편지와 물건을 가지고 고구가 단왕의 궁중으로 갔을 때, 마침 단왕은 머리에 연사당건(軟紗唐巾)을 쓰고 몸에는 자수용포(紫繡龍袍)를 입고, 허리에는 문무수조(文武穗縧)를 질끈 동이고 용포의 앞자락을 걷어올린 채 발에는 금줄〔金線〕이 박힌 비봉화(飛鳳靴)를 신고, 젊은 황문관(黃文官)과 어울려서 공〔毬〕을 차고 있었다.

이상한 일이 일어났다.

저편에서 찬 공을 단왕이 막아내지 못하고 놓쳐 버렸는데, 그 공이 사람들과 함께 몰려서서 우두커니 구경만 하고 있던 고구의 앞으로 굴러왔다.

고구는 무심코 '원앙괴(鴛鴦拐)'라는 술법을 써서 그 공을 단왕에게로 차보냈다. 단왕은 그 광경을 보더니 심히 기뻐하며 고구를 불러들여서 공을 차보라고 재삼 권했다. 고구가 황송하여 어쩔 줄 모르다가 명령에 못 이기어 공을 찼다. 그 놀라운 재간은 마치 공을 아교풀칠해서 발에 붙여 둔 것 같았다.

이렇게 이상한 인연으로, 고구는 그대로 단왕의 곁에서 눌러 지내게 되었고, 단왕은 그 이튿날 연석을 마련해 놓고 왕도태위까지 초청해다가 고구의 공 차는 솜씨에 탄복하면서, 고구를 언제까지나 궁중에 있도록 해달라고 했다. 왕도태위가 그 뜻을 거절할 리 없었다.

이런 일이 있은 지 채 두 달도 못 되어서 철종황제가 붕

어하고 왕위를 계승할 만한 태자가 없어서 단왕이 천자의 자리를 계승하게 되었고, 제호를 옥청교주(玉淸敎主) 휘묘도군황제(徽妙道君皇帝)라고 했다. 그리고 단왕이 천자의 자리에 오르자, 고구는 반년도 못 되어서 전수부태위(殿師府太尉-近衛長官)의 요직을 맡게 되었다.

고구가 태위가 되어서 길일양신(吉日良辰)을 택하여 전수부(殿帥府)에 부임하니, 여러 부하 공리(公吏)들이 모여들어 참배했다. 그런데 그 중에 단 한 사람 80만 금군교두(禁軍敎頭)인 왕진(王進)이란 사람만이 병으로 출석하지 않았다.

고구 고전수(高殿帥)는 노발대발하여 당장에 부하를 보내서 왕진을 잡아들여 호통을 쳤다.

"이 못된 놈! 너의 아비는 거리에서 사람을 모아 놓고 몽둥이 쓰는 법〔花棒〕이나 자랑하면서 약장사를 하고 있는 놈이 아니냐! 네놈이 무슨 무예를 안다는 거냐? 전관(前官)은 눈이 없어서 너 같은 놈을 교두(敎頭)를 시킨 것인데, 어찌 감히 나를 업신여기고, 점검(點檢)을 하려는 내 뜻에도 복종치 않느냐. 네놈은 누구의 권세를 믿고 집안에 파묻혀 꾀병을 부리며 혼자서만 편안히 지낸다는 거냐?"

왕진은 손이 발이 되도록 잘못했다고 빌고 나서 얼굴을 쳐들어 바라보다 깜짝 놀랐다. 그것은 다름 아닌 바로 고구였기 때문이다. 낙담을 한 왕진은 집으로 물러나오면서 곰곰 생각했다.

아무래도 이번에는 자기 생명이 위태로울 것만 같았다.

왜냐하면, 새로 부임한 고전수(高殿帥)가 바로 동경(東

京)에서 유명한 팔난봉, 공 잘 차기로 이름난 고구(高毬)
임이 분명하니 옛적에 그가 자기 아버지에게 봉술(棒術)
을 배울 때 호되게 얻어맞아 3,4개월 동안이나 꼼짝달싹
도 못했던 일이 있으니, 이번에는 전수부(殿帥府) 태위가
된 것을 기회로 옛날의 원한을 풀어 보자 할 것이 뻔했기
때문이었다.

이 왕진이란 사람에게는 아내도 없었고, 단지 60을 넘
은 노모가 한 분 있을 뿐이었다.

저녁이 되어 집으로 돌아온 왕진은 아무래도 불안해서
그 고장에서는 견딜 수가 없었다. 마침내 모자가 상의한
결과 자기 고장을 떠나서 타향으로 몸을 피할 결심을 했
다. 그는 꾀를 내서 부하 두 사람을 산조문(酸棗門) 밖 악
묘(嶽廟)로 기도를 올린다는 핑계로 떠나 보내고, 자기도
내일 아침이면 향불을 올리러 갈 것이니 밤을 새우며 그
곳에 있으라고 분부해 놓았다.

집 안이 빈 틈을 타서, 왕진은 날이 밝기 전에 허둥지둥
서화문(西華門)을 빠져 나와서 연안부(延安府)를 향해 모
자가 뺑소니를 쳤다.

이튿날 아침에, 이상한 생각이 들어서 집으로 달려온
두 부하는, 대문에 자물쇠가 채워져 있는 것을 보고 놀랐
다. 여기저기 왕진의 친척의 집까지 두루 찾아보았으나 주
인의 그림자는 찾아낼 수 없었다. 자기네들까지 주인의 화
에 휩쓸려 들어가서 벌을 받을까 두려워하여, 왕진이 집을
비워 놓고 도주했다는 사실을 전수부(殿帥府)에 보고했
다.

"죽일 놈! 도망질을 쳤구나! 네 멋대로 달아날 수 있을

줄 아느냐!"

고태위는 노발대발했다. 공문서를 각 주부(州府)로 발송해서 도망친 군인 왕진을 잡아들이라는 엄명을 내렸다.

한편, 왕진 모자는 풍찬노숙을 해가면서 한 달 동안이나 길을 걸어 드디어 연안부(延安府)가 얼마 남지 않은 지점에까지 다다를 수 있었다.

그러나 어느 날 땅거미가 다가올 무렵, 길을 잃고 오도 가도 못하게 되었다. 멀리 숲속에서 어른거리는 불빛을 보고, 왕진은 그곳을 찾아 들어갔다. 사방을 토담으로 두른 큼직한 집이 한 채 있었다. 담 밖으로는 몇백 그루의 나무가 심어져 있었다.

그곳은 화음현(華陰縣)의 소화산(少華山) 기슭, 사가촌(史家村), 사씨(史氏)라는 영감의 집이었다.

왕진은 본 성을 감추고 장(張)이라 가칭하고 장사에 실패해서 낙향하는 사람이니 하룻밤만 재워 달라고 간청했다.

점잖아 보이고 인품이 좋아 뵈는 사씨 영감은 웬일인지 왕진 모자를 안으로 안내하여 밥이며 술이며 극진히 대접해 주고, 방 한 칸을 따로 치워 모자를 편히 쉬도록 해주었다.

그 이튿날 아침에, 왕진은 짐을 꾸리고 길을 떠나려고 마구간에 매어 둔 말을 끌어내려 그곳으로 갔다. 우연히 앞을 바라보자니 18,9세쯤 되어 보이는 젊은이 하나가 넓은 뜰에서 정신없이 몽둥이를 휘두르며 봉술(棒術)을 연습하고 있었다.

나중에 알게 됐지만, 이 젊은 친구는 사씨 영감의 아들이었다. 어려서부터 농사짓기를 싫어했고, 언제나 창과 몽둥이를 휘두르는 데만 전심전력을 기울였다.

웃통을 벗어젖힌 몸에는 전신에 먹바늘로 뜸을 떠서 청룡(靑龍)이 아홉 마리나 그림처럼 새겨져 있었다. 그래서 동네 사람들은 이 청년을 '구문룡(九紋龍) 사진(史進)'이라고 불렀다.

사진의 몽둥이 쓰는 품을 바라보고 있던 왕진은 무심코 혼자 중얼거렸다.

"제법 몽둥이를 쓸 줄은 알지만, 아직도 서투르군. 저 정도를 가지고는 정말 임자를 만나면 이겨내지는 못하겠군!"

사진은 이 말을 듣자, 손을 멈추고 벌컥 화를 냈다.

"네놈은 도대체 누구냐? 감히 내 솜씨를 비웃고 있다니! 이래봬도 나는 일고여덟 분이나 되는 스승님들에게서 가르침을 받았다. 네놈이 한번 나하고 몽둥이 솜씨를 겨루어 볼 작정이냐?"

이때, 사씨 영감이 그 자리에 나타났다.

사진이 젊은 혈기에 버럭버럭 덤벼드는 것도 왕진은 꾹 참으며 응하지 않았다. 영감은 자기 아들에게 지도해 주는 셈치고 한 번 같이 솜씨를 겨루어 봐달라고 졸라댔다. 재삼 사양했으나, 사씨 영감이 아들의 팔다리가 부러져도 아무런 원망을 하지 않겠다고까지 졸라대어, 왕진도 하는 수 없이 창가(槍架)에서 몽둥이 한 자루를 집어들고 사진과 대결하게 됐다.

사진이 왕진의 적수가 될 리 없었다. 순식간에 왕진의 몽둥이와 맞닥뜨린 사진의 몽둥이는 허공으로 높이 날아가 버렸고, 몸을 지탱하지 못한 사진은 마침내 땅바닥에 벌렁 나자빠지고 말았다.

사씨 영감은 왕진의 비호 같은 몽둥이 솜씨에 탄복을 했다. 사진도 몸을 일으켜 왕진의 앞에 꿇어앉아서 그날부터 왕진을 스승[師父]으로 모시고 열심히 봉술(棒術)을 연마하고 싶다고 애원했다.

왕진은 이 집에 신세진 것을 생각하고 그것을 쾌히 승낙했으며, 그제야 자기의 본신이 동경의 80만 금군(禁軍)의 교두(敎頭)임을 솔직히 고백했다.

이날부터 사씨 영감은 왕진 모자에게 거처를 따로 마련해 주고 정중히 대접했으며, 왕진은 사진에게 십팔반무예(十八般武藝—矛·鎚·弓·弩·銃·鞭·鐧·劍·鏈·撾·斧·鉞·戈·戟·牌·棒·槍·扒)를 일일이 기초부터 가르치기 시작했다.

반년이 지났다.

왕진이 심혈을 기울여 지도하고 가르친 결과, 사진은 십팔반무예에 정숙(精熟)하게 되었고 어느 한 가지나 그 재간과 실력이 모두 오묘한 경지에 도달하게 되었다.

왕진은 아무리 있기 좋은 곳일지라도, 남의 집에 오래 머물러 있기가 거북해서 어느 날 사씨 부자와 작별하고 연안부(延安府)를 향해서 길을 떠났다. 사씨 부자는 만류하다 못해 하인배들을 시켜서 짐을 지고 10리나 더 되는 길을 전송해 주었다. 사진은 깍듯이 사제지간의 예의를 갖추어서 눈물을 흘리면서 왕진을 떠나 보냈다.

한편, 사진은 왕진을 떠나 보내고 나서 매일같이 무예

의 단련에만 몰두했다. 나이도 젊고 처자도 없는 몸인지라, 밤중에도 일어나서 몸을 훈련하고 낮이면 활을 쏘고 말을 달리고 했다.

그후 반년이 못 되어서 아버지 사씨 영감은 병으로 세상을 떠났다. 사진은 길일길신(吉日吉辰)을 택하여 마을 서쪽 산에 있는 선영(先塋)에 안장(安葬)했다.

어느덧 서너 달이 또 지나갔다.

때는 6월 중순. 찌는 듯한 염천인데 사진은 별로 할 일도 없고 심심해서 보리타작하는 마당[打麥場]에 의자를 내놓고 버드나무 그늘 밑에 앉아서 바람을 쐬고 있었다.

소나무 숲속으로부터 바람소리가 휙 하고 들리더니 난데없이 어떤 사람 하나가 나타나 이편을 기웃거렸다. 사진이 벌떡 일어나서 숲속으로 달려가 보니, 그것은 '토끼잡이[標兎]'라는 별명을 듣는 사냥꾼 이길(李吉)이었다.

왜, 남의 집 안을 기웃거리느냐고 사진이 호통을 치니, 이길은 이 집의 땅딸보 하인 구을랑(丘乙郎)과 같이 술이나 한잔 해볼 생각으로 왔는데 마침 사진이 바람을 쐬고 있어서 망설이고 있는 판이라고 했다. 사진이 다시, 요즘에는 어째서 사냥한 짐승들을 팔러 오지 않느냐고 물으니 이길은 다음과 같이 묻지도 않는 말을 했다.

"서방님께서는 모르시는 말씀이십니다. 요즘 산속에는 도적놈들이 나타나서 산채(山寨)를 든든히 마련하고 6백 명이나 되는 부하를 모아 놓았으며 백여 필의 말까지 가지고 있습니다. 첫째 두목은 신기군사(神機君師) 주무(朱武), 둘째 두목은 조한호(跳澗虎) 진달(陳達), 셋째 두목은 백화사(白花蛇) 양춘(楊春)이라고 하는데 이 세 놈이 두목이 돼가지고 닥치는대로 겁탈을 하고 있습니다. 화음현(華陰縣)에서는 놈들을 잡을 수 없어서 상금 3천 관을 내걸고 체포하려고 하지만, 누가 감히 놈들을 잡으러 산에 올라가겠습니까? 그래서 소인도 감히 사냥을 하러 산에 올라가지 못하니, 팔러 올 짐승이 있겠습니까?"

사진에게는 놀라운 소식이었다. 멀지 않아서 이 무서운 도적의 무리들이 사가촌(史家村)으로 습격해 내려올 것이 뻔한 일이기 때문이었다.

사진은 마을의 소작인 3,4백 명을 자기 집 초당(草堂)에 집합시키어 이에 대처할 선후책을 강구했다. 어느 집에서나 먼저 도둑놈들의 침입을 발견하게 되면 즉각 딱다기를 쳐서 서로 신호를 보내어 물샐틈없이 경계를 하기로 했다.

이때, 한편 소화산의 산채에서는 세 두목이 한자리에 앉아서 계책을 협의하고 있었다. 먼저 주무가 진달과 양춘에게 의견을 제출했다. 그것은 화음현에서 상금을 내걸고 체포하려고 하니 무엇보다도 병량(兵糧)을 저장해 두어야 관병(官兵)과 싸울 수 있을 것이므로 이편에서 먼저 화음현을 습격해서 식량을 빼앗자는 것이었다.

조한호 진달과 백화사 양춘은 각각 의견이 맞지 않았다. 더욱이 양춘은 극력 반대했다. 그 이유는 화음현을 습격하자면 사가촌을 통과해야 하는데, 구문룡 사진이라는 범같이 무서운 자가 있으니 만만히 통과시키지 않을 것이라고 했다.

그러자 진달이 거친 음성으로 호통을 쳤다.

"잠자코들 계시오. 내가 한번 나서리다! 사진이도 사람인 이상 삼두육비(三頭六臂)의 귀신이 아닌 것이니 뭣이 그리 대단하단 말이오!"

주무와 양춘이 말리는 것도 아랑곳없이 뿌리치고, 진달은 즉각 말에 올라 1백50여 명의 부하를 거느리고 징을 치고 북을 울리며 사가촌을 향해서 산을 내려갔다.

사가촌에서는 여기저기서 딱다기 소리가 울렸다. 도적이 습격해 온다는 것을 재빨리 눈치챈 사진은, 말 위에 올라 칼을 든든히 움켜잡고, 앞으로는 3,40명의 건장한 소작인 장정들을 내세우고, 뒤로는 8,90명의 향부(鄕夫)와 소작인 남자들을 따르게 하고, 일제히 고함을 지르며 마을 북쪽 어귀로 몰려나갔다.

마침내 사진과 진달은 꽤 오랫동안 1대1로 치열한 싸움을 계속했다. 사진은 일부러 지는 체하고 진달에게 허(虛)를 찌르게 했다. 진달이 창을 잡고 온갖 힘을 기울여서 사진의 앞가슴을 노리고 덤벼들었을 때, 사진이 허리를 주춤하고 몸을 피하니 진달은 그대로 사진의 가슴팍에 고꾸라지고 말았다.

사진은 긴 팔[猿臂]을 가볍게 놀려서 진달을 단숨에 덥석 움켜잡아 땅바닥에 내동댕이쳤다. 진달을 태웠던 말은 미친 듯이 헤헹거리며 달아나 버리고 말았다. 사진은 소작인 장정들을 시켜서 진달을 꽁꽁 묶어 가지고 집으로 돌아와서 마당 한복판에 있는 굵직한 기둥에 매어 두게 했다. 우선 술상을 차려서 여러 사람들이 기분좋게 한잔 마시고 나서, 나머지 두 놈의 두목을 마저 잡게 되면 한꺼번에 관청으로 끌고 가서 넘겨주고 상을 탈 작정이었다.

한편, 주무와 양춘은 진달의 소식을 몰라 초조한 시간

을 보내고 있는데 부하 하나가 빈 말을 끌고 숨을 헐떡거리며 산채로 달려들었다. 사진의 놀라운 솜씨를 칭찬하면서 진달이 고집을 부리다가 붙잡혀 갔다는 사실을 자세히 보고했다.

그들은 한동안 멍청히 서로 쳐다볼 뿐이었다. 아무런 계책도 서지 않았다. 이윽고 주무가 양춘의 귓전에다 대고 뭣인지 가만가만히 속삭였다. 그것은 대담무쌍하게 한번 사진과 맞닥뜨려서 자신을 죽이고 들어가는 어떤 고계(苦計)를 써보자는 것이었다.

드디어, 주무는 양춘과 함께 사진을 찾아가서 울며불며 애원을 했다.

"소인들 셋은 관가에 쫓기어서 부득이 산속에 올라와 도둑질을 하게 되었습니다. 당초부터 이런 맹세를 했습니다.—서로 같은 날 세상에 태어나기를 바라지는 못한다 할지라도 같은 날 같이 죽자고요. 비록 유비(劉備)·관우(關羽)·장비(張飛)의 의협심에 미치지는 못한다 할지라도, 마음만은 그네들만 못한 바 없습니다. 오늘날 아우 진달이 타이르는 말을 듣지 않고, 호위(虎威)를 오법(誤犯)하고 영웅(英雄)께 잡히는 몸이 되어서 귀장(貴莊)에 있게 되었사오니, 소인들은 그를 구출할 방법이 없사와 함께 죽고자 여기까지 온 길입니다. 영웅께서는 저희들 셋을 한꺼번에 관에 넘겨주시고 상을 타시기 바랍니다. 맹세코 비겁하게 살고 싶지는 않사오며 저희들은 영웅의 손에 죽더라도 아무런 원한도 없습니다!"

사진은 두 눈이 휘둥그레지면서 그들의 의협심에 감탄하여 마지않았다. 기꺼이 진달을 묶었던 끈을 풀어 주고 술을 한상 잘 차려내어 세 두목을 대접했다. 세 사람은 몇 잔 술에 거나해지자 사진에게 감사의 절을 하고 산으로 돌아갔으며, 사진은 그들을 문간까지 나와서 전송했다.

주무 일행 세 사람은 산으로 돌아와서 곰곰 생각해 보니, 자기네들을 용서해 준 사진의 은혜야말로 태산 같았으며 그 대장부다운 의협심은 실로 탄복할 만하다는 것을 뼈아프게 느끼지 않을 수 없었다.

10여 일이 지난 다음에 그들은 30냥이나 되는 금붙이〔蒜條金〕를 사례의 뜻으로 부하를 시켜서 사진에게 보냈다. 사진은 그 부하를 잘 대접해서 돌려보냈다. 또 반달이 지난 다음에, 세 두목은 채중(寨中)에서 상의한 결과, 그들이 약탈한 큼직한 진주〔珠子〕를 부하에게 주어서 밤길을 헤아리지 않고 사진에게 선사해 주었다.

그들의 정중하고 극진한 마음씨에 사진도 그대로 있을 수는 없었다. 다시 반달쯤 지나서 사진도 그들에게 답례를 하기 위하여 친히 현안〔縣裏〕에 들어가 붉은 비단〔紅錦〕 세 필을 사다가 세 벌의 두목 의복을 만들고 또 살찐 양 세 마리를 삶아 대합(大盒)에 넣어서 소작인을 시켜 산속으로 보내기로 했다.

소작인 가운데 두목격쯤 되는 왕사(王四)라는 사람이 있었는데, 사진은 그 선물을 이 왕사에게 주고 또 힘센 소작인 하나에 짐을 지워 함께 딸려 산속으로 세 두목을 찾아가도록 했다. 왕사는 술대접을 잘 받고 10냥이나 되는 은전까지 심부름삯으로 받아 가지고 돌아왔다. 이렇게 사진은 빈번하게 주무 등 세 두목과 왕래를 하고 있었다.

8월, 중추절(仲秋節)이 되었을 때, 사진은 그들 세 두목을 만나보고 싶은 생각이 들어서 초대장을 써서 역시 왕사에게 주어 산속으로 보냈다. 왕사는 그 초대장을 잘 전달하고 심부름값으로 다섯 냥이나 되는 은전까지 얻고, 술을 열 잔이나 얻어 마시고, 세 두목의 답장을 품속에 지니고 산을 내려왔다.

사나운 산바람에 휩쓸려 가며 산을 내려오고 있던 왕사는, 술기운이 휙 돌아서 두 다리가 휘청휘청, 걸음을 걷지 못하고 잡초가 무성한 산골짜기에 비틀비틀 쓰러지고 말았다.

이때, 공교롭게도 '토끼잡이' 이길(李吉)이 언덕 아래서 토끼를 노리고 있다가 사진의 집 왕사가 쓰러져 있는 것을 발견하고 대뜸 달려들어서 떠메어 일으키려고 했으나 워낙 술이 취해서 요지부동이었다.

이길이 얼핏 보니 왕사의 가슴속에 은전이 들어 있는 것 같은 전대가 보였다. 이길은 두 눈이 휘둥그레졌다.

'이놈이 술이 취해 가지고… 어디서 이렇게 많은 돈이 생겼을까? 이걸, 내가 뺏지 않을 까닭이 없지!'

이길은 전대를 불쑥 잡아당겨서 땅바닥에 동댕이쳤다. 은전이 쏟아지면서 그 속에서 편지 한 통이 튀어나왔다.

제딴에는 글자깨나 안다는 이길인지라, 대뜸 그 편지를 뜯어보았다. 그 위에는 소화산 주무(少華山朱武)니, 진달(陳達) 양춘(楊春)이니 하는 몇 자가 적혀 있는데, 그 중간에는 겸문대무(兼文帶武)의 유식한 말이 섞여 있어서 도무지 알 도리가 없었다. 단지 세 사람의 성명만을 알아볼 수 있었다.

이길은 은전을 품속에 집어넣으면서 코웃음을 쳤다.

"흥! 언젠가 자기 집안을 기웃거린다고 호통을 치던 사진이 3천 관(貫)의 현상금이 붙어 있는 도둑놈들과 내왕하고 있다니…."

이길은 그 길로 화음현으로 달려가서 이런 사실을 보고하고 말았다.

소작인 두목 왕사는 밤 이경(二更)이 돼서야 정신을 차렸다. 달빛이 희미하게 전신을 비치고 있었다. 깜짝 놀라서 벌떡 일어났다. 사방을 두루 살펴보았으나 소나무만이 울창하게 무성해 있을 뿐, 허리께의 편지나 돈은 감쪽같이 없어져 찾을 길이 없었다. 빈 전대만 풀 위에 동댕이쳐져 있을 뿐이었다. 왕사는 어찌해야 좋을지 몰라서 허둥거리다가 곰곰 생각했다.

'돈을 잃어버린 것은 상관없지만… 편지 답장은? 어떤 놈이 훔쳐 갔을까? 할 수 없다! 편지를 잃어버렸다고 해서 서방님께 혼나느니보다는, 차라리 답장을 써주지 않더라고 여쭙는 도리밖에 없다!'

밤이 오경이나 되어서 뛰어든 왕사에게 사진은 그 까닭을 물었다. 산채에 있는 세 두목이 막무가내 놓아 주지 않고 술을 퍼먹이는 바람에 이제야 돌아왔다고 어물어물 대답했다. 그리고 편지는 세 두목이 답장을 쓰려고 하는 것을, 어차피 이곳에 오시기로 작정되었으니, 쓰실 필요가 없다고 자기가 그만두게 했다고 대답했다.

사진은 그 대답을 듣자 기뻐하며 칭찬했다.

"과연 요령 있게 일을 잘하는군!"

"소인이 어찌 감히 시간을 지체했겠습니까! 도중에서 통

걸음을 멈춘 일이 없이 곧장 달려온 판입니다."

"그렇다면, 현안[縣裏]으로 사람을 보내어 과일과 안주를 사다가 손님 대접할 준비를 해야겠군."

날이 밝으니 맑게 갠 날씨였다. 사진은 집안 하인배들에게 분부하여 큰 양 한 마리를 잡고, 닭을 백여 마리나 잡아서 연석을 마련했다.

한편, 소화산의 주무·진달·양춘, 세 두목은 부하들에게 채책(寨柵)을 잘 지키도록 분부해 놓고, 4,5명의 동행을 거느리고 손에는 박도(朴刀)를 들고 허리에도 칼을 차고, 말도 타지 않고 걸어서 산을 내려와 사가촌에 도착했다.

사진은 그들을 영접해서, 각각 인사를 마친 다음에 후원으로 안내했다.

집 안에는 벌써 연석이 마련되어 있었다. 사진은 세 두목을 상좌에 앉게 하고 자기는 친히 그 맞은편에 자리잡고 앉아서 손님을 모시고, 하인을 불러서 집 안의 앞뒤 문을 모조리 잠가 버리게 했다.

술을 마시기 시작했다.

집안 하인들까지도 번갈아 가면서 손님에게 술잔을 올렸다.

양고기를 맛있게 뜯어 가면서, 술이 몇 잔씩 돌아가고 있을 때, 동녘에서는 둥그런 달이 솟아 올라 취흥을 도도하게 해주었다.

이일 저일 과거지사를 흥겹게 서로 이야기하고 있을 때, 담 밖으로부터 난데없는 고함소리가 일어났다. 그리고 횃불이 어지럽게 어른거렸다. 사진이 대경실색하여 벌떡 뛰

어 일어나며,

"세 분께서는 가만히 앉아 계시오! 내가 나가서 살펴보리다!"

하고는 하인들에게 소리를 질렀다.

"문을 열지 말아라!"

사다리를 가져다가 담에 놓고 그 위로 올라가 보니, 화음현의 현위(縣尉)가 말 위에 올라 두 사람의 도두(都頭)를 거느리고 사병 3,4백 명을 거느리고 자기 집을 포위하고 있는 것이었다.

사진과 세 두목은 깜짝 놀라 외마디 소리를 질렀다. 밖에는 불빛 속에서 강차(鋼叉), 박도(朴刀), 오고차(吾股叉), 단도〔留容住〕 같은 무기들이 삼대〔麻林〕처럼 곤추세우고 즐비하게 뻗쳐 있었다.

두 사람의 도두가 버럭 소리를 질렀다.

"강도놈들아! 꼼짝 말고 있거라!"

이렇게 수많은 사람들은 사진과 세 두목을 잡으러 온 것이 뻔했다.

# 3  주먹다짐

史 大 郎 夜 走 華 陰 縣
魯 提 轄 拳 打 鎭 關 西


사진은 당황해서 어쩔 줄 몰랐다.

세 두목은 그의 앞에 무릎을 꿇고앉아서, 결백한 형님까지 우리들 틈에 휩쓸릴 것 없이, 우리 세 사람을 묶어서 관청에 내주고 상금이나 타시라고 했지만, 사진은 그 말을 듣지 않았다.

자기가 계획적으로 세 두목을 유인해서 잡아 주는 결과가 될 것이니, 이것은 천하의 웃음거리가 될 것이므로 세 두목과 생사를 같이하는 도리밖에 없다고 했다. 사진은 마침내 배짱을 든든히 먹고 시치미를 뚝 떼고, 사다리 위로 올라가서 담 너머로 밖을 살펴보면서 두 도두에게 이렇게 깊은 밤중에 무슨 까닭으로 우리 집을 포위하느냐고 물었다.

도두는 이길(李吉)이 모든 사실을 보고했다고 말했다. 이길 자신도 그 옆에 서 있었다. 사진이 격분해서, 어째서 죄없는 사람까지 끌고 들어가느냐고 호통을 치니, 이길은 왕사(王四)가 가지고 있던 편지 답장을 관청 문앞에서 읽어본 사실밖에 없다고 어물어물 변명했다.

괘씸한 것은 술이 취해서 편지를 잃어버린 왕사였다. 사진은 즉각 왕사를 불러 뒤뜰로 끌고 가서 일도(一刀)로 목을 날려 버렸다. 그리고 하인배들에게 명령하여 온 집안의 귀중품을 수습하게 하고 4,50자루의 횃불을 준비시켰다.

사진은 자기 집 안에다 불을 질러 버렸다. 그리고 이 틈을 타서, 무장을 든든히 한 세 두목과 함께 밖으로 쳐나가 생사를 판가름할 결심을 했다.

깊은 밤, 횃불 밑에서 치열한 혼전이 계속되었다. 그러나 두 도두가 사진이나 세 두목의 적수가 되기에는 너무나 약했다. 그들은 몸을 날려 뺑소니를 치기 시작했다. 이길과 맞닥뜨리게 된 사진은 그를 일도에 내리쳐서 몸뚱아리를 두 동강 내버렸다. 두 도두도 뺑소니를 치다가 마침내 진달과 양춘의 추격을 받아 그들의 박도(朴刀)에 목숨을 빼앗기고 말았다. 현위조차 대경실색하여 말 머리를 재빨리 돌려 도주해 버렸다.

사진이 일행을 거느리고 닥치는대로 찌르고 베고 하니 관병들은 뿔뿔이 흩어져 버렸고, 주무·진달·양춘 그리고 여러 소작인 부하들은 사진과 함께 산채로 몸을 피하여 우선 한숨 돌리고 나서 소와 말을 잡아서 승리를 축하하는 주연을 베풀었다.

며칠이 지난 뒤에 사진은 곰곰 생각했다. 집도 불에 태워 버렸고, 돈이 될 만한 물건이라곤 하나도 몸에 지니지 못한 그는 처량하게 된 자기 신세를 발견했다. 산채에서 세 두목과 세월을 보낸다는 것은 결백한 자기로서는 할 짓이 아니라고 생각한 그는, 퍼뜩 머리에 떠오르는 사람이 있었다. 그가 일찍이 스승으로 섬겼던 왕교두(王敎頭) 왕진이 관서(關西) 경략부(經略府)에서 일을 보고 있다는 사실이었다.

또 며칠이 지난 다음에 그는 드디어 길을 떠나기로 결심하고 이런 의사를 세 두목에게 솔직히 고백했다. 주무는 사진더러 산채에서 형님 노릇을 하고 주인 노릇을 해보는 것도 흥미 있는 일이 아니냐면서 극력 만류했으나, 사진은 결국 무장을 든든히 갖추고 보따리를 떠메고 박도(朴刀)를 손에 잡고 주무 등 세 두목에게 작별인사를 한 다음 연안부(延安府)를 향하여 관서가도(關西街道)를 달렸다. 세 두목은 산 아래로 내려와 그를 전송하고 눈물을 흘리며 산채로 되돌아갔다.

사진은 배가 고프면 먹고, 목이 마르면 마시고, 밤에는 자고, 낮에는 걸어서 반달 만에야 위주(渭州)에 도착했다. 이곳에도 경략부(經略府)가 있으니 왕교두를 찾아보자는 생각으로 어떤 다방(茶坊)에 들어가 잠시 쉬면서 그 곳 심부름꾼에게 경략부와 왕교두에 관한 일을 한마디 두마디 물어 보고 있었다.

바로 이때 다방 좌석으로 들어서서 한편에 앉으며 차를 주문하는 거창하게 생긴 사나이가 하나 있었다. 얼굴이 둥글둥글하고 귀가 크며 콧날이 우뚝하고 두 볼에는 온통 수염이 더부룩한 팔척 거구의 사나이였다.

"왕교두에 관한 일이라면, 저분─제할(提轄─군 지휘관·지방치안관)님께 여쭈어 보십시오."

심부름꾼이 가리켜 주는 대로, 사진은 그 사나이의 좌석으로 건너가 인사를 했다. 그 역시 깜짝 놀라며 사진을 알아보고 대뜸 말을 걸었다.

"형님! 사가촌(史家村)의 구문룡(九文龍) 사대랑(史大郎)이 아니십니까?"

제할은 성이 노(魯) 이름을 달(達)이라고 했다. 사진도 반가워서 선뜻 왕진(王進)의 소식을 알아봤으나, 그는 연안부(延安府) 경략상공(經略相公)인 종(種)씨의 밑에 가서 일을 보고 있으며, 위주(渭州)에는 종씨의 아들인 소경략상공(小經略相公)이 직무를 담당하고 있다는 것이었다.

"형님! 같이 술이나 한잔 하십시다!"

노제할(魯提轄) 노달(魯達)이 사진의 손목을 붙잡고 다방 밖으로 나와서 술집을 찾아 4,50보쯤 걸어갔을 때, 한 군데 빈터에 수많은 사람들이 울타리처럼 둘러싸고 모여 있는 것을 발견했다.

사람의 울타리를 헤치고 들어가 보니 어떤 남자가 몽둥이[桿棒]를 열 자루쯤 버티어 놓고 땅 위에는 10여 개의 접시에 고약을 담아 놓고 재주를 부려 가며 그것을 팔고 있었다. 사진의 두 눈이 휘둥그레졌다. 그 사나이는 바로 사진이 무예를 배우려고 맨 처음에 스승으로 섬겼던 타호장(打虎將)이란 별명을 가진 이충(李忠)이었기 때문이다.

노제할은 그 사나이가 사진의 스승이었다는 사실을 알자, 함께 술을 마시러 가자고 잡아끌었다. 이충은 고약장수의 신분으로 어찌 제할과 동석하여 술을 마실 수 있느냐고 굳이 사양했다. 노달은 구경꾼들을 쫓아 버리고 사진, 이충과 함께 주교(州橋) 근처에 있는 반가(潘家)라는 유명한 술집으로 들어섰다.

세 사람이 술이 몇 잔씩 돌아가서 거나한 기분으로 이 이야기 저 이야기 과거지사와 창법(槍法)에 관한 이야기를 주고받으며 신바람이 났을 때, 난데없이 옆방에서 어떤 사람이 흐느껴 우는 소리가 요란스럽게 들려왔다. 노제할은 화가 나서 심부름꾼을 불러 가지고 호통을 쳤다.

"네놈은 내가 누군지 알면서도 일부러 옆방에서 사람을 울려 우리들의 주흥을 깨뜨려 놓을 작정이냐!"

"천만엡쇼! 화 내실 일이 아닙니다. 옆방에는 노래를 팔아서 구걸을 하고 다니는 불쌍한 노인과 그 딸이 있는데 이 방에 손님이 계신 줄 모르고 자기네들 신세한탄을 하다가 울고 있는 것이니 언짢게 생각지 마십시오!"

"그 노인과 딸을 이리 불러들여라!"

노제할의 명령대로, 60세나 돼 보이는 노인 한 사람과 열아홉 살쯤 된 소녀를 데리고 건너왔다. 소녀는 그다지 미모는 아니었으나 어딘지 모르게 사람의 이목을 끄는 생김새였다.

노제할이 고향이 어디며 뭣하는 사람이냐고 묻자, 소녀는 눈물을 씻으면서 얌전하게 절을 하고 입을 열었다.

"관인(官人)께서는 모르셔요. 제 말씀을 좀 들어 주셔요. 저의 집안은 본래가 동경(東京) 사람인데, 부모님네들과 함께 친척집에 의지해 보려고 이 위주(渭州)로 왔지요. 그랬더니 그 친척은 뜻밖에도 남경(南京)으로 이사를 가버렸고, 어머님께서는 병환으로 여인숙에서 세상을 떠나셨으니, 아버님을 모시고 이렇게 떠돌아다니며 고생을 하는 도리밖에 있어요? 이 고장에 진관서(鎭關西) 정영감님〔鄭大官人〕이라는 분이 있는데 저를 보시더니 강제로 매파를 보내서 저를 자기 첩으로 삼으려고 하지 않겠어요! 거기다 또 저의 몸값으로 3천 관을 주었다는 문서를 꾸며

가지고 돈은 주지도 않고 가짜 계약서를 만들었을 줄이야 뉘 알았겠어요? 저를 데려간 지 석 달도 못 되어서, 그분 집에서는 큰부인이 어찌나 지독한지, 저를 때려 내쫓고 견딜 수가 없게 구는군요. 그러고는 여인숙 주인에게 맡아 두고 몸값 3천 관을 받아내라고 성화같이 야단을 치니 우리 아버님께서는 마음씨가 약하셔서 그이와 싸움도 못하시고. 그는 돈이 있고 권세가 있는 것을 미끼로 애당초에 우리에게 한 푼도 준 일이 없는 돈을 도로 내놓으라고 생떼를 쓰니 뭣으로 이런 돈을 갚을 수 있겠어요? 어쩔 수 없이 아버님께서는 저에게 어려서부터 가르쳐 주신 변변치 않은 노래를 부르게 하시어, 이 술집에서 이 자리 저 자리 돌아다니며 날마다 얼마씩 벌게 하셔서 그이에게 절반쯤은 갚아 주었어요. 그리고 남는 돈 몇 푼을 가지고 그날 그날 그럭저럭 지내고 있는 형편이어요. 요즘 며칠 동안은 술집에 손님이 적어서 약속대로 그의 돈을 갚지 못했다고 돈을 받으러 올 때마다 굉장한 모욕을 당했지요. 우리 부녀는 이 기막힌 고초를 아무리 생각해 봐도 호소할 곳이 없어서, 흐느껴 울기만 하고 있다가 뜻밖에도 관인에게까지 시끄러움을 끼쳐 드렸으니 너그러이 용서해 주셔요!"

노제할은 계속해서 그 부녀들의 성명과 숙소와 정영감이란 누군지를 물어 봤다. 그랬더니 노인이 대답하는 말이,

"소인은 성이 김(金)이고, 제 딸년의 애명은 취련(翠蓮)이라고 합니다. 정영감이란 분은 이 고장 장원교(壯元橋) 근처에서 고기장수를 하고 있는 정씨(鄭氏)입니다. 별명

을 진관서(鎭關西)라고 하며, 우리 부녀는 동문(東門) 안에 있는 노씨(魯氏)가 경영하는 여인숙에 투숙하고 있습니다."

노달은 그 말을 듣자 노발대발했다.

"누군가 했더니 바로 고기장수 정도(鄭屠)란 놈이었군! 그놈은 우리 경략사(經略使) 종씨(種氏) 서방님의 덕택으로 고깃간을 내고 벌어먹는 놈인데 알고 보니 이렇게 사람을 골탕먹일 수가 있나!"

다시 이충과 사진에게 잠시 이곳에 머물러 있으면 자기가 달려가서 그 정가놈을 때려죽이고 오겠다는 것이었다.

사진과 이충이 붙들고 아무리 말려도 노달은 막무가내, 노인에게 자기가 노자를 마련해 줄 터이니 내일이라도 딸을 데리고 동경(東京)으로 돌아가라고 했다. 노인은 노자가 문제가 아니라 정영감이 자기네들을 여인숙 주인에게 맡겨 놓았으니 돈을 다 갚지 못하면 꼼짝도 할 수가 없다고 했다.

"그까짓 것쯤 아무 걱정 없소! 나는 나대로 방법이 있으니까…."

은전 다섯 냥을 꺼내서 상 위에 놓으면서 사진을 바라다보며 말했다.

"나는 오늘 몸에 지닌 돈이 많지 못하니 형님께 돈이 있으면 좀 꾸어 주시오. 내 내일이면 곧 갚아 드리리다."

이 말을 듣고 사진은 보따리 속에서 은전 열 냥을 꺼내서 상 위에 놓았다. 노달은 도합 열다섯 냥의 은전을 노인에게 주면서 이렇게 분부했다.

"이 돈을 노자로 가지고, 노인은 따님을 데리시고 짐을 꾸리시오. 내일 아침이면 내가 떠나시도록 해드리겠소. 그 여인숙 주인이 감히 노인을 잡아 두려고 하나 어디 봅시다."

김노인과 그 딸은 고맙다고 인사를 하고 돌아갔다. 노달은 다시 두 사람을 데리고 술을 몇 병 더 마시고 아래층으로 내려왔다.

"주인! 술값은 내가 내일 보내 주리다."

술집주인도 서글서글했다.

"제할님! 그냥 돌아가십시오. 얼마를 잡수신들 상관 있습니까. 그저 앞으로도 자주 들르시지 않을까 봐 걱정이죠."

세 사람은 반가(潘家) 술집을 나와 큰 길가에 와서 작별했다. 사진, 이충도 각각 자기네들의 여인숙으로 돌아갔다.

노인과 그 딸은 이튿날 새벽 오경(五更)에 일어나서 짐을 꾸리고 식사를 마치고 떠날 채비를 하고 있는데, 노달이 불쑥 나타나더니 대뜸 하는 말이,

"떠날 테면 빨리 떠나시오! 우물쭈물하고 있을 때가 아니오!"

김 노인은 딸을 데리고 짐을 떠메고 노제할에게 감사하다는 인사를 한 후 여인숙 문밖으로 나서려고 했다. 그랬더니 여인숙의 젊은 심부름꾼 녀석이 앞을 가로막았다.

"김공(金公)! 어딜 가시는 거요?"

"숙박비가 아직도 셈이 안 됐느냐?"

노달이 옆에서 서슴지 않고 물었다. 그 심부름꾼 녀석

은 숙박비는 어젯밤에 깨끗이 청산됐지만, 정씨 영감이 받아내라는 돈이 그대로 남아 있다는 것이었다.

"고깃간 정가의 돈은 내가 낼 터이니 이 노인을 고향으로 보내 드려라!"

하고 노달은 타일렀지만 심부름꾼 녀석은 막무가내로 말을 듣지 않고 노인과 딸을 떠나 보내려 들지 않았다. 격분한 노달은 다섯 손가락을 크게 벌려서 젊은 심부름꾼 녀석의 면상을 보기좋게 후려갈겼다. 매를 맞은 젊은 녀석은 입에서 피를 토했다. 그래도 부족해서 주먹을 불끈 쥐고 한 대를 더 먹이니 앞니가 서너 개 부러져 나갔다. 젊은 녀석은 몸을 일으키기가 무섭게 여인숙 안으로 도망쳐 버렸다.

여인숙 주인도 감히 쫓아나오지 못했다. 김 노인과 그의 딸은 이 틈을 타서 허둥지둥 여인숙 밖으로 나와 미리 준비해 두었던 수레를 타고 길을 떠나 버렸다. 노달은 여인숙 젊은 녀석이 노인과 딸의 뒤를 쫓아갈까 봐 마음이 놓이지 않아서 여인숙 안에서 의자를 내다가 놓고 무려 두 시간 동안이나 버티고 앉았다가, 노인과 딸이 멀리 도망칠 수 있었으리라고 생각됐을 때에야, 다시 몸을 일으켜서 곧장 장원교(壯元橋)로 달려갔다.

고기장수 정도(鄭屠)는 두 짝 문을 활짝 열어젖히고 두 대의 큼직한 고기 써는 상[肉床]을 벌여 놓고 네댓덩어리의 돼지고기를 매달아 놓고 있었다. 문앞 계산대에 자리잡고 앉아서 열몇 명이나 되는 칼잡이[刀手]들이 고기를 팔고 있는 품을 흐뭇하게 바라보고 있는데 난데없이 노달이 대들면서 소리를 버럭 질렀다.

"여보게! 정도!"

고기장수 정도는 노제할인 줄 알자, 얼른 계산대에서 내려와 절을 했다.

"경략상공(經略相公)의 명령을 받고 왔으니 살코기〔精肉〕열 근만 곱게 다져 주게. 한 점이라도 기름기가 섞여서는 안 되네!"

노달은 대뜸 이렇게 말했다.

정도가 칼잡이 부하에게 살코기를 열 근 다져 드리라고 분부하자, 노달은 서투른 부하를 시키지 말고, 정도더러 친히 칼질을 해서 고기를 다져 달라고 하였다. 정도가 제할의 분부를 거절할 도리가 없었다. 몸소 고기 써는 상 앞으로 가서 살코기 열 근을 골라 가지고 잘게 다지기 시작했다.

이때, 그 여인숙의 젊은 심부름꾼 녀석이 머리를 싸매고 김노인의 사실을 알려 주려고 정도의 집으로 달려왔다. 그러나 노제할이 바로 고깃간 문가에 앉아 있었기 때문에 감히 가까이 오지 못하고 멀찍이 떨어진 처마 밑에서 건너다보고만 있었다.

정도가 살코기 열 근을 반 시간이나 걸려서 곱게 다져서 연잎〔蓮葉〕에다 싸주자 노달은,

"가만 있게! 열 근만 더 다져 줘야겠네. 이번에는 비계만… 살코기가 한 점이라도 섞여 있으면 안 되네! 역시 곱게 다져 주게!"

하고 분부했다.

"살코기 다진 것은 만두 속에 쓰시는 것 같은데, 비계 다진 것은 뭣에다 쓰시렵니까?"

노달은 호통을 쳤다.

"무슨 잔소리가 그리 많은가! 상공(相公)께서 그렇게 하라고 하시니까, 낸들 알겠나!"

정도가 그 말은 거역하지 못하고 비계 열 근을 또 곱게 다져서 연잎에다 싸고 나니 벌써 시간은 아침밥이 끝날 무렵이 되어 있었다. 이때까지 그 여인숙의 젊은 녀석은 고사하고 어떤 다른 손님도 정도에게 접근할 수 없었다. 노달은 이번에는 또 마디뼈 연한 것〔寸金軟骨〕을 열 근 골라서 살점이 하나도 붙지 않도록 곱게 다져 달라고 하였다.

그제야 정도의 얼굴이 이상하게 일그러지며,

"이건, 심심풀이로 저를 놀리시려 드시는 겁니까?"
하고 열쩍게 웃었다. 이 말을 듣자, 노달은 벌떡 일어서서 두 꾸러미의 고기 다진 것을 양편 손에 들고 눈을 부릅떠 정도를 노려보며 외쳤다.

"그래! 내, 네놈을 좀 놀려 주러 왔다!"

두 꾸러미의 고기 다진 것을 정도의 얼굴을 향해 내동댕이치니, 마치 고기비〔肉雨〕가 퍼붓는 것 같았다.

정도도 약이 올라서 가만히 있을 리 없었다. 상 위에서 고기살을 바르는 뾰족하고 날카로운 칼〔剔骨尖刀〕을 선뜻 뽑아들더니 다짜고짜로 뛰어 내달으며 덤벼들었다.

노달은 재빨리 몸을 뛰쳐 거리로 나왔다. 이웃 사람들도 감히 말리는 사람이 없었다. 여인숙 젊은 녀석도 대경실색하여 멍청히 바라보고 서 있을 뿐이었다.

정도는 오른손에 칼을 잡은 채 왼손으로 노달의 멱살을 잔뜩 움켜잡고 있었지만, 노달은 그의 왼편 손을 비틀면서 아랫배를 힘껏 내질렀다. 길거리 한복판에 벌떡 나자빠지는 정도를, 주발만큼이나 커다란 주먹으로 닥치는대로 후려갈기며 호통을 쳤다.

"나는 처음부터 종씨(種氏) 경략상공(經略相公)을 모시고 있었으니, 관서오로염방사(關西五路廉訪使)라도 된다면 그제야 진관서(鎭關西)라고 일컬을 수 있겠지만, 네 놈은 고기를 파는 칼잡이로서 개 같은 놈이 진관서니 뭐니 하고 난체를 하다니! 네 놈은 어째서 김취련(金翠蓮)의 돈을 강제로 속이고 빼앗았느냐?"

정도는 주먹으로 코를 얻어맞고 시뻘건 피를 쏟았다. 땅바닥에 쓰러져서 버둥거리면서 칼도 집어던지고 일어서지도 못하면서 중얼거릴 뿐이었다.

"잘 친다! 잘 쳐! 사람을 막 치는구나!"

"이 날도둑놈아! 무슨 주둥아리를 또 놀리느냐!"

노달은 이렇게 매도하면서 다시 주먹을 들어서 정도의 눈자위를 후려갈겼다. 시커먼 눈망울까지 튀어나와서, 붉은 피 검정 눈, 실로 그 몰골이 가관이었다.

길바닥 양편으로 몰려든 구경꾼들도 노제할이 두려워서 아무도 뜯어말리지 못했다. 고기장수 정도는 어쩔 도리 없이 용서해 달라고 소리를 질렀다.

"치! 이 파락호(破落戶)! 건달아! 나하고 끝까지 해본다면 모르거니와, 아무리 빌어도 나는 용서해 줄 수 없다!"

노달은 이렇게 소리를 지르며 또 주먹 한 대를 먹였다. 이번에는 볼치를 보기 좋게 얻어맞고 정도는 땅바닥에 아주 뻗어 버려서 숨을 내쉴 뿐, 들이쉬지도 못하고 몸을 꼼짝도 못했다.

"이놈! 일부러 죽는 시늉을 하구! 한 대 더 맞아야겠니?"

노달은 혼을 내주느라고 이런 말을 또 하면서 자세히 살펴보니, 정도의 얼굴빛이 점점 변하였다.

노달이 내심 생각하기를,

'단지 통쾌하게 때려 주려고 한 것이 주먹 네댓 대에 이놈을 정말 때려죽이게 될 줄은 몰랐구나! 관청에라도 붙잡혀 가게 된다면 나는 밥을 차입해 줄 사람도 없는데… 뺑소니를 쳐버리는 게 상책이다!'

노달은 선뜻 그 곳을 떠나면서, 정도의 시체를 되돌아다보며 말했다.

"이놈, 죽은 체하는구나! 이 다음에 천천히 나하구 다시 따져보기로 하자!"

일면 욕설을 퍼부으면서 성큼성큼 걸어서 그 자리를 떴다. 이웃 사람들도, 또 고깃간 부하들도 노달을 잡으려고 내닫는 사람은 하나도 없었다.

노달은 자기 거처로 돌아오자 시급히 의복을 수습하고 노자돈을 꾸려 가지고 헌옷가지가 들어 있는 상자들은 그대로 동댕이쳐 버리고, 큼직한 몽둥이 한 자루만 질질 끌면서 남문(南門) 밖으로 뛰쳐나와 걸음아 날 살려라 하고 삼십육계를 쳐버렸다.


정도의 집안에서는 여러 사람들이, 소식을 전해 주려고 달려왔던 여인숙 젊은 녀석과 함께 정도를 살려 보려고 반나절 동안이나 애를 썼지만 정도는 살아나지 못하고 그대로 세상을 떠나고 말았다.

남녀노소, 이웃 사람들이 곧 주(州)로 가서 고소장을 아문에 제출했다.

부윤(府尹)이 등청(登廳)하여 고소장을 받아보고 나서 이렇게 말했다.

"노달은 경략부(經略府) 제할이니, 함부로 체포할 수는 없다."

부윤은 즉시 교자를 타고 경략부 앞까지 와서 내렸다. 문을 지키는 군사가 안으로 들어가 보고했다. 경략사는 보고를 받자 부윤을 안으로 청해 들여 서로 인사를 마치고 물었다.

"무슨 일로 오셨소?"

부윤이 아뢰었다.

"상공께선 이 사실을 아시기 바랍니다. 부중(府中) 제할 노달이 까닭 없이 주먹으로 시상(市上)의 정도를 때려죽게 했사온데, 감히 함부로 체포할 수 없어 알려 드리러 왔습니다!"

경략사는 그 말을 듣고 깜짝 놀라서 혼자 곰곰 생각해 봤다.

'저 노달이란 놈은 무예는 잘하지만 성격이 난폭해서 이렇게 사람을 죽여 버렸으니 내가 어떻게 감싸 줄 수 있단 말인가? 잡아다가 심문에 붙이는 도리밖에 없겠군!'

경략사는 마침내 부윤에게 이렇게 말했다.

"그 노달이란 사람은 본래 나의 부친의 경략처(經略處)의 군관(軍官)이었소. 이 고장에 적당한 인물이 없었기 때문에 그 사람을 제할에 임명했던 것인데, 인정에 관한 죄과를 범한 이상 그를 붙잡아서 법도(法度)에 따라 심문에 붙이는 수밖에 없소. 만약에 명백히 사실을 공술하고 죄가 결정되거든, 반드시 나의 부친에게 먼저 알리시고 나서 결단을 내려 주시오. 일후에 우리 부친이 계신 곳에서 그 사람이 필요해질 때가 있다면 입장이 곤란하게 될 것이니까….”

“하관(下官)은 사실을 충분히 조사한 다음 먼저 경략상공(經略相公) 어르신네께 알려 드리고 나서 단을 내리겠습니다.”

부윤은 경략상공과 작별을 하고 부전(府前)으로 나와 교자를 타고 아문으로 돌아왔다. 당일로 등청하여 집포사신(緝捕使臣)을 불러 공문을 발포해 주고 범인 노달을 잡아들이라고 분부했다. 그 공문을 받은 것은 왕(王)씨라는 관찰(觀察-緝捕吏)이었다.

그는 20여 명의 부하 포졸들을 거느리고 노제할의 거처로 달려갔다. 집주인이 나와서 이렇게 말할 뿐이었다.

“얼마 전 보따리를 꾸려 들고 몽둥이〔短棒〕 한 자루를 끌고 나가셨습니다. 소인은 그저 무슨 관청의 명령〔差使〕을 받들고 나가시나 보다 하고 여쭈어 보지도 못했습니다.”

관찰 왕씨는 그 말을 듣자, 노달이 거처하던 방문을 열라고 해서 그 안을 들여다보았다. 거기에는 낡은 옷과 이부자리가 나뒹굴 뿐이었다. 관찰은 뒤통수를 치며 그대로 돌아가는 수밖에 없었다. 노달에게는 계속 긴급체포령이 내렸고 상금 1천 관(貫)이 붙었다.

노달은 허둥지둥 몇 군데 주(州)를 지나서 반달 만에야 대주(代州) 안문현(雁門縣)이란 곳에 도착했다. 성 안으로 들어서니, 한군데 십자가로 어귀에 무수한 사람들이 모여서 높이 붙은 방문(榜文)을 읽고 있었다. 그것은 바로 자기를 체포하라는 방문이었다. 이때 돌연, 여러 사람 틈에서 누가 내닫더니,

"장형(張兄)! 어째 여기 계시오!"

하면서 다짜고짜로 노달을 끌고 달아났다.

# 4  술을 좋아하는 스님

趙 員 外 重 修 文 殊 院
魯 智 深 大 鬧 五 臺 山


노제할 노달을 끌고 달아난 사람은 언젠가 술집〔酒樓〕
에서 구출해 준 그 바로 김씨(金氏) 노인이었다. 노인은
노달을 인기척이 없는 조용한 곳으로 데리고 가더니 원망
스러운 듯이 말했다.

"어쩌자고, 1천 관의 상금을 내걸고 제할님을 체포하겠
다는 바로 그 방문(榜文) 밑에서 어물거리고 계십니까?
그 방문에는 제할님의 연령, 본적지, 얼굴 모습까지 일일
이 적혀 있는데…"

"사실은 노인을 노방치게 하느라고 징원교(壯元橋) 정
도(鄭屠)의 집에 가서 주먹으로 서너대 때린 것이 이렇게
되고 말았소! 그런데 노인은 어째서 동경으로 돌아가시지
않고 여기 계시오?"

노인은 그 동안의 경과를 자세히 이야기했다. 노인은
여인숙 젊은 놈이 뒤를 쫓아올까 겁이 나서 동경으로 돌
아가지 않고 북쪽으로·달아나다가, 같은 고향에서 장사를
하러 와 있는 아는 사람을 만나게 되었으며, 그 사람이 중
매를 서주어서 딸 취련(翠蓮)은 이 고장 부자 조원외(趙
員外)의 첩으로 들어앉게 됐다는 것이었다.

"우리 조원외란 사람도 봉술(棒術), 창술(槍術)을 좋아

해서 꼭 한 번 제할님을 뵙고 싶다고 늘 말했습니다."

노인은 이렇게 말하면서 노달을 데리고 딸의 집으로 갔다. 생명의 은인을 뜻밖에 만나게 된 딸 취련의 기뻐하는 품은 이루 형언할 수 없었다.

노인과 딸은 번갈아 노달에게 술잔을 권했고, 노인은 침상 위에 꿇어앉아 두 손을 싹싹 비비면서 기도를 올리듯이 노달에게 절을 했다. 그 동안 노달을 신주처럼 모시고 아침저녁으로 향불을 피어 놓고 감사하다는 절을 해왔다는 것이었다.

노달이 노인과 딸과 더불어 술잔을 거듭하고 있을 때 어느덧 날이 저물었다. 이상하게도 아래층에서 시끄러운 소리가 왁자지껄 요란스럽게 들려왔다.

바로 이 집주인 조원외가 스무 명이 넘는 장정을 거느리고 2층을 습격하려는 판이었다. 왜냐하면 조원외는 2층에서 김씨 노인이 어떤 젊은 남자를 초대해다 놓고 술대접을 하고 있다는 소문을 듣고 취련에 대하여 신경과민이 됐었기 때문이었다.

이층에서 달려 내려간 김씨 노인과 맞닥뜨리게 되어서, 거기 와 있는 사람이 바로 노제할이란 사실을 알게 되자, 조원외는 희색이 만면해서 이층으로 뛰어 올라가 노달 앞에 꿇어앉아 감사하다는 절을 했다.

이튿날 날이 밝자, 조원외는 이곳은 노제할이 오래 머물러 있기에는 불안한 장소라 생각하고 10리쯤 떨어져 있는 자기 본집인 칠보촌(七寶村)으로 모시겠다고 했다.

노달은 조원외의 본집으로 함께 가서 극진한 대접을 받으면서 대엿새 동안 무사하고 유쾌하게 지냈다.

그런데 어느 날.

김씨 노인이 허둥지둥 이 집으로 달려들더니 서원(書院)으로 들어가서 사람의 눈치를 꺼리면서 이런 말을 했다.

"며칠 전에 조원외가 장정들을 데리고 와서 떠들썩했던 사실이 밖에 소문이 났습니다. 포졸(捕卒)들의 손이 여기까지 뻗칠지 모르니 빨리 몸을 피하시는 게 좋을 것 같습니다."

조원외는 곰곰 생각했다. 노달을 한곳에 잡아 둘 수도 없는 노릇이고, 그렇다고 해서 어디로 가든지 모른 체하고 있을 수도 없는 형편이었다. 마침내 그는 가장 안전하게 노달을 피신시킬 수 있는 곳을 생각해냈다.

"마침 잘됐습니다. 여기서 30리쯤 가면 오대산(五臺山)이 있습니다. 그 산꼭대기에 있는 문수원(文殊院)이란 절간은 본래 문수보살(文殊菩薩)의 도장(道場)이었는데 지금도 5,6백 명의 화상들이 있습니다. 두목격인 지진장로(智眞長老)는 나하고 형제 같은 사이입니다. 우리 선조께서 이 절간에 논을 희사(喜捨)하신 일이 있었기 때문에 내가 이 절의 시주(施主) 단월(檀越)로 되어 있습니다. 만약에 제할님께서 꺼리시는 점만 없으시다면 일체의 비용은 제가 부담할 것이니, 이 절간으로 몸을 피하시어 삭발하시고 정말 중이 되시는 게 어떻겠습니까?"

노달은 이것저것을 망설일 겨를이 없었다. 즉석에서 쾌히 승낙했다. 조원외와 노달은 두 채의 교자를 타고 산꼭대기로 올라갔다. 지진장로(智眞長老)는 절간의 수자(首者), 시자(侍者)들을 거느리고 친히 산문(山門) 밖까지 나와서 그들을 영정했다.

조원외는 정중하게 부탁했다.

"저의 조카뻘 되는 젊은이인데, 본래는 군적(軍籍)에 있었습니다만 인간 세상의 허무함을 느끼고 출가둔세(出家遁世)하고 싶다 하오니 자비심을 베푸시어 받아들여 주시기 바랍니다."

험상궂게 생긴 노달의 용모를 보고 여러 화상들이 극력 반대했으나, 지진장로는 조원외의 간곡한 부탁을 받아들여 주었고, 길일을 택하여 삭발을 시킨 다음, 법의(法衣) 가사(袈裟)까지 입혀 주고 지심(智深)이라는 법명까지 지어 주었다. 장로는 또 감사(監寺)를 시켜서 노달 노지심(魯智深)을 법좌(法座) 앞에 앉히도록 하고 마정수기(摩頂受記)를 베풀어 이마를 쓰다듬어 주면서 삼귀오계(三歸五戒)의 신념을 단단히 집어넣어 주었다.

"첫째는 불성(佛性)에 귀의(歸依)할 것, 둘째는 정법(正法)을 귀봉(歸奉)할 것, 셋째는 사우(師友)를 귀경(歸敬)할 것, 이것을 삼귀(三歸)라고 한다. 또 오계(五戒)라 함은 살생(殺生)을 하지 말 것, 도둑질을 하지 말 것, 사음(邪淫)을 하지 말 것, 술을 마시지 말 것, 망어(妄語)를 삼갈 것이로다."

조원외도 노지심에게 신신부탁을 하고 자기 집으로 돌아갔다.

"오늘부터는 지금까지와는 생활이 완전히 달라지시는 겁니다. 만사에 몸조심을 하시고 함부로 뽐내시면 안 됩니다. 잘못하시면 다시 서로 만나뵐 수도 없게 될지 모르니 부디 자중자애하시기 바랍니다."

노지심은 숲속에 있는 선불장(選佛場)으로 돌아가자, 선상(禪床) 위에 벌떡 나자빠져 코를 골며 잠이 들어 버렸다. 불도를 닦고 있는 젊은 중〔禪和子〕 둘이 그를 흔들어 깨웠다.

"이건 안 돼요. 출가(出家)를 했으면, 어째서 좌선(坐禪)하는 법을 배우지 않는 거요?"

"내가 내 멋대로 자는데, 당신네들이 무슨 상관이오?"

이렇게 삭발하고 중이 되었으면서도 노지심의 태도는 뻣뻣하기 이를 데 없었다. 한참 동안 옥신각신했으나 젊은 중들은 상대가 되지 않는다고 단념하고 이튿날, 노지심의 이런 무례한 태도를 장로에게 고해 바치려고 했다.

그러나 수좌(首座)가 그것을 말렸다.

노지심은 장래에 불도를 터득하고 비범한 인물이 될 것이라고 장로께서 말씀하셨으니, 이런 일을 보고했댔자 아무 소용 없으니 그만두라는 것이었다.

아무노 간섭하는 사람이 없자, 노지심은 저녁때가 되면 숫제 선상(禪床) 위에 큰 대(大)자로 드러누워서 밤새도록 코를 드르렁드르렁 골고, 밤중에도 요란스런 소리를 내다가 일어나서는 불전 뒤에 아무데나 대고 소변을 깔기는 것이었다.

마침내, 시자(侍者)가 장로에게 아뢰었다.

"지심은 무례하기 짝이 없습니다. 출가(出家)한 사람의 체면이라곤 추호도 생각지 않습니다. 이런 사원에 저런 사람을 어떻게 그대로 두어 둘 수 있겠습니까?"

"무슨 소리냐! 단월(檀越-조원외)님의 체면도 봐드려야지! 좀더 있으면 반드시 그런 태도를 고칠 것이다."

장로는 이렇게 호통을 쳐 보냈다.

이런 일이 있은 뒤부터 어떤 사람도 감히 입을 열어서 노지심에 관한 말을 하지 못했다.

노지심은 오대산 절간에서 어느덧 4,5개월을 지냈다. 겨울철로 접어들면서 지심은 하도 오랫동안 조용히 지냈는지라, 몸을 좀 움직여 보고 싶은 생각이 들었다. 맑게 갠 날씨였다. 지심은 검정빛 짤막한 승복을 입고 푸른 띠를 질끈 동이고 승혜(僧鞋)로 바꾸어 신고 뚜벅뚜벅 걸어서 산문(山門) 밖으로 나왔다.

발 내키는 대로 걸어서 산 중턱에 있는 정자에 올라, 거위목같이 생긴 안락의자〔鵝頸懶櫈〕에 앉아서 곰곰 생각했다.

'이런 빌어먹을! 나는 여태까지 맛있는 술과 고기가 입에서 떠날 날이 없이 지내 왔는데, 이제 날더러 중노릇을 하라고 하니, 이건 배가 고파서 말라 비틀어질 지경이구나! 조원외도 요즘 며칠 동안은 통 아무것도 먹으라구 보내 주질 않으니 목구멍에서 새소리가 터져 나올 지경이다! 지금쯤 어떻게 해서든지 술을 좀 얻어먹을 수 있다면 좋겠는데….'

술 생각이 간절한 판인데, 멀리서 어떤 장정 하나가 물통을 떠메고 노래를 부르면서 산으로 올라오는 것이 바라보였다. 그 물통에는 뚜껑이 덮여 있었다. 그 장정은 한 손에 술을 데우는 놋주발(溫器-鏇)을 들고 연방 이런 노래를 부르며 올라오고 있었다.

구리산은 예전에 싸움터가 되어서

목동이 녹슨 창칼을 주웠다.
순풍이 불어 오강 물을 출렁대게 하니
마치 우희가 패왕과 작별하는 것 같구나.
九里山前作戰場 牧童拾得舊刀槍
順風吹起鳥江水 好似虞姬別覇王


정자에 앉아 있던 노지심은 그 장정이 정자께로 올라와
서 물통을 내려놓는 것을 보자, 대뜸 물었다.
"여보게, 이 친구! 그 통 속에는 뭣이 들어 있나?"
"좋은 술이 들어 있소."
"한 통에 얼만가?"
"그건 왜 물으시오?"
"왜 묻긴 왜 물어? 사 마실라고 묻지!"
"스님! 정말 농담을 하시는군?"
"자네하구 무슨 농을 하겠나?"
"이 술은 절간에 있는 화공(火工), 도인(道人), 교군〔轎
夫〕꾼, 일꾼들에게 팔려고 떠메고 올라가는 것이오. 만약
에 스님에게 이 술을 팔아서 마시게 한다면 우리는 모두
장로님께 책망을 듣고 혼이 나야 할 뿐 아니라 본전까지
빼앗기고 살고 있는 집에서 쫓겨나야 해요. 이 절간의 장
로님께서 그렇게 법지(法旨)를 내리셨소. 우리는 이 절간
의 본전을 가지고 장사를 하며, 절간 집에 살고 있는데,
어떻게 스님께 이 술을 팔 수 있겠소?"
"정말 팔지 않겠다는 건가?"
"날 죽인데두 못 팔겠소!"
"내, 자네를 죽일 리는 없으니, 그저 술이나 팔아 주게!"

그 장정은 이야기가 재미없게 나온다 생각하고 대뜸 술통을 도로 떠메고 그 자리를 떴다. 지심은 다짜고짜로 정자에서 그 장정을 쫓아 내려와 두 손으로 멜빵을 덥석 움켜잡고 장정의 사타구니를 한 발로 내질렀다.

그 장정은 두 손으로 아픈 곳을 부둥켜 쥐고 쭈그리고 앉은 채 옴짝달싹도 못했다. 지심은 그 술 두 통을 모두 정자 위로 끌어올려 가지고 뚜껑을 열어 제쳤다. 땅바닥에서 주발을 집어들고 찬 술을 닥치는대로 퍼마셨다.

얼마 안 되어서 한 통을 다 마셔 버렸다. 그러고 나서 하는 말이,

"여보게! 내일 술값을 받으러 절간으로 오게!"

그 장정은 겨우 아픈 것이 가라앉기는 했으나, 이런 사실이 장로에게 알려지면 혼이 날까 봐, 술값을 내란 말도 못하고 나머지 한 통 술을 빈 통에 절반을 따라서 주발을 집어들자. 다시 떠메고 나는 듯이 빠른 걸음으로 산을 내려가 버렸다.

지심은 정자 소나무 밑에 앉아 있노라니 술이 점점 취해 왔다. 짧은 승복을 벗어 젖혀 두 어깨를 다 드러내고 소맷자락으로 허리를 휘감고 산을 내려왔다. 어깨를 드러냈으니 먹물로 뜸을 뜬 얼룩덜룩하고 시퍼런 용무늬가 그대로 나타났을 것은 두말할 것도 없는 일이었다.

산문 앞까지 다다랐을 때, 문지기 두 사람이 멀리서 지심을 발견하자, 대나무 방망이를 손에 들고 달려와서 앞을 가로막으며 호통을 쳤다.

"불문(佛門)에 있는 몸으로 술이 곤드레만드레 취해 가지고 파계(破戒)를 하다니! 술을 마시는 중은 이 방망이

로 40대를 때려서 추방하기로 돼 있다! 만약에 문지기가 술취한 중을 절간에 들여놓는다면 우리가 도리어 매를 열 대 맞기로 돼 있으니, 어서 빨리 도로 내려가거라! 매를 때리는 것만은 용서해 줄 터이니…."

지심은 두 눈을 부릅뜨고 호통을 쳤다.

"못된 놈들! 네 놈들 둘이서 나를 때리겠다구? 내가 네 놈들을 때려줘야겠다!"

문지기 중에서 한 사람은 나는 듯이 감사(監寺)를 찾으러 달려갔고, 또 한 사람은 대나무 방망이를 가로잡고 지심을 막으려고 했다. 지심은 다섯 손가락을 쫙 펴 가지고 그 문지기의 얼굴을 보기 좋게 후려갈겼다.

한 번 얻어맞고 비칠비칠 쓰러져서 버둥거리는 문지기를 지심은 또 한 번 주먹으로 후려갈겼다. 그는 그대로 산문(山門) 아래 나자빠진 채 끙끙 앓는 소리를 할 뿐이었다.

감시(監寺)는 문지기의 보고를 받자, 노랑(老郞), 화공(火工), 직청(直廳), 교부(轎夫) 등 20여 명을 소집해 가지고 각각 백목곤봉(白木棍棒)을 들고 뛰쳐나왔다.

지심은 이것을 보자, 벽력 같은 음성으로 고함을 질렀다. 그가 군인 출신인 것을 알지 못하는 여러 사람들이 그 난폭한 꼴에 질려서 황망히 장전(藏殿-창고)으로 몸을 피하고 창살문을 닫아 버리자, 지심은 주먹질 발길질을 해서 그 창살문을 모조리 부숴 버렸다.

그 이상 몸을 피할 곳이 없는 여러 사람들은 각각 몽둥이를 휘두르며 다시 뛰쳐나왔고, 감사(監寺)는 이런 사태를 시급히 장로에게 보고했다.

장로는 대경실색하여 대뜸 시자(侍者) 네댓 명을 거느리고 낭하로 달려와 호통을 쳤다.

"지심! 무례한 짓을 해선 못 쓴다!"

지심은 도리어 변명을 했다. 자기가 술 몇 잔을 마셨더니 저놈들이 싸움을 건 것이라고. 장로가 시자(侍者)들을 시켜서 지심을 선상(禪床)에까지 끌고 가니 그는 몸을 가누지도 못하고 선상 앞에 벌떡 나자빠져서 쿨쿨 잠이 들어 버렸다.

이런 살쾡이〔野貓〕 같은 자를 이 절간에 오래 두었다가는 신성한 규칙〔淸規〕을 어지럽게 한다고, 여러 중들이 이구동성으로 빗발치듯 아우성을 쳤으나, 장로는 한결같이 장래에 위대하게 불도를 터득할 인물이니 이번만은 용서해 주자고 극력 감싸 주어서 일은 무사히 수습되었다.


그 이튿날.

아침재〔早齋〕가 끝나자 장로는 시자를 시켜 승당(僧堂)으로 가서 지심을 불러오라고 했다. 불전(佛殿) 좌선처(坐禪處)에 가보니 지심은 아직도 잠을 자고 있었다. 깨울 수도 없어서 옆에 서서 깰 때를 기다리고 있었다. 한참 만에 벌떡 일어난 지심은 승복을 걸치고 맨발로 승당 밖으로 쏜살같이 뛰어나갔다. 시자가 깜짝 놀라서 밖으로 따라나갔다. 그는 불전 뒤에서 소변을 보고 있었다. 시자는 웃음을 참지 못하고 한옆에 기다리고 있다가 그가 손을 씻고 나자, 장로가 할 말이 있단다고 방장(方丈)으로 데리고 왔다.

장로는 온갖 소리를 다해서 꾸짖고 타이르고 했다. 지

심은 꿇어앉아서 용서를 빌었다.

"이제부터는 두 번 다시 그런 짓을 하지 않겠습니다."

이런 일이 있은 후 3,4개월 동안 지심은 절간 밖으로 한 걸음도 나가지 않았다. 그런데 2월, 날씨가 갑자기 따스해진 어느 날, 지심은 승방을 나와서 발길 내키는 대로 밖으로 나가서 오대산(五臺山) 경치를 바라보면서 혼자 감탄하고 있었다. 산 아래서 난데없이 둥둥둥둥하는 요란스런 소리가 바람결에 들려왔다. 지심은 다시 승당(僧堂)으로 돌아와서 은전을 몇 닢 주머니 속에 집어넣고 한 걸음 두 걸음 산 아래로 내려왔다. 오대복지(五臺福地)라고 써 있는 패루(牌樓) 밖으로 나서 보니, 그곳은 바로 저자〔市井〕고 약 6백여 호의 인가가 있었다. 술집이며 고깃집이며 반찬가게며 국수집이며 없는 것이 없었다. 지심은 뭣이고 사먹고 싶은 생각에 두렷두렷 살피며 어슬렁어슬렁 걸어갔다.

어느 대장간 문앞을 지나고 있었디. 세 사람이 망치로 쇠를 두드리고 있었다. 지심은 갑작스레 호기심이 일어나서 은전 닷 냥을 던져 주고 1백 근짜리 선장(禪杖)과 계도(戒刀)를 만들어 달라고 했다.

"관우(關羽)의 청룡도도 81근밖에 안 되는데요."

대장간 사람은 이렇게 말하면서 62근짜리 수마선장(水磨禪杖)과 계도(戒刀)를 만들어 놓겠다고 약속했다. 지심은 대장간 사람에게 같이 술을 마시러 가자고 했으나 일이 바쁘다는 핑계로 거절을 당하자, 다시 혼자서 어슬렁어슬렁 걸어가다가, 한군데 술집간판을 보고 문발을 걷어 올리며 안으로 썩 들어서서 술을 달라고 호통을 쳤다.

그러나 주인은 중한테는 술을 절대로 팔 수 없다는 것이었다.

"이놈, 내 다른 데 가서 한잔 먹고 오다가 네 놈을 그대로 두지는 않을 테다…."

또 다른 술집을 찾아갔으나 역시 마찬가지였다. 다시 이 집 저 집 서너 군데 술집을 더듬다가, 멀찌감치 떨어진 마을 어귀에 살구꽃이 만발해 있는 한군데 조그마한 술집을 발견했다.

지심은 그 술집으로 또 쑥 들어서서 들창가에 앉아 소리를 질렀다.

"주인! 길 가는 중이오! 술 한 잔 마시도록 해주시오!"

"오대산에서 오신 스님이라면 술을 팔 수 없습니다."

"나는 오대산 중이 아니오. 빨리 술을 가져오시오!"

술집주인이 얼핏 보니, 지심의 모습이나 몸차림이나 말투가 보통 중과는 달랐다. 드디어 술을 내놓고 말았다.

큰 잔으로 열 잔이나 꿀꺽꿀꺽 마시고 나서, 지심은 주인에게 물었다.

"고기는 없소? 한 접시만 먹게 해주시오!"

"아침결에는 쇠고기가 좀 있었지만 다 팔리고 없습니다."

이때 지심은 어디선가 고기냄새가 코를 찌르는 것을 깨닫고, 빈터로 뛰어나왔다. 담모퉁이에 가마솥〔砂鍋〕을 걸고 개 한 마리를 삶고 있었다.

"당신 집에는 개고기가 있는데 어째서 팔지 않는 거요?"

"스님께서는 개고기를 잡숫지 않으시는 줄만 알고 여쭙지도 않았습니다."

"돈은 여기 얼마든지 있소!"

지심은 주머니를 뒤적뒤적하더니 은전을 주인에게 꺼내 주고 개 한 마리를 절반만 내놓으라고 했다.

주인이 어쩔 수 없이 잘 삶아진 개 반마리와 마늘까지 곁들여서 내놓으니 지심은 기뻐서 어쩔 줄 모르며 개고기를 찢어서 마늘 양념과 함께 또 술을 열 잔쯤 더 마셨다.

입안이 꺼끄러울 정도로 실컷 먹고 나서 지심은 또 술 한 통을 더 가져오라고 했다. 주인이 하는 수 없이 술 한 통을 더 퍼다 주니 지심은 순식간에 깨끗이 비워 버리고, 먹다 남은 개 다리 하나를 품속에다 감추어 넣었다. 그러고는 하는 말이,

"나머지 돈은 내일 와서 또 마시겠소!"

산 중턱에 있는 정자까지 올라온 지심은 오랫동안 손발을 써보지 못해서 근질근질한지라, 두 소매를 걷어 올리고 팔을 휘저어 보다가 신바람이 나서 한쪽 어깨로 정자 기둥을 들이받아 보았다.

우지끈! 하는 소리와 함께 정자의 기둥이 부러지면서 정자는 한편으로 기울어져 버렸다. 문지기가 이상한 소리를 듣고 높은 곳에서 내려다보다가 소리를 질렀다.

"큰일났다! 저 못된 놈이, 오늘밤 또 곤드레만드레로 술이 취했으니!"

문지기는 산문을 얼른 닫아 버렸다.

지심은 주먹으로 북을 두드리듯이 문짝을 들이쳤다. 그러나 두 문지기가 문을 열어 줄 리 없었다. 지심은 몸을 비비꼬며 돌아서더니 왼편에 서 있는 금강신(金剛神)의 상(像)을 발견하자 호통을 쳤다.

"이런 시커멓게 생긴 자식이, 내 대신 문을 좀 두들겨 주지 않고 주먹만 불끈 쥐고… 내가 네 놈을 무서워할 줄 아니!"

지심은 다짜고짜로 대기(臺基)로 뛰어올라가 울타리 기둥을 뽑아 가지고 왼편에 서 있는 금강신상(金剛神像)의 다리를 후려갈겼다. 다리가 부숴지고 우수수 흙이 떨어져 내리자 이번에는 오른편에 있는 금강신의 다리를 후려갈겨서 거꾸러뜨렸다. 문지기들은 대경실색하며 장로에게 보고했다. 그러나 장로는 어찌할 도리가 없으니 내버려 두라는 것이었다.

지심은 문 밖에서 고함을 질렀다.

"이 못된 알대가리들아! 나를 절간 안으로 못 들어가게 한다면 산문 밖에 불을 질러서 이 시시한 절간을 몽땅 태워 버리고 말 테다!"

여러 중들은 이 말을 듣자, 어쩔 수 없이 문지기를 불렀다.

"빗장을 뽑고 저 망할 자식을 안으로 들어오게 해주게! 문을 열어 주지 않는다면 정말 불을 지를 걸세!"

문지기는 하는 수 없이 빗장을 뽑고 나는 듯이 방안으로 뺑소니를 쳐서 몸을 피했다. 여러 중들도 그 자리를 피해 버렸다.

지심은 있는 힘을 다해서 산문을 안으로 밀치고 거꾸러질 듯이 굴러 들어와서, 벌떡 일어나 머리를 한 번 슬쩍 쓰다듬고 쏜살같이 승당(僧堂)으로 달려가 선불장(選佛場)에 이르렀다.

젊은 중들이 좌선(坐禪)을 하고 있다가, 지심이 문발을

걷어치고 뛰어드는 꼴을 보자 모두 깜짝 놀라서 머리를
푹 숙이고 있었다.

지심은 선상(禪床)가로 가더니 목구멍 속에서 꾸룩꾸룩
소리를 내며 왈칵 땅바닥에 먹은 것을 토했다. 여러 중들
은 그 악취를 맡을 수 없어서 일제히 입과 코를 손으로 막
고,

"부처님 맙소사!"

를 연발했다.

지심은 한바탕 토해 놓고 선상(禪床) 위로 기어 올라가
서 허리띠를 풀어 젖히고 승복이고 띠를 모조리 잡아 찢
고 끊어 버렸다. 그러자 숨겨 두었던 개 다리가 불쑥 튀어
나왔다.


"잘됐다! 잘됐어! 마침 배가 고프던 판에…."

지심은 개 다리를 움켜 쥐고 뜯어먹기 시작했다. 여러
중들은 그 꼴을 보다 못해서 소맷자락으로 얼굴을 가렸고,
젊은 중들은 좌선(坐禪)을 하다가 모두 자리를 뜨고 말았
다.

지심은 그것을 보자, 개고기를 한 점 뜯어 가지고 상수
(上首)에 있는 젊은 중에게 불쑥 내밀었다.

"자네도 먹어 보게!"

그 젊은 중은 두 소맷자락으로 죽을 듯이 얼굴을 가렸
다.

"그럼, 자네나 먹어 보게!"

하면서, 지심은 고깃점을 하수(下首)에 있는 젊은 중의 입
에다 쑤셔 넣으려고 했다. 그 젊은 중이 몸을 피할 겨를이

없어서 선상(禪床)에서 그대로 뛰어내리자, 지심은 그의 한편 귀를 움켜잡고 기어이 개고기를 입 속에 쑤셔 넣고 말았다.

저편 선상(禪床)에서 젊은 중 서너너덧이 달려들어 말리려고 했으나, 지심은 개고기를 집어던지고 두 주먹을 불끈 쥐어 그들의 빤질빤질한 머리통을 마구 후려갈겼다. 만당(滿堂)의 중들은 모두 고함을 지르며 각각 자기 궤(櫃) 속에서 의발(衣鉢)을 꺼내어 도망을 쳤다.

이 소동을 '권당대산(椦堂大散)'이라고 한다. 수좌(首座)도 손을 댈 도리가 없었다.

지심이 제멋대로 날뛰니, 선객(禪客)의 태반이 낭하로 몸을 피했고, 감사(監寺)와 도사(都寺)는 장로에게 알리지도 않고, 일반(一班)의 직사승인(職事僧人)을 불러서 노랑(老郞)·화공(火工)·직청(直廳)·교부(轎夫) 등 약 2백 명을 소집했다. 수건으로 머리들을 질끈 동이고 일제히 지팡이와 곤봉을 들고 승당(僧堂)으로 쳐들어갔다.

지심은 그것을 보자 미친 듯이 소리를 지르며 승당(僧堂) 안으로 뛰어 들어가서 부처님 앞에 놓인 공탁(供桌)을 뒤집어엎고 상다리 두 개를 뽑아 들고 승당 안으로부터 밖으로 쳐나왔다.

여러 중들은 미친 듯이 날뛰는 지심의 흉흉한 기세를 보자 겁을 집어먹고 일제히 곤봉을 질질 끌면서 낭하로 후퇴했다. 그러나 지심은 다리 두 개를 휘두르며 줄기차게 덤벼들었다. 여러 중들은 양편에서 힘을 합쳐서 협공(挾攻)을 하기 시작했다.

지심이 대로하여 동서남북 분간 없이 닥치는대로 상다

리를 휘두르며 법당(法堂)에까지 쳐들어갔을 때, 장로의 호통소리가 들렸다.

"지심! 무례한 짓을 해선 못쓴다! 여러 중들도 손을 멈추어라!"

여러 중들은 양편에서 10여 명의 부상자를 냈지만 장로의 모습을 발견하자 그대로 물러섰다. 지심은 여러 중들이 물러서는 것을 보자, 그제야 상다리를 집어던지며 소리를 질렀다.

"장로님? 이거, 어떻게 좀 해주십시오!"

술기운이 거의 다 깨어 있었다. 장로는 한심스러운 듯 말했다.

"지심! 그대는 이 노승(老僧)을 시끄럽게 굴어서 죽일 작정인가? 전번에도 술이 취해서 한바탕 소란을 일으켜서 내가 그대의 형뻘 되는 조원외(趙員外)에게 알렸더니, 그가 편지를 보내서 여러 중들에게 대신 사과를 했는데, 이번에 또 이렇게 대취해서 무례한 짓을 하고, 규식을 어지럽게 하고, 정자를 부수고, 금강신을 깨뜨려 버리고… 이런 일을 젖혀 놓고라도, 여러 중을 몰아 내쫓았으니, 이 죄업(罪業)은 이만저만한 게 아니란 말야! 나의 이곳 오대산 문수보살의 도장(道場)은 1천1백 년을 두고 깨끗한 향불이 감도는 곳이니, 어찌 그대같이 더러운 몸을 용납해 둘 수 있겠는가? 우선 나를 따라가서 방장(方丈)에서 며칠 지내세. 내 달리 거처할 곳을 마련해 주기로 하지."

장로는 지심을 방장으로 데리고 가서 하룻밤을 쉬도록 했다. 그 이튿날 수좌(首座)와 상의한 끝에, 얼마간의 은전을 마련해 주어서 지심을 다른 곳으로 보내기로 작정했다. 그러나 일단 조원외에게 알려야겠기 때문에, 장로는 한 통의 편지를 써서 두 사람의 직청도인(直廳道人)을 시켜서 조원외의 집으로 통지해 주고 사건의 전말을 자세히 이야기한 다음 곧 답장을 받아 오도록 했다. 조원외는 편지를 받아 보자 어리둥절, 곧 장로에게 답장을 보내고 부숴진 금강신상과 정자는 자기가 비용을 들여서 수축하겠다고 했다.

답장을 받아 본 장로는 곧 시자를 시켜서 검정 승복 한 벌과, 승혜 한 켤레와 백금 십 냥을 내오게 하고 지심을 방안으로 불러서 이렇게 망했다.

"지난번 일은 과실로 돌린다 하더라도, 이번에 대취해서 금강신상을 때려 부수고 정자를 쓰러뜨리고 선불장(選佛場)을 어지럽게 한 것은 그 죄업(罪業)이 가볍다 할 수 없으니 이 깨끗한 곳에서는 용납할 수 없어. 조단월(趙檀越-조원외)의 체면을 생각하고 이 편지 한 통을 줄 것이니 그곳에 가서 몸 편히 있는 게 좋을 거야. 나는 어젯밤 그대를 생각하고 네 귀의 게언(偈言-頌文)을 줄 것이니 종신토록 유용하게 마음속에 새겨 두기 바라네."

이리하여 지심은 장로에게서 네 귀의 게언을 듣고 장로가 지시하는 곳으로 떠나갔다.

이런 인연으로 노지심은 선장(禪杖)을 휘둘러 천하의 영웅호한(英雄好漢)과 싸우고 역자참신(逆子讒臣)을 죽이게 된다.

# 5  남자신부(新婦)


小 覇 王 醉 入 銷 金 帳
花 和 尙 大 鬧 桃 花 村


숲을 만나 일어나고
산을 만나 부하고
주를 만나 옮기고
강을 만나 그치라
遇林而起 遇山而富 遇州而遷 遇江而止


　지진장로(智眞長老)는 노지심에게 이 네 귀의 게언(偈言)을 일러 주고, 자기 아우뻘 되는 지청선사(智淸禪師)란 분이 동경(東京)의 대상국사(大相國寺)를 맡아 가지고 있으니, 편지 한 통을 가지고 그곳을 찾아가서 직사승(職事僧) 자리라도 얻어 지내라고 했다.

　노지심은 장로에게 구배(九拜)의 절을 하고 오대산을 떠나 그 길로 예전 대장간을 찾아갔다. 옆집 여인숙에서 며칠을 지체하며 계도(戒刀)와 선장(禪杖)이 다 되기를 기다려 그것을 찾아가지고 다시 길을 떠났다.

　반달이 지났다. 그 동안 절간에는 한 번도 묵지 않고 밤이면 여인숙을 찾아들고 낮이면 술집을 찾아 노상 마시면서 길을 걸었다. 하루는 길을 가다가 산수의 경치가 너무나 아름다워서 그것만 구경하고 있다가 날이 저물어 잠잘

곳도 찾지 못하고 쩔쩔매고 있었다.

다시 30리 길을 걸어서 어느 판교(板橋)를 건너서니 멀리 저녁놀이 비끼는 숲속으로 큼직한 집이 한 채 바라다보였다. 지심은 얼른 그 집 앞으로 달려갔다.

10여 명의 하인배들이 무엇인지 열심히 나르고 있었다. 하루 저녁만 재워 달라고 간절히 청을 들였다. 그러나 아무리 애원을 해봐도 막무가내였다.

"스님, 두 말 말고 빨리 가시오. 여기서 어물어물하고 있으면 죽기 꼭 알맞소. 그래도 가지 않는다면 붙잡아서 이곳에 꽁꽁 묶어 두겠소!"

지심은 화가 나서 선장을 불끈 움켜잡고 한바탕 행패라도 부려 볼 생각을 하고 있는데 60이 넘어 뵈는 이 집 주인 노인이 지팡이를 짚고 나왔다. 하인배들을 꾸짖으며, 지심에게 옥신각신하는 사연을 물었다.

지심은 오대산에서 오는 중인데 하룻밤만 재워 달랬더니 꽁꽁 묶어 버리겠다고 해서 그런다고 자초지종을 말했다.

노인은 중이라는 말을 듣더니 반색을 했다.

"이 늙은 것도 평소에 불천삼보(佛天三寶)를 경신(敬信)하고 있습니다. 오늘밤 우리 집에는 좀 특별한 일이 있지만, 하룻밤쯤은 주무시고 가셔도 좋습니다."

서로 인사를 했다. 노인은 성이 유(劉), 그 고장은 도화촌(桃花村)이라 하며, 마을 사람들은 노인을 도화촌의 유태공(劉太公)이라 부른다는 것이었다. 지심도 자기가 지진장로의 제자라는 사실을 밝히고 통성명을 했다.

"저녁 진지를 올려야겠는데 기름진 것이나 냄새나는 음

식도 상관없으신지요?”

“소승은 아무것이나 다 잘 먹습니다. 탁주, 청주, 소주 모두 좋습니다. 쇠고기나 개고기가 있다면 더욱 잘 먹겠습니다.”

얼마 안 되어서 하인이 밥상을 차려 내왔는데, 거기에는 쇠고기 한 접시, 반찬이 네댓 가지 됐다.

지심은 조금도 사양하는 빛이 없이 눈 깜짝할 사이에 술 한 주전자와 고기 한 접시를 깨끗이 치워 버렸다. 유태공은 맞은편 자리에 앉아서 바라보다가 두 눈이 휘둥그레져서 어리둥절했다.

밥상을 물리자, 노인은 이런 말을 했다.

“스님께서는 바깥 방에서 쉬어 주십시오. 밤중에 좀 어수선한 일이 있더라도 결코 나오시면 안 됩니다.”

“댁에서는 오늘밤에 무슨 일이 있으신가요.”

“스님께서 아실 만한 일이 못 됩니다.”

“노인의 안색이 매우 이상하신데, 소승이 폐를 끼쳐서 그러십니까? 숙박료는 내일 어김없이 올리겠습니다.”

“천만에, 그래서 그런 게 아닙니다. 우리 집에서는 언제나 스님들에게 식사 대접과 보시(布施)를 해왔습니다. 스님 한 분께서 주무시는 게 무슨 큰일이겠습니까만, 오늘밤에는 딸의 신랑을 맞이하게 되어서 그것 때문에 근심걱정을 하고 있습니다.”

노지심은 큰 소리로 껄껄 웃었다.

“남자는 장성하면 장가를 들게 마련이고 여자는 장성하면 시집을 가게 마련인데, 이런 인륜대사(人倫大事)와 오상지례(五常之禮)에 무슨 까닭으로 근심걱정을 하십까.”

이 말을 듣자 노인은 안타까운 사연을 설명했다. 그에게는 열아홉 살짜리 외딸이 하나 있었는데, 얼마 떨어지지 않은 도화산(桃花山) 속에 근자에 두 대왕(大王)이 나타나서 채책(寨柵)을 든든히 하고 6,7백 명이나 부하를 모아들여서 함부로 강탈을 하고 있으나 이곳 청주(靑州) 관군(官軍)의 포도(捕盜)들은 손도 못 대고 있는데, 어느 날 놈들이 이 노인의 집으로 진봉금(進奉金)을 걸으러 와서 노인의 딸을 한번 보자, 금자(金子) 20냥과 비단〔紅錦〕 한 필을 던져 정례(定禮)를 삼고 바로 오늘밤을 길일(吉日)로 택하여 장가를 들러 내려온다는 것이었다. 그런데도 노인의 집안에서는 그놈과 싸울 수도 없고 해서 근심 걱정을 한다는 것이었다.

노지심은 그 딸을 구해 줄 결심을 했다.

"무슨 그런 일쯤을 가지고 근심걱정하실 게 있습니까. 내가 그 혼담을 단념시키도록 해놓겠습니다."

"사람을 죽이고도 눈 한 짝도 깜짝하지 않는 놈들인데, 단념을 시킨다는 것은 도저히 어려운 일입니다."

"나는 오대산 지진장로의 밑에서 설법(說法)을 배웠으니, 철석 같은 인간이라도 설득시킬 수 있습니다. 오늘밤에 따님만 어디 다른 곳으로 숨겨 버리시면 됩니다. 놈이 꼭 마음을 돌리도록 만들어 놓겠습니다."

노인은 곧 하인들에게 분부하여 삶은 오리를 한 마리 내놓고 큰 사발로 술을 퍼서 지심이 마시고 싶은 대로 2,30잔이나 마시게 했다. 오리고기도 한 마리를 몽땅 먹어 버렸다.

그러고 나서는 하인을 시켜서 우선 짐을 방안으로 치워

두게 하고, 선장(禪杖)을 손에 잡고 계도(戒刀)를 허리에 차고, 자기를 신부 대신 그 방으로 안내하라고 했다.

노인이 그 말대로 딸을 다른 곳으로 숨기고 딸의 방을 가리켜 주자, 지심은 두말 않고 들어가 방안의 상이며 의자 등을 얌전히 정돈하고, 계도를 머리맡에 놓고 선장을 침상 한옆에 꽂은 다음 금빛 휘장〔銷金帳〕을 내리치고 발가벗고 알몸뚱이가 되어서 침상 위로 기어올라가 앉았다.

노인은 보리타작을 하는 넓은 마당〔打麥場〕에 등불이며 술이며 음식 등, 만반 준비를 갖추고 대왕(大王)이라는 도적의 두목을 기다리고 있었다.

초경(初更) 때쯤 되어서 북소리, 징소리가 요란스럽게 울리더니 멀리 4,50자루의 횃불을 밝히며 도적의 무리들이 달려들었다. 두목 대왕(大王)이 노인의 집 앞에 도착해서 말을 내리자, 부하 도적들은 일제히 축하의 소리를 올렸다.

모자가 번쩍번쩍
오늘밤에는 신랑이 되시네.
옷도 몸에 꼭 알맞아
오늘밤에는 아리따운 신부가 되시네.
帽兒光光 今夜做個新郎
衣衫窄窄 今夜做個嬌客


대왕은 대청에 자리잡고 앉기가 무섭게, 노인에게 대뜸 물었다.
"장인, 나의 아내는 어디 있소?"

"부끄러워서 밖에 나오지 못했소."

노인은 노지심이 잘 설복시켜 주기만 마음속으로 빌면서 대왕을 딸의 방으로 안내하기로 결심했다.

촛대를 손에 들고, 대왕을 인도하여 병풍 뒤를 돌아서 신부 방 앞까지 오자 손으로 가리키면서 말했다.

"여기요! 이 안으로 들어가시오!"

노인은 촛대를 손에 든 채, 돌아서 가버렸다. 길인지 흉인지 아직 알 수는 없으나 뭣이 어찌되든 간에 뺑소니를 치자는 배짱이었다.

대왕이 방문을 열고 안을 들여다보니 캄캄절벽이었다. 그는 혼자서 중얼거렸다.

"우리 장인은 과연 살림에 규모가 대단하구나. 방안에 등잔불도 켜지 않고 내 아내 될 사람을 캄캄절벽 속에 앉혀 두었으니. 내일은 부하를 시켜서 산채(山寨)로부터 좋은 기름을 한 통 가져오게 해서 불을 켜주도록 해야겠군!"

노지심은 휘장 안에서 그 말을 듣고 우스워서 견딜 수가 없었으나 꾹 참고 있었다.

대왕은 두 손으로 더듬더듬, 방안으로 들어서며 불렀다.

"여보! 당신은 왜 나와서 나를 맞아 들이지 않소? 부끄러워할 건 없소. 나는 내일부터 당신을 산채(山寨)의 부인으로 삼을 터인데…."

이렇게 연방 중얼거리면서 다시 더듬더듬 금빛 휘장을 찾아서 선뜻 걷어 젖히고 손을 넣어 휘저으면서 노지심의 뱃가죽을 쓰다듬었다.

노지심은 대뜸 그놈의 두건(頭巾) 한귀퉁이를 덥석 움켜잡아서 단번에 침상 아래로 깔아 버렸다. 대왕은 일어나

려고 버둥거렸다. 노지심이 오른편 주먹을 불끈 쥐고 소리
쳤다.

"이 못된 도둑놈아!"

뒷목덜미를 주먹으로 한번 후려갈겼다. 대왕은 소리를
질렀다.

"남편을 때리다니!"

노지심은 호통을 쳤다.

"네 여편네 맛을 톡톡히 봬 주마!"

침상가로 끌어다가 쓰러박고 주먹질 발길질 닥치는대로
차고 때렸다. 대왕은,

"사람 살리오!"

하고 고함을 질렀다.

유태공(劉太公)은 깜짝 놀라서 어리둥절했다. 오늘밤에
대왕을 설득시켜 주겠다더니 안에서는 사람 살리라는 소
리뿐이니, 유태공은 겁이 덜컥 났다. 황망히 촛불을 밝히
고 하인들을 거느리고 일제히 안으로 달려 들이갔다.

여러 사람이 등불을 밝히고 살펴보니, 건강하게 생긴
화상이 몸에는 실오라기 하나 걸치지 않고 알몸뚱이로 침
상 앞에 대왕을 깔고 앉아서 마구 때리고 있었다. 선두에
선 부하 졸병이 소리를 질렀다.

"모두들 이리 와서 대왕님을 구해요!"

여러 졸병들이 일제히 창이며 곤봉을 들고 덤벼들어 대
왕을 구하려고 하자, 노지심은 대왕을 내동댕이치고 침상
옆에서 선장(禪杖)을 집어들고 대뜸 내리치려 덤벼들었
다. 졸병들은 그 무서운 기세에 놀라 소리를 지르며 도망
쳐 버렸다.

대왕도 이 소란한 틈을 타서 방문 앞으로 엉금엉금 기어 나와서, 잽싸게 문앞에 매두었던 빈 말로 뛰어올라 버드나무가지를 꺾어 가지고 채찍질을 가했으나 말은 꼼짝도 하지 않았다.

"이런 빌어먹을! 이 말까지도 나를 골탕먹이려 드는구나!"

그러나 자세히 살펴보니 너무 당황하여 말고삐를 풀어주지 않았기 때문이었다. 선뜻 고삐를 풀어서 나는 듯이 노인의 집을 뛰쳐나오며 벽력같이 소리를 질렀다.

"이 못된 늙은 것아! 네 놈이 무사할 줄 아느냐?"

버드나무가지 채찍으로 연방 말을 후려갈겼다. 말은 대왕을 등에 태우고 나는 듯이 산 위로 달아나 버렸다.

유태공은 지심을 붙잡고 오히려 원망조로 말했다.

"스님께서는 이 늙은 것의 온 집안을 혼이 나게 해놓으셨습니다."

"무례함을 언짢게 생각지 마십시오. 우선 옷과 승복이나 입고 나서 이야기하십시다."

지심이 의복을 입고 나자, 노인은 또 걱정을 했다.

"주먹다짐을 하시리라고는 천만뜻밖이었습니다. 반드시 산채(山寨)로 가서 보고를 하면 도둑놈들이 떼를 지어서 우리 집으로 쳐들어올 겁니다."

지심은 그제야 자기의 과거 경력을 솔직히 설명해 주고, 그 따위 놈들은 1천 명 2천 명이 몰려들어도 겁날 것이 없다고 빼기면서, 자기 말을 믿지 못하면 이 선장(禪杖)을 한번 들어 보라고 내주었다.

하인배들이 옴짝달싹도 못하는 선장이 지심의 손에 돌

아가면 마치 등잔불 심지를 건드리듯이 간단히 움직여졌다. 노인은 지심더러 제발 자기 집에 오래 머무르면서 지켜 달라고 간청했다. 지심도 죽어도 달아나지 않는다고 쾌히 승낙했다.

또 술 이야기가 나왔다.

"우리 집에는 술이나 고기는 얼마든지 있으니 실컷 잡수어 주십시오."

"나는 술을 한 푼어치만 마시면 한 푼어치의 솜씨를 부릴 수 있고, 열 푼어치를 마시면 열 푼어치의 힘이 생기는 사람입니다."


한편, 도화산의 산채에서는 첫째 두령〔大頭領〕이 장가를 들겠다고 산을 내려간 둘째 두령〔二頭領〕의 소식이 궁금해서 부하를 보내어 알아보려는 판이었다.

부하 졸병 몇 명이 난데없이 달려들며 허둥지둥 소리를 질렀다.

"큰일났습니다! 큰일났습니다!"

첫째 두령이 대뜸 물었다.

"무슨 일이기에 그다지 당황하게 구느냐?"

"둘째 두령께서 매를 맞으셨습니다!"

이때, 둘째 두령이 돌아왔다는 보고가 들어왔다.

둘째 두령은 머리에 휘감았던 홍건(紅巾)도 없어졌고 몸에 걸쳤던 녹포(綠袍)도 갈갈이 찢기어 그 꼴이 말이 아니었다.

둘째 두령은 말에서 내리자, "형님! 날 좀 살려 주시오!" 하더니, 봉변을 당하게 된 자초지종을 이야기하고 원수를 갚아 달라고 했다.

첫째 두령은 노발대발했다.

"경각을 지체 말고 내 말을 준비해라!"

첫째 두령은 말 위에 올라 앉자, 창을 꼬나 들고 부하 졸병을 모조리 거느리고 고함을 지르면서 산을 내려갔다.

한편, 노지심이 한창 술을 마시고 있는데, 하인이 달려들며 소식을 전했다.

"산에서 첫째 두령이 부하 졸병을 모조리 거느리고 쳐내려왔습니다!"

노지심은 태연자약했다.

"당황해할 것은 조금도 없어! 내가 때려 눕힐 터이니까. 그대들은 그놈을 꽁꽁 묶어서 관사(官司)로 끌고 가서 상이나 타면 돼. 나의 계도(戒刀)나 가져다 주게!"

노지심은 옷을 벗고 속바지를 걷어 올린 다음, 계도를 허리에 차고 선장을 뻗쳐든 채 뚜벅뚜벅 보리타작하는 넓은 마당으로 걸어나갔다.

첫째 두령이 수없이 타오르는 횃불 속에서 일기(一騎)로 노인의 집 앞으로 다가들며 말 위에 긴창을 뻗쳐들고 호통을 쳤다.

"그 못된 알대가리 중놈은 어디 있느냐? 빨리 나와서 승부를 결하자!"

지심도 대로하여 매도했다.

"이 더럽고 치사스런 놈! 돼먹지 않은 도둑놈아! 내가 누군지 한번 톡톡히 맛을 봬 주마!"

선장을 휘두르며 다짜고짜로 쳐들어가니, 첫째 두령은 창부리를 뒤로 물리고 소리를 질렀다.

"화상! 잠시 손을 멈추시오! 그대 음성이 몹시 귀에 익은데, 우리 우선 통성명부터 합시다!"

"종씨(種氏) 경략상공(經略相公) 장전(帳前)에서 제할(提轄)로 있던 노달이 바로 나다! 지금은 출가해서 화상이 되어 노지심이라 부른다!"

첫째 두령은 별안간 껄껄껄껄 호탕하게 웃어젖혔다. 말에서 굴러 내려오더니 창을 집어던지고 몸을 이편으로 훌쩍 돌려 꿇어앉았다.

"형님! 그 동안 별고없으셨소? 우리 둘째가 형님 손에 맥을 못 춘 것도 알 만한 일이었군요!"

노지심은 무슨 속임수가 아닌가 해서 몇 걸음 재빨리 뒤로 물러서며 선장을 잔뜩 움켜잡고 노려보았다. 횃불 속에 나타난 얼굴은 바로 창봉(鎗棒)으로 재간을 부리며 약장사를 하고 있던 교두(敎頭) 타호장(打虎將) 이충(李忠)이었다.

본래, 강도들은 꿇어앉이 절을 히게 될 때, '히베(下拜)'라는 두 자를 쓰지 않는다. 그것은 군중(軍中)에 불리하다 해서 그 대신 '전불(翦拂)'이란 말을 쓰는데, 이 두 자는 길(吉)하고 이(利)로운 글자라고 한다.

이충은 대뜸 '전불' 하고 다시 일어서더니 노지심을 붙들고 물었다.

"형님은 어째서 머리를 홀랑 깎아 버렸소?"
"안으로 들어가서 이야기하세!"

유태공은 그 광경을 보자 또 한 번 깜짝 놀라서 중얼거렸다.

"이 스님까지 알고 보니 같은 패거리였구나!"

노지심은 안으로 들어가자, 이충을 자기 옆에 앉히고 유태공을 그 다음 자리에 앉히었다. 두 사람에게 여태까지 지내 온 경과를 자초지종 상세히 이야기해 주고 나서 이충에게 어째서 이곳에 나타나게 되었느냐고 물었다. 이충은 이렇게 대답했다.

"위주(渭州) 술집에서 형님과 작별한 후, 바로 그 이튿날 형님이 고기장수 정(鄭)가 놈을 때려죽였다는 소문을 듣고, 사진(史進)에게 상의하러 갔더니, 사진도 어디로 갔는지 찾아볼 수 없고 사람을 늘어놓아서 체포하려 든다는 소문을 듣자, 나도 허둥지둥 뺑소니를 쳤소. 이 산기슭을 지나게 됐는데, 마침 공교롭게도 아까 형님이 때려눕힌 바로 그 사나이와 맞닥뜨리게 됐죠. 그자는 도화산에 산채를 마련하고 소패왕(小覇王) 주통(周通)이라 일컫는데, 부하를 거느리고 산을 내려오다가 나와 한바탕 싸워서 나가떨어지자, 나를 산속에 머무르게 하고 채주(寨主)를 삼아서 첫째 두령의 자리에 앉히게 된 것이오. 그래서 그대로 주저앉아 버렸소."

"아우가 이곳에 있는 이상, 유태공의 이번 혼사는 두 번 다시 말하지 않기로 해주게. 이분에게는 이 딸 하나가 있을 뿐, 종신토록 봉양해야 하는데 자네들이 뺏어 간다면 노인은 의지할 곳이 없네."

노인은 이 말을 듣자. 기뻐서 어쩔 줄 모르며 두 사람에게 술과 음식을 대접하고 여러 부하 졸병들도 배불리 먹여 주었다. 그리고 예물로 받았던 금과 비단을 내놓았다. 노지심이 말했다.

"아우, 이걸 자네가 내 대신 받아 주게. 이번 일은 자네가 하기에 달렸으니까…"

이충은 쾌히 승낙하고 지심더러 유노인과 함께 산채에 가서 며칠 묵도록 하자고 했다. 노인은 하인에게 교자를 준비시켜서 지심을 태우고, 선장이며 계도며 짐짝을 운반해 가도록 했다.

밤이 샐 무렵, 이충은 말을 타고 노인은 소교(小轎)를 타고 산으로 올라갔다. 산채 안에 있는 취의청(聚議廳)에 세 사람이 자리잡고 앉아서 이충은 주통(周通)을 불러들였다.

주통은 화상을 보더니, 내심 분노를 참지 못하고 말했다.

"형님은 나를 위해서 원수는 갚아 주지 않고 도리어 그를 산채로 청해다가 상좌(上座)에 앉히시다니!"

"자네, 이 스님을 아나?"

"내가 그를 안다면 매를 맞지 않았을 것이오!"

이충이 웃으면서 말했다.

"이 스님이 바로 내가 늘 말하던, 저 주먹 세 대로 진관서(鎭關西)를 때려죽인 분일세."

주통은 머리를 긁적긁적하더니 '아이쿠!' 하면서 훌쩍 몸을 돌이켜 전불(翦拂―하배)을 했다. 노지심도 답례를 하면서 사과를 했다.

"너무 시끄럽게 군 것을 언짢게 생각지 마오. 그리고 예물로 보낸 금과 비단은 여기 가지고 왔는데, 어찌할 작정이오?"

"형님 처분대로 하겠소. 두 번 다시 그 집에는 가지 않겠소."

"대장부 한 번 작정한 일을 이랬다저랬다 해서는 못쓰네."

주통은 화살을 꺾어서 맹세했다. 노인은 예물로 받았던 금과 비단을 돌려 주고 산을 내려가 집으로 돌아갔다.

이충과 주통은 소와 말을 잡아서 지심을 극진히 대접했다. 산 경치도 구경시켜 주었다. 며칠을 지내는 동안에, 지심은 이충과 주통이 배짱이 있는 위인이 못 되고, 하는 짓이 시시하다는 것을 피부로 느끼자 산을 내려가기로 결심했다. 두 사람은 지심을 붙잡으며 떠나 보내려고 하지 않았다.

"나는 이미 출가한 몸이니, 이런 짓을 하고 지낼 수는 없네."

"형님이 산속에서 도둑질이나 하고 지내기가 정 싫으시다면 우리들이 내일 산 아래로 내려가서 얼마간 마련하여 형님의 노비에나 보태 쓰시게 해드리겠소."

이튿날, 산채에서는 양과 돼지를 잡아서 송별연을 열었다. 금은주기(金銀酒器)를 식탁 위에 늘어놓고, 막 자리잡고 앉아서 술을 마시려고 하는데, 부하 졸병이 급하게 보고해 왔다.

"산 아래로, 두 대의 수레를 끌고 수십 명이 나타났습니다."

이충과 주통은 그 말을 듣자, 부하 두 사람만 남겨 놓아 지심의 시중을 들게 하고 전부 소집했다.

"형님은 천천히 몇 잔 더 드시고 계시오. 우리 둘이 산 아래로 내려가서 얼마간 마련해 형님을 떠나 보내 드리겠소."

그들이 산을 내려가자, 지심은 이런 생각을 했다.

'이 두 놈은 굉장히 인색한 놈들이로구나! 금은(金銀)이 잔뜩 있으면서도 나에게 주지 않고 남의 것을 강탈해다가 날 주겠다니! 놈들을 한 번 혼내 주어야겠다!'

곧 두 졸병을 앞으로 불러서 술을 따르게 하여 두 잔을 훌쩍 마시고 벌떡 몸을 일으켜 두 주먹으로 놈들을 때려 눕혔다. 다시 허리띠를 풀어서 두 놈을 함께 꽁꽁 묶었다. 입에는 짚뭉치를 틀어막고 보따리를 꺼내서 쓸데 없는 물건은 모조리 내동댕이치고, 그 대신 식탁 위의 금은주기(金銀酒器)를 납작하게 두들겨서 쑤셔 넣었다. 가슴 앞에 차고 있는 도첩(度牒-중으로 출가한 것을 나타낸 증서)주머니 속에다 지진장로의 편지를 집어넣고, 계도를 휘두르고 선장을 질질 끌면서 짐을 짊어진 채 산채를 나왔다.

산 뒤에 이르러 바라다보니, 모두 험준한 곳뿐이었다.

'앞산으로 가다가는 반드시 놈들과 맞닥뜨리게 될 것이니 이쪽 가시덤불을 굴러 내려가는 게 상책이다!'

이렇게 생각하자, 먼저 계도와 보따리를 한데 꾸려서 아래로 떨어뜨리고, 선장도 집어던지고 몸을 아래로 뒹굴뒹굴 굴려서 산기슭까지 내려갔다. 몸에는 아무런 부상도 입지 않았다. 다시 몸을 일으켜 모든 물건을 수습해 가지고 성큼성큼 앞으로 걸어나갔다.


한편, 이충과 주통은 산기슭으로 내려서자마자, 바로 그 수십 명과 맞닥뜨리게 되었다. 저마다 무기를 손에 들고 있었다.

이충과 주통은 창을 뻗치고, 부하 병졸들은 고함을 지

르며 덮쳐들었다.

"이 나그네들! 눈치 빠른 사람이면 빨리 길값〔買路錢〕이라도 두고 가거라."

이렇게 호통을 치니, 그 나그네들 가운데서 어떤 자가 박도(朴刀)를 휘두르며 이충에게 덤벼들었다.

일진일퇴, 10여 합을 싸웠지만 승부가 나지 않았다. 주통이 대로하여 뛰어 내달으며 호통을 쳤다. 부하 졸병들이 일제히 덤벼들었다. 나그네들은 견디다 못해서 모조리 도주해 버렸다. 미처 도망치지 못한 7,8명은 창에 찔려 죽고 말았다.

수레와 재물을 빼앗아 개가를 올리며 천천히 산으로 올라온 이충은 깜짝 놀랐다. 노지심은 간 곳 없고 두 놈의 부하가 기둥에 꽁꽁 묶여 있으며, 식탁 위의 금은주기는 모조리 간 곳이 없었다.

주통은 부하들을 풀어 주며 물었다.

"노지심은 어디로 갔느냐!"

"우리 둘을 때려눕혀서 묶어 놓고 주기(酒器)를 모두 가져가 버렸습니다."

"날도둑놈 같은 괘씸한 놈! 도리어 우리를 골탕먹이고 어디로 도망쳐 나갔을까?"

종적을 찾아서 뒷산에까지 올라갔다. 그 일대의 황초(荒草)가 모두 평평하게 눌려 있었다.

주통이 그것을 보고 소리쳤다.

"그 중녀석이 알고 보니 아주 멀쩡한 도둑놈이었구나! 이렇게 험준한 비탈길을 그대로 굴러서 뺑소니를 치다니 이만저만한 놈이 아닌걸!"

이충도 맞장구를 쳤다.

"우리, 뒤를 빨리 쫓아가서 그놈과 톡톡히 따져 봐야겠는걸! 한바탕 싸우고, 도둑질하는 중녀석에게 호되게 망신을 줘야겠어!"

그러자 주통이 말렸다.

"그만둡시다! 그만둬요! 도둑놈이 뺑소니를 치면 문을 잠가 버리는 법인데, 어디로 쫓아간단 말이오? 설사 쫓아가서 붙잡는다손 치더라도, 그놈과 따따부따 싸울 수도 없는 노릇이구… 그러다가 만약에 만만치 않은 일이라도 일어난다면 형님이나 내나 그놈을 당해낼 수도 없을 것이니, 이 다음에라도 무슨 낯으로 그놈을 다시 대할 수 있겠소! 이번에는 이대로 손을 떼구, 이 다음에 다시 한 번 대적해 볼 기회를 노리는 것이 상책일 것 같소. 우리는 우선 수레 위에 있는 짐짝이나 풀어서 금은과 비단을 셋으로 나누어서 나와 형님이 한몫씩 갖고, 한몫은 갈라서 여러 부하 졸병들에게 싱으로 내려 주도록 합시다!"

이 말을 듣고 이충이 입맛을 쩝쩝 다시며 말했다.

"내가 그놈을 산 위로 끌어올리지만 않았다면 이런 변고가 일어났을 리도 없고, 또 자네의 허다한 물건을 도둑맞을 까닭도 없는 일이니, 내 몫은 모두 자네에게 줌세!"

"형님! 그게 무슨 말씀이시오? 형님과 나는 애당초부터 죽어도 같이 죽고 살아도 함께 살아야 할 몸인데, 그까짓 것을 가지고 어쩌니저쩌니 할 거야 있소?"

한편, 노지심은 도화산을 떠나서 걸음을 재촉하여 새벽부터 오후까지 거의 5,60리나 되는 길을 걸었다.

배가 심히 고파 왔다. 그러나 노상에는 음식을 사먹을

만한 곳이라곤 한 군데도 없었다.

그는 곰곰 생각했다.

'새벽부터 단지 길을 걸어갈 생각만으로 아무것도 요기한 것이라곤 없으니, 어디 가서 어떻게 뭣을 얻어먹는단 말인가?'

동쪽으로 서쪽으로 두리번거리고 있는데, 어디선지 먼 곳으로부터 풍경소리가 은은히 들려왔다.

노지심은 풍경소리를 듣자, 혼자 중얼거렸다.

"인제 됐어! 어디에 사원(寺院)이 있든지, 그렇지 않으면 도교(道敎)의 궁관(宮觀)이 있는 모양이야! 바람결에 풍경 소리가 흘러 오니, 우선 그곳을 찾아가 봐야겠는 걸…."

결국, 노지심은 그곳을 찾아갔기 때문에 불과 반나절 동안에 10여 명의 성명(性命)과 생령(生靈)이 없어지게 되고, 한 줄기 횃불로 유명한 영산고적(靈山古跡)을 태우게 된다.

그야말로 황금전상(黃金殿上)에 홍염(紅焰)이 일고, 벽옥당(碧玉堂) 앞에 흑연(黑煙)이 치밀게 되는 것이다.

# 6  절간의 강도

九 紋 龍 翦 徑 赤 松 林
魯 智 深 火 燒 瓦 官 寺

노지심은 풍경 소리를 따라 몇 개의 산을 넘었다. 널찍한 소나무 숲속으로 한 줄기 산길이 뚫려 있었다. 그 산길을 따라 반리길도 못 가니 한 군데 황폐한 절간이 눈에 띄었다.

풍경은 여전히 바람결에 흔들리며 소리를 내고 있었다. 산문(山門)에는 낡아빠진 주홍패액(朱紅牌額)이 걸려 있다. '와관지사(瓦官之寺)'라는 커다란 넉 자의 글자였다.

4,50보를 더 걸어가니 돌다리〔石橋〕가 나왔다. 그 돌다리를 건너 절간으로 들어서며 노지심은 지객료(知客寮)를 찾았으나 문짝도 없고, 황폐한 꼴이 말이 아니었다.

지심은 선장(禪杖)으로 땅을 두드리면서 소리를 질렀다.

"길 가는 중인데, 한끼 음식이나 좀 먹여 주시오!"

아무리 불러 보아도 대답이 없었다.

부엌〔香積廚〕으로 돌아 들어가 보았으나 가마솥도 없고 부뚜막도 허물어져 있었다. 지심은 보따리를 풀어서 감재사자(監齋使者-주방 수호신) 앞에 내려놓고 선장을 손에 잡은 채 여기저기 두루 살펴보며 돌아다녔다.

부엌 뒤에 있는 한 군데 소옥(小屋)으로 와보니, 그곳에는 늙은 화상이 몇 사람 땅바닥에 앉아 있었다. 모두가 얼굴이 누르퉁퉁하며 비쩍 말랐다.

지심은 호통을 쳤다.

"당신네 화상들은 모두 벽창호군! 내가 그렇게 불러도 대답 한 마디 없으니."

그 화상들은 손을 흔들며 대답했다.

"큰 소리로 떠들지 마시오!"

"나는 오대산에서 온 중이니 밥이나 한끼 먹여 주시오."

"활불(活佛)이 계신 곳에서 왔다니 잿밥이라도 있으면 드리고 싶소만 이 절간의 화상들은 모두 도망을 쳐 버렸고, 우리들도 사흘 동안이나 굶고 지내는 형편이오."

"제기럴? 이렇게 큰 절간에 쌀이 한 톨도 없다니?"

"언젠가 어떤 떠돌아다니는 화상[雲遊和尙]이 도인(道人) 한 사람을 데리고 와서 이 절간의 주지(住持) 자리에 앉은 다음부터는, 절간에 있는 물건을 깡그리 때려부수고 화상들을 모조리 쫓아 버렸소. 우리 몇몇 늙은 사람들은 걸음을 제대로 걷지 못하여 어쩔 수 없이 여기 머물러 있는 판이니 무슨 음식이 있겠소!"

"그 두 사람의 성명을 뭣이라고 하오?"

"떠돌아다니는 화상은 성이 최(崔), 법호(法號)가 도성(道成), 생철불(生鐵佛)이라는 별명이 있고 또 하나 도인(道人)은 성이 구(丘), 이름을 소을(小乙)이라고 부르며 별명이 비천야차(飛天夜叉)지요. 이 두 놈은 출가(出家)한 사람이랄 수도 없고 산속의 강도 같은 놈들이며, 그저 출가한 사람의 탈을 썼을 뿐이오!"

말을 하고 있는 동안에 지심은 어디선지 풍겨 나오는

구수한 냄새를 맡았다. 선장을 집어들고 슬며시 뒤로 돌아가 보니 가마솥에 짚으로 만든 뚜껑이 덮여 있고 거기서 김이 무럭무럭 올라오고 있었다. 뚜껑을 열어 보니 조죽〔栗粥〕이 펄펄 끓고 있었다.

지심은 늙은 중들을 보고, 버젓이 조죽을 쑤고 있으면서 어째서 사흘을 굶었다고 거짓말을 하느냐고 호통을 쳤다.

늙은 중들은 거짓말이 탄로나자 접시며 주발이며 국자며 물통 등을 모조리 감춰 버렸다. 지심은 약이 올라서, 부뚜막 옆에 먼지가 켜켜 쌓인 춘대(春擡-食臺)가 있는 것을 발견하자, 그 먼지를 깨끗이 훔치고 두 손으로 죽가마를 번쩍 들어 춘대 위에 쏟아 버렸다.

늙은 중들은 앞을 다투어 그 죽을 먹으려고 덤벼들었다. 지심은 모조리 밀쳐 버렸다. 쓰러지는 자는 쓰러지고 달아나는 자는 달아나 버렸다. 지심은 그 죽을 두 손으로 움켜서 먹었다. 서너 모금 먹었을 때 늙은 중이 애걸을 하였다.

"우리들은 정말 사흘 동안 아무것도 먹지 못했소. 얼마 전에 동냥을 나가서 간신히 좁쌀을 얼마간 구해다가 우선 죽이라도 쑤어서 먹으려고 하던 판인데 당신에게 우리가 먹을 것을 먹혀 버리고 말게 됐소!"

지심은 대여섯 모금 더 먹다가 이렇게 궁상을 떠는 소리를 듣고 그만두었다.

이때, 밖에서 누군지 콧노래를 부르는 소리가 들려왔다. 지심은 손을 씻고 선장을 집어들자 밖으로 나왔다. 허물어진 담 저편으로 한 도인(道人)의 그림자가 보였다.

머리에는 검정 두건(頭巾)을 썼고, 몸에는 포삼(布衫)을 입었으며, 허리에는 잡색 띠를 질끈 동이고, 발에는 마혜(麻鞋)를 신고 있었다. 그리고 어깨에는 멜대를 메고 있었는데 한편 끝에는 대광주리가 매달렸으며, 생선 꼬리와 연잎으로 싼 쇠고기가 밖으로 내다보였다. 또 한편 끝에는 술 한 병이 매달려 있는데, 이것도 연잎으로 마개가 막아져 있었다.

그는 흥얼흥얼 노래를 불렀다.


그대는 동쪽에 있으며
나는 서쪽에 있고
그대는 남편이 없으며
나는 아내가 없다.
나는 아내가 없어도 대단치 않지만
그대가 남편이 없으면 얼마나 외롭고 처량하랴!
你在東時我在西  你無男子我無妻
我無妻時猶閒可  你無夫時好孤悽


바로 이때 늙은 중들이 달려들더니 손짓을 하면서 저 도인이 바로 비천야차(飛天夜叉) 구소을(丘小乙)이라고 가르쳐 주었다.

지심은 선장을 질질 끌면서 그의 뒤를 쫓아갔다. 그런 줄도 모르고 그 도인은 뚜벅뚜벅 태연스럽게 걸어서 방장(方丈) 뒤에 있는 담 안으로 들어갔다.

지심도 뒤를 따라서 그 안으로 들어갔다. 무성한 느티나무 밑에 큰 상을 벌여놓고 두 남녀가 둘러앉아 있었다.

그 위에는 음식이 차려져 있었으며 술잔이 셋, 젓가락이 세 벌이었다. 맨 가운데는 뚱뚱한 화상이 앉아 있었는데 눈썹은 검정칠을 한 듯 흉악하고 얼굴은 거무튀튀하며 울퉁불퉁 전신이 살투성이요, 앙가슴 밑으로 시커먼 뱃가죽이 드러나 보였다.

그 옆으로는 젊은 여자가 하나 걸상에 앉아 있었다. 그 도인도 대광주리를 내려놓더니 자리잡고 앉았다.

지심은 선장을 한 손에 움켜잡은 채 대뜸 호통을 쳤다.

"네 놈들 둘이서는 어째서 이 절간을 엉망진창으로 만들어 버렸느냐?"

그 화상은 지심더러 같이 앉아서 한잔 마시자고 하면서 다음과 같이 변명을 했다.

"이 절간은 저 낭하에 있는 늙은 중녀석들 때문에 망쳐졌소. 놈들은 술을 처먹구, 계집질을 하고, 장로(長老)까지 때려 내쫓았소. 그래서 엉망진창이 된 이 절간을 나와 이 노인이 주시가 된 나음부터 산문도 바로 잡았으며 앞으로 가람(伽藍)도 수축할 작정을 하고 있는 것이오."

"그러면 이 여자는 누구냐! 그리고 어째서 여기서 술을 마시고 있는 거냐?"

그 화상은 능청스레 변명을 했다. 이 여자는 예전에 이 절간 단월(檀越)로 있던 왕유금(王有金)이란 사람의 딸인데, 집안이 몰락했고 남편마저 병들게 되어서 절간으로 쌀을 꾸러 왔기에 시주(施主)와 단월의 체면을 생각하여 이런 대접을 하고 있는 것이며, 저 늙은 중녀석들의 말은 멀쩡한 거짓말이라는 것이었다.

지심은 화가 치밀어서 당장 부엌으로 되돌아와서 호통

을 쳤다.

"알고 보니 네 놈들 몇이서 이 절간을 엉망진창으로 만들어 놓고 뻔뻔스럽게도 내 앞에서 거짓말을 한 것이구나!"

늙은 중들은 일제히 머리를 조아리며 입을 열었다.

"그놈의 말을 곧이들어서는 안 되오. 여자까지 거느리고 있는 꼴을 보시지 않으셨소. 방금 당신은 선장과 계도를 가지고 놈들 앞에 나타났으며 놈들은 손에 아무런 연장도 가진 것이 없기 때문에 점잖은 체하고 있었을 뿐이오. 우리 말을 믿지 못하겠으면, 다시 한 번 건너가서 놈들의 태도를 살펴보시오. 놈들은 술을 마시고 고기를 먹고 있는데 우리들은 죽조차 변변히 얻어먹을 수 없는 것만 봐도 알 수 있는 노릇이 아니겠소."

"그도 그럴 듯한 말이군!"

지심은 영문을 알 수 없어서 방장(方丈)으로 되돌아갔다. 한 모퉁이에 있는 문이 단단히 잠가져 있었다. 지심은 격분하여 발길로 걷어질러 부숴 버리고 안으로 들어갔다. 생철불(生鐵佛) 최도성(崔道成)이란 자가 박도(朴刀)를 한 손에 들고 느티나무 밑으로 뛰어 내닫더니 지심을 향하여 덤벼들었다.

지심은 그것을 보자 짐승이 울부짖듯 큰 소리를 지르며 선장을 휘둘러 최도성과 싸웠다. 둘이서 대결하기를 15합, 최도성은 지심을 감당해내지 못하고 겨우 막아내고만 있었다. 마침내 칼을 물리고 몸을 돌려 뺑소니를 치려고 했다.

이 광경을 보고 있던 구도인(丘道人)이 박도(朴刀)를

꼬나들고 지심의 등덜미로부터 공격을 가하려고 덤벼들었다. 지심은 그 발소리로 재빨리 알아차리고, 무서운 음성으로 호통을 쳤다.

"꼼짝 말고 있거라!"

호통 소리를 듣자, 최도성은 선장에 얻어맞는 줄로만 알고 찔끔해서 멀찌감치 몸을 뛰쳐 버렸다. 이 찰나에, 지심은 전광석화와 같이 몸을 휙 돌이켰다. 셋이서 삼각형을 이루고 한참 동안이나 노려보고 있었다.

최도성과 구도인은 10여 합이나 힘을 합쳐서 공격을 가해 왔다. 지심은 배도 고프고 먼길을 걸어온 피로가 안 풀려 한창 날뛰는 두 놈의 힘을 막아내기가 힘들었다. 어쩔 수 없이 싸움에 패하는 체 도주해 버렸다. 두 놈은 박도(朴刀)를 휘두르면서 곧장 산문 밖까지 추격해 왔다.

지심은 또다시 10여 합이나 놈들과 싸우다가 선장을 수습해 가지고 도주했다. 두 놈은 그래도 여전히 추격해 왔다. 돌다리께까지 와서야 난간에 주저앉아서 그 이상 쫓아오지 않았다.

지심은 먼 곳으로 도망쳐서 가쁜 숨소리가 가라앉자 곰곰 생각했다.

'보따리를 감재사자(監齋使者) 앞에 놔둔 채로 왔으니, 배는 고프고 노잣돈도 없고, 앞으로 어떻게 한다?'


지심은 되돌아가 봤댔자 혼자서 두 놈을 당해낼 만한 자신이 없었다. 그대로 발길 내키는 대로 정처없이 걸어갔다.

몇 리 길을 걸었는지 걸음이 점점 무거워 왔다. 이때 앞으로 적송(赤松)이 무성한 큰 숲이 바라다보였다.
"이건 굉장히 무시무시한 숲이구나!"
지심은 물끄러미 그 숲을 바라보고 있었다. 난데없이 나무 그늘 사이로부터 어떤 사내 하나가 불쑥 머리를 내밀어 내다보더니 침을 탁 뱉고 도로 움츠려 버리었다. 지심은 이놈이 필경 강도려니 하고 그놈의 옷이라도 벗겨 술값이라도 벌어야겠다는 생각을 했다.
"이놈, 썩 나서라!"
지심은 가까이 가서 호통을 쳤다. 저편에서도 서슴지 않고 박도(朴刀)를 움켜잡고 내달으며 말했다.
"그대 음성이 몹시 귀에 익은데 성(姓)이 뭣인가?"
"3백 합쯤 싸우고 나서 가르쳐 주마!"
그 사나이는 격분하여 박도를 휘두르며 덤벼들었다. 선장과 박도가 맞부딪치기를 10여 합, 그 사나이는 소리를 질렀다.
"잠깐만! 할 말이 있소!"
쌍방이 손을 멈추었다. 그 사나이가 또다시 성(姓)을 말하라고 했다. 지심은 서슴지 않고 자기가 누구라는 것을 설명했다. 그 사나이는 박도를 내던지고 '전불(翦拂-하배)' 하면서,
"사진(史進)을 기억하십니까?"
하고, 커다랗게 외쳤다.
"뭐라구? 사대랑(史大郎)이었군!"
두 사람은 반가움을 금치 못하며 숲속으로 들어가서 나란히 앉았다. 사진은 그 동안의 경과를 자세히 이야기했다.

그날, 술집 앞에서 지심과 작별한 후, 그 이튿날 사진은 지심이 고기장수 정(鄭)가를 때려죽였다는 소문을 들었는데, 관가(官家)에서는 둘이서 공모하여 김노인에게 노자를 마련해 주어 떠나 보냈다는 사실을 눈치채어 자기도 할 수 없이 즉각 위주(渭州)를 떠나 스승 왕진(王進)을 찾아서 연주(延州)까지 갔지만, 그를 만나지 못하고 북경(北京)으로 되돌아와서 얼마 동안 지내다가 노자도 떨어지고 해서 이곳에 와서 노자돈이라도 벌어 볼까 하고 강도질을 하고 있다는 사연이었다.

지심도 자기가 여태까지 지내 온 경과를 자세히 이야기했다. 그러자 사진이 선뜻 말했다.

"보따리를 절간에 내버려 두셨으면 저와 함께 찾으러 가십시다. 따따부따하면 놈들을 없애 버리고 말지요."

지심은 사진이 몸에 지니고 있던 마른 고기며 군떡〔燒餠〕을 배불리 먹고 나서 무기를 손에 들고 사진과 함께 다시 와관사(瓦官寺)로 달려갔다.

"야아! 이놈들아, 어디 덤벼 봐라! 이번에는 만만치 않을 게다!"

지심이 호통을 치니, 그때까지 돌다리 위에 앉아 있던 최도성과 구소을이 벌떡 몸을 일으켜 덤벼들었다. 생철불(生鐵佛) 최도성과 지심은 8,9합이나 맹렬히 싸웠다.

배불리 먹었고 사진까지 싸움을 거들게 됐으니, 지심의 기운이 뻗치지 않을 리 없었다. 최도성이 점점 겁을 집어먹고 기진맥진해 가자, 비천야차(飛天夜叉) 구도인(丘道人)이 선뜻 박도(朴刀)를 잡고 싸움을 거들려고 나섰다.

이 광경을 나무 그늘 밑에서 보고 있던 사진이 훌쩍 뛰어나오며 호통을 쳤다.

"꼼짝 말고 게 있거라!"

사진은 박도를 휘두르며 날쌔게 구소을에게 덤벼들었다. 싸움은 두 패로 갈리어 치열하게 전개되고 있었다. 지심은 상대방의 허를 노려서,

"이걸 받아라!"

하고 호통을 치면서 선장(禪杖)으로 생철불을 때려 다리 아래로 떨어뜨려 버렸다. 구도인은 뚱뚱한 화상이 다리 아래로 나뒹구는 것을 보자 싸우고 싶은 생각을 잃고 뺑소니를 치려고 했다. 사진이 재빨리 그것을 알아차리고 호통을 치면서 덤벼들어 구도인의 등덜미를 한칼로 내리쳤다. 벌떡 나자빠지는 구도인을 사진은 다시 덤벼들어 칼을 다른 손으로 옮겨 잡고 닥치는대로 찔렀다.

지심도 날쌘 동작으로 다리 아래로 뛰어 내려가 최도성의 등덜미를 선장으로 후려갈겼다. 가련하게도 두 강도놈은 남가일몽(南柯一夢)이 되어 버리고 말았다.

지심과 사진은 구소을과 최도성의 시체를 한데 묶어서 산곡간의 물속으로 처박아 버리고, 다시 절간으로 되돌아갔다.

부엌에 있던 늙은 중들은 지심이 싸움에 패해 도주했으니 이번에는 최도성과 구소을이 자기네를 죽이려 덤벼들 것이라 미리 짐작하고, 전부 목을 매달고 죽어 있었다.

둘이서 다시 방장(方丈) 뒤를 돌아서 문안으로 들어서 보니, 약탈해 왔던 아까 그 여자도 이미 우물에 몸을 던져 죽어 있었다. 다시 그 안에 있던 7,8군데의 조그만 방들을 샅샅이 뒤져 봤으나 사람의 그림자라곤 하나도 찾아

볼 수 없었다.

언뜻 바라보니 자기의 보따리는 그대로 있었다. 다행히 손을 댄 형적도 없었다. 지심은 그 보따리를 처음과 같이 떠메고 다시 안으로 들어가 보았다. 침상 위에 옷보따리가 서너네댓 개 뒹굴고 있었다.

사진은 그것들을 풀었다. 그 속에는 거의가 의복들이었고 약간의 돈이 들어 있었다. 쓸 만한 것만 골라서 보따리를 만들어 짊어졌다.

부엌을 뒤져 보니 술도 있고 고기도 수두룩했다. 둘이서 실컷 먹고 나서, 화로 속의 불씨를 쑤셔 가지고 횃불을 두 자루 만들었다. 우선 뒤쪽에 있는 여러 방에다 불을 지르고 문 앞까지 태워 버렸다. 다시 횃불 몇 자루를 더 만들어서 불전(佛殿) 뒤로 돌아 들어가서 처마에 불을 붙였다.

때마침 불어오는 거센 바람에 휩쓸려서 불길은 훨훨 맹렬히 타올랐다. 지심과 사진은 우두커니 그것을 바라보고 있었다. 순식간에 불길은 사방을 뒤덮었다. 사진이 입을 열었다.

"아무리 좋은 곳이라 할지라도, 오래 머뭇거리고 있을 게 아니지! 빨리 날아 버리는 게 좋아!"

둘이는 밤을 도와 걸어갔다. 날이 훤히 밝아 올 무렵에, 멀리 웅기종기 모여 있는 인가가 바라다보였다. 바로 마을[村鎭]이었다. 그들은 마을로 접어들었다. 외나무다리 근처에 한군데 조그만 술집이 있었다.

지심과 사진은 그 술집으로 들어갔다. 술을 마시면서 심부름꾼을 불러 고기를 사오라고 하고, 쌀을 얻어 불을 피워 밥을 지었다.

둘이서는 술을 마시고 밥을 먹으면서 도중에서 겪은 가지가지 이야기를 주고받았다. 지심이 사진에게 물었다.

"인제부터 사대랑은 어디로 갈 작정인가?"

"다시 소화산(少華山)으로 돌아가는 수밖에 없습니다. 주무(朱武) 형제 세 사람을 의지하고 함께 지내노라면 또 무슨 수가 생길 것 같습니다!"

"그것두 괜찮겠군!"

지심은 이렇게 말하면서 보따리를 풀어서 금은주기(酒器)를 꺼내어 사진에게 나누어 주었다. 그러고는 둘이서 다시 보따리를 짊어지고 무기를 챙겼다. 술값을 치러 준 다음에 술집을 나왔다.

그 마을을 떠나 5,6리쯤 걸어가니 세 갈래로 갈라진 길이 있었다. 지심이 먼저 입을 뗴었다.

"자, 인제는 서로 작별하세! 나는 동경(東京)으로 갈라네. 전송해 줄 것까지는 없네. 화주(華州)로 가려면 이 길을 그대로 곧장 가면 될걸세. 후일 다시 만나게 되겠지만, 인편이라도 있으면 서로 소식이나 전하며 지내세."

사진은 지심에게 작별의 인사를 정중하게 했다. 두 사람은 각각 제 갈길을 향해서 갈라졌다.


지심은 동경을 향하여 8,9일 동안이나 쉬지 않고 걸었다. 벌써 동경 장안이 눈앞에 바라다보였다. 곧장 성 안으로 들어가서 시정의 혼잡한 광경을 휘둘러 보면서 이리 기웃 저리 기웃, 길가는 행인에게 조심조심 물어 봤다.

"대상국사(大相國寺)는 어디 있습니까?"

"앞으로 바라다뵈는 주교(州橋)가 있는 곳이 바로 그곳 이오."

지심은 선장을 들고, 한참 만에 절간 문앞에 다다랐다. 산문(山門) 안으로 들어서니 굉장히 큰 가람이었다.

지심은 절간으로 들어가서 동편 서편 낭하를 휘둘러보고 곧장 지객료(知客僚)로 갔다. 도인(道人)이 나와 보더니 안으로 연락을 했다. 얼마 안 되어서 지객승(知客僧)이 나왔다. 그는 지심의 우락부락한 모습과, 철선장(鐵禪杖) 이며 계도(戒刀)를 지닌 꼴을 보고 대뜸 겁을 집어먹는 모양이었다.

"어디서 오시는 분이십니까!"

지심은 보따리와 선장을 내려놓으면서 읍(揖)을 했다. 지객승도 답례를 했다.

지심이 정중히 입을 열었다.

"오대산에서 왔습니다. 스승 진장로(眞長老)님의 편지를 여기 가지고 왔습니다. 이 절에 가서 청대사(清大師) 장로 님을 찾아뵙구 직사승(職事僧) 자리라도 한 자리 청을 드려 보라고 하셨습니다."

지객승이 지심을 방장(方丈)으로 안내해 가자, 지심은 보따리를 풀어 편지를 꺼냈다. 그러자 지객승이 못마땅한 듯 입을 열었다

"당신께서는 어째서 그렇게 예의범절을 모르십니까? 이 제 곧 장로께서 나오실 것이니 계도를 풀어 놓으시고, 좌 구(坐具)와 신향(信香)을 준비하셨다가 장로께 배례하셔 야 합니다."

"어째서 진작 말씀해 주시지 않았습니까?"

지심은 이렇게 말하면서 곧 계도를 풀고 보따리 속에서 일주(一炷)의 향과 좌구칠조(坐具七條)를 꺼냈으나 어찌 해야 좋을지 알 수 없어서 우두커니 들고만 서 있었다.

지객승은 지심에게 가사(袈裟)를 걸쳐 주고 좌구를 펴 놓아 주었다.

이윽고, 지청선사(智淸禪師)가 나타났다. 지객승이 지심이 오대산에서 편지를 가지고 왔다고 소개하자, 지청선 사도 매우 반가워했다.

지심은 우선 향로에 불을 피우고 삼배(三拜)의 절을 하고 나서, 편지를 올렸다. 청장로(淸長老)가 편지를 뜯어보니 거기에는, 노지심이 출가(出家)하게 된 경위와, 이번에 산에서 내려와서 이곳을 찾게 된 여러 가지 사정과 형편 등을 적었고, 자비심을 베풀어 직사승(職事僧) 자리라도 시켜 주면, 앞으로 크게 불도를 터득할 수 있는 인물이라고 씌어 있었다.

편지를 다 읽고 난 청장로는 어색한 웃음을 입가에 띠며 말했다.

"멀리서 오신 스님, 우선 승당(僧堂)에 드시어 편히 쉬시고 잿밥이라도 잡수시오."

지심이 자리를 뜨자, 청장로는 양반(兩班)의 여러 직사승(職事僧) 등을 모조리 방장으로 불러 놓고 이렇게 말했다.

"그대들 중승(衆僧)은 여기 모여서 내 말을 들어 보아라. 나의 사형(師兄) 지진선사(智鎭禪師)는 정말 분수도 모르시고 무리한 부탁을 하셨다. 이번에 여기 온 중은 본래가 경략부(經略府)의 군관으로서 사람을 때려죽였기 때문에 삭발하고 중이 된 것이며, 두 번씩이나 승당(僧堂)을 어지럽게 굴었기 때문에 그곳에서 부지하지 못하게 되어 내게다 맡기려는 것이다. 그를 받아들이고 싶지 않으나 사형(師兄)의 간곡한 부탁이 있으니 거절할 수도 없는 일이다. 그러나 그대로 여기 두었다가, 만약에 규칙을 어지럽히면 어찌하겠느냐?"

지객승이 대꾸했다.

"저희들 제자가 보기에도 그는 도무지 출가(出家)한 사람 같지 않습니다. 우리 절에서 어떻게 그런 사람을 용납할 수 있겠습니까?"

이때, 도사(都寺)가 입을 열었다.

"제가 곰곰 생각하오니, 단지 한 가지 방법이 있습니다. 산조문(酸棗門) 밖 퇴거묘우(退去廟宇) 뒤에 있는 채마밭은 항시 영내(營內)의 군인들과 20여 명이나 되는 건달패들에게 침해를 받고 있으며 양과 말을 저희들 멋대로 놓아 길러서 시끄럽기 짝이 없습니다. 한 사람 늙은 화상이 그곳의 주지(住持)로 있으나 이것을 감독할 만할 힘이 없습니다. 그 사람을 그곳으로 보내셔서 감독케 하시면 잘 감당해낼 수 있을 것입니다."

"도사(都寺)의 말이 그럴듯하군!"

청장로는 시자(侍者)를 시켜 승당(僧堂) 안에 있는 객방(客房)으로 가서 지심이 식사를 끝내는 대로 불러 오라고 분부했다. 얼마 안 되어서 지심을 데리고 방장으로 들어왔다.

청장로가 지심을 건너보며 입을 열었다.

"그대는 우리 사형(師兄) 진장로(眞長老)의 알선으로

이 절에 와서 몸을 의지하고 직사승이 되고 싶다는 건데, 이 절간에는 산조문 밖 악묘(嶽廟) 옆에 큰 채마밭이 있으니 그리 가서 그것을 관리해 주면 좋겠어. 매일 밭을 가꾸는 사람들에게 채소 열 단만 바치도록 하고 나머지는 모두 그대가 적당히 처분해서 용채나 뜯어 쓰도록 하구."

지심이 불쾌한 듯 되물었다.

"우리 스승 진장로께서는 절더러 이 절의 직사승이 되라고 하셨는데 도사(都寺)나 감사(監寺)를 시켜 주시지 않고 채마밭을 관리하라고 하시는 것은 무슨 까닭입니까?"

이때, 수좌(首座)가 끼어들었다.

"그건 모르시는 말씀이오. 당신은 이번에 처음 여기 온 사람으로, 아무런 일도 해보지 않았으니 당장 도사(都寺)가 될 도리는 없소. 채마밭을 관리하는 일도 훌륭한 직책이오."

또 한옆에서 지객승이 누누이 설명을 하고 타일렀다.

"내 말을 들어 보시오. 종문(宗門)의 직책에는 가지가지로 담당하는 일이 달라서, 나 같은 사람은 지객(知客)일을 맡아 보고 있지만, 이 일은 출입하시는 손님이라든지 스님들을 접대하는 것뿐이오. 그리고 유나(維那), 시자(侍者), 서기(書記), 수좌(首座) 같은 직책은 모두 청직(淸職)으로서 쉽사리 될 수 있는 게 아니오. 도사(都寺), 감사(監寺), 제점(提點), 원주(院主) 같은 직책은 모두 절의 재물을 항시 관리하는 것인데, 당신은 방장(方丈)에 온 지 얼마 되지도 않아서 어떻게 이런 상등직사(上等職事)를 맡아 볼 수 있겠소. 또 창고를 관리하는 장주(藏主), 전(殿)을 관리하는 전주(殿主), 각(閣)을 관리하는 각주(閣主),

희사(喜捨)하는 물건을 관리하는 화주(化主), 욕당(浴堂)을 관리하는 욕주(浴主)가 있는데 이런 것은 모두 주사인원(主事人員)에 속하는 중등직사(中等職事)요. 그리고 탑을 관리하는 탑두(塔頭), 밥을 관리하는 반두(飯頭), 차를 관리하는 다두(茶頭), 변소를 관리하는 정두(淨頭), 채마밭을 관리하는 채두(菜頭)가 있는데 이것은 모두 두사인원(頭事人員)에 속하며 말등직사(末等職事)요. 당신이 1년 동안 채마밭을 잘 관리한다면 탑두(塔頭)로 승격할 수 있고, 탑두 노릇을 1년 동안 잘하면 욕주(浴主)가 될 수 있고, 또 욕주 노릇을 1년 동안 잘하면 그제야 감사(監寺)가 될 수 있는 것이오."

"그렇다면 출신(出身)해 볼 기회도 있을 것이니, 내일부터 나는 그리로 가보겠소."

지심이 그 직책을 승낙하자, 청장로는 그 이튿날 아침에 법좌(法座)에 올라가, 지심에게 채마밭 관리를 맡긴다는 법첩(法帖)에 노상을 씌어서 지심에게 주었고, 지심은 그것을 받아 가지고 바로 산조문 밖에 있는 묘우로 가서 채마밭을 맡아 보게 되었다.

채마밭 근처에는 노름꾼, 건달, 망나니들이 2,30명이나 득실거리며 늘 채마밭의 채소를 도둑질해다가 팔아먹고 있었다. 그들은 어느 날 우연히 묘우 문에 붙어 있는 고사방문(庫司榜文)을 보게 되었다. 거기에는 새로 노지심을 관리자로 임명하게 됐으니, 일없는 자는 함부로 채마밭에 들어와 어지럽게 굴지 말라고 쓰여 있었다.

건달패들은 그것을 보자, 새로 오는 관리자를 한번 골탕 먹일 궁리를 했다. 신임축하를 하는 체하고 몰려들어서 지심을 똥통 속에 처박아 버리자는 계책을 꾸몄다.

지심이 채마밭에 도착하자, 밭을 가꾸는 사람들이 몇 명 인사를 하러 왔다. 열쇠와 자물쇠의 인계를 끝내고 지심은 채마밭으로 나가서 여기저기 돌아보고 있었는데, 건달패들이 실과를 담은 합(盒)이며, 축하의 술을 가지고 달려들더니 싱글싱글 웃으면서 말을 걸었다.

"스님께서 새로 여기 오셨다기에 이웃 사람들이 모두 축하하러 왔습니다."

지심은 그것이 계책인지도 모르고 뚜벅뚜벅 걸어서 똥통 근처까지 갔다. 건달패들은 일제히 덤벼들어서 한 놈은 오른편 발을, 또 한 놈은 왼편 발을 움켜잡아 그대로 똥통에 거꾸로 처박아 버리려는 계획으로 슬슬 접근하고 있었다.

눈치 빠른 지심이 그것을 알아차리지 못할 리 없었다. 발길질을 한 번 하면 산전맹호(山前猛虎)도 깜짝 놀라고, 주먹으로 한 번 내리치면 바다 속의 교룡(蛟龍)도 간담이 써늘할 지심이었다. 이야말로 한군데 널따랗고 한가한 채마밭이 조그만 싸움터로 변하려 하고 있었다.

# 7　유부녀한테 반해서

花 和 尚 倒 拔 垂 楊 柳
豹 子 頭 誤 入 白 虎 堂

산조문(酸棗門) 밖 건달패들 가운데는 두목격이 되는 두 놈이 있었다. 한 놈은 '얌체〔過街老鼠〕'라는 별명을 가진 장삼(張三)이요, 또 한 놈은 '능구렁이〔靑草蛇〕'라는 별명을 가진 이사(李四)였다.

이놈들 둘이서 앞장을 서서 노지심을 한번 혼을 내주자는 계획이었다. 두 놈은 똥통〔糞窖〕 앞에 우두커니 서 있는 지심 앞에 넓죽 꿇어앉으며 절을 했다.

"축하의 인사를 드리러 왔습니다."

지심이 일어나라고 손을 대기만 하면 왈칵 덤벼들어서 똥통에다 처박으려는 배짱이었다. 그러나 눈치 빠른 지심은 벌써 놈들의 이상한 태도에 번갯불같이 빠른 신경을 썼다.

'흐음! 대단한 놈들인데? 하룻강아지 범 무서운 줄 모르구, 나를 해치겠다구? 호랑이의 수염을 건드려 보자는 놈들이로구나!'

두 놈이 잽싸게 달려들어 한 놈은 지심의 오른편 다리를, 또 한 놈은 왼편 다리를 낚아채려고 했을 때, 지심은 놈들에게 그럴 만한 여유를 주지 않고 도리어 선수를 써서, 오른편 발을 높이 들어 이사(李四)를 내질러서 똥통 속에다 처박아 버리고, 내빼려는 장삼(張三)을 왼편 발로 내질러서 역시 똥통 속에다 처박아 버렸다.

깊숙한 똥통에 빠져 허위적거리는 두 놈의 꼴은 실로 가관이었다. 코를 찌르는 악취는 고사하고 빠져 죽을 판이었다.

"이놈들, 채마밭에 있는 못〔池〕에 가서 몸이나 씻고 묘우(廟宇)로 오너라. 내 네 놈들에게 할 말이 있다!"

호통을 치는 지심 앞에서 꼼짝할 도리가 없었다. 똥통에서 간신히 기어나온 두 놈은 몸을 씻고, 여러 건달패들과 함께 지심 앞에 꿇어앉아서 사죄를 했다. 그리고 일후부터 지심더러 자기네 두목 노릇을 해달라고 애원했다. 그제야 지심도 자기의 경력을 밝히고 또 한 번 호통을 쳤다.

"나는 성이 노(魯), 법명(法名)이 지심, 네 따위 놈들 3,40명쯤은 문제가 아니다. 천군만마(千軍萬馬) 속이라도 쳐들어가는 것을 네 놈들 앞에 보여 줄 수도 있다!"

그 이튿날 건달패들은 묘우에 술과 고기 등을 잘 차려 놓고 지심을 정좌(正座)에 모시고 충심으로 그들의 두목이 되어 달라고 했다. 지심도 기분이 좋아서 거나하게 술이 돌아가고 있을 때, 좌중에서 한 자가, 담모퉁이 큰 수양버들에서 매일 까마귀가 울어서 불길하다는 말을 했다.

지심은 당장, 벌떡 자리를 박차고 나가서 그 거창한 수양버들을 뿌리째 뽑아 내동댕이쳐 버렸다. 건달패들은 두 눈이 휘둥그레져서 일제히 땅바닥에 꿇어 엎드렸다.

"사부(師父)님께선 정말 범인(凡人)이 아니십니다! 그야말로 진짜 나한(羅漢)이십니다! 몸에 천만 근의 기력이 없으시다면 어찌 이것을 뽑아 버리실 수 있겠습니까?"

다음날부터 이 건달패들은 지심을 보기만 하면 굽실굽실했고, 날마다 술과 고기를 대접하면서 그의 무술과 권법(拳法)을 구경하고 있었다.

지심은 선장(禪杖)의 묘기를 한 번 발휘해서 그들에게 보여 주었다. 무게가 62근, 길이가 5척이나 되는 선장을 자유자재로 휘두르는 놀라운 재간을 보자, 건달패들은 그저 탄복하여 마지않을 따름이었다. 담 밖에서 구경하고 있던 어떤 관인(官人) 한 사람이,

"놀라운 솜씨인걸!"

하면서 갈채를 연발했다.

지심이 그 소리를 듣자, 손을 멈추고 돌아다보니 담이 무너진 곳에 관인 한 사람이 서 있었다. 마치 표범 같은 머리를 하고 있었다.

"저 무관(武官)은 누구냐?"

"80만 금군(禁軍)의 창봉교두(鎗棒敎頭), 임충(林冲)이라고 하시는 분입니다."

"그분을 이리 청하여, 좀 만나 뵙게 해주지 않겠느냐?"

지심과 임충은 느티나무 밑으로 가 서로 인사를 마치고 나서 자리잡고 앉았다. 지심이 사람을 죽이고 중이 됐다는 과거를 솔직히 말하자, 임충은 기뻐하면서 당장에 의형제를 맺고, 지심을 형님으로 모시기로 했다.

지심이 오늘 어찌하여 이곳에 오게 되었느냐고 묻자, 임충은 아내와 같이 옆에 있는 악묘(嶽廟)에 소향(燒香)을 하러 오던 길인데 봉술(棒術)을 연마하는 소리를 듣고, 자기는 구경이 하고 싶어서, 하녀 금아(錦兒)와 아내를 먼저 묘로 보내어 소향케 하고 이곳으로 왔다가 우연히 지

심을 만나게 됐다고 대답했다.

지심이 도인(道人)을 시켜 술을 내오게 하여 임충과 서너 잔씩 마시고 있는데, 홀연 임충의 하녀 금아가 얼굴이 새빨개져서 허물어진 담 틈으로 소리를 질렀다.

"서방님! 큰일났어요. 오악루(五嶽樓)를 내려오는 길에 어떤 괴상한 남자가 아씨를 붙잡고 놓아 주지 않아서 옥신각신 말다툼을 하고 계셔요!"

임충은 당황해 소리쳤다.

"형님! 일후 다시 찾아뵙겠소! 언짢게 생각지 마시오!"

임충은 하녀 금아와 함께 쏜살같이 악묘로 달려갔다.


임충이 오악루로 달려가자, 여러 놈들이 탄궁(彈弓), 취통(吹筒), 점간(黏竿) 등을 들고 난간에 버티어 서 있었으며, 층층대 위에서는 어떤 젊은 녀석이 임충의 아내를 가로막고, 2층으로 올라가자고 승강이를 벌이고 있었다.

"발칙한 놈! 이 백주에 남의 유부녀를 희롱하다니!"

주먹을 들어 후려갈기려고 하다가 자세히 살펴보니, 그것은 바로 자기 장관 고태위(高太尉-高俅)의 양자 고아내(高衙內)였다. 고구는 본래 갑자기 벼슬자리에 앉은 몸으로 변변히 장가도 들지 못하여 종형제의 아들을 양자로 데려다 놓았더니, 이 젊은 녀석은 하고 한 날 남의 유부녀나 집적대고 돌아다니는 것이 재간이었다. 그러나 그의 권세를 두려워하는 사람들은 아무도 감히 그를 건드리지 못하고 그저 '계집질 귀신〔花花太歲〕'이라는 별명을 지어서 부를 뿐이었다.

임충의 높이 쳐들었던 주먹의 맥이 빠져서 도로 내려오

자, 고아내는 도리어 소리를 질렀다.

"임충! 네 놈이 무슨 상관이냐! 중뿔나게 나서지 마라!"

그 여자가 임충의 아내라는 것을, 고아내는 몰랐기 때문이었다. 따라다니는 여러 건달 녀석들이 일제히 아뢰었다.

"교두(敎頭)님! 언짢게 생각지 마십시오. 우리 서방님께서 뉘 댁 부인이신지 모르고 그러신 일이니…."

임충은 격분을 못 참고 한참 동안이나 고아내를 노려볼 뿐이었다. 고아내는 그대로 말을 타고 제 집으로 돌아가 버렸다.

임충은 아내와 하녀 금아를 데리고 낭하를 나오다가 건달패 30여 명을 거느리고 성큼성큼 걸어오는 노지심과 맞닥뜨렸다. 임충의 싸움을 거들어 주러 오던 판이었다. 임충이 도리어 자기의 괴로운 심정을 호소하며 지심을 달랬다. 고태위의 체면상 괘씸한 줄은 알지만 이번만은 용서해 주는 도리밖에 없다고 했다.

"원, 그 따위 태위 하나쯤이 뭣이 겁이 난단 말이오? 내가 그녀석을 만나게 되면 선장으로 3백 대쯤 때려 줘야겠군!"

이렇게 날뛰는 지심이 술이 취한 것을 보자, 임충은 달래다시피 해서 집으로 돌아가게 했다. 임충도 아내와 하녀 금아를 데리고 집으로 돌아오기는 했으나, 격분한 심정은 참을 길이 없었다.

한편 고아내는 제 집으로 돌아와서 도리어 약이 올라 2,3일 동안 남과 말도 잘 하지 않고 잔뜩 부어 있었다. 그를 따라다니는 건달패들 가운데 비위를 잘 맞추는 자가 하나 있었다. '무말랭이〔乾鳥頭〕'라는 별명을 가진 부안(富安)이란 놈이었다. 부안은 재빨리 고아내가 남의 유부녀한테 반해서 어쩔 줄 모르는 눈치를 채고 한 가지 꾀를 내주었다.

"서방님! 그까짓 임충 하나쯤이 뭣입니까? 얼굴이 야위시도록 걱정을 하고 계시다니요. 임충인들 태위님 밑에서 겨우 살아가는 놈이니, 태위님 비위에 거슬리는 짓을 하다가는 유형(流刑)이 아니면 당장에 목이 달아날 판인데…. 저에게 좋은 꾀가 있습니다. 그 여자를 반드시 수중에 넣으실 수 있도록 해드립죠."

"나도 수많은 여자를 봐 왔지만, 무슨 까닭인지 그 여자만은 단념할 수 없거든! 마음속이 어수선하고 답답해서 견딜 수가 없네. 자네가 무슨 수단으로든지 그 여자를 나의 수중에 넣도록 해주기만 한다면, 내 후하게 상을 내려 줌세!"

"문하(門下)의 심복지인(心腹之人), 육우후(陸虞侯) 육겸(陸謙)공이 계시지 않습니까. 그분은 임충과도 가장 친한 사이입니다. 그러니까 내일 서방님께서는 술상을 마련해 놓으시고 육겸공의 집 2층에 숨어 계십시오. 그리고 육겸공을 시키셔서, 한잔 같이 하시자고 임충을 유인해내도록 하십시오. 두 사람을 요정 번루(樊樓)의 깊숙한 방〔深閣〕에서 술을 마시고 있도록 해놓으신다면 저는 그 틈을 타서 임충의 집으로 달려가서, 임충의 부인에게 당신의 남편이 육겸공과 술을 자시다가 기분이 갑자기 좋지 않으셔서 2층에 쓰러져 계시니, 빨리 가보라고 하겠습니다. 그래서 그 여자를 2층으로 데리고 올라갈 것이니, 그렇게 되면, 여자가 별 수 있습니까! 서방님 같으신 멋들어진 인물[風流人物]을 뵙게 되고, 또 감언이설로 구슬러 보시면 거절하지는 못할 것입니다."

부안의 꾀를 묘한 계책이라고 감탄한 고아내는 그 이튿날, 육겸을 불러서 이런 사정을 솔직히 고백했다. 그는 일언에 쾌히 승낙하고, 임충의 집으로 건너가서 간단히 그를 유인해냈다. 태위의 아드님의 비위를 맞추기 위해서는 친구고 뭐고 돌볼 것 없다는 심산이었다.

육겸은 임충을 데리고 계획대로 요정 번루(樊樓) 2층에 방을 차지하고 술을 서너 병쯤 마시고 있었다. 서로 한담을 주고받다가, 임충은 부지중 긴 한숨을 내쉬었다.

육겸이 물었다.

"아니, 무슨 일인가? 그렇게 긴 한숨을 내쉬니?"

"자네는 모르는 일이겠지만, 이게 사내자식으로서 무슨 꼴인가? 버젓한 역량을 가지고도 명주(明主)를 만나지 못하고 시시한 놈[十人]의 밑에서 꼼짝 못하고 이렇게 지저분한 꼴을 당하고 있으니…."

임충이 며칠 전 고아내의 괘씸한 행동을 이야기했다. 육겸은 대수롭지 않다는 듯 받았다.

"그야 서방님께서 자네 부인인 줄 모르시고 그러신 것이겠지! 뭐, 그다지 언짢아할 것 없이 술이나 마시세…."

임충은 술을 7,8잔쯤 마시고 나서 동편에 있는 빈터로 나와 소변을 보고 다시 돌아서다가 하녀 금아(錦兒)와 마주쳤다.

"서방님께서 어디 계신가 하고 여태 찾아다녔더니, 여기

와 계실 줄이야."

"왜, 무슨 일이냐?"

"서방님과 육겸공께서 집을 나가신 지 얼마 안 되어서, 어떤 사람이 집으로 달려들더니 아씨께 여쭙는 말이, 자기는 육겸공의 이웃에 사는 사람인데 서방님께서 육겸공과 함께 술을 잡수시다가 돌연 숨이 막히셔서 쓰러지셨으니, 아씨더러 빨리 가보시라고 했습니다. 아씨께서는 그 말을 들으시고 당황하시어 저를 데리시고 그 사람을 따라 태위님 자택 앞에 있는 이층집으로 올라가니, 술상만 잔뜩 벌여져 있고, 서방님께서는 계시지 않았습니다. 그래서 도로 내려오려고 하시는 판인데, 전일 악묘(嶽廟)에서 아씨께 손찌검을 하던 바로 그 젊은 놈이 나타나더니, 아씨더러 당신 주인은 틀림없이 여기 와 있으니 좀 앉아 계시라고 하지 않겠어요! 제가 당황해서 급히 뛰어 내려오고 있을 때, 이층에서는 '사람 살려라!' 하는 아씨의 소리가 들렸습니다. 그래서 저는 정신없이 서방님만 찾으려고 뛰어다니다가 약국집 장씨를 만나게 되어서 서방님이 여기 계신 줄 알고 달려왔으니 빨리 좀 가보셔요!"

임충은 이 말을 듣자, 금아를 돌볼 겨를도 없이 쏜살같이 육겸의 집으로 달려갔다. 층층대를 단숨에 뛰어 올라가자 문은 잠겨 있었고, 아내의 고함 소리만 들려 나왔다.

"이 백주에 어째서 남편 있는 여자를 이런 데다 처박으시는 거예요?"

뒤를 이어서 고아내의 소리가 들렸다.

"부인! 나를 불쌍히 여기시고 좀 살려 주시오! 아무리 철석 같은 사람이라도 이만했으면 마음을 돌이킬 터인데…."

임충은 층계에 서서 소리를 질렀다.

"여보! 이 문을 열어요!"

아내는 남편의 음성을 듣자, 문을 열려고 애를 썼다. 고아내는 대경실색, 이층 창문을 열어젖히고 담을 넘어 뺑소니를 쳐버렸다. 임충이 이층으로 달려 올라갔을 때에는 고아내는 간 곳이 없었다.

"그놈에게 더러운 욕이나 당하지 않았소!"

"아무 일도 없었어요!"

임충은 육겸의 집안 세간살이를 가루가 되도록 부수고 아내와 같이 밖으로 뛰쳐나왔다. 마침 금아도 달려와서 함께 집으로 돌아왔다.

임충은 한 자루의 비수를 몸에 품고 번루(樊樓)로 뛰어가서 육겸을 찾았으나 찾을 길이 없었다. 그의 집 문밖에서 밤이 새도록 지켰으나 육겸은 나타나지 않았다. 할 수 없이 집으로 돌아왔다. 임충은 격분하여 마시잃있다.

"형님이니 아우님이니 하는 육겸이란 자식까지 나를 골탕먹이다니! 고아내의 비위를 거슬릴까 봐 한다는 대로 굽실굽실하고 있는 것이다!"

아내는 아무런 피해도 입지 않았으니 그 정도로 해두자고 남편을 구슬러서 밖에 내보내지 않으려고 했다.

육겸은 태위의 저택에 숨은 채 나오지 않았다. 임충도 사흘 동안이나 통 바깥출입을 하지 않았다. 나흘째, 노지심이 임충의 집으로 찾아와서, 그를 데리고 거리로 나와서 진종일 술만 마시며 아내에 관한 일은 잊어버리려고 애썼다.

한편, 고아내는 그날 육겸의 집 이층에서 혼이 나서 뺑소니를 친 다음, 태위에게 알릴 수도 없고 해서 집구석에 틀어박혀 잠만 자고 있었다.

어느 날 육겸과 부안이 그를 찾아왔다. 얼굴은 창백하고 풀이 죽어 차마 볼 수 없는 처참한 꼴이었다. 그는 임충의 아내 때문에 병이 덧쳐서, 반년이나 석 달밖에는 더 살 것 같지 않다고 호소하였다. 두 사람은 또 고아내의 비위를 맞추어 주었다.

"서방님, 아무 걱정도 하지 마십쇼! 저희들 둘이서 무슨 방법으로든지 그 여자를 서방님 수중에 넣으시도록 해드리겠습니다."

이런 이야기를 하고 있는데 마침 부(府) 안의 늙은 도관(都管)이 고아내의 병문안을 왔다. 육겸과 부안은 늙은 도관을 한편으로 불러 가지고 가서 꾀었다. 자기네들은 만반준비를 갖추고 있으니, 돌아가서 태위에게 이런 사실을 보고만 해달라는 것이었다.

늙은 집사는 밤이 되기를 기다려서 태위를 찾아 아뢰었다.

"서방님의 병환은 임충의 아내 때문에 생기신 병환이십니다."

그리고 육겸이 임충을 없애 버리기 위해서 만만준비를 갖추고 있다는 사실까지 샅샅이 보고했다.

태위 고구(高俅)는 즉각 육겸과 부안을 불러들였다.

"내 아들 녀석의 사건에 관해서 자네들은 어떠한 계책을 가지고 있다는 건가? 그 계책으로 내 아들을 살릴 수 있다면, 나는 자네들에게 후히 상을 내리겠네!"

"문제없습니다! 여차여차하시면 될 일입니다!"

"그렇다면 내일 당장 그렇게 해주게!"

한편 임충은 아내에 관한 일은 깨끗이 잊어버리고 매일 노지심과 술만 마시면서 날을 보내고 있었다.

어느 날, 지심과 임충은 열무방(閱武坊) 골목 어귀를 함께 걸어가고 있었다. 어떤 장정 하나가 머리에 귀퉁이가 불쑥 삐져 나온 두건(頭巾)을 쓰고, 몸에는 다 낡은 전포(戰袍)를 걸치고 손에는 한 자루의 보도(寶刀)를 들고 한 편에 서 있었는데, 그 보도에는 파는 물건이라는 꼬리표가 붙어 있었다.

그러고는 혼자 중얼중얼했다.

"이렇게 넓은 동경바닥에서 이런 좋은 군기(軍器)를 알아보는 사람이 하나도 없다니!"

임충이 지심과 이야기를 하는데 정신이 팔려 그냥 지나쳐 오자 그 장정은 임충의 등덜미로 쫓아오면서 여전히 숭얼거렸다.

"이렇게 좋은 보도를 알아보는 사람이 하나도 없다니!"

임충이 그 말을 듣고 몸을 홱 돌이키자, 그 장정은 보도를 선뜻 뽑아들었다. 눈부신 검광(劍光)이 번쩍번쩍했다. 이것이 바로 임충으로 하여금 일을 저지르게 하는 동기가 되었다. 임충은 대뜸 말했다.

"어디 좀 봅시다!"

그 장정이 내미는 보도를 임충이 지심과 함께 받아 보니, 과연 그 검광(劍光)이며 서슬이 시퍼런 칼날이며 좀처럼 보기 드문 보물이었다. 임충은 깜짝 놀라며 부지중 물었다.

"좋은 칼인데! 얼마에 팔려는 것이오?"

"3천 관은 받아야겠지만, 2천 관만 주시면 팔겠소!"

임충은 1천 관을 주기로 하고 흥정을 했다. 그 장정은 황금 같은 물건을 쇠값에 판다고 하면서도 돈이 급해서 어쩔 수 없다고 하며 그 보도를 임충에게 팔기로 했다.

임충은 지심과 작별하고 그 장정을 자기 집으로 데리고 와서 칼값을 치렀다.

"이 칼은 어디서 나온 물건이오?"

칼값을 치르면서 임충이 묻자, 그 장정은 이렇게 대답했다.

"소인이 조상 때부터 유물로 전해 내려온 물건이오. 집안이 몰락해서 곤경에 빠지게 되니 어쩔 수 없이 가지고 나와서 팔게 된 것이오."

그 이상 물어 볼 필요도 없었다. 그 장정은 돈을 받아가지고 돌아갔다. 임충은 칼을 받아들고 이리 뒤척 저리 뒤척 살펴보면서 감탄하여 마지않았다.

"확실히 근사한 칼인걸! 고태위의 부중(府中)에도 보도가 한 자루 있는데, 통 남에게 내보이지 않거든! 내가 한 번만 구경시켜 달라고 졸라댔지만 막무가내, 꺼내지도 않았것다! 인제는 나도 좋은 칼을 한 자루 샀으니 언제든지 한번 고태위의 보도와 비교해 보겠다!"

임충은 그날 밤, 보도를 손에서 놓지 않고 밤새도록 바라다보다가, 벽에 걸어 놓고, 또 날이 밝기도 전부터 일어나 앉아서 여전히 바라다보곤 했다.

그 이튿날, 사패(巳牌—오전 9~10시) 때쯤 되어서 문간에 두 승국(承局-관청의 사환)이 나타나서 부르는 소리가 들렸다.

"임교두(林敎頭)님! 태위님의 분부이십니다. 좋은 칼을 사셨다니 당장에 가지고 가셔서 비교해 보도록 하라고 하시면서, 태위님께서는 부(府) 안에서 기다리고 계십니다."

"어떤 입빠른 놈이 벌써 알렸을까?"

두 승국은 임충을 재촉하여 옷을 입고 그 칼을 가지고 자기네들을 따라오라고 했다.

가는 도중 임충은 약간 수상쩍었다.

"나는 부중에서 일찍이 자네들 같은 사람을 본 일이 없었는데?"

"소인들은 근자에 새로 부중에서 일을 보게 됐습니다."

부전(府前)에 도착하여 청전(廳前)까지 들어가서, 임충이 걸음을 멈추자 두 승국이 말했다.

"태위님께서는 바로 안에서 기다리고 계십니다. 교두님더러 곧장 들어오라고 하셨습니다."

두 겹 세 겹으로 있는 분을 시나고, 초록빛 난간을 여러 군데 빙빙 돌아서, 두 승국은 임충을 당전(堂前)에까지 안내하고 들어갔다.

"교두님, 여기서 잠시 기다리십쇼. 안에 들어가서 태위님께 고하겠습니다."

임충은 칼을 손에 든 채 처마 앞에 서 있었다. 두 승국이 안으로 들어간 지 차 한 잔 마실 만한 기간이 지났는데도 나오는 기색이 없었다. 임충이 더욱 수상쩍은 생각이 들어서 머리를 기웃하여 주렴 안을 살펴보니 처마 앞에 걸려 있는 액상(額上)에는 '백호절당(白虎節堂)'이라는 네 개의 청자(靑字)가 씌어 있었다. 임충은 퍼뜩 깨닫지 않을 수가 없었다. '이 절당(節堂)은 군기대사(軍機大事)를 상의하는 곳인데, 어쩌다가 이렇게 함부로 뛰어들게 됐을까?'

급히 몸을 돌이켜 돌아서 나오려 하는데 화리(靴履) 소리가 들려오며 뚜벅뚜벅 누군지 밖으로부터 들어오고 있었다.

임충이 바라보니 그것은 다른 사람이 아니었다. 바로 본관(本官-장관) 고태위였다.

임충은 칼을 잡은 채 앞으로 나가서 읍(揖)을 했다. 태위가 호통을 쳤다.

"임충! 나는 네 놈을 부른 일이 없는데, 어찌 감히 백호절당(白虎節堂)에 네 멋대로 함부로 들어와 있단 말이냐! 네 놈은 법도(法度)란 것도 모르느냐! 네 놈이 바로 2,3일 전에 칼을 손에 들고 부전(府前)에서 오락가락 뭣인지 기다리고 있더라는 말을 들은 일이 있었는데, 필시 엉뚱한 마음을 먹고 있었던 것이구나!"

임충은 몸을 굽히며 공손히 아뢨다.

"은상(恩相)께서 방금 두 승국을 시키셔서 이 임충을 부르시어 칼을 비교해 보도록 하라고 분부하셨단 말씀을 들었기 때문에 여기 온 것뿐입니다."

태위는 또 호통을 쳤다.

"승국은 어디 있느냐?"

임충은 사실대로 대답했다.

"은상(恩相)! 두 승국은 이미 당(堂) 안으로 들어갔습니다."

태위는 여전히 격분한 말투였다.

"못생긴 소리 말아라! 무슨 승국이 감히 나의 부당(府堂) 안으로 들어간단 말이냐? 애들아! 모두 나와서 이 못된 놈을 붙잡도록 해라!"

말이 채 끝나기도 전에, 옆에 있는 이방(耳房) 안으로부터 30여 명이 달려나오더니 임충을 때려눕히고 말았다.

그 광경은 매[鷹]가 제비에게 덮치고 사나운 호랑이가 어린 양을 잡아먹는 듯한 기세였다.

고태위는 대로하여 소리를 질렀다.

"네 놈은 금군교두(禁軍敎頭)의 몸으로서 이만한 법도도 모르느냐? 무슨 까닭으로 날카로운 칼을 잡고 고의로 절당(節堂)에 들어와서 본관을 죽이겠다는 거냐?"

좌우 측근의 부하들을 불러서 임충을 끌어내어 처단케 하라는 분부를 내렸다.

임충은 완전히 육겸과 부안의 꾀에 넘어가 억울한 사죄(死罪)를 뒤집어쓰게 되었다.

바로 이런 사건 때문에 멀지 않아 중원(中原)이 어지러워지고, 해내(海內)가 떠들썩하게 되며, 한 걸음 더 나아가 농민들의 등덜미에 반역이라는 낙인이 찍히게 되고 어부들의 고기잡이배 위에 군대의 인기(認旗)를 꽂게 되는 것이다.

# 8  아내를 버리고 귀양살이

林 敎 頭 刺 配 滄 州 道
魯 智 深 大 鬧 野 豬 林


임충이 아무리 억울하다고 호소를 하고 애원을 해도 태위는 막무가내, 호통을 칠 뿐이었다.

"나의 부중에 무슨 승국이 있어서 네 놈이 속았다는 거냐? 네 놈은 나의 처단에 복종치 않겠단 말이냐?"

좌우 측근자들을 불러들여서 엄명을 내렸다.

"이놈을 개봉부(開封府)로 보내서 등부윤(藤府尹)에게 분부하여 심문에 붙인 다음, 사리를 명백히 판단해서 처결토록 하되, 이 칼에는 봉인(封印)을 붙여 가지고 가도록 해라."

좌우 측근자들은 태위의 명령대로 임충을 끌고 개봉부로 가서 등부윤 앞에 내세웠다. 부윤 역시 첫마디가 임충의 소행은 사죄(死罪)에 해당된다는 것이었다.

임충은 고태위의 아들이 자기 아내를 집적저린 사실을 들어, 모든 것은 육겸 등의 계략에 빠진 거라고 주장하며 칼을 들고 절당(節堂)에 들어가게 된 경위 등 자초지종을 상세히 설명하고 자신의 억울함을 호소했다. 부윤은 우선 태위에게 답장을 써서 보내고, 임충의 목에 큰 칼〔枷〕을 씌워서 감옥에 처박아 버렸다.

이때 부윤에게는 당안공목(檔案孔目-문서관)으로 있는

손정(孫定)이란 사람이 있었는데, 위인이 강직하고 착한 일을 좋아해서, 사람들이 모두 그를 '손부처님〔梁佛兒〕'이라고 불렀다.

그는 이번 사건을 명백히 알아차리고 부윤 앞에서 억울한 죄를 뒤집어쓰게 된 임충을 구출해 주는 것이 당연한 일이라고 강경히 주장했다.

"고태위가 자기 권세만 믿고 부중에서 못하는 짓이 없이 멋대로 날뛰고 있는 것은 모르는 사람이 없을 지경입니다. 조금이라도 자기 비위에 거슬리는 사람이면 모조리 개봉부로 보내서 목을 베어 죽이고 찔러 죽이고 하는 것입니다."

"그러면 자네 생각으로는 임충의 이번 사건을 어떻게 수습했으면 좋겠다는 건가?"

"임충이 말하는 대로 그에게는 아무 죄도 없습니다만, 두 승국을 체포하지 못하니, 칼을 들고 절당에 들어간 사실만을 죄로 인정해서, 매를 20대만 때린 다음, 먹실로 뜸을 떠서 멀리 군주(軍州)로 귀양살이를 보내는 데 그치심이 어떨까요?"

등부윤도 이번 사건의 전말을 잘 알기 때문에 친히 나가 고태위 앞에서 임충의 진술한 바를 설명해 주었다. 고구도 자기 편이 억지라는 점을 인정하자 부윤의 말대로 하라고 승낙했다.

바로 그날, 부윤은 자기 처소로 돌아와 등청하여 임충을 불러서 큰칼〔枷〕을 벗기고 매 20대를 때린 다음 문필장(文筆匠)을 불러서 뺨에다 뜸을 뜨게 했다. 다시 지방의 원근을 따져 창주(滄州)의 뇌성(牢城)으로 귀양살이를 보내기로 작정했다.

임충의 목에는 일곱 근 반이나 되는 호신가(護身枷)를 씌우고 그 위에 봉인(封印)을 붙이고 첩문(牒文) 한 통을 작성해서, 방송공인(放送公人) 두 사람을 파견하여 압송해 보내기로 했다. 그 두 공인(公人)은 동초(董超)라는 사람과 설패(薛覇)라는 사람이었다.

두 공인은 첩문을 받아들자 임충을 끌고 개봉부를 나왔다. 이때 문전에는 이웃 사람들과 임충의 장인 장교두(張教頭)가 마중을 나와 있었다. 장교두는 임충과 두 공인을 주교(州橋) 근처에 있는 주점으로 안내해서 술과 안주를 잔뜩 시켜서 두 공인을 대접했다.

술이 몇 잔씩 돌아갔을 때, 장교두는 은전을 꺼내서 두 방송공인(放送公人)의 손에 쥐어 주었다. 임충은 장인의 손을 잡으며 이런 말을 했다.

"저는 운수불길해서 고아내 같은 놈을 만나게 되어 이런 억울한 죄를 뒤집어쓰게 됐습니다. 저는 장인 덕분에 따님을 아내로 삼은 이래, 3년이 지나도록 한 번도 이렇다 할 실수를 저지른 일이 없었습니다. 어린것은 아직 낳아 보지 못했지만, 말다툼 한 번 해본 적이 없습니다. 그러나 이번에는 꿈에도 생각지 않던 재난을 만나게 돼서 창주(滄州)로 귀양살이를 떠나게 됐으니 목숨이 붙어날지 알 수 없는 노릇입니다. 제일 걱정이 되는 것은 제 아내를 집에다 내버려 두고 가는 일입니다. 고아내는 강제로 혼인을 하자고 서두를 것이고, 또 젊은 여자 하나를 저 때문에 전정을 그르치게 하고 싶지는 않습니다. 이것은 누가 강제로 시키는 일도 아니고 제가 혼자서 작정한 일이니, 휴서(休書-絶

綠狀)를 작성해서 금후에 마음대로 개가해도 옥신각신하는 일이 없도록 해놓고 싶습니다. 이래야만 떠나가는 저도 마음놓고 갈 수 있으며, 고아내의 피해를 면할 수도 있으리라고 생각합니다."

"현서(賢婿)! 그게 무슨 말인가? 자네는 횡사(橫事)를 만난 것뿐이지, 자신이 잘못을 저지른 것도 아닌데. 이번에는 창주에 가서 재난을 피해 있다가, 다시 하늘이 무심치 않아서 돌아오게 되면 여전히 부부로 지낼 수 있는 일일세. 내 집안도 그다지 생활에 쪼들리는 편은 아니니 딸은 금아(錦兒)와 함께 내가 맡아도, 4,5년쯤은 걱정없이 지낼 수 있네. 딸도 결코 바깥출입을 시키지 않을 것이니, 고아내가 아무리 만나려 들어도 만날 수 없을걸세. 아무 걱정할 것 없단 말야. 만사는 내가 책임질 것이니까. 자네가 창주 뇌성에 도착하면 이편에서 자주 편지도 하고 의복 등속도 보내 줄 것이니, 자네도 인편 있는 대로 편지나 자주 하며 안심하고 있게!"

그러나 임충은 막무가내, 장인의 말을 듣지 않고, 그대로 떠나면 죽어도 눈을 감을 수 없다고 고집을 부렸다.

"정, 저의 말을 들어 주시지 않는다면 저는 살아서 돌아온다손 치더라도 댁의 따님을 아내로 삼지는 않겠습니다."

이 말에 장교두도 어찌할 도리가 없어서 마침내 대서인을 불러다가, 자기 딸이 마음대로 개가해도 좋다는 약문(約文)을 작성했다. 임충이 거기 서명 날인해서 장인의 손에 넘기려고 할 때, 임충의 아내가 방성통곡을 하면서 달려들었다. 금아에게 옷보따리를 들리고 임충을 찾아서 여기까지 달려온 길이었다.

임충이 몸을 일으켜 아내를 맞으며 비장한 목소리로 입을 열었다.

"하고 싶은 말은 이미 장인께 모두 여쭈었소. 내 재액(災厄)을 면치 못하고 이런 억울한 죄를 뒤집어썼으니, 이제 창주로 가면 생사를 보증할 수 없소. 당신의 청춘을 헛되이 그르칠까 걱정하여 몇 자를 적어서 여기 남겨 두고자 하는 것이오. 내가 돌아오기를 기다릴 것 없이 좋은 사람이 있으면 마음대로 개가를 하고, 이 임충 때문에 현처 노릇을 할 수 있는 길을 놓치지는 마오."

아내는 그 말을 듣자 곡성이 한층 더 높아질 뿐이었다.

"여보! 나는 손톱만큼도 내 몸을 더럽힌 일이 없는데 어째서 나를 버리신단 말이오?"

"여보, 나의 호의를 알아 주오. 일후에 피차간에 못할 노릇이 된다면 당신만 억울하게 될까 봐 그러는 것이오."

이때, 장교두가 딸을 보고 입을 열었다.

"애, 안심해라. 비록 사위는 이렇게 주장한다지만 나는 평생 두고 너를 다른 사람에게 시집 보내지 않을 것이니…. 이쯤 해서 너의 남편이 마음놓고 떠나도록 해주어라! 설사 그가 다시 돌아오지 않는다 하더라도 내가 너에게 평생 살아갈 수 있는 비용은 마련해 주어서 수절할 수 있도록 해주면 그뿐이 아니겠느냐!"

딸은 아버지의 말을 들으면서 마음속으로 흐느껴 울었다. 그리고 한 통의 휴서(절연장)를 보자, 다시 방성통곡하면서 땅바닥에 졸도해 버리고 말았다.

임충은 장교두와 함께 아내를 부축해서 일으켰다. 한참만에야 정신을 차린 그녀는 도무지 눈물을 거두려 하지 않았다.

임충은 휴서(절연장)를 장교두에게 잘 간직해 두라고
했다. 또 이웃 여자들에게 아내를 달래 가지고 집으로 돌
아가도록 했다.

장교두가 임충에게 말했다.

"그러면 잘 다녀오게! 무슨 방법으로든지 다시 돌아와서
서로 얼굴을 대할 수 있도록 해주게. 내 딸은 내일이라도
내 집으로 데려다 두고, 자네를 다시 만날 수 있는 날을
기다리고 있도록 할 것이니, 아무 걱정 말고 떠나가게. 인
편 있는 대로 자주 편지해 줄 것도 잊어버리지 말구."

임충은 몸을 일으켜서 절을 하고, 장인과 이웃 사람들
과 작별을 한 다음, 보따리를 짊어지고 공인(公人)들을 따
라서 길을 떠났다. 장교두도 이웃 사람들과 같이 자기 집
으로 돌아갔다.

두 방송공인은 임충을 데리고 가서 우선 사신방(使臣
房) 안에다 맡겨 두었다.

그러고 나서 동초와 설패는 각각 행장을 꾸리러 집으로
돌아갔다. 동초가 집에서 짐을 꾸리고 있노라니까 골목 어
귀 주점의 심부름꾼이 불쑥 나타났다.

"동단공(董端公)님! 관인 한 분이 우리 술집에서 말씀드
릴 일이 있다고 모시고 오라고 하십니다."

"그게 누구냐!"

"저도 모릅니다. 그저 단공님을 모시고 오라고만 하십니
다."(송나라 때는, 말단관리를 보통 단공(端公)이라고 불렀다.)

동초가 그 심부름꾼을 따라 술집으로 가서 안을 살펴보
니 알지 못할 남자가 한 사람 앉아 있었다. 그는 머리에

만자두건(萬字頭巾)을 썼고 흑사(黑紗)로 만든 배자(背子)를 입었고, 아랫도리에는 검정 신발에 흰 버선을 신었는데, 동초를 보자 황망히 읍(揖)을 하며 말했다.

"단공, 이리 앉으십시오!"

"소생은 존안(尊顔)을 뵌 일이 없사온데, 무슨 일 때문에 부르셨는지요?"

"우선 앉으십시오. 좀 있으면 자연 아시게 됩니다."

동초가 맞은편 자리에 앉으니 심부름꾼이 술잔, 안주, 과일 등을 벌여 놓고 술을 가져다가 한상 잔뜩 차려 놓았다.

그 남자가 물었다.

"설단공(薛端公)께서 어디 살고 계신지 아십니까?"

"바로 앞 골목 안에 살고 있습니다."

그 남자는 다시 심부름꾼을 불러서 쑤군쑤군하더니,

"자네 가서 모셔오게!"

하였다.

심부름꾼은 나간 지 얼마 안 되어서 설패(薛覇)를 데리고 그 자리에 나타났다. 동초가 설패를 바라보며 입을 열었다.

"이분께서 우리들한테 하실 말씀이 있다고 하시는데…."

설패가 대뜸 물었다.

"실롑니다만, 대인(大人)의 성함은 뉘시라 하십니까?"

그 남자는 똑같은 말을 또 했다.

"좀 있으면 자연 아시게 됩니다. 우선 술이나 한 잔 드십시오!"

세 사람은 술상에 둘러앉았다. 심부름꾼이 술을 따랐다.

피차간에 몇 잔씩 마셨을 때, 그 남자는 소맷자락에서 금자(金子) 열 냥을 꺼내서 상 위에 놓으면서 말했다.

"두 분 단공께서는 각각 닷 냥씩 받아 넣으십시오. 좀 부탁드릴 일이 있습니다."

두 사람이 똑같이 물었다.

"소생들은 존관(尊官)을 통 알지 못하옵는데 어째서 금자(金子)를 주십니까?"

"두 분께서는 창주로 가시는 길이 아니십니까?"

"소생들은 본부의 명령을 받고 파견되어 임충이란 사람을 압송하여 그곳으로 가는 길입니다."

"그러시다면 두 분께 좀 신세를 져야 할 일이 있습니다. 나는 고태위부(府)의 심복인(心腹人) 육우후(陸虞侯-육겸)입니다."

동초와 설패는 그제야 퍼뜩 알아차리고,

"소생들 같은 신분으로서 감히 한자리에 앉게 되어 죄송합니다."

"두 분께서도 아시다시피 임충과 태위님은 서로 으르렁거리는 사이가 아닙니까. 그래서 나는 태위님의 명령을 받고 이 금자(金子) 열 냥을 두 분께 드리는 것입니다. 꼭 승낙해 주셔야 할 일이 있는데…. 다른 게 아니라, 그다지 먼 곳이 아니라도 좋으니 사람의 눈에 띄지 않는 곳에 가서 임충을 처치해 버리시고 그곳으로부터 회장(回狀)이나 한 장 받아다 주셨으면 좋겠습니다. 개봉부(開封府)에서 시끄럽게 구는 일이 있다 하더라도 그때는 태위님께서 친히 처리하실 것이니까 아무 염려도 없을 것입니다."

동초가 거절을 했다.

"그건 어려울 겁니다. 개봉부의 공문(公文)에는 산 채로 압송하라고 했지, 죽여 버리라는 말은 없으니까요. 또 당자가 나이도 많은 편이 아니니, 그렇게 간단히 처치하기 힘들 겁니다. 사불여의할 때에는 재미없는 결과가 생길 겁니다."

그러나 설패는 쾌히 승낙한다는 의사를 표시했다.

"여보, 동형(董兄)! 내 말을 들어 보시오. 고태위가 형과 날더러 죽으라고 한대도 거역할 수 없는 처지인데, 이분을 시켜서 우리에게 금자(金子)까지 보내 주셨으니, 어쩌니저쩌니 할 것 없이 우리 이것이나 나누어 갖기로 합시다. 우리가 분부대로 한번 일을 해드리면 일후에 우리를 잘 봐주실 날도 있을 게 아니오? 앞으로 가면 깊숙한 소나무숲이 있는데, 아주 후미진 곳이니 거기서 어떻게 놈을 처치해 버리도록 합시다."

설패는 선뜻 금자(金子)를 받아 넣으면서 또 말했다.

"관인께서는 걱정 마십쇼. 오래 걸려야 오참로(五站路) 사이에서, 빨리 되면 양정(兩程) 안에서 해치우겠습니다."

육겸이 크게 기뻐하며 말했다.

"설단공(薛端公)은 정말 통쾌하신 분입니다. 내일 거기서 일을 해치우고 나시거든, 그 증거물로 임충의 얼굴에 있는 금인(金印)을 꼭 떼어 가지고 오십시오. 이 육겸이 책임지고 두 분께 금자 열 냥씩을 사례로 드리겠습니다. 좋은 소식을 기다리고 있겠습니다. 절대로 실수 없도록 해주십시오."

송(宋)나라 때에는, 범인을 유형(流刑)에 처하여 귀양살이를 보낼 때, 반드시 그 얼굴에다 먹실로 뜸을 떠서 표적을 하였다. 모든 사람들이 이것을 싫어하기 때문에 '금인을 찍는다〔打金印〕'는 말을 사용했다.

세 사람은 한동안 술을 더 마시고 나서, 육겸이 술값을 치르고 나와서 서로 작별했다.


동초와 설패는 금자를 나누어 가지고 집으로 돌아오자, 짐을 꾸리고 죄수를 때리는 몸둥이〔水火棍〕를 챙긴 다음 사신방(使臣房)으로 되돌아와 임충을 다시 맡아 가지고 압송길을 떠났다.

당일로 성 밖으로 나와서 30리쯤 떨어진 곳에서 하룻밤을 쉬어 가기로 했다. 송(宋)나라 때에는, 공인(公人)이 죄수를 압송하는 도중 쉬어 가게 될 경우에는 객점인가(客店人家)에서 숙박료를 받지 않기로 되어 있었다.

동초와 설패는 임충을 데리고 도중에서 하룻밤 쉬어 가지고 그 이튿날 날이 밝기를 기다려, 아침밥을 잔뜩 먹고 다시 창주(滄州)를 향하여 길을 떠났는데, 때는 마침 6월 염천이어서 혹독한 더위가 한고비에 다다랐다.

임충은 매를 맞았을 때에는 아무렇지도 않았으나 2,3일 경과하고 보니 찌는 듯한 더위에 매맞은 곳이 아프기 시작했다. 난생 처음 맞아 본 몽둥이 자국이 덧나 다리를 질질 끌며 걸음도 제대로 걷지 못했다.

설패가 욕지거리를 했다.

"이런 분별 없는 놈아! 여기서 창주까지는 2천 리 길이 넘는데 네 놈같이 굼벵이 걸음으로 가다가 언제나 도착하겠느냐!"

"소인은 태위님 부중에서 아차 실수를 해가지고 몽둥이

찜질을 받아 그 상처가 아프기 시작하는데, 거기다 또 날씨가 이렇게 지독하게 더우니 좀 천천히 걸어가게 해주십시오!"

그러자 동초가 말했다.

"그럼, 천천히 걸어가! 어쩌니저쩌니 변명은 하지 말구…."

설패는 투덜투덜 못마땅한 눈치였다.

"운수가 불길하려니까, 이 따위 자식을 맡게 되다니!"

날이 또 저물었다.

그날 밤, 세 사람은 마을 객점(客店)에 투숙했다. 방 안으로 들어가자 두 공인(公人)은 몽둥이를 한옆에 던지고 짐을 내려놓았다. 임충도 보따리를 내려놓자, 공인들이 재촉하기 전에 눈치빠르게 보따리 속에서 얼마간의 은전을 꺼내서 객점 심부름꾼에게 주어 술과 고기와 쌀을 사오게 하여 한상 잘 차려 놓고 두 공인을 대접했다.

동초와 설패는 자기네가 따로 술을 사다가 임충에게 곤죽이 되도록 마시게 해서 큰칼을 씌운 채로 나자빠져 자게 하고, 설패는 가마솥에다 물을 펄펄 끓여 가지고 그것을 들고 들어와서 발 씻는 대야[脚盆]에다 부어 놓고 소리를 질렀다.

"임교두(林敎頭)! 자네도 발이나 씻고 한잠 푹 자게!"

임충은 몸을 일으키려고 했으나 큰칼이 거추장스러워서 몸을 구부릴 수가 없었다. 그러자 설패가 대뜸 하는 소리가,

"내가 대신 씻어 줌세!"

임충이 당황해서 말했다.

"천만에… 어떻게 그렇게!"

"같은 길을 가는 처지에 그다지 사양할 건 없네."

설패가 이렇게 말을 하는데도, 임충은 그것이 어떤 속임수라는 것을 깨닫지 못했다. 무심코 발을 쭉 뻗는 순간, 설패는 임충의 두 발을 펄펄 끓는 물 속에다 틀어박았다.

"아아앗!"

소리를 지르며 임충이 두 다리를 오므라뜨렸을 때는, 이미 두 발은 물에 데어서 새빨갛게 부풀어 올랐다.

"그만, 그만해 두십쇼!"

임충이 이렇게 말하자 설패는,

"죄수가 공인의 시중을 드는 일은 있지만, 공인이 죄수의 시중을 들어 주는 일은 좀처럼 없는 일일세! 모처럼 발을 씻어 주려니까, 뭘 물이 뜨거우니 어쩌니 하고 잔소리가 많은가?"

두 공인들의 잔인한 짓은 그것뿐이 아니었다.

날이 밝아 오경이 되었다. 그 객점을 떠나며, 동초는 허리춤에서 삼〔麻〕으로 삼은 새 짚신을 한 켤레 풀어서 임충에게 신으라고 했다. 임충은 여태까지 신고 온 헌 짚신을 그대로 신고 싶었으나 아무리 찾아보아도 보이지 않았다. 눈앞이 어질어질, 두 발이 잔뜩 부푼 임충은 그들의 명령대로 뻣뻣한 새 짚신을 신고 그들을 따라 길을 떠나는 수밖에 없었다.

그러나 2,3리 길도 못 가서 임충은 부풀어오른 두 발의 물집이 억센 짚신에 쓸려서 터지고, 피가 줄줄 흘러내려 도무지 걸음을 옮겨 놓을 수가 없었다.

끙끙 괴로운 신음소리를 연발하는 임충을 보고 설패가

호통을 쳤다.

"이왕 걸어야 할 길이면 빨리 가잔 말야! 걸어가지 않는다면 이 몽둥이 맛밖에 볼 것이 없으니까…."

임충은 억지로 끌려서 4,5리 길을 걸어갔다. 그 이상 더 걸어갈 수 없게 됐을 때, 마침 앞으로 연기가 자욱하게 서리고 안개가 잔뜩 낀 무시무시한 숲이 바라다보였다.

이곳이 바로 야저림(野豬林)이라고 부르는 유명한 숲이었다. 동경과 창주를 연결하는 가도(街道) 중에서 가장 넘기 힘드는 난관이었다. 송(宋)나라 때, 얼마나 많은 방송 공인들이 돈을 받아먹고 억울한 죄수들을 이 숲속에서 처치해 버렸는가 모른다.

동초가 말했다.

"오경이나 되도록 10리 길도 못 왔으니, 이래 가지고야 언제 창주에 도착할 수가 있단 말인가?"

설패가 받았다.

"나도 더 걸어가지 못하겠는걸! 이 숲속에서 잠시 쉬어 가기로 하지."

세 사람은 숲속으로 들어가서 보따리를 나무 아래에 내려놓았다. 임충은 처참한 신음소리를 연발하며 굵직한 나무를 부둥켜 안고 쓰러져 버렸다.

동초와 설패는,

"걷다가 쉬고, 쉬다가 걷고 했더니 도리어 더 고단하군! 여기서 한잠 자고 나서 다시 걸어가기로 하지!"

하면서 수화곤(水火棍)을 한옆에 놓고 나무 옆에 비스듬히 드러누워 잠시 눈을 감는 기색이었다.

놈들은 얼마 안 되어서,

"이크!"

하고 소리를 지르면서 벌떡 뛰어 일어났다. 임충이 물었다.

"왜 그러십니까?"

동초와 설패가 대답했다.

"우리도 여기서 한잠 푹 자고 싶기는 하지만, 여기에는 자물쇠도 열쇠도 마련된 게 없으니, 그대가 도망질칠까 봐 마음을 놓을 수가 없네. 그래서 마음 편히 잘 수도 없단 말일세."

임충이 씩 웃었다.

"소인도 사내 대장부입니다! 이미 법망에 걸린 몸이니 평생 달아날 생각은 하지 않습니다."

그러자 설패가 능글맞게 웃으며 말했다.

"그대 말을 어떻게 믿을 수 있다지? 우리가 마음을 놓기 위해선 그대를 꽁꽁 묶어 놓아야만 되겠네."

"묶으실 테면 묶으십시오! 소인이 감히 어쩌겠습니까!"

설패는 허리춤에서 줄을 풀더니 임충의 손과 발을 큰칼과 함께 꽁꽁 묶어서 나무에다 꼭꼭 매어 버렸다.

그리고 나서는 동초와 같이 벌떡 뛰어 일어나서 몸을 돌이켜 수화곤(水火棍)을 움켜잡더니 임충을 노려보며 소리쳤다.

"우리들이 네 놈을 처치해 버리려는 것은 아니다. 일전에 우리들이 떠나올 때, 육우후(陸虞侯)님께서 고태위님의 명령이라 하시며, 도중에서 네 놈을 없애 버리고 그 증거품으로 금인(金印)을 떼어 오라고 하셨다. 설사, 앞으로 며칠을 이대로 더 간다손 치더라도 네 놈은 결국 죽어야만 될 신세니까, 오늘 여기서 죽이고 우리들도 일찌감치 돌아가야겠다. 우리 두 사람을 원망하지는 말아라! 상사(上司)가 파견해서 시키는 노릇이니 어쩔 수 없다. 정신을 똑똑히 차려라! 내년 오늘이 바로 너의 일 주기 제사날이다. 우리는 일기(日期)가 한정돼 있으니까 빨리 돌아가서 보고해야겠다!"

임충은 그 말을 듣자 눈물이 비오듯 흘러내렸다.

"여보시오! 두 분! 나는 두 분과 과거에 아무런 원한도 없었으니, 한 번만 내 목숨을 건져 주시구려! 그 은혜는 평생 두고 잊지 않을 테니….."

"무슨 못생긴 소리냐! 네 놈을 살려 줄 수는 없다!"

동초의 말이었다.

설패가 수화곤(水火棍)을 선뜻 움켜쥐고 임충의 대갈통을 향해 내리치려고 번쩍 쳐들었다.

가련하게도 호걸이 옴짝 못하고 죽어야만 될 판이다.

이야말로, 만리 황천(黃泉)길에는 여인숙〔旅店〕이 없으니 삼혼(三魂)이 오늘밤에는 뉘 집에 가서 머무를 수 있으랴.

# 9  돈만 집어 주면

柴 進 門 招 天 下 客
林 冲 棒 打 洪 敎 頭

　설패가 몽둥이를 높이 쳐들어 임충의 머리통을 후려 갈기려는 위기일발의 찰나, 소나무 숲속으로부터 뇌성벽력 같은 소리가 들리더니 난데없이 철선장(鐵禪杖)이 날아들어 몽둥이를 가로막아 하늘 높이 날려 버리고, 투실투실 살이 찐 화상(和尙) 하나가 불쑥 나타났다.
　화상은 호통을 쳤다.
　"나는 벌써부터 숲속에서 네 놈들의 하는 소리를 다 듣고 있었다."
　그 화상은 허리에 계도(戒刀)를 차고 선장(禪杖)을 휘두르면서 두 공인들에게 덤벼들려고 했다. 임충이 눈을 번쩍 떠보니 그는 다른 사람이 아니라 바로 노지심이었다.
　"형님, 잠깐만… 할 말이 있소!"
　임충이 당황해서 소리를 질렀다. 지심은 그제야 선장을 거둬들였다. 두 공인은 얼이 빠져서 한편에 멍청히 서 있었다. 임충은 간곡히 만류했다. 모든 일은 고태위가 육우후에게 명령한 일이니, 이 두 공인을 억울하게 죽여서는 안 된다는 주장이었다.
　노지심은 허리에 찬 계도를 뽑아 꽁꽁 묶인 줄을 끊어서 임충을 구출해 놓고 여기까지 나타나게 된 자초지종을 말했다.

그는 임충이 칼을 살 때부터 사실은 이상한 생각이 들었는데, 임충이 창주로 귀양살이를 떠나게 됐다는 사실을 알게 되자, 개봉부(開封府)로 달려와서 술집의 심부름꾼이 뛰어다니며 두 공인을 불러 가는 사실까지 확인하고 있었으며, 그들의 뒤를 밟아서, 몰래 임충 일행과 같은 객점에서 어젯밤을 묵었고, 오경에 일행이 떠나는 것을 알자, 앞질러서 이 숲속으로 달려와 두 놈의 공인을 죽여 버릴 작정을 했다는 것이었다.

임충의 간곡한 만류를 거절할 길이 없어 노지심은 두 놈을 죽일 생각은 단념하고 호통을 쳤다.

"내 우리 아우님의 체면만 생각지 않는다면 네 놈들을 갈갈이 찢어 죽여도 시원치 않겠지만… 이대로 목숨만은 용서해 주기로 한다!"

그러고는 계도를 도로 칼집에 집어넣고 또 소리를 질렀다.

"네 놈 둘이서 우리 아우님을 빨리 부축해서 떠메고 나를 따라오너라!"

하면서 선장을 들고 앞장을 서서 걸어갔다. 두 공인은 감히 찍 소리도 못하다가 임충을 붙잡고 애원을 했다.

"임교두! 우리 두 사람을 좀 살려 주시오!"

두 공인은 수화곤(水火棍)을 손에 든 채 임충을 부축하고 보따리를 짊어졌다. 일행이 숲속을 나와서 3,4리쯤 걸어가자, 마을 어귀에 조그마한 술집이 있었다.

술이며 안주며 잔뜩 차려 놓고 한 잔 마시게 됐을 때, 두 공인이 물었다.

"스님은 어느 절의 주지(住持)이십니까?"

지심이 웃으면서 하는 말이,

"이 못된 놈들아! 나의 거처하는 곳을 알면 어쩔 작정이냐? 고구에게 알려서 나를 혼이 나게 하자는 거냐? 다른 사람들은 그자를 무서워하지만, 나는 어림도 없다! 그자를 내가 만나기만 한다면, 이 선장(禪杖)을 3백 대쯤 먹여 줄 테다!"

두 공인은 감히 입도 벌리지 못했다. 술을 다 마시고 술집 문을 나서면서 임충이 물었다.

"형님, 인제부터 어디로 가실 작정이시오?"

"사람을 죽이면 피를 봐야 하고, 사람을 구해 주려면 끝까지 철저히 구해 주라는 말이 있으니, 나도 마음이 놓이지 않아서 아우님과 함께 창주까지 가야겠소."

두 공인은 이 말을 듣자 곰곰 생각했다.

'이거 큰일인데. 우리 일은 영 망쳐 버렸으니 돌아가서 뭐라고 대답을 한다지? 그러나 별도리가 없다. 삼사코 따라가는 수밖에.'

다시 길을 가는 동안에는, 두 공인은 모든 일에 있어서 노지심의 아래턱이 한 번 끄덕하는 대로 무조건 복종해야만 했다. 그러면서도 찍 소리 못하고 화상의 비위를 맞추어 주느라고 쩔쩔맸다.

이틀쯤 걸어가다가 수레를 한 대 마련해 가지고 임충을 거기 태우고 세 사람은 그 뒤를 따라갔다.

노지심은 길을 가는 도중에 술이며 고기며 많이 사가지고 임충의 몸을 돌봐 주었으며, 두 공인에게도 먹여 주었다. 밤에는 객점(客店)에 들어 일찍 자고, 날이 밝으면 느지막하게 길을 떠나곤 했다.

두 공인은 쑤군쑤군 이런 말을 했다.

"우리가 도리어 저 중에게 압송되어 가는 셈인데. 돌아가게 되면 고태위는 우리를 가만 두지 않을걸세!"

설패가 받았다.

"대상국사(大相國寺) 채마밭 해우(廨宇-公房)에 새로 온 노지심이라는 중이 있다는 말을 들었는데 아마 바로 저 사람일 걸세. 돌아가서는 사실대로 말하는 수밖에. 우리가 야저림(野豬林)에서 놈을 처치해 버리려고 했지만 저 중이 임충을 구출해 가지고 창주까지 함께 압송해 갔기 때문에 손을 대지 못했다고. 섭섭하지만 금자(金子) 10냥을 도로 돌려주고 육겸더러 친히 저 중을 찾아가서 따져 보라고 하세. 우리는 깨끗이 꺼져서 몸을 숨겨 버리면 그뿐야!"

동초가 빙긋 웃었다.

"그도 그럴듯한 말이군!"


지리하고 번거로운 이야기는 그만두기로 하고, 지심이 일행을 거느리고 한시도 곁을 떠나지 않으며 길을 가기를 17,8일. 창주가 70리밖에 남지 않은 지점까지 도착했다. 여기서부터는 인가(人家)가 잇달아 있어서 으슥하거나 호젓한 곳이 없었다. 노지심은 이런 형편을 미리 자세히 살펴 가지고 소나무숲 속에 들어가 잠시 쉬면서 임충에게 앞으로는 아무런 위험도 없을 것이니 여기서 작별하자고 했다.

또 은전 30냥을 꺼내서 임충에게 주고 두 공인에게도

두서너 냥씩 나누어 주면서, 목숨을 살려 준 대신 얼마 남지 않은 길에 엉뚱한 생각을 하지 말고 임충을 잘 데리고 가라고 당부했다.

공인들이 돈을 받아 넣고 작별하려고 했을 때, 지심은 두 사람을 노려보며 말했다.

"네 놈들의 대갈통하구 이 소나무하구 어느 것이 더 단단하냐?"

"저희들의 머리야 부모님께서 주신 피육(皮肉)이 뼈다귀를 싸고 있는 것뿐입죠!"

지심은 그 말을 듣자 선장을 높이 쳐들어 소나무 한 그루를 내리쳤다. 그 소나무는 두 치가량 푹 파이며 그대로 딱! 하고 부러져 버렸다.

"이 못된 놈들아! 네 놈들도 함부로 까불면 요꼴이 될 줄 알아야 해!"

두 공인은 혀를 내두르며 어찌할 바를 모르고 어리둥절했다.

"무시무시한 스님인데! 단번에 이렇게 굵은 나무를 때려 넘겨 버리다니!"

두 공인이 깜짝 놀라 나자빠지는 것을 보고 임충이 입을 열었다.

"그것쯤은 아무것도 아닙니다. 상국사(相國寺)의 버드나무를 뿌리째 뽑아 버리기도 했으니까요…"

이 말을 듣고 두 공인은 머리를 절레절레 흔들면서, 이 사람이 바로 노지심이라는 것을 눈치챘다.

노지심과 작별하고 나서 세 사람은 한나절쯤 길을 걸어서 또 어느 술집에 들어섰다. 그런데 이상하게도 그 술집에서는 여간한 푸대접을 하는 눈치가 아니었다. 무엇을 먹겠느냐고 묻는 법도 없었다. 임충이 참다 못해 상을 두드리면서 소리를 질렀다.

"이 술집주인은 어째서 이렇게 사람을 푸대접하느냐? 내가 죄수라고 남의 음식을 거저 먹을 줄 알구 이러는 거냐?"

그제야 그 술집주인이 나타나더니 간곡히 하는 말이 있었다.

"천만에, 그런 게 아닙니다. 우리 이 마을에는 굉장한 부자[財主]가 한 분 계십니다. 시진(柴進)이라고 하시는 분인데, 이 고장에서는 시대관인(柴大官人)이라고 부르고 강호(江湖)에서는 누구나 소선풍(小旋風)이라고 부릅니다. 이분은 대주(大周)나라 시세종(柴世宗)의 자손으로서, 진교(陳橋)에서 양위했을 때, 태조(太祖) 무덕황제(武德皇帝)께서 이분에게 서책[誓書鐵卷]을 칙사(勅賜)해 주신 바 있어서 누구나 감히 이분을 호락호락 여기지 못합니다. 이분은 천하를 왕래하는 대장부들을 초청해서 4,50명을 집안에 데리고 계십니다. 언제나 우리 주점에 오셔서 이렇게 당부하셨습니다―만약에 유형(流刑)을 받은 죄수가 있거든 우리집으로 보내주면 내 힘이 돼줄 수 있겠다구요. 이제 술과 고기를 잡숫게 해드려서 얼굴이 붉어지시면 그분이 보실 때 노자가 넉넉한 사람인 줄 아시고 도와드리지 않을까 봐 정말 호의로써 아무것도 팔지 않으려고 한 것입니다."

그 말을 듣고 임충은 곰곰 생각했다. 시대관인(柴大官人)이란 그가 동경(東京)에서 교군(教軍)일을 맡아 보고 있을 때, 항시 군중(軍中)의 사람들에게서 익히 듣던 이름이었다. 임충은 두 공인을 보고 한번 시대관인의 집을 찾아가 보자고 했다. 두 공인도 과히 해롭지 않은 일이라 생각하고, 당장 임충을 따라나섰다.

세 사람이 시대관인의 집 문전에 도착하니, 널찍한 나무다리〔板橋〕 위에 네댓 사람의 하인배가 앉아서 바람을 쐬고 있었다.

임충은 그들에게 절을 하고 말했다.

"수고스럽습니다만, 대관인(大官人)께 연락 좀 해주십시오. 경사(京師)에서 임(林)이라고 하는 죄수 한 사람이 뇌성(牢城)으로 유형(流刑)을 당해서 가는데, 한번 만나 뵙고 싶다고 해주시오."

그러나 하인은 뜻밖에도 싸늘했다.

"운수가 나쁘신 분이군! 대관인께서는 아침 일찍이 사냥을 나가셨소. 언제 돌아오실는지도 알 수 없고, 어쩌면 동쪽 별장에서 하룻밤 쉬고 내일 돌아오실지도 모르오."

임충은 실망한 나머지 하인과 작별하고 두 공인과 함께 왔던 길을 되짚어 돌아오는 수밖에 없었다. 반리 길쯤 왔을 때, 멀리 숲속으로부터 일대(一隊)의 인마(人馬)가 나타났다. 시대관인의 집을 향해 달려오는, 그 인마의 앞장을 선 한 사람의 관인(官人)은 용미봉목(龍眉鳳目)에 호치주순(皓齒朱脣), 34, 5세쯤 되어 뵈는 사나이였다.

그가 바로 시대관인이었다. 임충이 행여나 그 사람이 아닌가 하여 망설이고 있을 때 그 관인은 말을 달려 가까이 오더니,

"그 큰칼을 목에 쓰신 분은 누구시오?"

하고 물었다.

　임충은 자기의 성명, 신분, 경력, 여기까지 오게 된 경위를 자세히 말했다. 그 관인은 선뜻 말에서 내리더니,

　"이 시진(柴進)이 영접을 해드리지 못하여 죄송합니다. 임교두(林敎頭)님의 고명(高名)은 일찍부터 잘 알고 있었습니다. 오늘 여기서 뜻밖에 이렇게 뵙게 되니 반갑기 비길 데 없습니다."

하고 반갑게 말했다. 그는 임충 일행 세 사람을 자기 집으로 데리고 갔다.

　시진은 임충을 극진히 대접했다. 하인들에게 명령하여 술이며 안주며 떡이며 먹음직스럽게 한상을 잘 차려낸 것은 더 말할 나위도 없고, 평소에 존경하던 손님이니 경솔히 대접할 수 없다 하여 양까지 한 마리 잡게 해서 성찬을 베풀었다.

　두 공인도 물론 합석했다. 시진은 궁대전호(弓袋箭壺)까지 풀어 놓고 유쾌한 기분으로 술잔을 들어 손님들에게 세 번이나 돌렸다. 술이 대여섯 잔씩 돌아가고 있을 때, 하인이 나타나더니 선생님[敎師]이 오셨다고 연락했다.

　"이리로 모시도록 하고 술상을 한 자리 더 마련해라!"

　임충이 자리에서 몸을 일으켜 바라보니 그 선생님이란 자가 가슴을 불쑥 내밀고 빼기면서 걸어 들어왔다. 임충은 하인배들의 호칭으로 미루어 보아, 이 사람이 바로 시대관인(柴大官人)의 스승이리라고 생각했다.

　"처음 뵙겠습니다. 임충이라 합니다."

　임충이 공손히 인사했건만 그 선생님이라는 자는 답례는 고사하고 임충을 거들떠보지도 않았다. 시진이 임충을

동경 80만 금군(禁軍)의 창봉교두(鎗棒敎頭)였던 사람이라고 소개했지만, 들은 체도 하지 않고 좌상에 버티고 앉았다. 그는 성이 홍(洪)으로 사람들은 홍교두(洪敎頭)라고 불렀다. 그는 자리잡고 앉자 시진에게 한다는 소리가,

"대관인께서는 어째서 오늘 이렇게 정중하게 예의를 갖추셔서 귀양살이 가는 군인 따위를 대접하십니까?"

"이분은 보통 손님과는 다르신 분입니다. 80만 금군의 교두님이십니다. 말씀을 삼가십시오!"

"천만에! 대관인께서 창봉(槍棒)을 좋아하시는 줄 아니까, 귀양살이 가는 군인 따위들이 덮어놓고 몰려들어서 자기가 창봉교사(鎗棒敎師)라고 거짓말을 하고 술이나 얻어먹고 노자돈이나 뜯자는 수작입니다."

"사람을 그렇게 멸시하시면 안 됩니다."

이 말에 홍교두는 화가 불끈 치밀었다.

"나는 믿을 수 없습니다. 봉술(棒術)을 한 번 견주어 보고 승패를 가리고 난 다음이라면 모르거니와…."

"그거 참 재미있는 말씀이십니다. 임선생 의향은 어떠십니까?"

"소생은 그만두겠습니다!"

임충은 아니꼽고 약이 오르는 것을 끝까지 꾹 참고 사양했다. 그러나 홍교두는,

'이놈이, 아무것도 할 줄 모르는 놈이구나! 벌써 풀이 죽어 버렸으니…'

하는 생각으로, 임충과 봉술을 한 번 겨루어 보자고 짓궂게 다가들었다.

한편, 시진도 임충의 재간이나 실력을 한 번 구경하고

도 싶었고, 또 임충이 이겨서 으쓱거리는 홍교두를 납작하게 만들어 주었으면 하는 생각으로, 역시 임충에게 한 번 경쟁해 봐달라고 간곡히 졸라댔다.

임충은 그래도 홍교두가 시대관인의 스승인 줄만 알고, 이런 사람을 때려 누인다면 입장이 거북해지리라 생각하고, 끝까지 사양했다.

"이 홍교두란 분은 얼마 전에 우리 고장에 나타나신 분인데, 이분의 상대가 될 만한 사람이 별로 없습니다. 임선생, 조금도 거리끼실 것 없이 해보십시오. 나도 한 번 두 분의 재간을 구경하고 싶습니다."

시진이 이렇게 자꾸만 충동하여 마침내 임충은 몽둥이를 잡고 일어섰다.

"정 그러시다면 미숙한 솜씨나마 한 번 해보겠습니다."

두 교두가 달 밝은 땅 위에서 몽둥이를 들고 대결하기 4,5합, 임충의 '산동대뢰(山東大擂)'라는 술법 앞에 홍교두는 도저히 적수가 되지 않았다. 그러나 임충은 어디까지나 적당히 홍교두가 이기도록 해주려고 그저 슬슬 싸우는 체하고 있었다. 옆에서 이 광경을 보고 있던 시진이 말했다.

"임선생, 왜 재간을 마음껏 발휘하시지 않으십니까?"

이 말을 듣고야, 임충은 시진이 어디까지나 자기가 이기기를 원하고 있다는 눈치를 알아채고, 마침내 용기를 내어 단번에 홍교두를 때려눕혔다.

홍교두는 그렇게 으쓱거린 보람도 없이 몽둥이를 허공으로 집어던지고 땅 위에 나자빠지고 말았다.

구경하던 여러 사람이 와-하고 웃음을 터뜨렸다. 홍교

두는 일어서지도 못하고 쩔쩔맸다. 하인들이 부축해 일으켰으나 부끄러워 얼굴이 새빨개 가지곤 대문 밖으로 달아나 버렸다.

시진은 임충의 손을 잡고 다시 후당(後堂)으로 데리고 들어가서 함께 술을 마시며 상금을 가져오라 하여 임충에게 주었다.

그대로 5,6일 동안이나 극진한 대접을 받고 있을 때, 두 공인이 길을 재촉하였다. 시진은 다시 성대한 송별연을 베풀어 주었고, 편지 두 통과 대은(大銀) 25냥을 임충에게 주고 두 공인에게도 5냥씩을 주면서 이렇게 말했다.

"창주의 대윤(大尹)도 나하고 친한 사이입니다. 뇌성(牢城)의 관영(管營-典獄)이나 간수〔差撥〕들도 이 시진과 교분이 두텁습니다. 이 편지 두 통을 가지고 가시면 반드시 잘 돌봐 드릴 것입니다."

아침 일찍이 식사를 마치자 임충은 시진에게 고맙다는 인사를 하고, 두 공인을 따라 칭주로 향했다.

오정 때쯤 되어서 창주성 안에 도착했다. 두 공인은 즉시 주아(州衙)로 가서 공문을 내놓았다. 당청(當廳)에서는 임충을 인도하고 주관(州官)을 만나게 해주었다.

대윤은 즉시 임충을 맡아 놓고 개봉부로 보내는 회답을 작성해서 두 공인에게 주어 돌려보냈다.

임충이 뇌성(牢城) 영창으로 압송되자 영내(營內)에서는 우선 독방에다 가둬 놓고 상부의 지시를 기다리고 있었다. 여러 죄수들이 몰려들어 이런 말을 일러 주었다.

"이 영창 안에서는 전옥이고 간수고 모두 지독한 놈들이어서 죄수들에게 돈과 물건을 낚아 들일 줄밖에 모르거든! 만약 돈이나 물건을 집어 주면 잘 돌봐 주지만, 그렇지 않은 날에는 사람을 토뢰(土牢)에 처박아 죽지도 못하고 살지도 못하게 들볶는단 말야. 돈만 집어 주면 처음 호출을 당하게 될 때에도 살위봉(殺威棒-텃세를 하느라고 새 죄수를 때리는 몽둥이)을 맞지 않지만, 돈을 쓰지 않으면 한 백 대나 얻어맞아 반쯤 죽는단 말야.”

“적게 잡아서 전옥에게 은자(銀子) 5냥, 간수에게 5냥은 집어 줘야 할 거야!”

죄수들이 이런 말을 하고 있을 때, 간수 하나가 나타나서 새로 들어온 죄수가 누구냐고 물었다. 임충은 앞으로 나서기는 했으나, 돈을 집어 주지 않았다. 그 간수는 얼굴을 잔뜩 찌푸리고 임충에게 손가락질을 하면서 소리소리 질렀다.

“이 귀양살이 온 못된 군인 녀석아! 날 보고 절도 하지 않고 어물어물하다니! 네 놈이 동경에서 무시무시한 것을 했다구 내 앞에 와서도 뻐길 작정이냐? 네 놈의 얼굴에는 온통 흉측스런 낙인이 찍혔구나! 평생 두고 신세는 아주 망쳐 버린 놈이구나! 때려도 죽지 않고 찔러도 죽지 않을 놈이다. 하지만 네 놈도 내 손아귀에 들어온 이상, 몸이 걸레쪽이 되도록 톡톡히 맛을 좀 봐야 할걸!”

임충은 그 혹독한 말에 얼굴을 쳐들어 대답해 볼 여유도 없었고, 이러는 틈에 여러 죄수들도 뿔뿔이 흩어져 버렸다. 임충은 간수의 발작이 가라앉기를 기다려 은자(銀子) 5냥을 꺼내 가지고 마음에도 없는 억지웃음을 웃으면서 말했다.

“얼마 안 되지만 받아 주십시오!”

"이건 관영(管營-典獄)과 나의 두 사람 분이란 말이냐?"

"아닙니다. 이건 혼자 받으시고, 따로 여기 10냥이 있으니 이걸 관영님께 전해 주십시오!"

돈을 본 간수의 태도는 금방 달라졌다.

"임교두님! 역시 소문에 들은 것과 같이 대단한 쾌남아시군! 아마 고태위의 모함에 빠져서 이런 고생을 하게 됐을 거야. 평소에 듣던 대명(大名)이 틀림없이 보통 인물이 아니니 장래에는 반드시 굉장한 벼슬자리를 할 거야!"

임충은 웃음을 참을 수 없었다.

"잘 좀 봐주시오!"

"마음 턱 놓고 계시면 돼요!"

임충은 시대관인의 편지 두 통을 꺼내어 간수에게 주고 전해 달라고 부탁했다. 그러자 간수는 빙긋 웃으며 이렇게 말했다.

"시대관인의 편지를 가지고 오셨다면 뭐 걱정하실 게 있겠소? 이 편지 한 동이면 금자(金子) 한 덩어리 값어치는 되오. 이 편지는 내가 전달할 것이고 조금 있다가 살위봉(殺威棒) 백 대를 때리려고 호출을 당하게 될 터이니, 그때에는 여기까지 오는 도중에 병이 나서 아직 완쾌치 못하다고 꾀를 부리면 내가 옆에서 적당히 어물어물해 드리리다."

"여러 가지로 가르쳐 주셔서 고맙습니다."

그는 은자(銀子)와 편지를 가지고 독방문을 나갔다. 임충은 긴 한숨을 쉬며 중얼댔다.

"'돈이 있으면 귀신도 통한다(有錢可以通神)'더니 그 말이 조금도 틀림이 없구나! 하마터면 톡톡히 혼이 날 뻔했군!"

간수는 전옥에게로 갈 돈에서 5냥을 제 몫으로 더 가로채고, 나머지 5냥과 편지 두 통만 전달하면서 임충이란 사람은 아주 호남아로서 시대관인의 편지까지 가지고 왔으며, 본래가 고태위의 모함에 빠져 억울한 죄를 뒤집어쓰고 이곳으로 유형당해 온 사람으로 대단한 죄인이 아니라고 그를 두둔했다.

"시대관인의 편지를 가지고 왔다면 반드시 잘 돌봐 줘야지!"

관영(管營)도 이렇게 말하며 즉각 임충을 불러 만나보겠다고 했다.

독방 속에 갇히어 있던 임충은 간수의 커다란 소리에 깜짝 놀라 고개를 들었다.

"관영(管營)께서 청상(廳上)에서 새로 온 죄수 임충을 부르셔 점명(點名)하겠다고 하신다!"

임충은 청전(廳前)으로 나갔다.

"네가 새로 들어온 죄수냐? 태조(太祖) 무덕황제(武德皇帝)께서 남겨 놓으신 구제(舊制)대로 새로 들어온 유형수에게는 살위봉(殺威棒) 백 대를 때리게 마련이다."

"소인은 오는 도중에 감기가 들어 아직도 완쾌치 못하오니 일후에 맞도록 해주십시오."

이때, 옆에서 간수가 선뜻 아뢰었다.

"이자는 분명히 병이 난 모양이니 불쌍히 여기시어 보류하심이 좋을 듯합니다."

이렇게 해서 임충은 간수 덕분에 몽둥이찜질도 모면했을 뿐만 아니라, 이 뇌성(牢城)에서는 제일 일하기가 수월

한 천왕당(天王堂)의 당수(堂守)자리까지 맡아 보게 되었다.

이 역시 간수가, 그 자리가 오래 전부터 만기가 되어 있으니 임충과 교대를 시키자고 강력히 관영(管營)에게 주장해서 된 일이었다. 임충은 간수에게 감사하다고 인사하고 은자(銀子) 2,3냥을 더 집어 주었으며, 곧 천왕당(天王堂)으로 건너가서 기거하였다.

매일 향불이나 피우고 소제나 하는, 죄수로서는 편하기 이를 데 없는 자리였다.

그럭저럭 4,50일이 지났다. 관영이나 간수도 돈을 받아 먹었기 때문에 날이 갈수록 임충과 친해졌으며, 그를 간섭하거나 성가시게 구는 사람은 하나도 없었다.

시대관인은 사람을 보내어 겨울 의복과 선물 등을 가끔 보내 주었고, 그럴 적마다 영창 안의 죄수들은 임충의 덕을 보았다.

겨울도 멀지 않은 어느 날의 일이있다. 임충이 이침결에 뇌성(牢城) 밖으로 나와서 어슬렁어슬렁 걷고 있자니까, 난데없이 등덜미에서 부르는 사람이 있었다.

"임교두님! 어째서 이런 데 와 계십니까?"

임충은 몸을 돌이켜 그 사람을 바라보았다. 이런 인연 때문에 임충은 화연(火煙) 속에서 여생을 마칠 뻔하게 되고, 풍설(風雪) 속에서 하마터면 목숨을 잃을 뻔하게 된다.

# 10  통쾌한 복수

林 敎 頭 風 雪 山 神 廟
陸 虞 侯 火 燒 草 料 場


　난데없이 임충의 등덜미에 나타나서 그를 부른 사람은, 알고 보니 술집의 심부름꾼으로 있던 이소이(李小二)라는 사람이었다. 예전에 동경에 있을 때 여러 가지로 임충의 신세를 많이 진 사람인데, 그가 주인집 돈을 훔쳐내고 관청에 잡혀 온 것을 임충이 백방으로 사정을 하고 훔쳐 낸 돈까지 물어 준 다음 노자돈까지 마련해 주어서 먼 곳으로 떠나 보낸 사나이였다.

　그 동안의 사정을 들어 보니, 이소이라는 사나이는 왕씨(王氏)라는 어떤 술집주인에게 몸을 의탁하고 있다가, 왕씨의 눈에 들어서 그의 딸에게 장가까지 가서 데릴사위 노릇을 하고 있었는데, 얼마 전에 장인 장모가 모두 세상을 떠났고 지금은 단지 두 부부가 뇌성(牢城) 앞에서 조그마한 술집을 경영하고 있다는 것이었다.

　임충이 여기까지 오게 된 경위와 현재의 처지를 자세히 이야기해 주자, 이소이는 이런 은인(恩人)을 이런 곳에서 만나게 된 것은 하느님의 도우심이라고 반가워하며, 자기 집으로 데리고 가서 아내를 인사시키고 술상을 차려 극진히 대접했다. 그 이튿날도 연거푸 임충을 초대하였으며, 그의 아내는 임충더러 의복가지 등 세탁할 것이 있으면 조금도 거리낄 것 없이 자기 집으로 보내 달라고까지 했다. 이리하여 임충은 자주 그들 부부가 경영하는 술집엘 드나들게 되었다.

어느 날, 이소이의 주점에는 괴상한 두 손님이 나타났다. 앞장을 서서 들어오는 사람은 군관(軍官) 같은 몸차림이었고, 뒤따라 들어온 사람은 그의 주졸(走卒) 같아 보였다.

그들은 주점에 들어와서 자리잡고 앉자마자, 은자(銀子) 한 냥을 이소이에게 맡기고 나중에 손님이 또 올 것이니 그때 술을 내어놓으라고 하면서, 심부름을 한 가지 해 달라고 했다. 뇌성(牢城)에 가서 관영(管營)과 간수를 불러 달라는 것이었다.

손님이 와서 만나자고 한다는 이소이의 말에, 관영과 간수는 영문도 모르고 술집으로 끌려 왔다.

"처음 뵙는데 누구신지요?"

관영이 이렇게 묻자 그들은,

"여기 가지고 온 편지를 보시면 아실 겁니다."

하면서 우선 술을 가져오라고 했다. 10여 잔씩이나 마신 다음 그들은 손님과 조용히 할 말이 있다고 하며, 옆에서 시중을 들고 있던 이소이를 밖으로 쫓아 버리고 말았다.

이소이는 수상쩍다 생각하고 밖으로 나오자 자기 아내를 슬며시 불러 가지고 말했다.

"저 두 분 손님은 왜 그런지 괴상한데."

"무슨 일인데요?"

"나를 시켜서 관영과 간수를 불러다 앉혔는데, 모두들 초면인 모양이구, 또, 간수의 입에서 대뜸 고태위란 말이 튀어나왔거든. 고태위란 임교두하고 좋지 않은 자라는데, 당신이 안으로 돌아 들어가서 그들이 무슨 이야기를 하고 있나 살며시 엿들어 보라구.”

안으로 들어갔던 이소이의 아내가 한참 만에 나와서 가만가만 속삭였다.

“저 사람들 뭣인지 쑤군쑤군 비밀리에 이야기들을 하는데 무슨 말인지 통 잘 들리지 않아요. 군관 차림을 한 사람이 주졸(走卒) 같은 사람의 품속에서 보자기에 싼 물건을 꺼내서 관영과 간수에게 넘겨 주는데 그 속에는 아무래도 금은(金銀)이 들어 있는 것 같아요. 그때 간수가 말하기를, ‘만사 잘 알았습니다. 책임지고 처치해 드릴 터이니 그쯤 아십쇼’ 하더군요.”

이때 술좌석에서 탕(湯)을 올리라는 소리가 들리었다. 이소이가 얼른 탕을 들고 들어가자 관영이 한 손에 무슨 편지를 한 통 들고 있었다.

다시 약 반시간 동안이나 술을 마신 다음 술값을 치르고, 관영과 간수가 앞장을 서서 먼저 나갔고 뒤따라 두 사나이도 살그머니 밖으로 나가 버렸다.

그들이 술집에서 나간 다음 얼마 안 있어 공교롭게도 임충이 나타났다. 이소이는 당황하여,

“우리 은인(恩人)! 어서 이리 좀 앉으십쇼. 그렇잖아도 임교두님을 찾아 나가려는 판이었습니다. 말씀드려야 할 요긴한 일이 있어서요.”

하고 입을 열었다.

“요긴한 일이라니… 뭔데?”

“방금 동경에서 왔다는 괴상한 사나이 둘이서 관영과 간

수를 불러내다가 여기서 술을 마시고 돌아갔습니다. 그런데 그 간수란 자가 고태위란 말을 꺼내더군요. 저는 아무래도 수상쩍다는 생각이 들어 아내를 시켜서 엿듣게 했더니 놈들은 대가리를 서로 맞대고 쑥덕쑥덕, 자세히는 들리지 않지만, 맨 나중에 간수의 말이— 만사, 잘 알았습니다. 책임지고 처치해 버리겠습니다—하더랍니다. 도대체 놈들이 무슨 꿍꿍이속인지 임교두님의 신상에 해라도 끼치자는 수작이나 아닐지요?"

"그 사나이들은 어떻게 생겼던가?"

"키가 자그마하고, 얼굴빛이 희고 수염도 없으며 나이는 30이 넘어 뵈구요. 따라다니는 주졸도 키가 작은 편이며 얼굴빛이 자당색(紫棠色)이더군요."

임충은 대경실색.

"그 30이 넘어 뵌다는 사나이가 바로 육우후(陸虞侯)— 육겸이란 놈이지! 놈은 여기까지 악착같이 쫓아와서 나를 죽이겠단 말인가! 이놈, 나하구 맞닥뜨리기만 해봐라! 살이고 뼈고 짓이겨 놓을 테다!"

"조심만 하시면 그만입니다. 옛사람도 이런 말을 하지 않았습니까—밥을 먹을 때는 목이 메지 않도록(喫飯防噎), 길을 갈 때는 넘어지지 않도록(走路防跌) 조심하라고."

임충은 격분하여 이소이의 집을 나왔다. 그 길로 거리로 나가서 단도를 사서 몸에 지니고 앞거리 뒷골목을 샅샅이 뒤졌다. 이소이 부부는 손에 땀을 쥐고 걱정했지만 그날 밤에는 다행히 아무 일도 없었다. 그 이튿날도 일찍 일어나서 창주성 밖 성 안, 거리거리 골목골목을 진종일 뒤졌으나 놈들을 찾아낼 수 없었고 뇌성 영창 안에도 아무런 동정이 없었다.

4,5일 동안 계속해서 찾아 다니다가 임충도 지쳐 긴장이 풀리고 있었다. 엿새째 되던 날 관영(管營)이 임충을 점시청(點視廳)으로 불렀다. 동문(東門) 밖 15리 지점에 말먹이 풀을 저장해 두는 대군초료장(大軍草料場)이 있는데, 어떤 노군(老軍) 한 사람이 지키고 있으니 그와 교대해서 그곳에 가서 일을 보도록 하라고 하였다. 또 그곳에 가면 다달이 말먹이 풀을 받아들여서 보관하는 일뿐이고 용돈도 톡톡히 생길 수 있는 자리라고 했다.

임충은 그 길로 이소이 부부에게 달려가서 상의했다. 이소이는 이렇게 말했다.

"그 일자리는 천왕당(天王堂)보다는 훨씬 좋을 겁니다. 거기서는 말먹이 풀을 받아들일 때마다 용돈이 두둑이 생깁니다. 돈을 쓰고도 얻기 힘든 자리입니다."

"그러나 이상하지 않은가? 나를 죽이지 않고 도리어 좋은 일자리를 주다니?"

"그다지 걱정하실 건 없습니다. 무사히 계실 수만 있으면 그만 아닙니까. 저희들 집에서 좀 거리가 멀어지는 게 탈이지만, 제가 틈 있을 적마다 찾아가 뵙기로 합죠."

천왕당으로 돌아온 임충은 관영과 인사를 나누고 나서, 보따리를 떠메고 단도를 허리에 차고 화창(花鎗)을 몸에 지닌 채 한 사람의 간수를 따라 초료장(草料場)으로 향했다.

그날따라 험상궂은 겨울 날씨에 북풍이 사납게 일고, 눈이 지독하게 퍼부어 지척을 분별할 수 없게 쌓였다.

임충과 간수가 초료장에 도착하자 황토담이 둘러쳐져 있었고 두 짝의 큰 대문이 있었다. 그것을 밀고 안을 들여다 보니 7,8칸의 초옥(草屋)이 창고로 돼 있고, 그 주변에는 온통 말먹이 풀이 산더미처럼 쌓여 있으며 그 중간 두 군데에 초청(草廳)이 있었다.

그 초청 안에서는 늙은 죄수가 불을 쬐고 앉아 있었다.

"당신과 나는 일자리를 바꾸게 됐으니 당장 사무인계를 합시다."

임충이 이렇게 말하자 늙은 죄수는 열쇠는 가지고 사방 안내를 해주며 풀더미 수효를 확인시키었다. 그는 보따리를 짊어지고 떠나면서 이런 말을 했다.

"화로, 냄비, 밥그릇, 접시들은 그대로 두고 갈 테니 잘 쓰시오."

"천왕당에 가면 내가 쓰던 세간살이가 있으니 당신도 소용되는 대로 잘 쓰시오."

늙은 죄수는 벅에 배딜린 큼직한 조롱박을 가리키며 또 말했다.

"술이 마시고 싶으면 저 조롱박을 가지고 초료장을 나서서 동쪽으로 2,3리쯤 가면 저자[市井]가 있으니 사올 수 있을 것이오."

이렇게 자세히 일러준 다음 늙은 죄수는 간수를 따라 뇌성으로 떠나갔다.

임충은 침상 위에 보따리와 이부자리를 내려놓고 앉아서 불을 피우기 시작했다. 초옥(草屋) 뒤꼍에 잔뜩 쌓인 숯을 몇 덩어리 집어다가 화로에 불을 피워 놓고 초옥(草屋) 안을 살펴보니, 사방은 허물어졌고 모질게 휘몰아치는 삭풍(朔風)에 집채가 흔들거렸다.

"이런 데서야 겨울을 날 수가 있겠나? 눈이 그치면 성 안에 가서 미장이를 불러다가 수리를 해야겠군!"

혼자서 중얼거리며 불을 쬐고 있자니까 몸이 오싹오싹 떨려 왔다. 방금 늙은 죄수가 하던 말과 함께 술 생각이 갑자기 치밀어올랐다.

임충은 보따리 안에서 은전 몇 닢을 끄집어 내어 지니고, 화창(花鎗)에다 술 담을 조롱박을 매단 다음 화로의 숯불을 재로 푹 덮었다. 전모자[氈笠子]를 쓰고 밖으로 나오며 자물쇠로 초청(草廳)문과 초장(草場)의 두 짝 대문까지 굳게 잠가 버렸다. 열쇠만 몸에 지니고 발길 내키는 대로 북풍을 등으로 받고 눈 쌓인 길을 푹푹 빠지며 걸어갔다.

눈은 점점더 사납게 퍼부었다. 반리 길쯤 가자 고묘(古廟)가 한군데 보였다. 임충은 고개를 숙이고 빌었다.

"신명께서 비우(庇祐)해 주십시오! 다음날 다시 와서 지전(紙錢)을 살아 올리겠습니다."

임충은 또 한참 동안 걸어가서 마침내 술을 판다는 간판이 걸린 집을 찾아냈다. 다짜고짜로 문안으로 쑥 들어섰다. 주인이 물었다.

"어디서 오시는 분이시오?"

"이 조롱박을 못 알아보겠소?"

"그 조롱박은 대군 초료장 영감의 것인데요?"

"맞았소!"

"초료장을 지키시는 분이시라면 어서 이리 앉으십쇼! 날이 이렇게 쌀쌀한데 우선 서너 잔 하시구서…"

주인은 쇠고기 안주를 한 접시 내놓고 술 한 병을 데워서 임충에게 대접했다. 임충은 몇 잔을 마시고 나서 자기 돈으로 따로 쇠고기 안주를 사 품속에 넣고 조롱박에 술을 가득 사 넣어 가지고 온 길을 되돌아서서 초료장으로 향했다. 저녁때가 되면서 눈은 점점더 탐스럽게 퍼부었다.

임충이 서설(瑞雪)을 밟고 북풍을 맞쐬며 곧장 초료장 문앞까지 다다라 달려와서 자물쇠를 열었을 때,

"아앗! 이게?"

임충은 놀라 자빠지지 않을 수 없었다. 두 칸 초청(草廳)이 눈 속에 완전히 파묻혀 허물어져 버렸기 때문이었다. 그러나 본래가 천리(天理)란 것은 소연(昭然)한 것이어서, 이렇게 지독하게 쌓인 눈 때문에 결국 임충은 목숨을 건지게 된다.

"이걸, 어떻게 한다?"

임충은 곰곰 생각했다. 화창(花鎗)과 조롱박을 눈 위에 내려놓고 우선 화로에 덮어 둔 숯불이 다시 타오르지나 않을까 조심스러워서 허물어진 벽을 밀어 헤치고 상반신을 안으로 들이밀어서 손으로 더듬어 보니, 화로 속의 숯불은 눈이 녹아서 자취도 없이 꺼져 있었다.

임충은 다시 손을 뻗어 침상을 더듬더듬, 간신히 이불자락을 움켜잡아 밖으로 끌어냈다. 밖으로 기어나와 보니 날은 아주 캄캄하게 어두웠다.

"이 판에 밥을 지을 수도 없구, 어떻게 하면 좋을까?"

퍼뜩 머리에 떠오르는 생각이 있었다.

"반리 길쯤 갔을 때 고묘(古廟)가 한 군데 있었것다! 오늘밤은 그 속에 들어가서 참고 지내고 내일 다시 방법을

차리기로 하자!"

이불을 둘둘 말아 가지고, 여전히 화창(花鎗) 끝에 조롱박을 매단 채 처음과 같이 문을 잠그고 산신묘(山神廟)를 찾아갔다.

전신이 눈으로 흠뻑 젖었다. 임충은 묘 안으로 들어가서 무명 옷저고리를 벗어서 전모자와 함께 제상 위에 올려놓고 이부자리를 펼쳐서 아랫도리만 덮고 조롱박의 찬 술을 따라 쇠고기 안주를 씹어 가며 천천히 마시고 있었다.

그런데 바로 이때, 난데없이 밖에서 후두둑후두둑 하는 소리가 났다. 임충이 벌떡 뛰어 일어나서 벽 틈으로 내다보니, 바로 초료장에서 불길이 치밀어 오르며 요란하게 타오르고 있었다.

임충은 대뜸 화창(花鎗)을 집어들었다. 당장에 뛰어 나가서 불을 꺼볼 생각이었다. 바로 이때 밖에서 누군지 이야기를 하면서 걸어오는 인기척이 났다.

임충이 문 뒤에 숨어 숨을 죽이자 세 사람의 발소리가 들렸다. 그들은 묘(廟) 안으로 들어오려고 문짝을 밀어 열려고 했지만, 임충이 돌을 잔뜩 쌓아 가로막아 놓았기 때문에 아무리 밀어도 문은 열리지 않았다. 세 사람은 묘 처마 밑에 서서 타오르는 불길을 바라다보면서 그 중의 한 사람이 이렇게 말했다.

"어떻습니까? 이번 계책이?"

다른 한 사람이 대답했다.

"오로지 관영(管營)님과 간수님이 힘써 주신 덕분입니다. 서울로 돌아가면 태위님께 그대로 여쭙겠습니다. 그래서 반드시 두 분을 벼슬자리에 천거하겠습니다. 이번에야 임충의 장인 장교두(張敎頭)도 어쩌니저쩌니 말하지 못할 것입니다."

먼저 말한 사나이가 또 말했다.

"임충도 이번에는 우리 손아귀에 떨어지고 말았습죠! 고아내(高衙內)님의 병환도 이번에는 꼭 나으실 것입니다."

또 다른 사람의 말이,

"장교두란 놈은 몇 번씩이나 사람을 시켜서 '당신의 사위는 죽었다!'고 했지만 점점더 이런 말을 믿으려 들지 않았습니다. 그래서 아내(衙內)님의 병환은 더욱 위중해지셨지요. 어쩔 수 없이, 태위님께서는 우리 두 사람을 파견하시어 두 분께 이런 청을 드리게 된 것입니다. 뜻밖에도 이제야 일이 순조롭게 됐습니다!"

또 한 사람이 받았다.

"내가 담 안으로 몰래 기어 들어가서 풀더미에다 횃불을 열 군데나 붙였으니 놈은 아무리 도망치려 해두 달아날 곳이 없었을 것입니다."

"설사 목숨을 건진다손 치더라도 대군 초료장(大軍草料場)을 불에 태웠으니 사죄(死罪)를 면치 못할 것입니다."

"이제 우리는 성 안으로 돌아갑시다."

"좀더 보고 있다가 놈의 뼈다귀를 두서너 개 주워 가지고 가면 태위님과 서방님께 칭찬을 받지 않겠습니까?"

임충은 그들의 말소리를 듣고, 그것이 하나는 간수, 또 두 놈은 육우후와 부안이라는 것을 확인했다.

"아아! 하느님이 나를 불쌍히 여기셨구나! 초옥이 무너지지 않았다면 놈들의 불에 타죽을 뻔했지!"

이런 생각을 하면서 살며시 돌을 쳐들고 화창(花鎗)을 잔뜩 움켜잡고 한 손으로 문을 열어젖히며 호통을 쳤다.

"이 못된 놈들아, 어디로 가느냐!"

세 놈은 당황하여 뺑소니를 치려고 했으나 너무나 얼떨결에 당하는 일이어서, 그저 어리둥절할 뿐 발을 떼어 놓을 수가 없었다. 임충은 번쩍 창을 쳐들어 간수 놈부터 한 대 갈겨 쓰러뜨렸다. 육우후는 소리를 질렀다.

"목숨만 살려 주시오!"

어찌나 당황했던지 손발을 옴짝달싹도 하지 못했다. 부안이란 놈은 열몇 발자국도 걸어가지 못해서 임충에게 붙잡혔다. 뒤통수에 일창(一鎗)을 푹 찔러 거꾸러뜨리고 말았다. 임충이 몸을 돌이키니 육우후가 네댓 걸음 도망질치고 있었다. 임충은 호통을 쳤다.

"이 간적(奸賊) 놈아! 꼼짝 말아라!"

가슴팍을 움켜잡아 눈 위에다 내동댕이 친 후, 창을 땅 위에 꽂아 놓고, 발로 앙가슴을 꾹 누르며 신변에서 단도를 꺼내어 육겸의 얼굴을 북북 그었다.

그리고 또 호통을 쳤다.

"이 못된 놈아! 나는 애당초부터 네 놈과 아무런 원한을 맺은 일이 없는데 네 놈은 어째서 이렇게 나를 죽이려 드느냐! 이야말로 사람을 죽이려는 그 죄는 용서할 수 있어도 못된 마음씨는 용서할 수 없다는 격이다!"

육우후가 애원했다.

"소인이 하고자 한 노릇이 아니오. 태위가 파견하시니 아니 올 수 없었소!"

"간적(奸賊) 놈아! 나는 어려서부터 네 놈과 친하게 지냈는데, 오늘날 나를 죽이려 오다니! 어째서 네 놈이 하려는 짓이 아니란 말이냐? 우선 내 칼이나 한 대 먹어라!"

임충은 육겸의 의복 앞자락을 잡아 젖히고 단도로 심장을 푹 찔렀다. 눈, 코, 입, 귀, 구멍이란 구멍에서 모조리 피가 용솟음쳐 나왔다.

이때, 간수가 엉금엉금 기어 일어나서 도망치려고 했다. 임충이 덥석 움켜잡고 호통을 쳤다.

"네 놈도 알고 보니 발칙한 놈이구나! 내 칼이나 한 대 먹어라!"

단번에 그놈의 목을 뎅그렁 베어 가지고 창끝에다 꿰어 달았다. 다시 돌아서서 부안, 육겸의 머리도 베어 버리고 단도를 칼집에 집어 넣었다. 다시 세 놈의 머리털을 한데 묶어서 묘 안으로 들고 들어갔다. 산신(山神) 앞 제상 위에 내려놓고, 무명저고리를 다시 입고 띠를 띠고, 전모자를 쓰고, 조롱박 속의 찬 술을 다 마시고 나자 이부자리도 빈 조롱박도 다 집어던지고 화창(花鎗)만 질질 끌면서 묘 밖으로 나와서 동쪽을 향하고 걸어갔다.

4,5리 길쯤 걸어가자, 근처 사람들이 일제히 물통, 쇠갈퀴 따위를 들고 불을 끄려고 달려가고 있었다. 임충은,

"어서들 가서 불을 끄시오! 나는 관가에 보고하러 갈 테니…."

하고 소리를 지르며 화창을 움켜잡고 그대로 걸어갔다.

눈은 점점더 호되게 퍼부었다.

임충은 약 두 시간 동안이나 동쪽만 향하고 걸어갔다. 얇은 옷을 입은 탓으로, 애는 듯한 한기(寒氣)가 살 속으로 스며들었다.

눈 쌓인 벌판에 서서 바라보니 초료장에서는 멀찍이 떨어진 지점이었다. 앞으로는 나뭇가지가 얽히고설킨 숲속으로 여기저기 초가집 지붕이 눈 속에 파묻혀 있었고, 허물어진 담 사이로 등잔불 빛이 깜빡거렸다.

임충은 곧장 그 초가집을 향해 걸어갔다.

문을 밀고 들여다보니 노인 하나가 화롯불을 쬐고 앉아 있고 그 주위로 네댓 사람의 젊은이들이 둘러앉아 있었다. 흙화로 속에서는 장작불이 이글이글 타오르고 있었다.

임충은 앞으로 걸어나가며 입을 열었다.

"여러분, 인사드리오. 소생은 뇌성영(牢城營)에서 일을 보고 있는 사람인데 눈을 맞아서 옷이 흠뻑 젖었으니 불에 좀 말려 입고 가도록 해주시오."

시골 노인이 말하기를,

"어서 불을 쬐시오. 그것쯤 무슨 상관 있겠소?"

임충은 흠뻑 젖은 의복을 불에 쬐어 말렸다. 의복이 거의 말라가고 있을 때, 퍼뜩 바라보니 화로 옆에 큼직한 독이 놓여 있고 그 속에서 술 냄새가 풍겨 나왔다.

"내 몸에 지닌 돈이 얼마간 있으니, 술이나 몇 잔 마시게 해주실 수 없겠소?"

노인이 난처한 듯 대답했다.

"우리는 매일 밤 번갈아 가며 쌀창고〔米囤〕를 지키고 있소. 밤이 사경밖에 안 됐는데 날씨가 이렇게 추우니 우리 몇이서 마시기에도 모자랄 거요. 그런 말은 아예 하지 마시오."

"그럼, 몸이나 풀리게 두서너 잔만 마시게 해주시오."

"시끄럽게 굴지 마시오!"

임충은 술 냄새를 맡고 보니 더욱 마시고 싶어졌다.

"어찌하겠소? 한 모금만이라도 마시게 해주시오!"

여러 사람들이 화를 냈다.

"옷을 말려 입도록 해주는 것도 우리들의 호의인데 거기다 또 술까지 마시겠다니! 어서 가시오! 가지 않으면 여기다 그대로 매달아 버리겠소!"

임충은 격분해서 소리를 질렀다.

"자식들! 어지간히 벽창호로구나!"

손에 잡고 있던 화창으로 불이 이글이글 타고 있는 장작개비를 훌쩍 튕겨 가지고 노인의 얼굴을 향하여 날려 버렸다. 그리고는 다시 그 창부리로 흙화로 안을 휘휘 저어 버렸다.

불이 노인의 수염에 후르륵 타오르니 사람들이 펄펄 뛰었다.

임충은 화창 자루를 마구 휘두르며 닥치는대로 후려 갈겼다. 늙은이는 어느새 잽싸게 뺑소니를 쳤고, 미저 딜아나지 못한 사람들은 임충에게 호되게 얻어맞고 나서야 뿔뿔이 흩어져 도망질을 쳤다.

"모두 꺼져 버렸구나! 그렇다면 나 혼자서 어디 통쾌하게 마셔 보자!"

토갱(土坑) 위에는 야자나무로 만든 바가지가 두 개나 있었다. 임충은 그 바가지 하나를 집어 가지고 독에 담긴 술을 푹 퍼서 꿀꺽꿀꺽 마셨다. 거의 반독 이상이나 퍼마시고 나서야 다시 화창을 손에 잡고 어슬렁어슬렁 그곳을 나왔다.

한 걸음은 성큼 또 한 걸음은 주춤, 흔들흔들 비틀비틀

도무지 다리가 말을 듣지 않았다.

 십리 길도 채 못 가서 산골짜기 개천가에 고꾸라졌다. 아무리 발버둥을 쳐도 몸을 가눌 수가 없었다.

 술이 잔뜩 취한 사람은 한번 나자빠지면 좀처럼 일어나기 어려운 법이다. 임충도 코가 비뚤어지게 술이 취해서 눈 속에 나자빠져 허위적거리고 있는 것이다.

 여러 시골 사람들은 20여 명이나 작당을 해가지고 창과 몽둥이를 휘두르며 일제히 초옥(草屋)을 습격했으나 임충은 없었다. 발자국을 더듬어 쫓아가자 눈 속에 나뒹굴어 있지 않는가!

 여러 사람이 덤벼들어 임충을 꼼짝 못하게 꽁꽁 묶어 버렸다. 오경이 되어서 그들은 임충을 질질 끌고 어떤 장소로 납치해 갔다.

 이 어떤 장소란 다른 곳이 아니라 까닭이 있는 곳이었다.

 이렇게 되어 결국은 요아와(蓼兒洼) 물가에는 전후로 전함(戰艦) 몽동(艨艟)을 수천 천씩 늘어놓게 되고, 수호채(水滸寨) 채책(寨柵)에는 좌우로 백여 명의 영웅호한(英雄好漢)이 열을 짓고 늘어서게 된다.

 이야말로, 이야기에 살기가 등등하여 사람들을 소름 끼치게 하고, 구슬픈 바람이 뼈에 스며들어 오들오들 떨게 하는 대목이다.

# 11  사냥꾼에 끼여 난관 돌파

朱 貴 水 亭 施 號 箭
林 冲 雪 夜 上 梁 山


　표자두(豹子頭) 임충이 여러 시골 사람들에게 납치되어
간 곳은 어느 큼직한 주택이었다. 하인이 안으로부터 나오
면서 하는 말이,
　"대관인(大官人)께서는 아직도 기침(起枕)하시지 않으
셨으니 여러분은 그놈을 문루(門樓) 아래 높직이 매달아
두시오!"
　날이 밝을 무렵에야 임충은 술이 깼다. 사방을 휘둘러
보니 상당히 훌륭한 주택이었다.
　임충은 고함을 질렀다.
　"나를 이렇게 여기다 매단 놈이 어느 놈이냐!"
　그 소리를 들은 여러 시골 사람들은 장작개비를 들고
문방(門房)에서 달려나와 소리를 질렀다.
　"이놈, 아직도 큰소리를 치고 있느냐? 대관인께서 기침
하시면 조사를 해보고 관청으로 넘길 테다!"
　"잠깐, 잠깐만 내 말을 들어 봐라!"
　임충은 그들에게 매를 맞으면서 이렇게 소리를 지르는
수밖에 없었다.
　이때, 이 집의 주인인 관인(官人)이 뒷짐을 지고 낭하
에 서서 물었다.

"당신네들은 누구를 그렇게 때리시오?"

"어젯밤에 쌀도둑질을 한 놈을 붙잡았습니다."

주인은 가까이 와서 바라보다가 깜짝 놀라며,

"교두(教頭)님! 어쩌다가 이런 데 매달리게 되셨소?"

친히 임충을 묶은 줄을 풀어 주었다. 공교롭게도 그 주인은 바로 시진(柴進), 시대관인이었고 그곳은 시진의 동별장(東別莊)이었다. 시골 사람들은 이 광경을 보자 말 한 마디 못하고 흩어져 버렸다. 임충은 시진과 헤어진 뒤의 자초지종을 자세히 이야기했다. 시진은 옷을 갈아입히고 따뜻한 방으로 안내하여 술이며 음식이며 잘 차려 놓고 임충을 극진히 대접해 주었다.

한편 창주(滄州) 뇌성에서는 임충이 세 사람을 죽이고 초료장에 불을 지르고 도주했다 해서, 3천 관의 현상금을 걸고 집포인원(緝捕人員)에게 포졸들을 대동시켜 연변(沿邊) 향읍(鄕邑)을 골고루, 그리고 도점촌방(道店村坊)을 샅샅이 뒤지도록 엄명했다.

임충은 시대관인의 동별장에 숨어 있으면서 이런 소문을 듣자 바늘방석에 앉은 것 같았다. 그는 시진에게 이곳에 오래 숨어 있다가는 관인에게까지 누가 미칠 것 같으니 노자를 마련해서 타처로 도주하도록 주선해 달라고 상의했다.

시대관인이 쾌히 승낙하며 말했다.

"산동성(山東省) 제주 관하(濟州管下)에 수향(水鄕)이 한 군데 있는데, 지명은 양산박(梁山泊)이라고 합니다. 주위가 8백여 리, 한가운데를 완자성(宛子城) 요아와(蓼兒

洀)라고 하며, 현재 세 사람의 쾌남아들이 채책(寨柵)을 치고 있는데, 첫째 두목은 백의수사(白衣秀士) 왕륜(王倫)이라 하고, 둘째 두목은 모착천(摸着天) 두천(杜遷), 셋째 두목은 운리금강(雲裏金剛) 송만(宋萬)이라고 합니다. 이 세 사람의 쾌남아들이 7,8백 명의 부하를 거느리고 그곳에서 강도, 겁탈을 하면서 지내고 있는데 용납하기 어려운 큰 죄를 범한 사람들이 모두 그곳으로 달려가서 몸을 피하고 있으며, 그곳에서는 이런 사람들을 모두 잘 받아들이고 있습니다. 이 세 쾌남아는 나와도 교분이 두터워서 늘 서신왕래가 있습니다. 내 편지 한 통을 써드릴 테니 그곳에 가셔서 그들 틈에 끼여 보시는 게 어떻겠습니까."

임충도 즉석에서 그곳으로 몸을 피해 보기로 작정했으나, 여기에는 좀처럼 돌파하기 어려운 난관이 가로놓여 있었다.

창주 가도(街道) 어귀에는 관사(官司)에서 방문(榜文)을 내걸고 두 군관(軍官)을 파견하여 길을 꽉 막고 있었는데, 이곳을 통과하지 않고는 양산박으로 갈 수가 없게 되어 있기 때문이다.

시진은 고개를 숙이고 한참 동안이나 무엇인지 곰곰 생각하더니,

"계책이 섰습니다. 형장께서 통과하실 수 있도록 해드리겠습니다!"

했다. 시진은 당일로 하인을 시켜서 먼저 임충의 짐을 짊어지고 그 관문 밖으로 나가 저편에서 기다리고 있게 해놓았다. 그러고 나서 2,30필의 말을 준비해 가지고 활과

창과 매[鷹]와 사냥개까지 거느리고 일행의 인마(人馬)를 정비한 다음, 임충을 사냥꾼 틈에 끼도록 하고 수많은 사람이 일시에 말을 달려 관문 밖으로 빠져나갔다.

그 관문을 지키고 있던 군관(軍官)은 취직이 되기 전까지도 시진의 집에 가끔 드나들던 사람이고 보니 일행을 통과시키지 않을 리 없었다.

"대관인께서는 또 재미를 보시려구 사냥을 나가시는군요! 저희들은 범인 임충을 체포하라는 명령이 내려서 이렇게 여기를 지키고 있습니다."

시진은 너털웃음을 웃으며 말했다.

"하하하…핫! 핫! 그 임충이란 범인이 우리 일행 속에 끼여 있는데 그것도 모른단 말인가?"

그 군관도 따라 웃으면서 하는 말이,

"대관인께서는 법도(法度)에 밝으신 분이니 그런 범인을 숨겨 가지고 여길 통과하실 까닭이 있겠습니까! 어서 말이나 달리십쇼!"

"그렇게까지 믿어 준다면 돌아오는 길에 짐승이나 한 마리 선사해야겠군!"

이리하여 임충은 관문을 무사히 통과했다. 14,5리쯤 더 가자 먼저 보낸 하인이 기다리고 있었다. 시진은 임충을 말에서 내려 의복을 갈아입게 했다. 요도(腰刀)를 차고 전모자[氈笠]를 쓰고, 보따리를 짊어지고, 곤도(袞刀)를 들자 임충은 시진과 작별했다.

시진 일행은 천연스럽게 다시 말을 달려 사냥을 하다 저녁때가 돼서야 돌아왔다. 처음과 같이 그 관문을 통과하면서 그 군관에게 사냥에서 잡은 짐승을 선사하고 집으로 돌아왔다.

임충은 10여 일 동안이나 길을 걸어갔다. 때는 겨울도 한 고비를 넘어설 무렵, 하늘에는 구름이 잔뜩 끼고 삭풍 (朔風)이 모질게 불더니 분분히 내리던 눈이 온 천지를 뒤덮어 버렸다. 혹독하게 추운 날씨가 점점 저물었다.

이때 멀리 계호(溪湖) 근처에 한 군데 술집이 점점 눈 속에 파묻혀 가고 있는 광경이 바라다보였다.

임충이 그 술집으로 달려가서 갈대발을 걷어 올리고 안을 들여다보니 손님이라곤 한 사람도 없었다. 임충이 한 군데 자리를 잡고 앉아서 곤도(袞刀)를 옆에 세워 놓고 보따리를 풀어 놓은 다음 전모자〔氈笠〕를 벗고 있으려니까, 심부름꾼 하나가 달려왔다.

"술은 얼마나 드릴까요?"

"우선 두각〔兩角〕만 가져오게!"

심부름꾼은 술통에 술 두각을 담아다가 상 위에 놓았다. 그리고 임충이 청하는 대로 쇠고기를 접시에 가득 담고, 또 몇 가지의 야채안주도 큰 그릇에 담아서 내놓더니 술을 따르기 시작했다.

임충이 술을 네댓 잔 마셨을 때, 술집 안으로부터 어떤 사나이가 뒷짐을 지고 나와 서서 눈을 바라다보고 있었다.

그 사나이가 심부름꾼에게 물었다.

"어떤 사람이 술을 마시고 있느냐?"

임충이 그 사나이를 흘끗 바라보니 머리에는 챙이 널찍한 겨울 모자를 썼고, 몸에는 소서피(貂鼠皮) 내리닫이, 그리고 발에는 노루가죽 신을 신고 있었다. 키가 크고 우락부락하며 광대뼈가 불쑥 나왔고, 코 아래와 턱밑에는 세 줄기 누런 수염이 뻗쳐 있었다. 그는 목을 길게 빼고 밖을 내다보고 있었다.

임충은 심부름꾼을 불러 술을 계속 따르게 하고 일변 물어 봤다.

"여기서 양산박(梁山泊)까지는 얼마나 되나?"

"몇리 길 안 됩니다. 수로(水路)뿐이지 육로(陸路)는 없습니다. 가시려면 배를 타셔야만 합니다."

"배를 한 척 마련해 줄 수 없겠나?"

"이렇게 눈이 사납게 퍼붓고 날은 저물었는데 어디 가서 배를 마련하겠습니까?"

"내 돈은 두둑히 낼 터이니 자네 배 한 척만 알선해서 나를 좀 건너도록 해주게!"

"아무래도 배를 구할 도리는 없습니다."

임충은 혼자서 이 궁리 저 궁리 했다.

'그러면 어떻게 하면 좋다지?'

연거푸 술을 또 몇 잔 마시고 나니 가슴이 답답해지며, 감구지회를 금할 길이 없었다.

"내, 경사(京師)에서 교두 노릇을 했을 적에는 매일 육가삼시(六街三市)를 돌아다니며 놀고 술을 마셨는데, 오늘날 고구(高俅)란 도둑놈에게 모함을 당하여 얼굴에는 낙인을 찍히고 이런 곳으로 쫓기어 와서, 집이 있어도 돌아가지 못하고 나라가 있어도 의지하지 못하는, 이렇게 서글픈 신세가 될 줄야 뉘 알았으랴!"

슬픈 생각이 들어서 심부름꾼에게 붓과 벼루를 빌려 가지고 일시의 주흥을 못 이겨 흰 분칠을 한 벽에다가 여덟

구의 글을 써놓았다.

정의의 편에 서는 사람이 바로 임충,
위인이 가장 순박하고 충성되다.
강호에 명예와 인망을 날리고
경국에 영웅의 모습을 나타내다.
허수아비〔木偶〕 같은 신세가 슬프고
공명도 바람에 굴러다니는 마른쑥 같도다.
후일, 만약에 뜻한 바대로 된다면
위력으로써 태산의 동쪽을 진압하리!
仗義是林冲  爲人最朴忠
江湖馳譽望  京國顯英雄
身世悲浮梗  功名類轉蓬
他年若得志  威鎭泰山東


붓을 던지고 나서 술을 가져오라고 해서 마시고 있자니
그 소서피(貂鼠皮) 옷을 입은 사나이가 앞으로 걸어오더
니 임충의 허리춤을 덥석 움켜잡았다.

"무섭게 대담하군! 그대는 창주에서 지독한 대죄(大罪)
를 범하고도 버젓이 여기 와서 있다니! 관사에서 3천 관
의 상금을 걸고 체포하려고 하는데 그대는 어찌할 작정이
지?"

"당신은 나를 누구라고 하시는 거요?"

"그대는 표자두(豹子頭) 임충이 아닌가?"

"나는 성이 장(張)간데."

그 사나이가 싱글싱글 웃었다.

"못생긴 소리! 그대는 방금 벽에다 이름을 써놓았고 또 얼굴에는 저렇게 금인(金印)을 찍고 있으면서 속여 넘길 수 있을 것 같은가?"

"당신은 정말 나를 붙잡겠다는 거요?"

그 사나이는 여전히 웃으면서,

"내가 그대를 붙잡아선 뭣하겠나!"

하면서 임충을 데리고 뒤에 있는 수정(水亭)으로 갔다.

심부름꾼에게 등불을 켜게 하고 임충과 절을 하고, 인사를 마치자 서로 마주 대하고 앉았다.

그 사나이가 물었다.

"방금 형장(兄長)은 양산박까지 가는 길을 묻고, 배를 구해 달라고 했지? 거기는 강도들의 산채(山寨)인데 형장은 뭣하려 가려고 하시오?"

"솔직히 말씀드리리다. 지금 관사(官司)에서 소생을 잡으려고 뒤를 바싹 쫓기 때문에 몸 둘 곳이 없소. 그래서 그 산채 속에 있는 쾌남아들에게 몸을 던져 한데 끼여 보려고 하는 거요."

"그렇다 하더라도, 반드시 누가 형장을 천거해서 그들 틈에 끼도록 해주어야 할 것이오."

"창주 횡해군(橫海郡) 옛날 친구가 천거해 주었소."

"그게 바로 소선풍(小旋風) 시진이 아니오!"

"당신께서는 어떻게 그걸 아시오?"

"시대관인과 산채의 대왕두령(大王頭領)과는 교분이 두텁소. 항시 서신왕래가 있소. 본래 왕륜은 과거에 급제하지 못했을 적에, 두천(杜遷)과 함께 시진에게로 갔는데 시진이 얼마 동안 자기 집에 머무르게 해주었소. 또 떠나게

됐을 때에는 노자까지 마련해 주었기 때문에 은혜를 입은
사이요."

임충은 그 말을 듣자 대뜸 절을 했다.

"눈이 있고도 태산을 알아보지 못했습니다(有眼不識泰
山). 대명(大名)을 알고 싶습니다."

그 사나이도 황망히 답례를 하면서 말했다.

"소생은 왕두령 수하에 있는 감시원입니다. 성이 주(朱)
이름은 귀(貴)라고 하죠. 본래 기주(沂州) 기수현(沂水
縣) 사람입니다. 강호(江湖)에서 모두들 '한지홀률(旱地忽
律)'이라고 불러 줍니다. 산채에서는 나에게 여기에 술집
을 차려 놓고 이곳을 왕래하는 객상(客商)들을 탐지, 조사
케 하고 있습니다. 재물을 지닌 자가 나타나면 곧 산채에
보고하고, 혼자 지나가는 객인(客人)과 재물을 지니지 않
은 자는 그대로 통과시킵니다. 재물을 지닌 자가 여기 나
타나면, 가벼운 자는 한약(汗藥)을 써서 녹초를 만들어 버
리고 중한 자는 즉각에 처지해서 성육편(精肉片)은 소금
에 절이고, 기름기는 끓여서 등잔불 켜는 데 씁니다. 방
금, 형장께서는 양산박으로 가는 길만 자꾸 물으셨기 때문
에 감히 손을 대지 못했습니다. 그리고 형장께서 대명(大
名)을 벽에 쓰시는 것을 보고 비로소 정신이 번쩍 들었습
니다. 일찍이 동경 사람들로부터 형장이 호걸이라는 이야
기를 들었더니 뜻밖에도 오늘에서야 만나뵙게 됐군요. 시
대관인의 천거하는 편지를 지니고 계신데다가 천하에 명
성이 쟁쟁한 형장이시니 왕두령께서도 반드시 중용(重用)
하실 것입니다."

곧 어육(魚肉) 안주를 마련하여 술상을 차려 놓고 대접

했다. 두 사람은 수정(水亭)에서 밤이 깊도록 술을 마셨다.

임충이 물었다.

"어떻게 하면 배를 타고 건너갈 수 있을까요?"

"이곳에 배가 마련되어 있으니까 형장께선 안심하십시오. 우선 하룻밤 푹 쉬시고 오경에 일어나시도록 할 테니 함께 가시기로 하십시다."

이튿날, 날이 채 밝기도 전에 주귀는 과연 임충을 깨웠다. 아침밥과 술까지 대접한 다음 수정의 창문을 열고 작화궁(鵲畵弓)을 꺼내어 화살 하나를 건너편 강기슭 갈대숲속으로 쏘았다. 이것이 산채(山寨)를 향하여 신호를 보내는 화살이었다. 얼마 안 있어 저편에서 4,5명의 졸개들이 배를 한 척 몰고 왔다. 주귀는 임충과 함께 그 배를 탔다. 소졸들은 재빨리 배를 저어 금사탄(金沙灘)에 대었다. 주귀와 임충은 함께 언덕 위로 올라갔다.

양편에는 두 팔로 껴안을 만큼 굵은 나무가 꽉 들이차 있었고, 산속 깊숙한 곳으로 단금정(斷金亭)이 보였다. 다시 그곳을 돌아 들어서니 한 군데 큰 관문(關門)이 있었다. 그 관문 앞에는 창도검극(鎗刀劍戟), 궁노과모(弓弩戈矛)가 죽 늘어섰고, 사방이 온통 뇌목포석(檑木砲石)뿐이었다. 졸개들이 먼저 연락을 취한 다음 두 사람은 관문 안으로 들어섰다. 양편 협도(夾道)에는 대오기호(隊伍旗號)가 배열되어 있고, 다시 두 군데 관문을 지나서야 산채 문 앞에 다다를 수 있었다.

임충이 둘러보니 사면은 높은 산이며 삼관(三關)이 웅장하고 주위가 꽉 째어 있는데, 그 한가운데로 거울같이 반듯한 평지(平地)가 거의 4,5백 장(丈)은 되어 보였다. 산 어귀 가까이 바로 이 산채의 정문이 있고 그 양편은 모두가 이방(耳房)으로 되어 있었다.

주귀는 임충을 데리고 취의청(聚議廳)으로 갔다. 맨 가운데 의자에 앉아 있는 것이 바로 백의수사(白衣秀士) 왕륜이었다. 그리고 왼편 의자에 앉아 있는 것이 모착천(模着天) 두천(杜遷), 오른편 의자에 앉아 있는 것이 운리금강(雲裏金剛) 송만(宋萬)이었다.

주귀와 임충은 앞으로 나서서 인사를 했다. 주귀가 임충을 소개하고 그의 과거의 신분, 경력, 그리고 시대관인과의 관계와 천거하는 편지를 가지고 왔다는 자초지종을 상세히 설명했다.

임충이 내주는 편지를 읽고 난 왕륜은 임충을 넷째 자리에 앉게 하고 주귀를 다섯째 자리에 앉게 했다. 부하에게 명령하여 술상을 차려 내었다. 술이 서너 잔씩 돌아갔을 때, 왕륜이 물었다.

"시대관인께서는 요즘 별고 없으시오?"

"매일 교외에 나가시어 사냥을 하시며 즐겁게 지내고 계시오."

왕륜은 또 이 일 저 일 묻고 있었지만, 내심 딴 생각을 혼자서 하고 있었다.

'나는 수재(秀才) 과거에 급제하지 못한 몸으로 홧김에 두천과 한패가 되어서 도둑질을 일삼고 있다가 나중에 송만까지 여기 와서 허다한 인마(人馬)를 집결시키게 되었는데, 이렇다할 뛰어난 재간이 있는 것도 아니고, 두천이나 송만 역시 무예(武藝)가 대단치 않은데 지금 이자를 받아들인다면 그는 경사(京師)의 금군교두(禁軍敎頭)였으니 필시 무예에 뛰어난 재간을 가지고 있을 것이다. 만약에 이자가 우리의 솜씨를 간파해 버린다면 만만찮게 굴 것이니 이는 우리의 적을 맞아들이는 셈이 될 것이다. 무슨 핑계를 대든지 이자를 도로 산에서 내려 보내야만 후환이 없을 것이다!'

술상이 끝날 무렵, 왕륜은 부하를 시켜서 백은(白銀) 50냥과 저사(紵絲) 두 필을 가져다 놓더니 임충보고 이것이나 선물로 가지고 더 큰 다른 산채를 찾아서 이곳을 떠나 달라고 했다. 그 이유는 자기 산채에는 양식도 불충분하고 건물도 정비되지 않았으며, 또 후일에 임충 자신을 위해서 불행한 일이라도 발생하면 도리어 좋지 않으리라는 것이었다.

"세 분 두령께 대답하오. 소인은 불원천리하고 여기까지 와서 시대관인의 체면만 믿고 여러분 틈에 끼여서 지내보자는 것이니, 받아들여 주시기만 한다면 죽음을 각오하고 일해 볼 작정이오. 결코 주책없는 말이 아니오. 이렇게만 되면 실로 평생의 행복으로 여길 것이며, 결코 얼마간의 금품을 받으러 온 것은 아니오. 두령들께서는 잘 생각하시어 선처하시기 바라오."

그러자 왕륜이 은근히 거절을 했다.

"우리 여기는 보잘것없는 곳이니 어찌 그대를 편안케 해 드릴 수 있겠소? 조금도 언짢게 생각지 마시오!"

주귀가 이 광경을 보고 간했다.

"형님은 윗사람의 입장에서 이 아우가 말이 많다고 이상하게 생각지는 마시오. 산채 중에 양식이 적다고 하지만 근촌원진(近村遠鎭)에 나가서 마련해 올 수 있고, 산장수박(山場水泊)에 나무가 수두룩하니 1천 칸의 건물을 지어도 무방할 것이오. 이분은 시대관인께서 극력 천거하시어서 오게 된 분인데 어떻게 다른 곳으로 가시라고 하겠소? 또 이 산채는 시대관인께 은혜를 입은 바도 많은 터에 일후에 이분을 받아들이지 않았다는 사실을 아시게 되면 좋지 못할 것이오. 또 이분은 재간을 지니신 분이니 반드시 힘을 다하여 일해 주실 것이오."

두천도 말했다.

"이 산채에서 이 사람 하나쯤이 무슨 문제겠소? 형님이 만약에 받아들이시지 않는다면, 시대관인께서 아시고 언짢게 여기실 거요. 우리를 보고 배은망덕했다고 할 것이니, 전일에는 신세를 져놓고 오늘날 와서 그분이 천거해서 보낸 사람을 어떻게 거절하고 다른 곳으로 보낼 수 있겠소!"

송만 역시 권했다.

"시대관인의 체면을 생각하더라도 저분을 여기 계셔서 두령 노릇을 하시게 하는 것도 좋지 않겠소? 그렇게 하지 않는다면 우리를 의리 없는 놈이라고 강호의 쾌남아들이 비웃을 것이오!"

그러나 왕륜은 끝까지 반대했다.

"아우님들은 그렇게 말하지만, 이 사람은 창주에서 지독한 대죄(大罪)를 범하고 우리 산채를 찾아왔다고는 하지만 어떤 배짱을 가지고 있는지도 알 수 없고, 만약에 비밀이라도 탐지하러 왔다면 어찌하겠소?"

임충은 참다 못해서 또 몇 마디 했다.

"소생은 사죄(死罪)를 범한 신세이기 때문에 여러분 틈에 좀 끼워 주셨으면 해서 왔는데 어째서 그다지 의심을 하십니까?"

"그렇다면, 그대가 진심으로 우리 형제 틈에 끼고 싶다면, 투명장(投名狀-가입원서)을 쓰시오."

임충은 선뜻 대답했다.

"글씨쯤은 쓸 줄 아니, 지필(紙筆)을 주시면 당장에 쓰겠습니다."

그러자 주귀가 웃으면서 말했다.

"교두님, 그런 게 아닙니다. 쾌남아들의 틈에 낄 때 필요한 투명장(投名狀)이란, 산 아래로 내려가서 사람을 하나 죽이고 그 목을 바치는 것입니다. 그래야만 의심이 풀린다는 것이고, 이것을 투명장이라고 부르는 것입니다."

"그것쯤은 쉬운 노릇입니다. 그러면 당장에 산을 내려가서 대기하고 있겠는데 운수 좋게 사람이 지나갈지가 의문입니다."

왕륜이 또 조건을 붙였다.

"기한을 사흘 동안으로 하지. 사흘 동안에 투명장이 들어오면 우리 틈에 끼도록 승낙하겠소. 그것이 들어오지 못한다면 어찌할 도리가 없으니 그때에는 섭섭히 생각지 마시오."

임충은 그렇게 하기로 쾌히 약속했다.


그날 밤 주석에서 헤어진 다음, 주귀는 두령들과 작별하고 산을 내려와 자기 술집을 평소와 같이 지키고 있었다. 임충은 밤이 되자 칼과 보따리를 가지고 졸개의 안내를 받아 객방(客房)에서 하룻밤을 쉬었다.

이튿날 아침 밥을 먹고 나자, 요도(腰刀)를 허리에 차고 곤도(袞刀)를 든 임충은 졸개의 길안내를 받으며 산을 내려와 배를 타고 강을 건넜다. 산기슭 으슥하고 조용한 길가에 앉아 객인(客人)이 지나가기만을 기다리고 있었다.

아침부터 저녁때까지 하루 진종일 기다렸지만 혼자 지나가는 객인은 하나도 없었다.

임충은 답답함을 참지 못하며 산채로 돌아왔다. 왕륜이 대뜸 물었다.

"투명장은 어찌 됐소?"

임충이 시무룩하게 대답했다.

"오늘은 한 사람도 지나가지 않아서 손에 넣지 못했습니다."

왕륜이 입을 열었다.

"내일도 투명장을 손에 넣지 못한다면 이곳에 있기는 어려울 것이오."

임충은 감히 뭐라고 대답할 말이 없었다. 따분한 심정으로 방으로 돌아와 밥을 먹고 또 하룻밤을 지냈다.

그 이튿날, 아침 일찌감치 일어나서 졸개와 함께 밥을 먹고 곤도를 들고 또 산을 내려왔다.

졸개가 입을 열었다.

"오늘은 우리 남산(南山)쪽 길로 가서 기다려 보십시다."

그들은 또다시 숲속으로 들어가 기다려 봤지만 객인(客人)이라곤 하나도 지나가지 않았다.

점심때가 되자. 떼를 지어서 지나가는 객인들이 3백여 명이나 꼬리를 물고 나타났다. 임충은 감히 손을 댈 엄두도 못 내고 그저 지나가는 꼴만 바라다보고 있었다.

어느덧 날이 저물어 왔지만 역시 지나가는 객인이라곤 하나도 없었다.

임충은 답답하고 안타까워 졸개를 돌아보며 푸념하듯 말했다.

"나는 도무지 운수가 나쁜 놈이다. 이틀 동안이나 꼬박 기다려도 혼자 지나가는 놈이라곤 하나도 구경할 수 없으니, 이 일을 어찌하면 좋단 말이냐?"

소졸이 위로하듯 대답했다.

"형님! 그렇게 초조히 구실 것은 없습니다. 마음을 턱 놓으십시오. 하루 또 여유가 있는데 그다지 걱정하실 것 없이, 이번에는 동산(東山) 길에 가서 지켜보기로 하십시다."

그날 밤에도, 임충은 답답한 심정을 부둥켜 안은 채 산채로 올라가는 도리밖에 없었다.

왕륜이 또 대뜸 물었다.

"오늘은 투명장을 수중에 넣고 올라왔소?"

임충은 뭣이라고 대답할 말이 없어서 그저 긴 한숨을 내쉬면서 왕륜의 얼굴을 물끄러미 쳐다볼 뿐이었다.

왕륜은 껄껄껄껄 호탕한 웃음을 터뜨리면서 말했다.

"오늘도 아마 허탕을 친 모양이군. 우리가 약속한 기한은 사흘 동안이오. 그 중에서 벌써 이틀이나 지났으니 만약에 내일도 그것을 수중에 넣지 못한다면, 그 이상 나를 또 만날 필요도 없을 것이오. 그때는 아무데로나 마음대로 떠나가 주셔야만 될 것이오. 별도리가 없소!"

임충은 고개를 푹 숙이고 자기가 거처하는 방으로 어슬 렁어슬렁 돌아오는 도리밖에 없었다. 안타깝고 답답한 심 정을 어찌해야 좋을지 알 수 없었다.

그날 밤, 임충은 잠이 제대로 오지 않았다.

하늘을 우러러 장탄식만 하고 혼자 중얼거릴 뿐이었다.

"아하! 나는 단지 저 고구(高俅)란 놈의 모함 때문에 무 시무시한 함정에 빠져 헤어날 수 없이 이렇게 여기까지 흘러왔는데도 하늘도 땅도 나를 용납해 주려 들지 않으니 이런 운수 불길한 신세가 이 천하에 또 어디 있을까!"

또 하룻밤을 지내고, 그 이튿날, 임충은 날이 밝기도 전 에 일어나서 밥을 먹고 보따리를 꾸려 가지고 방안에 내 던져 두었다.

다시 요도를 차고 곤도를 들고 졸개와 함께 산을 내려 와 배를 타고 물을 건너 동산(東山) 길로 나왔다.

임충이 졸개를 보며 말했다.

"오늘도 투명장을 수중에 넣지 못한다면 어쩔 수 없으니 다른 곳으로 가서 안신입명(安身立命)을 꾀하는 도리밖에 없겠다!"

그들은 길가에 몸을 숨기고 기다리고 있었다. 점심때가 되었는데도 여전히 사람은 지나가지 않았다.

눈도 깨끗이 그쳤고, 눈부신 햇발이 대지를 비추고 있 었다. 임충은 곤도를 든 채 졸개에게 이렇게 말했다.

"아무래도 일은 다 틀린 것 같다! 날이 저물기 전에 일 찌감치 보따리를 꾸려 가지고 다른 데로 가서 있을 만한 곳을 찾아보는 게 낫겠다!"

"됐습니다! 저기 한 놈이 나타났는군요!"

임충은 멀리 저편 비탈길을 내려오는 사람을 바라보다가 소리를 질렀다.

"참, 꼴사나운 일이로군!"

임충은 그 사람이 가까이 다가들기를 기다렸다가, 곤도(袞刀)를 휘두르며 뛰어 내달았다. 그 사람은 임충을 보기가 무섭게,

"아앗!"

하고 소리를 지르며 짐을 동댕이쳐 버리고 훌쩍 몸을 빼어 삼십육계 놓아 버렸다.

임충은 뒤를 쫓았지만 결국 붙잡지 못했고, 그 사람은 오던 길을 되거슬러 도주해 버렸다.

"아! 참 운수가 불길하군! 사흘 만에 간신히 한 놈을 만났더니, 이놈도 도주해 버리니…."

임충이 한탄하는 소리를 듣고 졸개가 말했다.

"죽이지는 못했다지만, 이 한 꾸러미 재백(財帛)이 저당물(抵當物)이 될 수 있습니다."

"너 그것을 가지고 먼저 산으로 올라가거라. 나는 좀더 기다려 볼 테니."

이때, 또 비탈길 아래로부터 어떤 사나이가 나타났다. 임충은 그 사람을 발견하자,

"고마운 일이다! 하느님이 주시는 선물이다."

하고 즐거워했다. 그러나 그 사나이는 임충을 보자마자 칼을 휘두르며 벼락같이 호통을 쳤다.

"이 강도놈아! 내 보따리를 어떻게 했느냐? 이놈! 하룻강아지 범 무서운 줄 모르고 범의 수염을 건드리다니!"

그는 비호같이 임충에게 덤벼들었다.
임충도 그에 못잖은 기세로 마주 덤볐다.

# 12  떼를 쓰다 죽은 놈

梁 山 泊 林 冲 落 草
汴 梁 城 楊 志 賣 刀

임충은 그 사나이를 자세히 살펴보았다.

끈[纓]을 축 늘어뜨린 범양(范陽) 전모자를 쓰고 흰 공단으로 만든 정삼(征衫)을 입고 있는 그는 세로 줄 진 띠를 동이고 엷은 하늘색 행전으로 바지통을 묶고 있었으며, 노루가죽 버선에 털이 있는 쇠가죽신[毛牛膀靴]을 신고 있었다. 허리에는 요도(腰刀)를 찼고 박도(朴刀)를 잔뜩 움켜쥐고 있는데, 7척 5,6촌이나 되는 큰 키에 얼굴에는 푸른 점이 큼직하게 박혀 있고, 두 볼에는 붉은 수염이 군데군데 드러나 보기만 해도 무시무시한 꼬락서니였다.

전모자를 벗어부쳐 등덜미에 걸치고 네모진 연두건(軟豆巾)을 쓴 채 앞가슴을 떡 버티고 다가선 그는 박도를 불쑥 뻗쳐 들면서 높은 음성으로 호통을 쳤다.

"이 못된 도둑놈아! 나의 보따리와 돈[財帛]을 어디다 감췄느냐?"

임충은 대답할 만한 여유가 없었다. 두 눈을 무섭게 부릅뜨고 호랑이 수염같이 뻣뻣한 수염을 일으켜 세우며 박도를 움켜잡은 채 그 사나이에게 덤벼들었다.

펄펄 내리던 마지막 눈도 깨끗이 그치고 엷은 구름이 흩어지기 시작한 강변에서 두 사람은 정신없이 싸웠다.

일진일퇴, 두 사나이는 결사적으로 싸우기를 30여 합, 그러나 승부가 나지 않았다. 그대로 계속해서 또 싸우기를 10여 합. 승부가 날 듯 날 듯한 아슬아슬한 판인데 산꼭대기 높직한 곳에서 악을 쓰는 소리가 들렸다.

"대장부 두 분! 싸움을 그치시오!"

두 사나이는 박도를 거둬들이고 산 위를 쳐다봤다. 바로 백의수사 왕륜이 두천(杜遷), 송만(宋萬), 그리고 수많은 부하들을 거느리고 산을 내려오더니 배를 타고 강을 건너 이편으로 달려들었다.

왕륜이 말했다.

"대장부 두 분! 박도를 쓰시는 품이 두 분이 다 같이 이만저만한 솜씨가 아니시오! 그야말로 신출귀몰! 이편은 나의 아우 표자두(豹子頭) 임충이라고 하는데, 저편 얼굴이 푸르신 대장부는 뉘시오? 통성명이나 하시기를 바라오."

그 사나이는 선뜻 자기 소개를 했다. 알고 보니 그 역시 이만저만한 인물이 아니었다.

그는 3대를 내려오는 장문(將門)의 후예로서, 오후(五侯) 양령공(楊令公)의 손자인 양지(楊志)였다. 현재는 이 관서(關西) 땅에 유랑하는 몸이지만, 나이 어려서 무거(武擧)에 급제하여 전사제사관(殿司制使官)이란 요직에 있었는데, 도군(道君-휘종황제)이 만세산(萬歲山)을 쌓아 올리게 됐을 때 다른 제사관 열 사람과 함께 태호(太湖) 호반에 파견되어 화초와 기석(奇石)을 실은 화석강(花石鋼)을 운반해 가지고 서울로 와서 바쳐야 되는 책임을 맡았다.

그는 운수불길하여 그 화석강을 운반해 가지고 황하(黃河)까지 왔을 때, 풍랑을 만나서 배가 전복하여 그대로 물속에 가라앉아 버리고 말았다. 그래서 서울로 돌아가지도 못하고 다른 고장으로 몸을 피해서 지내오다가, 근자에 와서 사죄(赦罪)를 받게 되어 다시 돈이 될 만한 물건을 수습해 가지고 동경으로 돌아가 추밀원(樞密院)에 돈을 쓰고 입신(立身)해 볼 궁리를 하고, 시골 사람을 하나 사서 보따리를 짊어지게 하고 이곳을 지나게 됐는데 난데없이 달려든 임충에게 강탈을 당한 것이라고, 자초지종을 자세히 왕륜에게 말했다.

왕륜이 그 말을 듣자 다시 물었다.

"당신의 별명을 청면수(靑面獸)라 하지 않으시오!"

"내가 바로 청면수요!"

"아, 그러시다면 바로 제사(制使)님이시군요! 저는 몇 해 전에 동경으로 과거를 보러 갔을 때부터 제사님의 성함을 익히 들어 잘 알고 있습니다. 짐이고 돈이고 모두 돌려 드릴 터이니, 우선 산채로 올라가셔서 좀 쉬었다 가시도록 하십시오. 이렇게 뜻밖에 만나뵙게 됐는데 그대로 가시게 할 수야 있습니까?"

양지는 그 말을 듣고 보니 거절할 도리도 없고 해서 왕륜 일행을 따라서 강을 건너 산채로 갔다.

그러나 왕륜이 양지를 유인해 가지고 산채로 가는 데는 엉뚱한 배짱이 있었다. 임충을 그대로 받아들여 두면 자기네 약점이 드러나고 말 테니, 양지를 산채에다 두어서 임충과 서로 으르렁대게 만들어서 임충을 저절로 밀려나게 해보자는 수작이었다.

　왕륜은 양지를 산채로 데리고 가서 극진히 술대접을 하고 나서 감언이설로 꾀었다. 우선 임충을 동경 18만 금군(禁軍)의 교두(敎頭)로서 너무나 훌륭한 인물이기 때문에 고태위가 창주로 유형시켰다는 사실을 미끼로, 고구란 놈이 군권을 장악하고 있는 한 양지를 받아들이지도 않을 것이니, 이 산채에 같이 머물러 있으면서 금은보물을 큰 저울로 달아서 서로 나누어 가지고 주육(酒肉)을 큰 그릇으로 마음껏 마시고 먹으며 한번 멋들어지게 대장부 노릇을 해보자는 것이었다.

　그러나 양지는 막무가내, 뿌리치기 어려워서 겨우 하룻밤을 산채에 머무르며 술대접을 받고, 그 이튿날 기어이 길을 떠났다. 왕륜도 어찌할 도리가 없어서, 보따리와 돈을 돌려 주고 여러 두령들을 거느리고 산 어귀까지 양지를 전송했으며, 다시 부하를 시켜 강 건너까지 배를 태워 떠나 보냈다. 이때부터 왕륜은 임충을 제4위의 자리에 앉도록 하고, 주귀(朱貴)를 제6위에 앉히고 다섯 장정들이 하고 한 날 강탈을 일삼고 자내게 되었다.


　며칠 후 동경으로 돌아온 양지는 있는 돈을 몽땅 털어 상하 관원들을 매수해 가지고 전사부(殿司府) 제사(制使) 자리를 다시 맡아 보려고 했다. 있는 물건을 다 털어 바쳐서 간신히 상신문서(上申文書)가 전수(殿帥) 고태위에게 접수가 되어서, 청전(廳前)으로 나가 그를 만나보게 되었다.

　상신된 문서에 눈을 옮긴 고태위는 노발대발했다.

　"화석강(花石綱)을 운반하러 간 열 명의 제사관 가운데서 아홉 사람은 모두 경사(京師)에 돌아와서 납품을 했는데, 네 놈 하나만이 그것을 바닷물 속에 털어넣고도 돌아와서 자수는 하지 않고 도망쳐 버려서 오랫동안 체포할 수도 없었는데, 이제 와서 뻔뻔스럽게 농간을 부려서 복직을 꾀하고 있으니, 아무리 사죄령이 내렸다 해도 나로서는 네 놈을 받아들일 수 없다!"

양지는 드디어 전수부에서 추방을 당하고 말았다. 고태위의 잔악한 소행을 저주하면서 울적한 심정으로 여인숙에서 며칠을 보내는 동안에 노자까지 깨끗이 써버리고 낭중 무일푼의 신세가 되어 버렸다.

양지는 궁여지책으로 조상 때부터 물려받은 한 자루의 보도(寶刀)를 팔아서 돈을 천 관쯤 만들어 어디로든지 자리잡을 만한 곳을 찾아 떠나 볼 생각을 하고, 그 보도에다가 매물(賣物)이라는 꼬리표[草標兒]를 달아 가지고 거리로 나섰다.

처음에는 마행가(馬行街)에 가서 두 시간이나 서 있었으나, 한 사람도 사자고 물어 보는 사람이 없었다. 다시 점심때가 되어서 천한주교(天漢州橋) 사람이 많이 모이는 곳으로 가서 팔려고 했다.

한참 동안 우두커니 서 있노라니, 길 양편에서 수많은 사람들이 허둥지둥 강가 좁은 골목으로 도망질을 치면서 소리를 질렀다.

"빨리 도망쳐라! 호랑이가 온다!"

'이런 성 안에, 그것도 대낮에 무슨 호랑이가 나타난단 말인가?'

양지가 이상하다는 생각을 하고 우두커니 서 있자니까

저편으로부터 거무튀튀하게 생긴 장정 한 사람이 술이 거나하게 취해 가지고 비틀비틀 이편으로 걸어오고 있었다. 얼굴은 귀신같이 무섭고 우락부락하게 생겼으며 몸통은 거창한 나무 한 그루가 뚜벅뚜벅 걸어다니는 것 같았다.

이 사나이야말로 경사(京師)에서 유명한 파락호(破落戶)요 망나니, '털없는 호랑이〔沒毛大虫〕' 우이(牛二)라고 불리는 자였다.

거리에서 행패나 부리고 공연히 사람을 건드려서 싸움이나 하기 일쑤고, 여러 번 관청에 잡혀 가서도 말썽을 부렸기 때문에 개봉부에서도 손을 대지 못하는 위인이었다. 그래서 성 안의 모든 사람은 이자만 보면 호랑이처럼 무서워하며 도망을 치는 것이다.

우이는 양지 앞으로 벌컥 대들더니 보도(寶刀)를 다짜고짜로 끌어 잡아당기며 물었다.

"여보게, 이 칼을 얼마에 팔겠다는 건가?"

"조상이 물려준 보도요. 3천 관(貫)이면 팔겠소."

"이렇게 시시한 칼이 그렇게 비싸단 말인가? 나는 30문(文)을 주고 칼 한 자루를 샀는데 고기도 잘 썰어지고 두부도 잘 썰어지데! 자네의 이 시시한 칼은 무슨 좋은 점이 있어서 보도라고 하는 건가?"

"내 칼은 아무 가게서나 파는 백철도(白鐵刀)는 아니오. 이건 보도지 보통 칼이 아니오."

"어째서 보도라고 하느냔 말일세?"

"첫째로 쇠〔銅鐵〕를 베도 칼날이 말리는 법이 없고, 둘째로 털을 칼날에다 뿌리기만 해도 저절로 잘라지며, 셋째로 사람을 죽여도 칼날에 핏자국이 남지 않소."

"그렇다면 자네, 동전을 베어 보일 수 있겠나!"

"동전을 가져오시기만 하면 베어 보여 드리겠소."

우이는 당장에 주교(州橋) 근처에 있는 향초포(香椒鋪)로 달려가서 삼전(三錢)짜리 동전을 20문(文)이나 털어다가 주교(州橋) 난간 위에 쌓아 놓고 양지를 불렀다.

"여보게, 자네가 이 동전을 한칼에 잘라 놓으면 3천 관을 줌세."

"이까짓 것쯤야 쉬운 일이지!"

양지는 소맷자락을 걷어젖히고 칼을 잡아 내리쳤다. 동전이 두 동강으로 잘라졌다. 겁이 나서 가까이 오지도 못하고 멀찌감치 둘러싸고 있던 구경꾼들이 갈채를 보냈다.

"뭘 이렇게 야단들이냐? 두 번째 것은 뭐라구 했지?"

"머리털 같은 것을 몇 가닥 뽑아서 칼날에 대고 훅 불면 저절로 잘라지오."

"그럴 수가 있단 말이냐?"

반신반의하면서도 우이는 제 머리털을 한줌 뽑아 가지고 양지에게 주면서 해보라고 했다.

양지가 그 머리털을 받아 가지고 칼날에다 대고 훅 불었더니, 두 동강으로 잘라져서 땅바닥에 흩어지고 말았다. 구경꾼들은 또 갈채를 보내며 야단법석이었다. 우이가 또 물었다.

"세 번째는 뭐라고 그랬지?"

"사람을 죽여도 칼날에 피가 묻지 않소. 그만큼 이 칼은 잘 베어지는 거요!"

"믿을 수 없는 말이다! 어디 사람을 하나 죽여 보게!"

"금성(禁城) 안에서 어찌 사람을 죽일 수 있겠소? 믿지 못한다면 개를 한 마리 잡아 오시오. 내가 죽여 보이리다."

"네 놈은 사람을 죽인다고 했지, 개를 죽인다고는 하지 않았단 말야!"

양지는 두 눈을 치켜뜨고 우이를 꼬나봤다. 공연히 까탈만 부리고 있다는 생각에 화가 벌컥 났다.

"칼을 사지 않으면 그만이지, 어째서 이렇게 시비를 걸고 덤비는 거야?"

"그 칼을 어디 좀 보자!"

"터무니없는 생떼 쓰지 말아! 내가 무슨 네 놈의 놀림감인 줄 아느냐?"

"네 놈은 나를 죽일 작정이냐?"

"나는 애당초부터 네 놈하고 아무런 원수를 맺은 일도 없는 사이인데, 내가 네 놈을 죽여서 뭘 한단 말이냐!"

우이는 양지를 덥석 움켜잡았다.

"나는 그 칼을 꼭 사야만 되겠다!"

"사겠으면 돈을 내라!"

"나는 돈이 없다!"

"돈이 없으면서 왜 나를 붙잡는 거냐?"

"나는 그 칼이 갖고 싶다!"

"줄 수 없다!"

"네 놈이 쾌남아라면, 어디 한칼에 내 목을 베어 봐라!"

양지는 대로하여 우이를 벌컥 떠밀었다. 우이는 다시 기어 일어나서 양지의 앞가슴을 부둥켜 잡았다. 양지는 소리를 질렀다.

"거리에 계신 이웃분들이 모두 구경하신 증인들이시오!

이 양지는 노자돈이 없어서 칼을 팔러 나온 것뿐인데, 이 못된 놈이 억지를 쓰고 강제로 내 칼을 뺏으려는 거요!"

구경꾼들은 우이가 무서워서 어느 한 사람도 대들어서 싸움을 말리지 못했다.

우이가 또 호통을 쳤다.

"내가 너를 때렸다구? 네 놈을 때려죽이면 어떻단 말이냐?"

우이는 오른손을 휘둘러 주먹질을 했다. 양지는 재빨리 몸을 피했다. 우이는 미친놈처럼 활개를 치며 다시 덤벼들었다. 양지는 치밀어오르는 성미를 참지 못하고 칼을 빼어 들자 우이의 목을 쿡 찔러 땅바닥에 거꾸러뜨리고 말았다. 양지는 연거푸 쫓아 들어가서 우이의 가슴팍을 두 번이나 더 찔렀다. 우이는 피를 콸콸 쏟으며 그 자리에서 죽고 말았다.

양지는 소리를 질렀다.

"나는 이 망나니를 죽여 버렸소. 그러나 여러분에게 누가 미치게야 하겠소? 나는 관청에 가서 자수할 것이니 여러분은 나와 같이 가주시기만 바라오."

거리의 사람들은 황망히 몰려들어 양지와 함께 개봉부로 출수(出首)하였다. 부윤(府尹)은 마침 아문에 있었다. 양지는 칼을 내려놓고 부윤 앞에 꿇어앉아서 자초지종을 솔직히 자백했다.

함께 아문으로 간 거리의 구경꾼들도 양지를 위해서 사건의 전말을 사실대로 상세히 진술했다. 부윤이 말했다.

"미리 와서 자수했으니, 투옥 전에 때리는 것만은 면제해 주마…"

부윤은 큰칼을 양지의 목에 씌우고 상관(相官) 두 사람을 파견해서 구경꾼들과 함께 천한주교(天漢州橋)로 가서 현장검증을 한 다음 서류를 작성했다. 여러 이웃사람들이 양지를 보석해 달라는 진정서를 냈으나 상부의 처분을 기다리라 해서 일단 양지는 사형수의 감옥에 수감키로 결정했다.

양지가 투옥되자 압뢰(押牢), 금자(禁子), 절급(節級) 등 감옥 안의 관리들은 '털없는 호랑이' 우이를 죽인 것이 양지라는 것을 알고, 천하의 쾌남아라 동정하며, 돈을 뜯을 생각은커녕, 도리어 여간 잘 돌봐 주지 않았다.

감옥의 책임자인 추사(推司)도 양지가 동경의 망나니를 죽이고 자수한 쾌남아라 해서, 조서를 꾸미는 데도 대단치 않은 말다툼이 원인이 되어서 살인을 한 것이라고 가볍게 만들어 부윤에게 상신하기까지 했다.

60일이라는 취조기간이 지난 다음 양지는 큰칼을 벗고 매 20대를 낮은 다음 문묵장(文墨匠)에게 얼굴에 두 줄의 금인(金印)을 찍혀서 북경(北京) 대명부(大名府) 유수(留守)에게로 가서 군역(軍役)에 종사하게 되었다. 그 보도는 관에서 압수하여 창고에 넣어 버렸다.

북경까지 가는 방송공인(放送公人)으로 장룡(張龍), 조호(趙虎) 두 사람이 결정되었으며, 양지는 중량 일곱 근 반의 철엽반두호신가(鐵葉盤頭護身枷)라는 큰칼을 목에 쓰게 되었다.

양지가 호송을 당해서 길을 떠나게 되자, 천한주교(天漢州橋) 일대의 큼직한 집들은 돈과 물품을 준비해 놓고 양지가 나타나기를 기다리고 있었다. 공인(公人)들까지 함께 주점으로 초청하여 술을 대접하고 용돈까지 주면서 이렇게 말하였다.

"양지란 분은 쾌남아입니다. 백성들을 위해서 해로운 놈을 제거해 주신 분이니 이제 북경으로 가게 되었어도 두 분 공인님께서는 도중에 잘 돌봐 드리시기 바랍니다."

장룡과 조호도 선선히 대답했다.

"우리들도 이 사람이 훌륭한 쾌남아라는 것을 잘 알고 있소. 말씀하시지 않더라도 잘 돌봐 드릴 것이니 안심하시오."

양지는 그들이 거둬 주는 노자돈을 받아 넣고 정중히 사례를 한 다음 두 공인을 따라 북경을 향하여 길을 떠났다.

며칠 동안 가는 곳마다 장룡과 조호에게 술과 음식을 사서 대접하면서 드디어 목적지인 북경에 도착했다. 성 안으로 들어가서 우선 객점(客店)을 찾아서 쉬기로 했다.

북경(北京) 대명부(大名府)의 유수사(留守司)란 것은 말을 타면 군(軍)을 통할하고 말을 내리면 백성을 관할하는 가장 권세 있는 벼슬자리였는데, 그 당시의 유수는 양중서(梁中書)라 불렀고, 이름은 세걸(世傑)이라 했으며, 동경의 당조태사(當朝太師-宰相) 채경(蔡京)의 사위였다.

그날은 바로 2월 초아흐렛날.

유수사가 등청(登廳)하였는데 두 공인이 양지를 호송해 가지고 청전(廳前)에 나타나서 개봉부의 공문을 올렸다.

양중서는 그 공문을 보자, 예전에 동경에 있었을 때에 양지를 잘 알던 터이므로 곧 만나보고 사연을 자세히 물었다.

양지는 고태위가 복직하겠다는 자기의 뜻을 용납해 주지 않았기 때문에 몸에 지녔던 돈을 모조리 써버리고, 할 수 없이 보도를 팔러 나섰다가 우이(牛二)란 자가 떼를 쓰고 덤벼들어서 옥신각신하다가 그를 죽여 버리게 됐다는 자초지종을 상세히 설명했다.

양중서는 그 말을 듣자, 크게 기뻐하면서 당장에 양지의 큰칼을 벗기고 청전(廳前)에서 일을 보도록 해주었으며, 두 방송공인에게 답장 공문을 써주어서 동경으로 돌려보냈다.

양지는 양중서의 부중(府中)에서 아침 저녁으로 착실히 일을 보고 있었으며, 양중서는 그가 부지런하고 착실한 것을 보고 어떻게든지 좋은 자리에 앉혀 주려 했다.

우선 양지를 군중(軍中)의 부패(副牌)라는 자리에라도 앉혀서 다달이 다소나마 수입이 있도록 해주고 싶었으나 다른 사람들이 말을 듣지 않을까 그것이 걱정스러웠다.

양중서는 마침내 한 가지 계책을 생각했다. 군정사(軍正使)를 불러들여서 내일 동곽문(東郭門) 교장(敎場)에서 무예(武藝)의 연시(演試)를 거행한다는 포고문을 전 장병에게 전달하라는 명령을 내렸다.

그리고 한편으로는 남몰래 양지를 불러 가지고 부패(副牌)로 천거하고 싶으니 무예에 자신이 있으면 이번 연시(演試)에 꼭 한 번 나가서 재간을 남에게 인정받도록 하라고 권고했다.

어려서부터 십팔반무예(十八般武藝)에 익숙한 양지는 자신만만하게 즉석에서 쾌히 승낙했다.

양중서도 크게 기뻐하며 의갑(衣甲)을 한 벌 양지에게

주었다.

그 이튿날, 2월 중순의 날씨는 바람도 잔잔하고 따스했다. 양중서는 아침식사를 마치자 양지를 데리고 말 위에 올라 전후로 호위병을 거느리고 동곽문(東郭門)으로 나갔다. 교장(敎場)에 도착하자 대소 군졸들과 여러 관원들을 접견하고 연무청 앞에서 말을 내렸다.

청상에 올라 정면에 자리잡은 은빛 의자에 앉았다. 좌우 양편으로 위풍당당하게 관원들이 늘어서 있었다. 지휘사(指揮使), 단련사(團練使), 정제통(正制統), 통령사(統領使), 아장(牙將), 교위(校尉), 정패군(正牌軍), 부패군(副牌軍)들이었다.

전후 주위로도 백 명의 장교들이 늘어섰고, 장대(將臺) 위에도 두 사람의 도감(都監)이 서 있었는데 하나는 이천왕(李天王) 이성(李成)이라는 사람이었고, 또 하나는 문대도(聞大刀) 문달(聞達)이라는 사람이었다.

북이 세 번 울리자 교장 안은 엄숙하게 침묵 속에 싸이고, 장대에 흰 깃발이 휘날리자 전후 오군(五軍)이 일제히 열을 짓고 정돈했으며, 장대에 다시 붉은 깃발이 휘날리자 북소리가 다시 울리며 5백 명의 군사들이 양편으로 갈라져서 손에 일제히 무기를 잡았다.

양중서는 이 삼엄한 장면에서 명령을 내렸다.

"부패군(副牌軍) 주근(周謹)은 앞으로 나서서 명령을 받으라!"

오른편에 있던 주근이 말을 달려 연무청 앞으로 나와 말 위에서 뛰어내리며 창을 아래로 내리고 벼락 같은 소리로 대답하며 읍(揖)을 했다.

"부패군, 주근은 무예(武藝)의 재간을 한번 힘껏 부려 보라!"

주근은 양중서의 명령을 받자, 창을 다시 손에 잡고 말 위에 올라 연무청 정면에서 오른편으로 왼편으로 빙빙 돌아다니며 온갖 재간을 다하여 창술(鎗術)을 자랑해 보였다. 무수한 사람들이 박수갈채를 보냈다.

양준서는 또 명령을 내렸다.

"동경에서 압송되어 온 건군(健軍) 양지를 불러내라!"

양지는 청전(廳前)으로 나서서 절을 했다.

"양지, 그대는 본래 동경 전사부(殿司府)의 제사군관(制使軍官)으로 있다가 죄를 범하고 이곳으로 쫓겨온 사람이라 하는데, 요즘 도적이 창궐하여 바야흐로 국가에서 사람을 등용해야 할 때인즉, 그대는 주근과 무예의 고저(高低)를 비시(比試)해 볼 수 있겠는가! 만약에 이겨낼 수 있다면 그대를 당장 그 직역(職役)으로 옮겨 줄 수 있을 것이다!"

양지가 대답한다.

"은상(恩相)께서 시키시는 일이라면 어찌 거역하겠습니까!"

양중서는 한 필의 전마(戰馬)를 끌어오게 하고 갑장고(甲杖庫)의 수행관리에게 군기(軍器)를 준비시킨 다음 양지에게 무장을 갖추고 말 위에 올라 시합을 하라고 했다.

양지는 양중서의 명령을 받고 우선 연무청 뒤로 물러났다.

어젯밤에 양중서가 마련해 준 의갑(衣甲)으로 몸차림을 든든히 한 다음, 투구를 쓰고 화살과 요도를 허리에 찼다.

손에는 긴 창을 들고 위풍당당하게 연무청 뒤로부터 교장(敎場)으로 내달았다.

양중서가 그 광경을 보자 마지막 명령을 내렸다.

"양지는 먼저 주근과 더불어 창술(鎗術)을 견주어 보라!"

여태까지 자신의 무예의 재간을 여러 사람들 앞에 과시하며 만장의 박수갈채를 받던 부패장 주근은 양중서의 최후의 명령을 듣자 불끈 화가 치밀어올랐다. 대뜸 소리를 질렀다.

"괘씸한 놈! 타향으로 쫓기어 온 범죄자가 감히 나와 창 끝을 맞닥뜨려 보겠다는 것이냐!"

주근은 처음부터 양지를 업신여기고 있었던 것은 더 말할 것도 없었다. 양중서의 명령을 어길 수 없었으면서도 하찮은 이방인 양지와 실력을 겨루어 보라는데 약이 올라서 이렇게 호통을 친 것이었다.

그러나 이 호통 소리는 도리어 쾌남아 양지를 격분케 했다.

양지는 어느 모로 보나 주근과 무예로써 승부를 가리지 않을 수 없게 되었다. 결국 이런 인연으로 양지는 만군총중(萬軍叢中)에서 명성을 날리게 되고, 천군(千軍)의 대오 중에서 제일위의 공을 세우게 된다.

# 13　용호상박(龍虎相搏)

急 先 鋒 東 郭 爭 功
青 面 獸 北 京 鬪 武


　주근과 양지 두 사람이 말을 문기(門旗) 아래까지 몰고 나와서 출전(出戰) 교봉(交鋒)하려는 찰나, 병마도감(兵馬都監) 문달(聞達)이 소리를 질렀다.
　"잠깐만 멈추시오!"
　그가 상청(上廳)하여 양중서에게 아뢴다.
　"무기란 본래가 도둑이나 적군을 죽이는데 필요한 것인데, 우리 편 사람끼리 싸우다가 어떤 편이 불구자가 되든지 최악의 경우 목숨을 잃게 되면 이것은 무의미한 일입니다. 쌍방이 똑같이 창끝을 뽑아 버리고 전헝겊〔氈片〕으로 싼 다음 석회(石灰)를 묻혀 가지고 다시 말 위에 올라 싸우는데, 쌍방을 똑같이 검정옷을 입혀서 몸에 흰 점이 많이 찍히는 자를 싸움에 패한 자로 단정함이 좋을까 합니다."
　그도 그럴듯한 의견이다 생각하고, 양중서는 병마도감 문달의 말대로 쌍방이 검정옷에 날없는 창끝에 석회를 칠해 가지고 싸우라고 명령했다.
　두 사람이 싸우기를 4,50합.
　승부는 명백히 가려졌다. 주근의 몸에는 마치 두부를 끼얹은 것같이 4,50군데나 흰 반점투성이요, 양지는 겨우 왼편 어깨 아래 흰 점이 하나 찍혔을 뿐이었다.

양중서는 크게 기뻐하며 즉각에 주근을 불러세워 호통을 쳤다.

"전관(前官)이 그대를 부패라는 요직에 임명했지만 이제 그대의 창술 솜씨를 보니 도저히 부패군을 담당키 어려우리니 양지에게 그 직역을 내주도록 하라."

이때 병마도감(兵馬都監) 이성(李成)이 나서면서 주근을 두둔했다.

"주근은 창(鎗)은 서툴르지만, 궁마술(弓馬術)에 있어서는 놀라운 솜씨를 가지고 있사옵니다. 주근의 지위를 빼앗는다는 것은 사기(士氣)에 미치는 영향이 클 것이오니 다시 한 번 궁술로써 비시(比試)를 시켜 보심이 좋을까 합니다."

두 사람은 이리하여 창을 버리고 다시 활을 잡고 승부를 가리게 되었다.

양지는 궁대(弓袋) 안에서 화살을 뽑아 허리에 찌르고 우선 청전(廳前)으로 달려가서 양중서에게 말했다.

"은상(恩相)! 화살은 한번 쏘아지면 인정사정도 없습니다. 반드시 부상자가 생길 것이온데 어떻게 생각하십니까?"

"무부(武夫)로서 비시(比試)를 함에 어찌 부상을 두려워할 것이오? 재간만 있다면 상대방을 쏘아 죽인대도 할 말이 없을 것이오!"

이 말을 듣고 나서 양지는 주근에게 점잖게 설명했다.

"그대가 먼저 세 자루의 화살로 나를 쏘시오! 그러고 난 다음에 내가 똑같이 세 자루의 화살로 그대를 쏘기로 합시다!"

　본래가 군관(軍官) 출신인 양지는 주근의 활쯤은 안중에도 없었기 때문이었다. 양지는 말을 달려 남쪽으로 달아나고 주근 역시 말을 달려 그것을 쫓아가며 활을 쏘게 되었다.

　양지의 등덜미 한복판을 겨누고 주근의 화살이 요란한 소리를 내면서 날아들었다. 그러나 양지는 등덜미에서 궁현(弓弦) 소리가 들리자마자 재빨리 발적대〔鐙〕로 몸을 살짝 피해 버렸다.

　바람처럼 빨리 날아드는 주근의 두 번째 화살. 이번에는 양지는 몸을 피하지 않고 손에 잡고 있는 활로 날쌔게 막아냈다. 주근의 화살은 픽 하고 풀밭으로 떨어져 버리고 말았다.

　양지의 말은 교장(敎場) 정청(正廳)을 향하여 달려오고 있었으며, 두 자루의 화살에 모두 실패한 주근은 극도로 당황하여 있는 힘을 다해서 세 번째 화살을 쏘았다.

　양지의 재간은 실로 놀랄 만했다. 말안장 위에 앉은 채로 날아드는 화살을 한 손으로 움켜잡았다. 그대로 말을 달려 연무청(練武廳) 앞으로 나와서 주근의 화살을 땅바닥에 내동댕이쳤다.

　양중서는 크게 기뻐하며 이번에는 양지더러 주근에게 세 자루의 화살을 쏘라고 명령했다.

　주근은 활과 화살을 버리고 둔(楯)으로 몸을 막으며 말에 채찍질을 하여 남쪽으로 달렸다. 양지도 말을 달려 그 뒤를 쫓았다.

　양지는 첫번째 화살을 활에 꽂지 않고 빈 활을 쏘았다.

주근은 등덜미에서 궁현(弓弦) 소리가 들리자 몸을 피하면서 둔(楯)으로 막으려 했지만, 화살은 날아들지 않았다.

주근은 혼자 생각했다. 저놈은 창술(鎗術)만 할 줄 아는구나. 두 번째도 화살이 날아들지 않으면 호통을 쳐서 말을 멈추게 해야겠다. 그러면 그걸로 내가 승리를 거두게 될 것이다!

주근이 타고 있는 말은 이미 교장의 남쪽 끝까지 와 있었다. 그는 다시 말 머리를 돌려 연무청(練武廳) 쪽으로 향했다. 양지가 타고 있는 말도 주근이 돌아서는 것을 보자 똑같이 그 뒤를 쫓았다. 양지는 벌써 화살통에서 화살을 한 자루 뽑아 가지고 활에 꽂으면서 이렇게 생각했다.

'저자의 등덜미를 정통으로 쏘면 반드시 목숨을 잃고 말 것이다. 나는 저자와 아무런 원한이 없는 터이니 치명상이 되지 않는 곳을 쏘아야겠다!'

양지의 화살이 유성처럼 날아들어 주근의 왼편 어깨에 명중했다. 눈 깜짝할 사이에 주근은 말 위에서 떨어져 나뒹굴었으며 주인을 잃은 말은 혼자서 곧장 연무청 안으로 달려 들어갔다. 여러 병사들은 주근을 구호하려고 몰려들었다.

양중서는 이 광경을 보자 크게 기뻐하며 군정사(軍正司)를 불러서 양지로 하여금 주근의 직역을 맡게 하는 문안을 작성해 올리라고 명령했다. 양지는 태연자약한 기색으로 말을 내려서 청전(廳前)으로 나가 은상(恩相)에게 직역을 맡겨 준 데 배사(拜謝)하려고 했다.

이때 뜻밖에도 섬돌 아래 왼편에서 한 사람이 불쑥 나타나며 이렇게 외쳤다.

"직역을 주신 데 배사하는 일은 잠깐만 참으시오. 내가 그대와 둘이서 한 번 비시(比試)하고 싶소!"

몸집이 7척 이상은 되고, 둥그스름한 얼굴에 귀가 크며, 모난 입에 두툼한 입술을 한 장수였다. 입은 모가 났고, 볼에서 턱까지는 수염을 길게 길러 위풍이 늠름하고 상모(相貌)가 당당했다. 그는 곧장 양중서 앞으로 나아가 한 번 읍하고 입을 열었다.

"주근은 신병이 완전히 회복되지 않아서 정신을 잘 차리지 못했기 때문에 양지에게 진 것입니다. 소장(小將)은 부재하오나 한 번 양지와 무예를 비시해 보고 싶습니다. 만약에 소장이 조금이라도 양지에게 지는 점이 있다 하오면 주근의 직역을 대신 줄 것은 말할 것도 없고, 소장의 직역까지 대신케 하여도 좋사오며, 설사 죽는 한이 있다 하옵더라도 원망치 않겠습니다."

양중서가 바라보니 다른 사람이 아니라 바로 대명부(大名府) 유수사(留守司) 정패군(正牌軍)의 색초(索超)였다. 그는 성미가 몹시 급해서 발끈하면 걷잡을 줄 모르고 나라의 체면에 관한 일이라면 무작정 먼저 덤벼드는 버릇이 있어서 사람들이 모두 그를 급선봉(急先鋒)이라고 불렀다.

그의 말을 듣고 있던 이성(李成)도 장대(將臺)를 내려와서 곧장 청전(廳前)에 이르러 다시 아뢴다.

"상공(相公)! 양지는 본래 전사부(殿司府)를 지낸 사람이니 무예가 놀라울 것은 당연한 일입니다. 주근이 적수가 되기는 어렵습니다. 색초 정패(正牌)라면 그와 무예를 비시하기에 꼭 알맞을 것입니다."

양중서는 그 말을 듣고 내심 생각했다.

'나는 양지를 위해서 힘이 되어 주고 싶은데 중장(衆將)들이 말을 듣지 않으니…. 이번에 또 한 번 색초를 이겨 낸다면 그들도 죽어도 원망은 못할 것이다.'

양중서는 곧 양지를 청상(廳上)으로 불러 가지고 물었다.

"색초와 무예를 비시해 봄이 어떨까?"

"은상(恩相)의 명령이시라면 어찌 감히 거역하겠습니까?"

"그렇다면 청후(廳後)로 가서 옷차림을 바꾸고 무장을 든든히 하게!"

일변 병기수행관리(兵器隨行官吏)에게 명령하여 적당히 쓸 만한 군기를 양지에게 주도록 하고 이렇게 말했다.

"나의 전마(戰馬)를 끌어다 양지에게 주어라! 조심해야 되네! 경솔히 다룰 수 없는 상대니까."

또 한편에서는 이성이 색초에게 이런 분부를 하고 있었다.

"당신만은 다른 사람과 비교할 수 없는 사람이오. 주근은 당신의 제자[徒弟]였으니, 그가 먼저 졌는데 이번에 당신마저 진다면, 그자는 대명부(大名府)의 군관을 모조리 업신여길 것이오. 나에게 일찍이 싸움터에 많이 나갔던 말 한 필과 갑옷이 있으니 이것을 모두 빌려 드리리다. 조심해서 예기(銳氣)를 꺾이지 않도록 하시기 바라오!"

마침내 장대에서는 누런 깃발이 흔들렸다. 싸움을 시작한다는 신호였다. 북소리가 한 번 요란스럽게 울렸다. 양군의 진지에서는 고함소리가 천지를 진동했다.

교장(敎場) 안에서는 감히 입을 여는 사람이 없었고 죽은 듯이 조용했다.

장대에서는 푸른 깃발이 또 흔들리고 세 번째 전고 소리가 들려왔다. 왼편 진지의 문기(門旗)가 양편으로 벌어지더니 말방울 소리도 요란스럽게 색초가 진지 앞으로 나섰다. 말을 멈추고 무기를 손에 잡은 그는 글자 그대로 영웅호걸이었다.

급선봉 색초는 마침내 금잠부(金蘸斧)를 휘두르며 이도감이 빌려 준 눈같이 흰 전마를 타고 위풍당당히 진두에 나섰다.

한편, 오른편 진지에서도 문기가 훌쩍 걷히더니 말방울 소리도 요란스럽게 양지가 창을 휘두르며 말을 달려나와 진두에 우뚝 섰다.

청면수(靑面獸) 양지의 모습이 한번 진두에 나타나자, 양편 진지에서는 다 같이 박수갈채를 보냈다.

무예의 실력이나 재간은 아직 알 수 없지만, 그 위풍당당한 품이 색초보다는 훨씬 위엄이 있어 뵈기 때문이었다.

이때, 정남(正南)의 방향으로부터 기패관(旗牌官)이 금빛으로 영(令)자를 쓴 깃발을 휘날리며 말을 몰아 달려들었다. 그는 크게 외쳤다.

"상공(相公)의 균지(鈞旨)를 받들고 왔소. 두 분은 각각 전심전력을 다하여 싸울 것이며, 만약에 실수가 있을 경우에는 책벌을 면치 못할 것이오. 승리했을 때는 중상(重賞)을 내리시리라 하오!"

두 사람은 이런 명령을 받고 마침내 진지를 나서서 교장(敎場) 한복판으로 말을 몰았다.

교차되는 두 필의 말.

번쩍이는 두 자루의 무기.

색초는 극도의 분노를 참지 못하여 금잠부(金蘸斧)를 휘두르며 말을 급히 몰아 양지에게로 덤벼들었다.

양지는 양지대로 당당한 위세를 과시하면서 손에 잡은 신창(神鎗)으로 대항했다. 교장(敎場) 한복판, 장대(將臺) 바로 앞에서 그들은 말을 몰아 일진일퇴 평생의 재간을 발휘했다. 네 개의 팔이 종횡으로 춤을 추는 듯 여덟 개의 말굽이 한데 어울리어 어떤 것이 어떤 것인지 분간키 어려웠다.

결사적인 싸움이 계속되기 50여 합. 그러나 좀처럼 승부가 날 것 같지 않았다. 월대(月臺)에 앉아 있는 양중서는 정신을 잃고 멍청히 바라다보고 있을 뿐이었다. 양편으로 갈라서 있는 군관들은 연방 박수갈채를 보냈고, 양편 진지에서도 여러 사람들이 서로 얼굴을 쳐다보며 다음과 같은 말들을 주고받았다.

"우리는 여러 해 동안 군인 노릇을 했고 싸움터에도 많이 나가 봤지만 일찍이 이렇게 한 쌍의 쾌남아들이 신바람나게 싸우는 광경을 구경한 일은 없었는걸!"

이성(李成)과 문달(聞達)도 장대 위에서 쉴새없이 소리를 질렀다.

"잘 싸운다! 잘 싸운다!"

한참 만에 문달은 퍼뜩 쌍방이 다 같이 부상을 입게 되어서는 안 되겠다는 생각을 하고, 황망히 기패관(旗牌官)을 불러서 영자기(令字旗)를 가지고 가서 그들을 싸우지 못하게 갈라 놓으라고 했다.

　장대(將臺) 위에서 홀연 징소리가 울렸다. 그러나 양지와 색초는 바야흐로 싸움이 최고조에 달하여 각각 공을 다투느라고 말 머리를 돌리려 들지 않았다.

　기패관이 날 듯이 달려들며 소리를 질렀다.

　"쾌남아 두 분! 잠깐 멈추시오! 상공의 명령이오!"

　양지와 색초는 그제야 손에 들었던 무기를 거두고 말에 앉아 각각 본진(本陣)으로 돌아가서 문기(門旗) 아래 말을 멈추고 서서 양중서의 명령만 기다리고 있었다.

　이성과 문달은 장대(將臺)를 내려와서 월대(月臺)로 건너가 양중서에게 말했다.

　"상공, 두 사람의 무예가 비슷하오니, 똑같이 중용하실 만하다고 생각합니다."

　양중서는 만족해 하며 양지와 색초 두 사람을 불러들이라고 분부했다. 두 사람은 똑같이 청상(廳上)에 올라와 몸을 굽히고 명령을 기다렸다.

　양중서는 백은양정(白銀兩錠)과 의복 두 벌을 두 사람에게 상으로 내리고 군정사(軍政司)에게 명령하여, 두 사람을 똑같이 관군제할사(管軍提轄使)로 등용하도록 문안을 작성케 해서 그날부터 취임케 했다.

　색초와 양지는 똑같이 양중서에게 배사하고 상품을 받아 가지고 청(廳)에서 내려왔다.

　양지는 창도궁정(鎗刀弓箭)을 거두고 투구와 의갑(衣甲)을 풀어 놓고 의복을 갈아입었다. 색초도 무장을 벗어 놓고 비단옷으로 바꾸어 입었다. 두 사람은 다시 연무청으로 올라가서 여러 군관에게 배사했다.

　양중서는 다시 양지와 색초의 절을 받고 나서 입반(入

班)케 하여 제할(提轄)의 직역(職役)을 맡게 했다. 여러 군졸들은 득승고(得勝鼓)를 치면서 금고(金鼓)와 깃발 속에 싸여서 해산했다.

양중서는 대소군관(大小軍官)들과 더불어 연무청에서 연석을 베풀었다. 붉은 해가 서쪽으로 기울고 연석이 끝나자, 양중서는 말 위에 올랐고 대소관원들은 그의 부(府)로 전송해 보냈다.

그의 말 앞에는 새로 취임한 두 사람의 제할(提轄)이 말을 타고 나란히 섰는데, 머리에는 모두 홍화(紅花)를 꽂았으며 앞장을 서서 동곽문(東郭門) 안으로 들어섰다.

양편 가로에는 남녀노소가 서로 부축하고 손을 잡으며 모두 이 경사스러운 광경을 구경하고 있었다.

양중서가 말 위에서 물었다.

"그대들 백성은 뭣이 그리 기쁜가?"

여러 노인들이 꿇어앉아서 대답했다.

"저희들은 북경에서 나서 대명부(大名府)에서 자라났는데 오늘과 같이 이렇게 멋들어진 두 장군의 비시(比試)는 구경을 해본 일이 없었습니다. 오늘 교장(敎場)에서 이렇게 훌륭한 적수(敵手)를 구경했으니 어찌 기쁘지 않겠습니까?"

양중서는 말 위에 앉아서 이 말을 듣자 크게 기뻐했다. 부중(府中)으로 돌아오자 여러 관원들도 각각 흩어졌다.

색초에게는 같은 반(班) 친구들이 많아서 모두 몰려들어 축하의 술을 같이 마셨지만 양지는 온 지도 얼마 안 되는 몸인지라 아는 사람도 없고 해서 그대로 양부(梁府)로 가서 그날 밤을 쉬었다.

양지는 조석으로 공손히 양중서의 시중을 들었다. 동곽(東郭)에서 이런 연무(演武)가 있은 다음부터 양중서는 양지를 굉장히 사랑하고 아껴 주었고, 아침이나 저녁이나 서로 떨어지지 않았다. 매월 한 사람 몫의 수입도 생겼으며 그를 찾아와서 서로 사귀게 되는 사람도 점점 많아졌다.

색초까지도 양지의 무예의 솜씨를 높이 평가하고 내심 흠복(欽伏)하여 마지않았다. 빠른 세월 속에서 어느덧 봄도 다 가고 여름이 또 다가왔다. 단오(端午) 수빈절(蕤賓節)을 맞이했다. 양중서는 채부인(蔡夫人)과 더불어 후당(後堂)에서 가연(家宴)을 베풀고 단양절(端陽節)을 축하하고 있었다.

술이 몇 잔씩 돌아가고 음식상이 두 번째 갈아 들어왔을 때, 채부인은 우연히 다음과 같은 말을 꺼냈다.

"상공께서는 출신(出身)하신 이래, 오늘날에는 통수(統帥)가 되시어 국가의 중임을 장악하게 되시었는데 이런 공명과 부귀가 어떻게 해서 생긴 것인지 아시나요?"

양중서가 선뜻 대답했다.

"이 세걸(世傑)은 어려서부터 공부를 해서 경사(經史)를 상당히 아오. 사람이 초목이 아닌 다음에야 어찌 우리 장인의 은혜를 모르겠소? 나를 이끌어 주신 힘에 대해서 감격하여 마지않는 바이오!"

그러자 채부인이 추궁하듯 말했다.

"상공께서는 우리 아버님의 은덕을 알고 계시다면 어째서 그분의 생신날을 잊으셨나요?"

"하관(下官)이 어찌 장인의 생신이 6월 15일임을 기억하지 못하겠소? 나는 이미 사람을 시켜서 10만 관의 돈을 주어 금주보패(金珠寶貝)를 사들여 생신을 축하차 경사(京師)로 보낼 준비를 하고 있소. 한 달 전부터 사람을 내보내어 마련하고 있으니까, 벌써 거의 다 마련되고 있을 것이오. 며칠 안으로 깨끗이 준비를 끝내 가지고 사람을 파견할 작정이오. 단지 한 가지 주저하고 있는 것은, 작년에도 많은 완기(玩器)와 금주보패를 사 가지고 사람을 파견했더니 절반길도 못 가서 도둑놈에게 빼앗겨 버려 억울하게 재물만 없애 버리고 지금까지도 범인을 엄탐 중이나 잡지 못하고 있소. 금년에는 누구를 보내야 좋을지 모르겠소."

채부인이 말했다.

"장전(帳前)에 많은 군교(軍校)들이 있으니 당신께서 심복지인을 뽑아서 보내시면 될 게 아닙니까."

양중서가 또 말했다.

"아직도 4, 50일이나 여유가 있으니 조만간 예물이 완전히 마련되거든 보낼 사람을 골라도 늦지는 않을 것이오. 부인은 걱정할 게 없소. 이 세걸(世傑)이 알아서 할 테니까."

그날의 가연은 점심때부터 시작하여 이경에 끝났다.

이리하여 양준서는 가지가지 장인의 생일축하 예물들을 사들이어, 경사(京師)에 있는 채태사(蔡太師)에게 보낼 준비에 바빴다.

이야기는 산동(山東)으로 옮아간다.

제주(濟州) 운성현(郓城縣)에 지현(知縣) 한 사람이 새로 부임했는데 성은 시(時)요 이름을 문빈(文彬)이라고 했다.

위인이 청렴하고 정직하며 일을 처리함에 공평무사, 언제나 인자한 마음으로 백성을 다스리는 관리였다.

어느 날 그가 등청(登廳)하여 공좌(公座)에 앉았을 때, 좌우 양편으로는 공리(公吏)들이 늘어서 있었다. 지현은 당장에 위사포도관원(尉司捕盜官員)과 두 사람의 순포도두(巡捕都頭)를 불러들였다.

이 현(縣)에는 위사관(尉司官) 아래 도두(都頭)가 둘이 있었다. 하나는 보병도두(步兵都頭)요, 또 하나는 마병도두(馬兵都頭)였다.

마병도두는 20필의 좌마궁수(坐馬弓手)와 20명의 토병(土兵)을 관할했고, 보병도두는 20명의 창(鎗)을 쓰는 두목과 20명의 토병(土兵)을 관할했다. 마병도두는 성이 주(朱), 이름을 동(仝)이라 하는데, 신장이 8척 4,5촌으로 호랑이수염 같은 1척 5촌의 긴 수염을 길렀으며, 얼굴은 대추빛처럼 붉고 눈이 반짝거리는 별 같아서 마치 관운장(關雲長)의 모습 같았다. 그래서 현안의 모든 사람들은 그를 미염공(美髯公)이라고 불렀다.

본래는 이 고장의 부호(富戶)였는데 의협심이 많고 재물을 대수롭잖게 여기며 강호(江湖)의 쾌남아들과 사귀어 일신에 놀라운 무예를 지니고 있었다.

또 한 사람 보병도두는 성이 뇌(雷), 이름을 횡(橫)이라 했는데, 신장이 7척 5촌으로 자당색(紫棠色) 얼굴빛에 부채살 같은 수염이 두 볼에 뻗쳤고, 힘이 유난히 세어서

2,3장(丈)의 넓은 강물도 단숨에 뛰어넘었기 때문에 현안의 모든 사람들이 '날개 돋친 호랑이〔揷翅虎〕'라고 일컬었다.

본래가 이 고장 사람으로 대장장이 출신이며 한때는 정미소도 냈고, 소도 잡고 도박도 했다. 의협심도 강했지만 마음이 편협한 축이었다. 그러나 이 사람 역시 일신에 놀라운 무예를 지니고 있었다.

이 주동과 뇌횡 두 사람은 도둑을 잡는 일을 전문으로 관할하고 있었는데, 이날 지현이 호출하자 출청(出廳)하여 읍(揖)을 하고 명령을 기다리고 있었다. 지현이 말하기를,

"내가 당지에 도임(到任)한 이래, 듣자니 본부(本府) 제주(濟州) 관하의 소속인 수향(水鄕) 양산박(梁山泊)이라는 곳에 도적들이 모여서 약탈을 일삼고 관군에게 항거하고 있다고 하며, 각 향촌에도 도둑이 창궐하여 못된 놈들이 많다고 한다. 이제 그대 둘을 불러들인 것은 괴로움을 헤아리지 말고 본관(本管) 토병(土兵)들을 거느리고 하나는 서문으로 나가고 하나는 동문으로 나가서 순포(巡捕)의 책임을 다해 달라는 것이다. 도둑놈은 발견하는 대로 즉각에 체포해 올 것이며 향촌 백성을 시끄럽게 굴지 말아야 한다. 또 동계촌(東溪村) 산 위에 큰 홍엽수(紅葉樹)가 한 그루 있다고 하는데, 그대들은 그 나무 잎사귀를 몇 개 따가지고 와서 현(縣)에 바치도록 하여 거기까지 갔다 왔다는 표적을 삼게 하라. 만약에 홍엽을 따오지 않는다면 그대들은 책임에 허망(虛妄)했다 인정하고 반드시 용서 없이 책벌을 내릴 것이다."

주동은 부하를 거느리고 서문 밖으로 나갔으며, 뇌횡도 20명의 부하를 거느리고 그날 밤 두루두루 순찰을 마친 다음 부하들과 함께 동계촌 산꼭대기로 올라가 홍엽을 몇 개 따가지고 내려왔다. 도중에 영관묘(靈官廟)를 지나게 됐는데 이상하게도 사전(社殿)의 문이 열려 있는 것을 발견했다. 묘를 지키는 사람도 없는데 문이 열려 있다는 것은 수상쩍은 일이라 생각하고 뇌횡은 횃불을 밝혀 가지고 부하들과 함께 묘 안으로 살금살금 들어갔다.

깜짝 놀라지 않을 수 없었다.

제단〔供桌〕 위에서 어떤 체통이 큼직하게 생긴 장정 하나가 온통 벌거벗은 채 잠을 자고 있었다.

"이건 정말 괴상한 일이다. 지현상공(知縣相公)은 정말 신명(神明)한 분이구나! 알고 보니 이 동계촌에는 정말 도둑놈이 있었구나!"

뇌횡은 이렇게 호통을 치며 그를 덮쳤다.

그 장정은 몸부림을 치며 빠져나가려고 했지만, 20명의 토병(土兵)들이 일제히 앞으로 달려들어서 그 장정을 동아줄로 꽁꽁 묶어 가지고 묘문 밖으로 나와서 보정(保正)이라고 불리는 사람의 집으로 끌고 가게 되었다.

보정이라는 사람의 집이 어떠한 곳인지 그것은 아직 알 수 없지만, 결국 동계촌에는 3, 4명의 쾌남아, 영웅이 모이게 되고 운성현(鄆城縣) 안에서 10만 관의 금주보패(金珠寶貝)를 노리게 되는데, 이야말로 천상(天上)에서 강성(罡星)이 내려와 한 곳에 모이게 되고, 인간세상에서 지살(地煞)이 서로 만나게 된다는 격이다.

# 14  재물을 노리는 무리들

赤 髮 鬼 醉 臥 靈 官 殿
晁 天 王 認 義 東 溪 村


뇌횡(雷橫)이 그 괴상한 사나이를 동계촌(東溪村)에서
보정(保正)이라 일컫는 사람의 집으로 끌고 간 것은 밤이
아직도 밝기 전 오경쯤 되었을 때였다.

이 보정이라는 사람은 성이 조(晁)요, 이름은 개(蓋)라
고 했으며, 조상은 이 현(縣) 본고장의 부호(富戶)였다.
그는 평생 의협심이 많고 재물을 대수롭게 여기지 않으며
천하의 쾌남아들과 사귀기를 좋아해서 누가 그를 찾아오
기만 하면 선악을 가리지 않고 자기 집에 머무르게 했고,
갈 때는 돈까지 주어서 보내었다.

창봉(鎗棒)을 가장 사랑했고 자신도 몸이 튼튼하고 힘
이 센데, 처실(妻室)을 두지 않고 진종일 몸을 단련하기만
일삼았다.

운성현(鄆城縣) 관하에는 동문 밖으로 동계촌(東溪村)
과 서계촌(西溪村)의 두 마을이 있는데 이 두 마을은 큰
강을 경계선으로 삼고 있었다. 당초에 이 서계촌에는 늘
귀신이 나타나서 백주에도 사람을 강물 속으로 끌어 넣곤
했다. 어느 날, 중 한 사람이 이곳을 지나다가 이 소문을
듣고 청석(靑石)으로 보탑(寶塔)을 조각해서 그 지점에다
놓아 강변을 진압하도록 했다. 그랬더니 서계촌의 귀신은

모조리 동계촌으로 건너왔다. 이것을 알게 된 조개는 대로
하여 단숨에 강을 건너가서 청석보탑(靑石寶塔)을 혼자
힘으로 선뜻 뽑아다가 동계촌 편에다 놓았다. 이런 일이
있었기 때문에 사람들은 모두 그를 탁탑천왕(托塔天王)
조개라고 불렀다.

 조개는 잠을 자고 있다가, 도두(都頭) 뇌횡이 나타났다
는 말을 듣고 벌떡 일어나서 그를 면접했다. 뇌횡은 자초
지종을 자세히 이야기하고, 하도 괴상한 놈이어서 지현
(知縣)에게 데리고 가기 전에 우선 그 장정을 댁의 문방
(門房)에 매달아 두고, 먼저 알려 드리어 일후에 무슨 사
고가 있더라도 보정(保正)의 입장이 곤란하게 되는 것을
면케 하려는 것이라고 말했다.

 조개는 깊숙한 후청(後廳)으로 뇌횡을 안내하여 술상을
차려 놓고 같이 마셨다. 대여섯 잔 대작을 하고 났을 때,
조개는 돌연 집안의 주관자(主管者)를 한 사람 불러서 자
기 대신 뇌횡을 대접하라 하고 자기는 잠시 소변을 보고
오겠다 하고 슬며시 자리에서 빠져나왔다. 마을에서 어떤
좀도둑을 잡아가지고 왔는지, 한 번 남 몰래 보고 싶은 호
기심이 생겼기 때문이었다.

 조개는 자기 집 문방(門房)으로 달려가서 문을 열어 보
았다. 뇌횡이 잡아 왔다는 그 괴상한 사나이가 높직이 매
달려 있었다.

 시커먼 몸뚱이를 그대로 드러내고 털이 시커먼 두 넓적
다리를 비비꼬고 있었는데 맨발이었다. 등불을 밝히고 얼
굴을 들여다보니, 검붉고 넓적한 얼굴 살쩍 아래로 붉은
점이 있는데 그 위에는 한 줌의 누르스름하고 거무튀튀한

털이 나 있었다.

"이놈! 네 놈은 어디 놈이냐? 우리 마을에서는 너 같은 놈을 본 일이 없는데!"

"소인은 원향(遠鄕)에서 온 길손입니다. 이 고장으로 어느 한 사람 찾아왔다가 도둑으로 몰려서 붙잡혔습니다!"

"찾아왔다는 사람이 누구란 말이냐!"

"조보정(晁保正)이라는 분입니다."

"무슨 일로 그를 찾아왔느냐?"

"그분은 의협심이 대단하기로 천하에 유명한 사람인데, 저에게 큰 돈벌이를 할 만한 일이 한 건 생겨서, 그 일을 그분께 알려 드리려고 온 길입니다."

"가만 있거라! 내가 바로 조보정이다. 내 너를 구출해 줄 것이니 나와 아저씨 조카 사이라고 하기로 약속하자. 좀 있다가 내가 그 뇌도두(雷都頭)를 전송하여 나올 때, 네가 나를 아저씨라 부르면 내가 바로 너를 외조카로 인정해 주마. 네댓 살 때 이곳을 떠났다가 이제야 아저씨를 찾아왔기 때문에 잘 알아보지 못했다고 해라."

조개는 이렇게 약속을 해놓고 다시 등불을 들고 잠자코 후청(後廳)으로 돌아가서 문간까지 뇌횡을 전송하겠다고 데리고 나왔다. 토병들은 술을 실컷 마시고 나서 제각기 창봉(鎗棒)을 손에 들고 문방(門房)으로 달려들어서 그 괴상한 사나이를 문밖으로 끌어냈다.

조개가 그것을 보고 말하였다.

"몸집이 굉장히 큰 녀석이군!"

"바로 이놈입니다! 어젯밤에 영관 묘에서 붙잡은 도둑놈이…"

뇌횡의 말이 채 끝나지도 않았을 때, 그 괴상한 사나이가 벌컥 소리를 질렀다.

"아저씨! 저를 좀 살려 주십쇼!"

조개가 일부러 한참 동안이나 물끄러미 들여다보다가 큰 소리로 물어 봤다.

"네 놈은 왕소삼(王小三)이 아니냐?"

"맞았습니다! 아저씨! 저를 좀 살려 주십쇼!"

여러 사람들이 깜짝 놀랐다. 뇌횡이 대뜸 조개에게 물었다.

"이 사람이 누구입니까? 어떻게 보정(保正)님을 압니까?"

"알고 보니 나의 생질〔外甥〕 왕소삼(王小三)이네. 이 녀석이 어째서 묘 안에서 자고 있었을까? 바로 나의 누이의 아들로 어려서부터 이곳에 살다가 4,5세 때 나의 매부와 누이를 따라 남성(南京)으로 이사를 간 지가 10여 년이 됐소. 이 녀석은 14,5세 때 본경(本京)의 장돌뱅이들을 따라 장사를 하러 한번 돌아온 일이 있었는데 그후에는 한 번도 다시 보지 못했었소. 그저, 풍문에 들리는 말이 이 녀석이 위인이 변변치 못하다고 하더니 어떻게 여기 나타났는지. 나도 이 녀석을 처음에는 알아보지 못했지만 살쩍가〔鬢邊〕에 큼직한 붉은 점을 보고야 간신히 알아보게 되었소."

조개는 다시 그 괴상한 사나이를 보고 호통을 쳤다.

"소삼(小三), 이 녀석아! 너는 어째서 나를 찾아오지 않고, 마을에 나가서 도둑질을 하고 있었단 말이냐?"

"아저씨, 저는 도둑질을 한 번도 한 일이 없습니다."

"도둑질을 하지 않았다면 어째서 여기 붙잡혀 왔다는 거냐?"

조개는 토병(土兵)이 들고 있는 곤봉을 빼앗아 가지고 그의 머리와 얼굴을 닥치는대로 후려갈겼다. 뇌횡과 여러 사람들이 말리었다.

"때리지 마십쇼. 우선 이야기를 들어 보십시다."

그 괴상한 사나이가 다급히 입을 열었다.

"아저씨, 화를 내시지 말고 저의 말을 좀 들어 보십쇼. 14,5세 때 이곳엘 한 번 왔었으니까, 벌써 10년이 지나지 않았습니까? 어젯밤 노상에서 술을 몇 잔 마셨기 때문에 감히 아저씨를 찾아뵙지 못하고, 묘 안에 들어가 한잠 자고 나서 아저씨를 찾아뵈려고 했었습니다. 그런데 이 사람들에게 불문곡직하고 잡혀 오게 된 것이지, 도둑질을 한 일은 없습니다!"

조개는 곤봉을 들고 또 때리려고 하면서 매도했다.

"망할 자식! 이 녀석아, 빨리 나를 찾아오는 게 아니라 노상에서 그 따위 지저분한 뜨물[黃湯]이나 퍼먹구 돌아다니다니! 그래 우리 집에서는 네 놈에게 먹여 주지 않는다더냐? 사람 망신을 시켜도 분수가 있지!"

이쯤 되고 보니 뇌횡이 도리어 중간에 들어서 말리지 않을 도리가 없었다.

"보정님께서는 화를 참으십쇼. 조카님께서, 도둑질을 하신 일은 없습니다. 저희들이 보자니 몸집이 큼직한 장정한 사람이 묘 안에서 잠을 자고 있는 품이 수상쩍었고, 또 생소한 얼굴이었기 때문에 의심을 품고 이리로 잡아가지고 온 것뿐입니다. 진작 보정님의 생질이신 줄만 알았다면

야 잡아올 리가 있었겠습니까!"

뇌횡은 토병(土兵)에게 명령하여 즉각에 그 괴상한 사나이를 풀어 주도록 했다.

조개는 다시 뇌횡을 초당(草堂)으로 데리고 들어가서 돈[花銀] 10냥을 꺼내 주며 사의를 표했다.

"얼마 안 되는 것이지만, 받아 주시오."

"이렇게 하시면 안 됩니다!"

"이것을 받지 않으신다면, 나를 이상하게 여기시는 게 될 거요."

"보정님께서 그처럼 후의를 베풀어 주신다면 받아 두겠습니다. 은혜는 후일에 보답하지요."

조개는 잡혀 온 사나이를 불러서 뇌횡에게 감사의 인사를 드리라고 했다. 그리고 토병들에게도 수고했다고 사례금을 얼마씩 주고 나서 일행을 대문 밖까지 전송했다. 뇌횡도 미안하게 됐다고 작별인사를 하고 토병들을 인솔하여 돌아갔다.

조개는 그 사나이를 후헌(後軒)으로 데리고 들어가서 의복을 갈아입히고 두건(頭巾)을 씌워 준 다음 성명이 뭣이며 어느 고장 사람이냐고 물었다. 그 사나이는 넙죽 엎드려 감격한 목소리로 입을 열었다.

"소생은 성이 유(劉), 이름은 당(唐)이라 하옵고 본적은 동로주(東潞州)입니다. 살쩍가[鬢邊]에 붉은 점이 있어서 사람들은 모두 소생을 적발귀(赤髮鬼)라고 부릅니다. 특히 좋은 돈벌이 될 일이 한 번 있삽기에 그것을 보정(保正) 형님께 넘겨 드리려고 왔던 차이온데 어젯밤 너무 늦게 술이 취해 묘 안에서 쓰러져 잠이 들었다가, 뜻밖에 그놈들에게 붙잡혀서 묶여 왔었습니다. 다행히 오늘날 형님과 여기 좌정(坐定)하게 되었사오니, 이 아우 유당(劉唐)의 사배(四拜)를 받으십시오!"

절이 끝나자, 조개가 계속해 물었다.

"돈벌이할 수 있다는 그 사건은 지금 어느 곳에 있다는 것이오?"

"저는 젊었을 적부터 여러 고장을 떠돌아다니며 쾌남아들과 널리 사귀어 왔습니다. 형님의 대명(大名)은 익히 들어왔으나 만나뵙지 못했는데, 산동(山東), 하북(河北) 지방의 사상(私商)들이 많이 형님의 신세를 진 일이 있단 말을 듣고, 이 유당도 이번 사건에 관해서 상의해 보고 싶었습니다. 이곳에 다른 사람들만 없다면, 형님께 탁 털어 놓고 말씀드리겠습니다."

"여기는 모두 나의 심복지인들뿐이니 이야기해도 무방하오."

"이 아우가 소문을 듣자니, 북경 대명부 양중서가 10만 관의 금주보패(金珠寶貝)와 완기(玩器) 등을 사들여 가지고, 동경으로 보내어 자기 장인 채태사(蔡太師)의 생신축하를 한다고 합니다. 작년에도 10만 관의 금주보패를 보냈는데, 절반쯤 가다가 누군지도 모르는 사람에게 강탈을 당하고 지금까지 소식이 묘연합니다. 금년에도 10만 관의 금주보패를 장만해 가지고 6월 15일 생신날 전으로 떠나 보낼 것입니다. 이 아우 생각에는 이런 불의지재(不義之財)는 다 빼앗아도 상관없을 것 같습니다. 천리(天理)에 비쳐 본다 해도 죄될 것이 없지 않습니까? 그래서 형님의 쟁쟁하신 성함을 듣고 정말 쾌남아시고 무예(武藝)도 남부럽지 않으시다는 것을 알게 됐습니다. 이 아우가 부재(不才)의 몸이기는 하오나, 배운 솜씨가 꽤 있어서 장정 네댓 명쯤은 문제도 아니고 1,2천 명의 군마대(軍馬隊) 속이라도 창 한 자루만 가지면 겁날 것이 없습니다. 형님께서 받아들여 주시기만 하신다면 힘이 되어 드리고자 합니다만 형님의 의향은 어떠하신지요?”

“그것 참 장한 일이오! 다시 계교를 생각하기로 하고, 여기까지 오시느라고 고생도 많이 했을 것이니 우선 객방(客房)으로 가서 좀 쉬시오. 내일이라도 서서히 상의하기로 합시다.”

조개는 하인을 불러서 유당을 낭하 객방(客房)에 재우라고 분부했다.

유당은 객방 안에서 곰곰 생각했다.

‘나는 이번에 여기 와서 뭣 때문에 이렇게 지독하게 혼이 났담! 조개의 신세를 지고 간신히 풀려나기는 했지만, 저 뇌횡이란 놈이 까닭 없이 나를 도둑으로 몰아 하룻밤 동안이나 메달아 두다니! 그놈이 아직도 멀리 가지는 못했을 것이다. 내 곤봉을 한 자루 가지고 이놈의 뒤를 쫓아가서 때려눕히고 돈〔銀子〕을 빼앗아다가 조개에게 도로 돌려주리라! 그러면 나도 분이 풀릴 것이 아닌가…. 이야말로 정말 묘계(妙計)다!’

유당은 당장에 객방 문밖으로 뛰쳐나와 창가(鎗架)에서 박도(朴刀) 한 자루를 뽑아들고 그 집 문을 나서서 성큼성큼 남쪽으로 달려갔다.

날이 밝기 시작할 무렵이었다.

적발귀 유당은 박도를 잔뜩 움켜쥐고 5,6리쯤 뒤쫓아

갔을 때 뇌횡이 토병들을 거느리고 걸어가는 것을 발견했
다.

유당은 쫓아가서 다짜고짜로 큰 소리로 호통을 쳤다.

"거기 가는 도두(都頭), 꼼짝 말고 게 있거라!"

뇌횡이 깜짝 놀라 머리를 돌이켰다.

유당은 박도를 번쩍 들고 덤벼들었다.

뇌횡도 토병의 손에서 박도를 빼앗아들고 호통을 쳤다.

"이놈, 뭣 때문에 나를 쫓아온 거냐?"

"경우를 아는 놈이면 그 돈[銀子] 10냥을 내게 돌려 보
내라! 그러면 내 너를 용서해 주마!"

"이것은 너의 아저씨께서 내게 주신 것이다. 네 놈이 무
슨 상관이냐? 만약에 너의 아저씨 체면만 아니었다면 네
놈의 목숨은 그 당장에 없어졌을 것인데, 도리어 날더러
돈을 도로 내놓으라고 하다니!"

"도둑질도 한 일이 없는 나를 네 놈은 하룻밤 동안이나
매달아 놓고서…. 또 우리 아저씨에게서 돈을 10냥이나
뜯어내다니, 그것을 내게 돌려 보내지 않는다면 네 놈은
눈앞에서 피투성이가 되고야 말 것이다!"

뇌횡은 대로하여 유당을 손으로 가리키며 크게 꾸짖었
다.

"집안을 다 털어먹은 도둑놈아! 어찌 그 따위 무례한 소
리를 하느냐?"

"백성에게 해만 끼치는 못된 놈아! 네 놈이 감히 나를
욕하다니!"

"이 멀쩡한 날도둑놈아! 그러다가는 조개에게까지 누를
끼치게 될 것이다! 네 놈이 아무리 도둑놈의 배짱을 가지

고 덤벼들어도 내가 눈 하나 깜짝할 줄 아느냐!"

"이놈. 나하구 한번 승부를 결해 보자!"

유당이 박도를 휘두르며 덤벼드니, 뇌횡도 껄껄껄 웃어 젖히며 박도를 뻗쳐 들고 대적했다. 두 사람은 대로상에서 50여 합을 싸웠으나 승부가 나지 않았다.

뇌횡이 유당을 이겨내지 못하자 토병들이 일제히 유당에게 덤벼들려고 했다.

바로 이 위기일발의 찰나, 길 옆에 있는 울타리 문[籬門]이 열리더니 한 사람이 두 줄의 쇠사슬[銅鍊]을 들고 나오면서 소리를 질렀다.

"쾌남아 두 분! 싸우지 마시오! 내가 꽤 오랫동안 구경을 하고 있었는데, 우선 좀 쉬시오. 내 할 말이 있으니…."

그리고 쇠사슬을 휘두르며 중간으로 들어서서 두 사람을 가로막았다. 두 사람은 박도를 거두고 뒤로 선뜻 물러서서 그 사람을 바라보았다.

그 사람은 선비[秀才] 같은 몸차림이었고, 머리에는 통(樋)처럼 생긴 말미 양두건(抹眉梁頭巾)을 썼으며, 검정 헝겊으로 소매끝을 두른 마포관삼(麻布寬衫)을 입었고, 허리에는 다갈난대(茶褐鸞帶)를 동였으며, 사혜정말(絲鞋淨襪)을 신고 있었다.

미목은 청수하고 얼굴은 허여멀겋고 수염은 길었다. 바로 지다성(智多星) 오용(吳用)이라는 사람이었는데 자(字)는 학구(學究), 도호(道號)는 가량선생(加亮先生)이라고 하며 조상 때부터 이 고장[本鄕] 사람이었다.

그는 쇠사슬로 유당을 가리키며 소리를 질렀다.

"이 양반, 잠깐만 손을 멈추시오. 어째서 도두와 싸우시는 거요?"

유당이 눈을 부릅뜨고 오용을 노려보며 외쳤다.

"당신 같은 선비가 우리 일에 무슨 상관이오?"

그러나 뇌횡은 싸움을 하게 된 경위를 오용에게 자세히 설명해 주었다. 어젯밤 유당이 영관묘에서 술이 취해서 잠을 자던 일이며, 자기가 붙잡아 가지고 보정 조개의 집으로 갔더니 뜻밖에도 그가 조개의 조카였다는 사실, 조개가 수고했다고 주는 용돈을 받아 가지고 여기까지 왔는데 유당이 자기 삼촌도 모르게 여기까지 쫓아와서 그 돈을 도로 내놓으라고 덤벼드니, 괘씸하기 짝이 없어서 싸움이 시작되었다는 일을 낱낱이 말했다.

오용은 곰곰 생각해 보았다.

오용은 조개와 같이 어렸을 적부터 친한 친구요, 무슨 일이 있으면 서로 상의하는 사이지만, 이렇게 생긴 조카가 있다는 말은 들어 본 기억이 없었다. 또 나이가 외양으로 따져봐도 수상쩍은 일이었다. 여기에는 반드시 무슨 까닭이 있을 것이라고 여겨졌다. 우선 적당히 권고해서 싸움을 말려 놓고 서서히 물어 보자는 생각을 하였다. 그래서 오용은 이렇게 말했다.

"젊은 장정, 고집을 부리지 마시오. 당신 아저씨와 나와는 친한 사이고, 이 도두(都頭)님하고도 잘 아는 사이요. 도두님께서 드린 돈을 당신이 도로 내노라고 야단을 치면, 당신 아저씨의 체면은 뭣이 되겠소? 또 나의 체면도 생각해 줘야지, 당신 아저씨께는 내가 잘 말씀드리리다."

그러나 쌍방은 다 같이 자기 고집만 부리고 서로 옥신각신할 뿐 조금도 양보하려 들지 않았다. 한편은 돈을 내

놓으라고 야단이었고, 또 한편은 네 놈이 준 돈이 아니니
죽어도 못 내놓겠다고 으르렁거렸다.

오용이 또 권했다.

"두 분이 이렇게 오랫동안 싸우고도 승부가 나지 않았는
데, 또 언제까지나 싸움을 계속할 작정이시오?"

유당이 불쑥 역정을 냈다.

"저놈이 돈을 내놓지 않는다면, 사생결단이 날 때까지
해봐야겠다!"

뇌횡도 대로하여 소리를 질렀다.

"내가 만약에 네 놈이 무서워서 토병들을 더 불러 가지
고 네 놈과 대항한다면 내가 대장부답지 못하니까, 어쨌든
내 손으로 네 놈을 처치해 버려야만 되겠다!"

유당은 다시 앙가슴을 두드리며 소리를 지르고 덤벼들
었다.

"나도 네 놈이 겁날 건 하나도 없다! 하나도 없어!"

뇌횡도 손짓발짓을 함부로 하며 대담한 기세로 덤벼들
었다. 쌍방이 다 같이 들러붙어 또다시 싸움판이었다. 오
용이 또다시 중간에 들어서 뜯어말리며 권했으나, 그의 권
고를 들을 까닭이 없었다.

유당은 박도(朴刀)를 휘두르며 저편에서 덤벼들 틈만
노리고 있고, 뇌횡은 입으로 흉악한 도둑놈〔千賊萬賊〕이
라고 욕설을 퍼부으면서 박도를 뻗쳐 들고 쳐들어갈 판이
었다. 이때, 여러 토병들이 웅성이며 소리쳤다.

"보정님이 나타나셨다!"

유당이 몸을 돌이켜 바라보니 조개가 옷을 걸친 채 앞
가슴을 풀어헤치고 큰길로 달려들더니 호통을 쳤다.

"이 망할 자식! 무례한 짓을 해선 못 쓴다!"

오용이 껄껄껄 웃으면서 말하였다.

"보정이 나타나야만 싸움을 말릴 수 있는 판국이었소!"

조개는 숨을 헐떡헐떡하며 물었다.

"어째서 여기까지 남을 쫓아와서 박도로 싸움을 하고 있다는 거냐?"

뇌횡이 싸움을 하게 된 경위와 오용이 나타나서 싸움을 말리게 된 자초지종을 자세히 설명했다. 그러자 조개가 유당을 꾸짖으며 뇌횡에게 사과를 했다.

"이런 망할 자식! 소인은 통 알지 못하구서…. 도두께서는 소인의 체면을 봐서라도 돌아가 주시오. 다음날 찾아가 뵙고 사과 말씀을 드리겠소."

"소인도 저놈이 함부로 날뛰는 짓인 줄은 알고 있었습니다. 저놈처럼 대단한 일이라고는 생각지 않습니다. 공연히 보정님까지 멀리 나오시게 수고를 끼쳐 드렸군요!"

하면서 뇌횡은 보정과 작별하고 돌아갔다.


오용이 조개에게 물었다.

"보정님께서 나타나시지 않으셨다면 한바탕 큰일이 일어날 뻔했습니다. 그러나 저 조카 되시는 분의 솜씨는 비범하던데요. 굉장한 무예(武藝)입니다. 박도를 잘 쓰기로 유명한 뇌도두(雷都頭)도 당해내지 못하던 걸요! 만약에 그대로 몇 합만 더 싸웠다면 뇌도두는 갈데 없이 생명을 빼앗겼을 겁니다. 그래서 내가 당황해서 뛰어 들어가 싸움을 가로막고 떼어 놓았습니다. 대체 조카 되시는 분은 어디서 나타나셨나요? 댁에서는 통 뵌 일이 없던 분인데…."

"사실은 오 선생을 모시고 상의할 일이 있어서 하인배를 보내려고 했더니, 저 사나이가 별안간 간 곳이 없고, 창가(鎗架)를 살펴봤더니 박도 한 자루가 없어졌는데, 또 목동(牧童)이 하는 말이, 험상궂게 생긴 장정 한 사람이 박도를 들고 남쪽으로 달려갔다고 하기에 부랴부랴 쫓아온 길입니다. 몇 마디 상의할 일이 있으니 저의 집으로 같이 가 주셨으면 좋겠습니다."

조개의 집 후당(後堂) 깊숙한 곳에 유당, 오용, 그리고 주인 조개 세 사람이 함께 자리잡고 앉았다.

이 자리에서 조개는 비로소 유당을 오용에게 소개했다.

"이분은 강호(江湖)의 쾌남아로서 유당이라고 하시는 분인데 동로주(東潞州) 태생이십니다. 이번에 굉장한 돈벌이 구멍이 있다고 나를 찾아오셨다가 어젯밤에 술이 취하셔서 영관묘(靈官廟)에서 주무시다가 뇌횡에게 붙잡혀서 우리 집으로 오시게 됐습니다. 그래서 나의 조카라고 속이고 봉변을 면하시게 된 것입니다. 그런데 이분 말씀을 들어 보면, 북경 대명부의 양중서가 10만 관의 금주보패를 사 가지고 그의 장인 채태사(蔡太師)의 생일축하 선물로 보내게 됐는데, 멀지 않아 이곳을 통과할 것인즉, 이 불의의 재물을 약탈해 버리자는 것이었습니다. 이분이 우리 집에 나타나신 것은 어젯밤에 내가 꾼 꿈하고 꼭 들어맞습니다. 북두칠성이 우리 집 지붕을 향해서 곧장 떨어지는 꿈을 꾸었습니다. 이것은 별이 우리 집을 비춰 주는 것이니 길조(吉兆)에 틀림없습니다. 그래서 오늘 아침에 선생을 모시고 이 일을 상의하고자 하던 참입니다. 선생께서는 어떻게 생각하십니까?"

"그거 참 좋은 일입니다. 단지 한 가지 중요한 점은, 사람이 너무 많아도 안 되고 너무 적어도 일을 할 수 없다는 것입니다. 그러나 우리 세 사람만으로는 힘에 벅차는 일이니 7,8명의 쾌남아들이 더 있었으면 꼭 좋겠습니다. 그 이상은 필요없구요."

"꿈에서 보신 북두칠성의 수효대로 맞추자는 것인가요?"

"형장의 어젯밤 꿈은 시시한 꿈이 아닙니다. 반드시 북쪽에서 도와줄 사람이 나타날 것입니다."

오용은 한참 동안이나 눈살을 찌푸리고 뭣인지 곰곰 생각하더니 무슨 생각이 떠올랐는지 이렇게 말했다.

"있습니다! 있습니다!"

"선생께서 심복을 삼을 만한 쾌남아가 있다면 당장에 불러다가 이 일을 성사시키도록 하십시다!"

오용은 조금도 황망히 구는 기색이 없이 두 손가락을 접었다 폈다 하면서 몇 마디를 했다. 이것 때문에 동계(東溪) 마을에 모인 의한(義漢)들이 강도로 변하고 석갈촌(石碣村) 안에서 고기잡이배가 전함(戰艦)으로 변하게 된다.

# 15  평생의 소원

吾 學 究 說 三 阮 撞 籌
公 孫 勝 應 七 星 聚 義


"나는 전신이 의담(義膽)으로 뭉치고, 무예가 출중하여 물불을 헤아리지 않고 뛰어들어 생사를 같이할 만한 믿음직한 세 사람을 생각했습니다. 이 세 사람을 꼭 수중에 넣어야만 이번 일을 성취할 수 있을 겁니다."

오학구(吾學究-오용)가 이렇게 말하면서 소개한 세 사람이란 제주(濟州) 양산박(梁山泊) 근처 석갈촌(石碣村)에 살고 있는 원씨(阮氏) 삼형제였다.

그들은 친형제로서 평소에는 고기를 잡아 생계를 잇고, 떳떳치 못한 장사도 하면서 그럭저럭 지내고 있었는데, 하나는 입지태세(立地太歲) 원소이(阮小二), 하나는 단명이랑(短命二郎) 원소오(阮小五), 또 하나는 활염라(活閻羅) 원소칠(阮小七)이라고 했다.

오용은 예전에 그 고장에서 몇 해 동안 살았는데 그들 삼형제가 비록 문묵(文墨)에 통하지 못하는 무식한 인물들이었지만, 사람을 사귀는 데 의리를 아는 쾌남아였으므로 그들과 친하게 지냈다는 것이었다.

조개는 오용의 말을 듣고 크게 기뻐하며 당장 찬성했고, 오용은 자기가 친히 그곳으로 가서 유창한 언변으로 그들 삼형제를 설복시켜 데리고 오겠다고 했다.

문제되는 것은 북경(北京) 대명부(大名府) 양중서(梁中書)가 장인의 생일축하로 보내는 물건〔生辰綱〕이 어떤 길을 통과하느냐는 점이었다. 그러나 지금은 5월 초순이요 생일은 6월 15일이니 아직 4,50일이나 여유가 있었다. 우선 오용이 원씨(阮氏) 삼형제를 설복시켜 데려다 놓고 나서, 유당(劉唐)을 북경으로 파견하여 이 문제를 탐지키로 했다.

그날, 세 사람은 주연을 베풀고 술을 마셨다. 삼경(三更)이 되자 오용은 세수를 하고 밥을 먹었다. 짚신을 단단히 신은 다음 조개와 유당과 작별하고 밤을 도와 길을 떠났다.

오학구는 본래 낯익은 고장이었기 때문에 누구에게 길을 물어 볼 것도 없었다. 이튿날 점심때 석갈촌에 도착한 그는 곧장 원소이(阮小二)의 집을 찾아갔다.

문앞에 서서 바라보니 낡은 말뚝〔枯椿〕에는 조그만 고기잡이배가 몇 척 매여 있고, 울타리 밖으로는 찢어진 그물이 널려 있었다. 산을 의지하고 물가에 열몇 칸쯤 되는 초가집이었다.

"소이형(小二兄) 집에 계시오?"

오학구의 소리를 듣고 원소이가 대뜸 달려나왔다. 머리에는 낡은 두건(頭巾)을 썼고, 몸에는 다 떨어진 옷을 걸쳤으며 신도 신지 않은 채였다.

"선생님〔敎授〕! 무슨 바람이 불어서 여기까지 오셨습니까?"

오용을 보자 원소이는 반가이 절을 하면서 대뜸 이렇게 물었다.

오학구의 대답이 그럴듯했다.

"내가 이 고장을 떠난 지 벌써 2년이나 되지. 그 동안 나는 어떤 부잣집에서 문관(門舘-私塾先生) 노릇을 하고 있었네. 이번에 그 집 주인이 큰 잔치를 하게 됐는데 열 네댓 근쯤 되는 큰 잉어가 필요하다거든. 그래서 자네한테 부탁해 볼까 하고 온 길일세."

"호수 건너편에 술집이 서너 군데 있으니, 우리 우선 배를 타고 그리로 건너가 술이나 마시면서 천천히 이야기하십시다."

"그거 참 좋군! 또 오랑(五郎)하고도 몇 마디 하고 싶은 말이 있는데, 집에 있는지 모르겠군?"

"우리 함께 찾아가 보십시다."

두 사람은 물가로 내려서서 낡은 말뚝에 매여 있는 조그만 배 한 척을 풀어 가지고, 올라탔다. 소이는 나무 뿌리 근처에서 노를 찾아가지고 배를 젓기 시작했다. 흔들흔들 호수 한복판까지 저어 나왔을 때, 원소이는 손을 흔들면서 소리를 질렀다.

"소칠(小七)아! 소오(小五)형을 못 봤느냐?"

오용이 그편을 바라다보니 갈대숲 속으로부터 한 척의 배가 나타났다. 그 배를 타고 있는 원소칠(阮小七)은 머리에는 해받이〔遮日〕 검정 약립〔箬竹-竹笠〕을 썼고, 몸에는 바둑판 무늬가 있는 형겊〔棋子布〕으로 만든 배자〔背心〕를 걸쳤고, 허리에는 생포(生布) 앞치마〔裙〕를 질끈 동이고 있었다. 흔들흔들 배를 저어 오면서 묻는다.

"소이 형님! 소오 형은 뭣하러 찾으시오?"

오용이 소리를 질렀다.

"칠랑(七郞)! 나는 자네들과 이야기할 일이 있어서 모처럼 찾아왔네!"

원소칠이 알아보고 반갑게 인사를 건넸다.

"아, 선생님! 실례했습니다. 참 오랫동안 못 뵙군요!"

"우리 함께 소이형과 술이나 한잔 하러 가세!"

"소인도 선생님과 술이나 한잔 하고 싶은 생각이 간절했습니다만, 통 만나뵐 수가 없어서요….."

두 척의 조그만 배는 나란히 호수 위에서 흔들리고 있었다. 얼마 안 되어서 한 곳으로 배를 저어갔다. 사면이 물인데 높직한 언덕 위에 예닐곱 칸쯤 되어 뵈는 초가가 있었다.

원소이가 소리를 질렀다.

"어머니, 소오(小五)는 집에 있습니까?"

"말도 못하겠다! 고기도 안 잡고, 허구한 날 노름만 하러 다니더니 한 푼도 남기지 않고 다 털어 바치고, 이제는 내 머리에 꽂힌 비녀까지 뽑아 가지고 읍내로 노름을 하러 갔단다!"

어머니가 대답했다.

원소이는 웃으면서 또 배를 저어 나갔다. 원소칠이 뒤따라 배를 저어 오면서 입을 열었다.

"형님은 어떻게 된 셈인지 통 모르겠는걸! 노름을 할 때마다 잃기만 하니, 이건 정말 재수 없는 일이야! 형님만 그런가. 나까지도 깡그리 털어 바치고 알몸뚱이가 돼버렸으니!"

오용은 혼자 웃었다.

'나의 계책이 들어맞았구나!'

두 척의 배는 나란히 석갈촌 읍내를 향하여 반시간 동안이나 저어 갔다. 외나무다리 근처에 장정 한 사람이 동전 두 뭉치를 두 손에 들고 물가로 내려와서 매어 두었던 배를 풀고 있었다. 원소이가 말했다.

"오랑(五郎)이가 저기 나옵니다."

오용이 바라본다. 원소오(阮小五)는 다 낡은 두건(頭巾)을 비스듬히 쓰고, 살쩍〔鬢〕가에는 석류 꽃 한 가지를 꽂고 있었다. 다 떨어진 포삼(布衫)은 앞자락을 풀어 헤쳐 가슴팍에 표범을 뜸질한 시퍼런 바늘자국을 드러내 보였다. 바짓가랑이를 뚤뚤 말아 걷어 올리고 바둑판 무늬 헝겊〔棋子布〕으로 만든 수건을 목에 걸치고 있었다.

원소오도 오용을 보자 반색을 하며 반가워서 어쩔 줄 몰랐다. 원소이가, 집으로 오용과 함께 찾아갔더니 어머님이 네가 읍내로 나갔다더라고 하며, 선생과 함께 수각(水閣)으로 올라가서 술이나 몇 잔 마시자고 했다.

원소이가 기뻐한 것은 물론이었다.

세 척의 배는 수정(水亭) 밑 연못〔荷花蕩〕가에 대어졌다. 오학구를 부축해서 언덕 위로 올라온 네 사람은 술집 안으로 들어갔다. 수각(水閣)으로 올라가서 붉은 옻칠을 한 상 앞에 자리잡았다.

심부름꾼이 술상을 벌여 놓자 원소이가 물었다.

"안주는 뭣이 있나?"

"새로 잡은 황소 고기가 있는데 경단(瓊團-花糕)같이 몽실몽실하고 맛이 있습니다."

"큼직큼직하게 열 근만 썰어서 가져오게!"

수북이 담은 쇠고기가 두 접시나 나왔다. 오용은 권에

못 이겨서 젓가락을 들기는 했으나 먹을 수가 없었다. 그러나 세 형제는 굶주린 호랑이나 이리가 음식을 먹듯이〔狼餐虎食〕한바탕 맛있게 주워 넘겼다. 원소이가 물었다.

"선생께서는 여기 무슨 일로 오셨나요?"

원소이가 대신 입을 열었다.

"선생께서는 지금 어떤 굉장한 부잣집에서 문관(門館)으로 글을 가르치고 계시는데, 열대여섯 근쯤 되는 금잉어를 열 마리쯤 구하시려고 우리들에게 부탁하러 오신 길일세."

그 말을 듣고 원소칠이 말한다.

"평소 같으면 그 따위 잉어 4,50마리쯤은 문제없는 일이지만 요즘은 웬일인지 열 근짜리 잉어도 쉽사리 손에 들어오지 않으니 어떡하지요?"

원소오가 말한다

"그러나 먼 길에 모처럼 오셨는데 대여섯 근짜리라도 한 열 마리쯤 주선해 드려야 할 게 아닌가."

오용이 선뜻 말했다.

"돈은 두둑이 마련해 가지고 왔으니까 무슨 일이 있더라도 열대여섯 근짜리를 구하고 싶은데…."

원소칠이 또 입을 연다.

"선생님, 그건 어려운 일입니다. 소오(小五) 형이 말하는 대여섯 근짜리도 여간해선 잡히지 않으니, 며칠 동안 기다려 보신다면 무슨 방법이 있을지? …우선 저의 배 안에 살아 있는 물고기가 한 통 있으니 그걸 가져다가 술안주나 합시다."

원소칠은 곧 배 안으로 들어가서 한 통의 물고기를 가

지고 왔다. 6,7근쯤 되었다. 친히 부엌으로 들어가서 손
수 안주를 만들어 세 접시를 잔뜩 담아 가지고 상 위에 내
놓았다.

네 사람이 술을 마시고 있는데 날은 저물기 시작했다.


오용은 곰곰 생각했다.

'여기서는 중대한 이야기를 할 수 없으니, 오늘밤에는
어차피 이자들과 함께 자야겠군! 만사, 자면서 다시 이야
기하기로 하자!'

오용은 삼형제가 간곡히 말리는 것도 뿌리치고, 자기가
친히 돈을 원소칠에게 내주어서, 술집주인에게서 큰 항아
리를 빌려 술을 잔뜩 담게 하고, 쇠고기를 생 것, 삶은 것
스무 근을 사게 했으며, 닭도 큼직한 놈을 두 마리나 사게
했다.

네 사람은 술과 안주를 잔뜩 마련해 가지고 또다시 배
를 탔다. 소이의 집을 향해서 곧상 배를 저어 왔다. 네 사
람은 일제히 뒷방으로 들어가 앉아서 불을 켰다. 원씨(阮
氏) 삼형제 가운데서 원소이만이 아내가 있었고, 소오와
소칠은 모두 장가를 들지 못하고 있었다.

네 사람은 모두 원소이집 뒤에 있는 수정(水亭)에 자리
잡고 앉았다. 소칠은 닭을 잡아서 형수와 심부름꾼 녀석을
시켜 부엌에서 안주를 만들도록 했다.

일경(一更)이 넘을락말락 했을 때, 술과 고기는 모두
상 위에 벌여 놓아졌다.

오용은 형제들에게 술을 권하고, 거나하게 술잔이 돌아
가고 있을 때 또 잉어 이야기를 꺼냈다.

"이만큼이나 넓은 곳에 어째서 그만한 큰 물고기가 없을까?"

소이가 대꾸한다.

"선생님, 그렇게 큰 물고기는 양산박에나 있습니다. 이 석갈호(石碣湖)는 좁아서 그렇게 큰 물고기는 없습니다."

"이 고장은 양산박과 일망불원(一望不遠)하고 일맥지수(一脈之水)로 서로 통해 있는데 어째서 그곳에 가서 고기를 잡지 못한단 말인가?"

"그런 말씀은 하시지 마십쇼!"

원소이가 한숨을 내쉬었다

"왜 그렇게 탄식까지 하는 것인가?"

이번에는 원소오가 대신 말했다.

"선생님, 예전만 해도 양산박은 우리 형제들의 밥줄[衣飯碗]이었는데 이제는 감히 갈 수 없게 됐습니다."

"관사(官司)에서 고기잡이를 금하는 건가?"

원소칠이 대답한다.

"그런 게 아니구요. 양산박을 강도들이 점령하고 있어서 고기를 잡지 못하게 하는 겁니다. 강도의 두목은 과거에 낙제한 백의수사(白衣秀士) 왕륜(王倫)이란 자고, 둘째는 모착천(摸着天) 두천(杜遷)이란 자고, 셋째는 운리금강(雲裏金剛) 송만(宋萬), 그 아래로 또 한지홀률(旱地忽律) 주귀(朱貴)란 자가 있어서 이가도(李家道) 어귀에 술집을 차려 놓고 바깥사정과 형편을 탐지하고 있습니다. 그러나 이자들이 대단한 것은 아니고, 무슨 표자두(豹子頭) 임충(林冲)이라고 한다던가, 무예(武藝)가 대단하답니다. 이 몇 놈의 도둑놈들이 6,7백 명의 부하를 모아 들여 가지고 제멋대로 약탈을 하고 내왕하는 길손들을 납치하고 빼앗고 합니다. 그래서 우리 형제도 1년이 넘도록 그리로 고기 잡으러 간 일이 없었습니다. 이제는 양산박에서 완전히 쫓겨나서 옷줄 밥줄〔衣飯〕이 끊어진 셈이니 이 이상 더 말씀드리기 어렵습니다!"

"나는 정말 그런 일이 있는 줄은 몰랐는걸. 어째서 관사에서 놈들을 붙잡지 않을까?"

원소오가 야속하다는 듯 입을 연다.

"요즘의 관사란 것은 오히려 백성에게 해를 끼칠 뿐이지요. 도둑을 잡는답시고 시골로 한 번 내려오기만 하면 도둑을 잡기는커녕 오히려 피해 다니며 선량한 백성들이 키우는 돼지, 양, 닭, 거위 등이나 모조리 잡아먹고, 거기다 또 노자돈까지 뜯어 가지고 갑니다. 그러나 요즘은 그 도둑놈들 때문에 포도관사(捕盜官司)들이 움쩍을 못하게 됐으니 도리어 잘된 셈이죠! 놈들이 어딜 감히 시골엘 내려올 수 있어야 말이죠! 만약에 상사관원(上司官員)들이 놈들을 시켜서 도둑을 잡아 오라고 하면 모두 벌벌 떨며 오줌을 질금질금 쌀 뿐이지 어디 도둑놈들을 똑바로 쳐다보기나 해얍죠!"

원소이가 맞장구를 쳤다.

"큰 고기는 잡지 못하지만, 포도관사들의 성화를 받지 않는 게 오히려 편합니다."

"그렇다면 그 도둑놈들은 정말 통쾌하겠군!"

오용의 말이었다. 원소오가 계속한다.

"그들은 이 천지에서 무서운 것도 두려운 것도 없고, 금은(金銀)을 저울질해서 분배하고, 값진 비단옷을 골라서 입고, 술독에 가득 찬 술을 맘대로 마시고, 고깃덩어리는 큰 것만 골라먹고… 어째서 통쾌하지 않겠습니까! 우리 삼형제는 재간은 있다지만 헛거지요. 그들을 따라갈 수 있겠습니까!"

오용은 그 말을 듣자 속으로 기뻤다.

'계책을 쓰기가 점점 좋아지는걸!'

원소오가 또 계속해 말한다.

"우리 삼형제는 재간이 남만 못하지도 않은데, 단지 인정해 주는 사람을 못 만나 이런 데서 썩고 있습니다."

"인정해 주는 사람이 있다면, 진심으로 그런 위험한 곳에라도 한번 가볼 의향이 있나?"

오용은 슬며시 마음을 떠봤다. 원소칠이 대답한다.

"만약에 우리를 알아 주는 사람만 있다면야 물속이건 불속이건 뛰어들죠! 하루라도 재간을 부려서 잘 살 수만 있다면 죽어도 속이 후련하겠습니다!"

오용은 더욱 기뻤다.

'삼형제가 모두 그런 의사가 있구나! 천천히 유인해 봐야겠다!'

오용은 삼형제에게 술을 권하면서 또 이렇게 물었다.

"그렇다면 그대들 삼형제는 한 번 양산박으로 가서 도둑놈을 붙잡아 볼 의사는 없는가?"

원소칠이 웃었다.

"도둑놈을 잡았댔자 누가 칭찬해 주겠습니까? 천하의 쾌남아들의 웃음거리나 되기 꼭 알맞죠!"

오용이 또 능청을 떤다.

"그대들이 고기를 잡지 못하는 게 원망스럽다면, 숫제

양산박으로 가서 그들 틈에 가담해서 일해 보는 게 어떨까?"

"우리 형제들도 그런 생각을 몇 번이나 했는지 모릅니다. 하지만 백의수사(白衣秀士) 왕륜(王倫)의 부하의 말을 들어 보았더니, 왕륜이란 자는 마음이 편협해서 좀처럼 사람을 신용해 주지 않고, 여간해서는 사람을 받아들여 주지 않는다고 해서, 선뜻 결단을 내리지 못하고 망설이고 있었습니다!"

원소칠의 말이었다. 그는 계속해서,

"그자가 선생님만큼 배짱이 대단하고 우리 형제를 사랑해 준다면 참 좋겠는데…."

오용은 이때라고 생각했다.

동계촌, 조보정(晁保正)의 말을 넌지시 꺼냈다. 원소칠이 반색을 했다.

"불과 백 리 길밖에 떨어져 있지 않은데, 그런 훌륭한 분을 한 번도 찾아뵌 기회가 없었습니다."

오용은 이만하면 사실을 솔직히 말해도 실패가 없으리라는 자신이 생겼다. 그는 서슴지 않고 말했다.

"사실, 나는 여태까지 조보정님 댁에 있었는데, 보정님께서 그대들 삼형제를 청해다가 중대한 일을 도와달라고 하셔서 여기까지 온 길일세!"

오용에게 자초지종 이야기를 자세히 들은 삼형제는 기뻐서 어쩔 줄 몰랐다.

원소오와 원소칠은 손으로 목덜미를 툭툭 치면서 말했다.

"우리들의 뜨거운 피는, 우리들을 정말 알아 주는 사람에게만 팔 수 있습니다!"

이튿날 아침에, 원씨 삼형제는 식사를 마치고 오학구를 따라서 석갈촌을 떠나 곧장 동계촌으로 향했다.

하루 해가 지기 전에 벌써 조가(晁家)의 저택이 바라다 보였다. 느티나무 밑에서 조개와 유당이 기다리고 있었다.

일행은 느티나무 밑까지 와서 서로 인사를 교환했다. 조개도 여간 기뻐하지 않았다.

"원씨삼웅(阮氏三雄), 과연 헛되이 전해진 이름이 아니었습니다! 안으로 들어가셔서 이야기나 하십시다!"

여섯 사람은 일제히 후당(後堂)으로 들어가서 각각 자리를 잡았다.

"우리 삼형제는 쾌남아를 알고 사귀기가 평생 소원이었더니, 오늘 오교수(吳敎授)께서 인도해 주시지 않았다면 어찌 여러분을 만나뵐 수 있었겠습니까."

평생 소원을 성취하게 된 원씨 삼형제는 기뻐서 어쩔 줄 몰랐다.

그날 밤, 저녁 식사를 마치고 여섯 사람은 밤이 깊도록 이야기를 했다. 이튿날, 날이 밝기를 기다려 후당(後堂) 앞에 금전지마(金錢紙馬)를 벌여 놓고 향화등촉(香花燈燭)을 밝혔다. 밤중에 삶아 두었던 돼지, 양고기를 제물 삼아, 종이를 태우면서 맹세를 했다. 여러 사람이 이구동성으로 다음과 같은 맹세의 말을 외었다.

양중서는 북경에 있으면서 백성을 해치고 금품을 속여 빼앗아 가지고 그것을 동경으로 보내어 채태사의 생신축하에 바치려고 합니다. 이야말로 불의의 재물입니다. 저희

들 여섯 명 가운데서 만약에 딴 생각을 품는 자 있다 하오
면 천지도 주멸을 가하실 것이며 신명께서도 두루 살피소
서.

　梁中書在北京害民, 詐得錢物, 却把去東京與蔡太師慶生
辰. 此一等正是不義之財. 我等六人中, 但有私意者, 天地誅
滅, 神明鑒察.


　맹세를 마치고 여섯 사람이 후당(後堂)에서 술을 마시
고 있을 때, 하인 한 사람이 들어와서 아뢰었다.
　"문앞에 어떤 선생 한 분이 나타나서 동냥을 달라고 합
니다."
　조개가 나무란다.
　"자네는 왜 그렇게 벽창혼가! 나는 이렇게 손님을 모시
고 술대접을 하고 있으니, 자네가 쌀이나 대여섯 되 주어
보내면 될 일이지, 그걸 나한테 알리러 올 것까지야 있겠
나!"
　"쌀을 주어도 싫다고 하면서, 꼭 보정님을 만나봐야겠다
고 합니다!"
　"그건 쌀이 적어서 그러는 걸세. 두서너 말 주고 이렇게
이르게. 오늘은 주인이 손님을 모시고 있기 때문에 만나
드릴 수 없다고."
　하인은 밖으로 나갔다. 얼마 안 되어서 되돌아왔다.
　"쌀을 서 말이나 줬는데도 막무가내, 돌아가지 않습니
다. 일청도인(一淸道人)이라고 자칭하면서 돈이나 쌀을
얻으러 온 것이 아니고 보정님을 꼭 한 번만 뵈려고 왔다
고 합니다."

"그렇게도 대답을 할 줄 모른단 말인가? 오늘은 정말 틈이 없으니 다른 날 만나뵙도록 하라고 그렇게 말하라니까!"

"소인도 그렇게 말했습니다. 그랬더니 그 선생 말씀이, 나는 돈이나 쌀을 동냥 온 것이 아니고, 보정님이 의사(義士)라는 소문을 듣고 한 번 만나뵈러 왔다고 합니다."

"정말 시끄럽게 구는군! 내 생각은 조금도 해주지 않구…. 또 어쩌니저쩌니 하거든 쌀 서너너덧 말만 주어서 보낼 일이지 또 나한테 와서 말할 게 뭔가? 손님만 계시지 않다면 내가 만나기 어렵지 않지만, 자네가 적당히 구슬러 보내고 다시는 나한테 와서 말하지 말게!"

하인이 나간 지 얼마 안 되어서, 난데없이 문간에서 시끄러운 소리가 들리더니 다른 하인이 또 달려들었다.

"그 선생이 화를 내고, 하인배 10여 명을 때려눕혔습니다!"

조개가 그 말을 듣더니 깜짝 놀라 황망히 몸을 일으킨다.

"여러분, 잠깐만 앉아 계시오. 이 조개가 친히 나가서 한 번 볼 터이니."

후당을 나와 바라다보니 선생이란 자는 신장이 8척이요, 도사(道士)다운 모습이 당당하며, 괴상하게 생겼는데 마침 대문 밖 푸른 느티나무 밑에서 일변 사람을 때리며 일변 소리를 지르고 있었다.

"이놈, 좋은 사람을 알아보지 못하다니!"

조개가 쫓아나가 그 선생이란 자를 불러 가지고 어째서 쌀도 줄 만큼 주었는데 돌아가지 않고 사람을 때리느냐고 물었다.

"10만 관의 대금이라 해도 나는 눈 하나 깜짝할 사람이
아니오. 단지 보정님을 만나뵙고 싶어서 찾아온 것뿐이
오!"

"선생께서는 조보정을 잘 아시나요?"

"성함만 알고 있지, 만나뵌 일은 없소."

"사실은 내가 바로 보정인데, 무슨 이야기를 하시려는
것이오?"

"보정님, 실례했습니다. 소인의 절을 받으십시오."

결국 조개는 그 선생이란 자를 집 안으로 안내했다. 오
용은 그가 들어오는 것을 보자, 유당과 함께 자리를 떠서
슬며시 다른 곳으로 몸을 피했다. 그 선생이란 자는 자기
소개를 늘어놨다. 성은 공손(公孫)이요, 이름은 승(勝)이
며, 도호(道號)를 일청선생(一淸先生)이라 하며, 계주(薊
州)의 인씨(人氏)라 했다. 어렸을 적부터 시골서 창봉(槍
棒)을 즐겨 배웠고, 가지가지 무예를 배웠으며, 사람들이
그를 공손승태랑(公孫勝太郎)이라고 일컫는다고 했다. 또
도술(道術)을 배워서 능히 비바람을 불러일으키고 안개를
타고 구름 속에 올라갈 줄도 알기 때문에 강호에서는 모
든 사람이 그를 입운룡(入雲龍)이라고 부른다는 것이었
다.

그런데 이야기를 듣고 보니, 그가 꺼내는 말도 역시 생
일축하의 10만 관 금주보패에 관한 것이었다.

"이런 재물을 그대로 놓쳐 버리시면 안 됩니다. 옛사람
도 뺏을 것을 뺏지 않고서 나중에 후회하지 말라고 했습
니다. 보정님께서는 이 일을 어떻게 생각하십니까?"

이렇게 말하고 있을 때, 들창 밖으로부터 한 사람이 달려들더니 공손승의 가슴팍을 움켜잡았다.

"잘 논다! 밝은 곳에 왕법(王法)이 있고, 어두운 곳에 신령(神靈)이 있거늘, 그대는 어째서 이 따위 엉큼한 일을 상의하고 있는가!"

깜짝 놀란 공손승은 얼굴이 흙빛이 됐다.

# 16  술로 목을 축이려다가


楊 志 押 送 金 銀 擔
吳 用 智 取 生 辰 綱


밖으로부터 달려들어 공손승의 가슴을 움켜잡은 것은 다른 사람이 아니라, 바로 지다성(智多星) 오용이었다.

조개가 웃으면서 입을 연다.

"선생! 너무 웃기지 마십시오! 우선 두 분께서 인사나 하십시오!"

서로 인사를 하고 보니, 공손승도 오용도 서로 알 만한 사이인지라, 크게 기뻐하면서 조개와 함께 안으로 들어가서 유당과 원씨 삼형제를 만나보았다.

도합 일곱 사람은 각각 자리잡고 앉아서 안주를 잔뜩 벌여 놓고 술을 마셨다.

이 자리에서 오용이 유당에게 생일축하의 금주보패가 통과해 갈 길을 탐지해 오라고 하자, 공손승은 그럴 필요가 없다고 하면서 자기가 이미 탐지한 바에 의하면 황니강(黃泥岡)의 가도가 틀림없다고 했다.

또 그 황니강 동쪽 10리쯤 떨어진 곳에 안락촌(安樂村)이 있고 거기에는 하는 일없이 빈둥빈둥 놀고 있는 백일서(白日鼠) 백승(白勝)이라는 장정이 있는데, 자기가 과거에 몸을 의지했던 일도 있고, 매우 쓸모 있는 인물이니 그 역시 이번 일에 가담시키라고 주장했다.

또 백승의 집을 이번에 거사하는 데 가장 좋은 은신처로 작정하고, 일정한 시간에 일곱 사람이 그곳으로 모이기로 굳게 언약을 했다.

조개가 이번 거사를 지혜로써 할 것이냐, 힘으로써 할 것이냐고 걱정했을 때 오용은 웃으면서 자기가 생각하고 있는 계책을 설명했다.

조개는 그 말을 듣고 기뻐서 어쩔 줄 모르며 말했다.

"과연 묘계(妙計)요! 지다성은 제갈공명보다도 낫소!"

이리하여 일곱 사람은 거사할 날짜를 작정하고, 그때까지 원씨 삼형제는 일단 집으로 돌아가 있다가 기일이 되면 다시 조개의 집으로 오기로 하고, 오용도 자기 처소로 갔다. 공손승과 유당만이 조개와 함께 남아 있었는데, 오용은 그래도 빈번히 조개의 집을 드나들면서 계책을 세우기에 바빴다.

한편, 북경(北京) 대명부(大名府)에 있는 양중서(梁中書)는 십만 관의 귀중한 생일축하의 금주보패를 책임지고 운반해 갈 인물이 없어서 걱정하다가, 마침내 청면수(靑面獸) 양지(楊志)를 적임자로 결정했다. 그것은 채부인이 추천했기 때문이었다.

양중서는 보내는 물품목록서 가운데 편지 한 통을 따로 첨부해서 태사(太師)에게 잘 부탁했으니, 전달하고 돌아올 때에는 태사의 칙명으로 양지가 높은 벼슬자리를 얻을 것이 틀림없다고 하면서 운반의 책임을 맡아 달라고 했다. 그러나 양지는 간단히 그 중임을 맡으려 들지 않았다. 왜 그러느냐고 묻자, 그 까닭을 다음과 같이 말했다.

"동경으로 가려면 육로밖에 없는데, 도중에는 자금산(紫金山), 이룡산(二龍山), 도화산(桃花山), 산개산(傘蓋山), 황니강(黃泥岡), 백사오(白沙塢), 야운도(野雲渡), 적송림(赤松林) 등 도둑이 횡행하는 곳뿐이어서 몸에 아무것도 지니지 않은 길손들도 통과하기 곤란한 곳입니다. 보물을 강탈당할 것은 물론, 생명을 빼앗기지 않을 수 없을 것이니, 저는 선뜻 나설 수 없습니다."

그러나 마침내 타협이 성립되었다.

일체 양지의 의사대로 운반의 방법을 결정한다는 조건 아래서 그는 이번 길을 떠나기로 승낙했다.

그 운반의 방법이란, 수레는 한 채도 쓰지 않고 열몇 개의 짐짝으로 꾸려 가지고 장돌뱅이의 짐짝처럼 가장하여, 10여 명의 호위병을 인부처럼 변장시켜서 짐짝을 떠메고 길을 가자는 것이었다. 양지도 물론 또 한 사람의 종자(從者)와 함께 장돌뱅이 같은 몸차림을 하고, 이들을 빨리 재촉해 동경까지 물건을 전달하자는 것이었다.

채부인이 특별히 보내는 짐이 한 짝 있었기 때문에 유인(乳人)의 사도관(謝都官) 한 사람과 우후(虞侯) 두 사람을 동행시키기로 했는데, 이들 역시 양지의 명령에 절대 복종한다는 조건하에 동행을 허락받았고, 길을 빨리 가거나, 느리게 가거나, 도중에서 쉬거나, 모든 행동은 일체 양지의 지시에 복종해야 한다는 조건으로 길을 떠나게 되었다.

때는 5월 중순. 일행 15명은 5월 15일인 생일날에 댈 수 있도록 걸음을 빨리하였다. 처음 5,6일 동안은 매일 아침 오경에 일어나서 서늘한 틈을 타서 걸어갔지만, 차츰

차츰 인가도 희소하고 험준하고 위험한 산길에 접어들면서, 양지는 신패(申牌-아침 여덟시)에 출발하여 신시(申時-오후 네시경)가 되도록 길을 걷게 하고 날이 어두울 무렵에는 쉬도록 했다.

염천인데다가 대낮에 무거운 짐짝을 떠메고 험준한 산길을 걸어간다는 것은, 여간 고역이 아니었다.

호위병들은 나무그늘만 보면 더위를 참지 못해서 달려들어 쉬려고 했다. 두 사람의 우후(虞侯)도 얼마 안 되는 보따리를 짊어졌는데도 견디지 못하고 헐떡헐떡 숨이 차서 뒤떨어지곤 했다.

이럴 때마다 양지는 호통을 쳤다. 그래도 호위병들이 말을 듣지 않으면 등나무채찍으로 닥치는대로 후려갈기곤 했다.

호위병들은 그들을 혹사하는 양지에 대해서 불평불만을 품지 않을 수 없었고, 두 우후(虞侯)도 입밖으로 내지는 못하지만 은근히 양지의 처사를 미워하고 있었다.

나무그늘이 있어도 쉬게 해주지 않는 양지의 명령에 차마 거역할 수 없는 호위병들과 두 우후는 폭발시킬 수도 없는 불평불만을 늙은 도관(都管)에게 호소했다. 도관은 그들의 호소하는 말을 듣기만 할 뿐, 무어라고 대꾸는 않았다. 그러나 역시 내심으로는 양지를 미워하고 있었다.

이렇게 괴로운 길을 14,5일 동안이나 걸어갔다. 때는 바로 6월 4일이었다. 점심때도 되기 전부터 하늘에서는 불덩어리 같은 태양이 이글이글 타오르고, 구름 한 점 구경할 수 없이 날씨는 혹독하게 더웠다.

그런데다가 걸어갈수록 산골의 좁은 길은 가파르기만

했다. 고개를 쳐들어 바라봐도 산봉우리와 높은 고개가 남쪽으로 돌고 또 북쪽으로 뻗쳐 나가는 험준한 풍경이 있을 뿐이었다.

양지는 열한 명의 병사들을 감독하면서 또 20리 길이나 걸어갔다.

그러나 점심때가 되자, 사람을 태워 버릴 듯한 폭양이 내리쬐니 병사들은 죽어도 더 못 가겠다고 소나무 그늘로 기어들어 짐짝을 내려놓기가 바쁘게 제멋대로 쓰러졌다.

"이놈들아! 여기가 어딘 줄 알고 이 따위 버르장머리를 부리느냐! 자아, 빨리 일어나서 걸어가자!"

양지는 호통을 치면서 등나무채찍으로 마구 후려갈겼다. 그러나 이놈이 일어나면 저놈이 나뒹굴고, 저놈이 일어나면 이놈이 또 나뒹굴 뿐, 어떻게 손을 쓸 도리가 없었다.

숨이 차서 간신히 뒤쫓아온 두 우후는 이 광경을 보자, 그들 역시 소나무 그늘에 쓰러져 쉬면서 호위병들을 두둔하려 들었고, 늙은 도관도 날씨가 너무 더워서 걸어갈 수 없으니 한고비 넘어서거든 다시 길을 가도록 해주라고 호위병의 편을 들었다. 양지는 여전히 호통을 쳤다.

"도관께서는 모르시는 말씀이십니다! 여기는 황니강(黃泥岡)이라고 강도가 나오기로 유명한 곳입니다. 태평천하 때도 대낮에 도둑놈이 나온다는 곳인데 이렇게 험악한 시절에 여기서 걸음을 멈추다니, 그게 될 법이나 한 소리입니까!"

양지는 또 등나무채찍을 손에 움켜잡고 소리를 벌컥 질렀다.

"일어나서 걸어가지 않는 놈은 매를 스무 대 때리겠다!"

병사들은 일제히 투덜거렸다. 그 중에서 한 사람이 양지에게 불평을 폭발시켰다.

"양제할(楊提轄)! 가만히 계십쇼! 내 말을 좀 들어 보십쇼! 우리들은 백 근이나 되는 짐짝을 짊어지고 있으니 빈손으로 걸어가시는 당신과는 말이 안 됩니다. 그런데도 당신은 사람을 사람같이 취급하지 않으시니! 유수상공(留守相公)께서 친히 압송을 감독하러 나섰다 하더라도 우리 말을 한 마디쯤은 들어 주실 겁니다. 당신께서는 남이 아픈지 가려운지 전혀 모른 체하시고 그저 맘대로 사람을 몰기만 하시는군요!"

"이 개 같은 놈아! 나를 못 살게 굴겠다는 거냐! 매를 때리는 수밖에 없다!"

양지가 이렇게 호통을 치면서, 등나무채찍을 높이 쳐들고 정통으로 후려갈기려고 했을 때, 늙은 도관이 소리를 벌컥 질렀다.

"양제할! 잠깐 손을 멈추고 내 말을 들어 보게! 나는 동경 태사부(太師府)에 있으면서 내공(嬭公-乳母) 노릇을 했을 적에 문하(門下)의 군관(軍官)들을 수천 수만 명 보았지만 모두 내 앞에 굽실굽실했네. 내가 입바른 소리는 아니지만, 자네는 죽어야 마땅한 군인의 몸으로서 상공(相公)께서 불쌍히 여기시어 제할로 기용하셨으니, 따지자면 대수롭지도 않은 벼슬자리인데 이렇게 기세를 부리다니! 내가 상공(相公)댁의 도관이라는 것은 그만두고 한낱 시골 늙은 것이라 할지라도 한 번쯤은 내 권고를 들을 만한데, 그저 병사들을 때리기만 하니 대체 사람을 어떻게 취급하는 건가?"

이렇게 옥신각신하고 있을 때, 저편 소나무숲 속에서 사람의 그림자가 희끗 움직이더니 힐끔힐끔 이편 정세를 살펴보는 기색이었다.

"그것 보지! 기어이 못된 놈들이 나타나는구나!"

양지는 이렇게 말하면서 박도를 손에 움켜잡고 단숨에 소나무숲 속으로 쫓아갔다. 거기에는 일곱 채의 강주차(江州車)가 죽 한일자로 늘어서 있고 여섯 사람이 알몸뚱이로 옷을 벗어부치고 바람을 쐬고 있었다. 또 한 자는 살쩍〔鬢〕 근처에 큼직하고 시뻘건 사마귀가 있는데 손에 박도를 들고 있었다. 양지가 달려드는 것을 보자 이 일곱 명은 일제히 소리를 지르며 뛰어 일어났다. 양지가 호통을 쳤다.

"네 놈들은 뭣하는 놈들이냐?"

"네 놈이야말로 뭣하는 놈이냐?"

저편에서도 일곱 명이 똑같은 말을 물었다.

"네 놈들은 도둑놈이지?"

"그건 우리가 묻고 싶은 소리다! 우리는 장돌뱅이다! 네 놈한테 내놓을 돈은 없다!"

"아, 알고 보니 장돌뱅이였구나! 우리 역시 돈을 가진 것은 없다!"

"네 놈들은 정말 뭣하는 놈들이냐?"

"네 놈들이야말로 정말 어디서 나타난 놈들이냐?"

일곱 명은 결국 그들의 신분을 밝혔는데, 그들은 칠형제로서 호주(濠州) 사람이고 대추〔棗〕장사를 하러 동경으로 가는 길인데, 하도 날씨가 더워 견딜 수가 없어서 이곳에서 바람이나 쐬고 쉬다가 저녁때 서늘해지면 다시 길을 떠날 작정이며, 양지 일행이 도둑인 줄 알고 그 동정을 살핀 것이라고 했다.

양지는 그제야 안심하고 짐짝이 있는 곳으로 돌아왔다.

"나쁜 놈들인가 했더니, 알고 보니 대추장수 장돌뱅이들이었군!"

"그가 아까 말한 대로였다면 모든 병사들은 목이 달아날 뻔했지!"

늙은 도관이 얼굴을 쭝긋거리며 이렇게 오금을 박았다.

"서로 따따부따할 것 없이, 아무 일도 없으면 됐지! 자, 모두 잠깐 바람이나 쐬며 쉬기로 하지!"

양지의 말을 듣고 병사들은 모두 웃음을 터뜨렸다.

양지가 박도를 땅에 꽂아 놓고 바람을 쐬고 있을 때, 멀리서 어떤 장정 하나가 담통(擔桶)을 어깨에 메고 노래를 부르면서 언덕으로 올라왔다.

빨간 햇볕은 불길이 타오르는 듯,
논밭의 벼들이 절반은 마르고 타버렸네.
농부의 마음은 펄펄 끓는 물로 삶는 듯한데
공자왕손은 부채질만 하네!
赤日炎炎似火燒　野田禾稻半枯焦
農夫心內如湯煮　公子王孫把扇搖

그 장정은 이렇게 노래를 부르며 언덕으로 올라와서 어깨에 메고 있던 통 두 개를 내려놓고 바람을 쐬었다. 여러 병사들이 물어 봤더니 그 두 개의 통에는 소주가 들어 있으며, 읍내로 팔러 가는 길인데 한 통의 술값은 현금으로 5관이라고 했다. 목이 타들어 와서 견딜 수 없는 여러 병사들은, 마침 잘 됐다 생각하고 서로 주머니를 털어 술을 사서 마시려고 했다.

그 꼴을 보고 있던 양지가 또 호통을 쳤다.

"이 철딱서니없는 놈들아! 먹고 마실 생각만 하느냐! 이렇게 험난한 도중에서 땀 빼는 약[蒙汗藥]을 마시고 마취되어서 없어진 장정들이 얼마나 많았는지 알기나 하느냐!"

술장수 장정이 그 말을 듣더니 비웃었다.

"아따! 그분 꽤 벽창호시군! 술을 팔지도 않았는데 그런 맛대가리 없는 말씀을 하시오?"

떠들썩한 소리를 듣고 저편 숲속으로부터 대추장수 장돌뱅이들이 일제히 박도를 들고 달려와서 그 까닭을 물었다.

술장수 장정은 술을 한 잔 팔지도 않았는데 술에 무슨 땀 빼는 약을 탔느니 어쩌니 해서 기분이 나쁘다고 설명을 했다. 그 말을 듣자 대추장수 장돌뱅이들은 술을 한 통만 자기네한테 팔아 달라고 졸랐다. 그러나 술장수는 기분 나쁜 말을 듣기도 했고, 또 술을 퍼낼 만한 그릇도 없다고 하며 막무가내 술을 팔지 않겠다고 고집을 부렸다. 그러나 대추장수들은,

"그 친구, 정말 고지식하군! 그런 말을 한 마디 들었기로서니 뭣이 그다지 대단한 일이란 말인가? 우리에겐 야자표주박[椰瓢]이 있으니 걱정 말게."

하면서, 그 중 두 사람이 수레가 있는 곳으로 가서 야자표주박을 두 개나 꺼냈다. 또 한 사나이는 대추를 두 손에 잔뜩 움켜쥐고 왔다. 일곱 명의 대추장수들은 술통 옆으로

몰려들어서 뚜껑을 열고 번갈아 술을 퍼내어 대추를 안주 삼아 제멋대로 마셨다. 순식간에 한 통이 텅 비었다. 그리고 술값을 물어 보고 나서, 선선히 5관을 줄 터이니 덤으로 한 바가지만 더 마시게 해달라고 했다.

"안 되오! 술값에 에누리는 없소!"

술장수는 이렇게 버티었지만, 한 사람이 술값을 치르고 있는 동안에, 다른 한 사람이 다른 한 통의 뚜껑을 열고 한 바가지를 퍼내어 꿀꺽꿀꺽 마시기 시작했다. 술장수가 질겁을 해서 도로 뺏으려고 했을 때는 그 사나이는 마시던 술바가지를 부둥켜 안고 소나무숲 속으로 달아났다.

술장수가 그 사나이를 쫓아가고 있을 때, 소나무숲 속으로부터 또 다른 사나이가 달려들어 오더니 손에 들고 있던 야자표주박을 술통에다 처박아 또 술을 퍼냈다. 그것을 알아차린 술장수는 얼른 이편으로 달려와서 그것을 빼앗아 가지고 술을 도로 술통에 붓고 뚜껑을 닫은 다음 바가지를 땅바닥에 내동댕이쳐 버렸다.

"그 나그네들, 정말 점잖지도 못하시군! 외양은 그럴 듯하신 분들이 이렇게 짓궂은 짓을 하시다니!"

한편에서 이 광경을 바라보고 있던 여러 병사들은 술이 마시고 싶어서 목구멍이 근질근질했다. 그 중의 한 병사가 늙은 도관을 보고 이렇게 말한다.

"영감님! 말씀 좀 잘해 주십쇼! 대추장수들은 술 한 통을 사서 다 마셨습니다. 우리들도 어떻게든지 해서 한 통 남은 것을 사서 목을 축이고 싶습니다. 목이 말라서 견딜 수 있습니까? 이 언덕 꼭대기에서는 물도 얻어먹을 수 없으니 영감께서 무슨 방법을 좀 차려 주십쇼!"

늙은 도관은 그 말을 듣고 보니 자기도 역시 마시고 싶었다. 마침내 양지에게 말했다.

"저 대추장수들이 한 통을 사서 다 마셔 버리고 나머지 한 통밖에 없네. 차라리 여러 병사들에게 좀 마시게 해주고 한숨 돌리게 하는 게 어떻겠나? 언덕 위에서는 물도 마실 수 없으니."

양지가 생각한다.

'멀리서 바라다보자니 저놈들은 술을 사서 다 마셔 버렸고 또 다른 한 통 술도 반 바가지나 마시는 것을 내 눈으로 분명히 보았으니 술은 괜찮은 모양이다. 병사 녀석들을 반나절 동안이나 때려 주었으니 어물어물 한 잔씩 사먹여 주도록 할까?'

이리하여 양지는 도관의 권고에 못 이기는 체하고 병사들에게 술을 마시게 해주고 나서 길을 떠나겠다는 명령을 내렸다. 병사들은 그 말을 듣자 대뜸 주머니를 털어서 5관을 만들어 가지고 술을 사러 갔다. 술을 파는 사나이의 말이,

"안 파오! 안 파오! 이 술 속에는 땀 빼는 마취제 약이 들었소!"

병사들은 마음에도 없는 웃음을 웃으면서 졸라댔다.

"여보시오! 그렇게 오금을 박을 건 뭐 있소?"

"팔지 않는다니까…. 저리들 가시오!"

대추장수 장돌뱅이들이 권했다.

"정말 괴상한 친구로군! 딴 사람이 말 한마디를 잘못했기로서니 그것을 정말로 알고 우리들에게까지 어쩌니저쩌

니 팔지 않겠다고 하더니…. 이 사람들하고는 아랑곳 없는 일이니 웬만큼 해두고 여러 사람에게 팔아서 좀 마시게 해주는 게 어때?"

"터무니도 없는 일에 남에게 의심을 받을 맛이 뭐겠소?"

대추장수들은 술장수를 한옆으로 밀쳐 버리고 술통을 병사들 앞으로 내주어서 술을 마시게 해주었다. 여러 병사들은 뚜껑을 열기는 했으나 퍼낼 그릇이 없어서 공손히 야자표주박을 빌려 달라고 했다.

그랬더니 대추장수들의 말이,

"이 대추도 드릴 터이니 안시로 잡수시오!"

"그렇게까지 해주실 까닭이야?"

하고 여러 병사들이 고맙다고 인사를 했다.

"고맙달 게 있소? 다 같은 장사치들인데, 대추 백몇 개쯤이 뭣이 그리 대단하겠소!"

병사들은 연거푸 고맙다고 인사를 하고, 대뜸 술 두 바가지를 떠내서 한 바가지는 늙은 도관에게, 또 한 바가지는 양제할에게로 가져갔다. 양지는 물론 술을 입에도 대지 않았지만, 도관은 먼저 한 바가지를 죽 들이켰고, 두 우후도 각각 한 바가지씩 마셨다.

병사들은 우르르 술통으로 몰려들어서 단숨에 한 통 술을 다 마셔 버렸다.

양지는 여러 사람들이 술을 다 마시고 나자, 본래 술을 마시지 못했지만 너무나 더운 날씨에 목이 타서 바가지술을 반쯤 마시고 대추도 몇 개 집어먹었다.

술을 다 마시고 나자, 술장수가 선심을 썼다.

"이 통의 술은 저 대추장수들이 몇 바가지를 덤으로 더

떠마시어 그만큼 양이 줄었으니 당신네들한테는 반관(半貫)만 술값을 싸게 계산해 드리겠소.”

병사들은 각각 주머니를 털어서 돈을 모아 가지고 술장수에게 주었다.

술장수는 돈을 받아 넣자 빈통을 떠메고 역시 처음에 나타났을 때와 조금도 다름 없이 천연스럽게 노래를 부르면서 언덕 아래로 내려갔다.

일곱 명의 대추장수 장돌뱅이들은 여전히 소나무 밑에서 한가하게 서성대며 바람을 쐬고 있었다. 무슨 까닭인지 저편에 있는 양지 일행 열다섯 명을 손가락으로 가리키면서,

“나자빠진다! 나자빠진다!”
하고 있었다.

아니나 다를까, 얼마 안 있어 양지 일행 열다섯 명은 모조리 머리가 천근같이 무거워지고 두 발이 둥둥둥둥 허공으로 떠오르는 것 같았다. 서로 얼굴만 쳐다보다가 벌떡벌떡 땅 위에 나자빠져 버리고 말았다.

이 광경을 보고 있던 일곱 명의 장사치들은 소나무숲 속으로부터 일곱 채의 강주차(江州車)를 몰고 나와서, 거기 싣고 있던 대추는 깡그리 땅바닥에 내동댕이쳐 버리고 금주보패(金珠寶貝)의 짐짝 열한 개를 모조리 그 수레에 실어 가지고 차개(遮蓋)까지 씌워 놓았다.

한바탕 웅성웅성 떠들썩하더니, 곧장 황니강(黃泥岡)을 향하여 거침없이 수레를 몰고 떠나 버렸다.

“이거, 큰일났구나! 큰일났어!”

양지는 입속으로 연방 중얼거리기는 했으나 손과 발이 마비 상태에 빠져서 맥이 하나도 없고 아무리 발버둥을 쳐봤지만 일어설 수가 없었다.

일행 열다섯 명도 다 같이 두 눈동자만 뒤룩뒤룩 굴리며 대추장수 일행 일곱 사람이 금주보패를 잔뜩 수레에 싣고 도망질치는 것을 멍청히 바라다보고만 있을 뿐, 옴짝달싹할 수가 없었다. 일어설 수도 없고, 말을 할 수도 없었다.

그러면 이 일곱 명의 대추장수들은 대체 뭣하는 자들이었을까?

물을 것도 없이 그들은 조개, 오용, 공손승, 유당, 원씨 삼형제의 일곱 사람이었다.

그 술을 팔던 사나이는 바로 백일서(白日鼠) 백승(白勝)인데, 어떻게 해서 술 속에다 약을 탔느냐 하면, 언덕 위로 술통을 떠메고 왔을 때는 틀림없이 맛좋은 진짜 술이었다. 일곱 명이 한 통 술을 다 마셔 버리고 나서, 유당이 또 다른 술통의 뚜껑을 열고 거기서 반 바가지를 떠 마신 것은 저편 사람들에게 의심을 품지 않도록 하려는 계교였다.

그리고 나서는, 오용이 다시 소나무숲 속으로 가서 약을 가져다가 야자표주박에 넣어 가지고 달려들면서 덤으로 술을 더 달라는 체하고 팔을 넣어서 술을 떠냈는데, 바로 이때 약을 술통 속에 온통 섞어 버렸던 것이다.

또 오용이 그 술을 다시 반 바가지 떠내 가지고 일부러 마시려는 체했을 때, 백승이 날쌔게 그것을 가로채 가지고 도로 술통에 부어 버린 것도 모두가 계교에서 나온 짓이었다.

그리고 이런 계교는 전부가 오용이 머리를 짜서 꾸며 낸 것이었다. 이것이 소위 '꾀를 써서 생일축하 물건을 빼앗았다〔智取生辰綱〕'는 것이다.

그런데 양지는 본래 술을 얼마 마시지 않았기 때문에 약기운이 깨는 것도 빨랐다. 얼마 안 되어 간신히 엉금엉금 기어 일어나기는 했으나, 두 발은 역시 흔들흔들 맥이 없었다.

주위를 살펴보니, 일행 열네 명은 입 밖으로 침을 게게 흘리고 옴짝달싹도 못하고 나뒹굴어 있었다.

속담에 똑똑한 체하는 놈도 반드시 남에게 속고 골탕을 먹을 때가 있다고 하는 것은 이런 일을 두고 하는 말이다.

양지는 울분과 안타까움을 참지 못하고 투덜거렸다.

"끝내 생일축하물을 빼앗기고 말았구나! 날더러 어떻게 무슨 낯짝을 들고 돌아가서 양중서를 만나보라는 말인가! 이 물품운반에 책임을 지겠다고 맡아 온 영장(領狀)인들 어떻게 도로 반환시킬 수 있단 말인가! 이대로 찢어 버리고 말자! 이 꼴이 돼가지고야 집이 있다손 치더라도 돌아갈 곳이 없고, 나라가 있다손 치더라도 의지할 곳이 없게 됐으니 어디로 갈 것이냐? 숫제, 이 언덕 위에서 몸을 던져 죽어 버리는 게 낫겠다!"

옷자락을 걷어 올리고 비실비실 걸음을 옮겨서 황니강 아래를 내려다보며 몸을 던지려고 했다. 이야말로 꽃을 떨어뜨려 낙화를 만드는 삼월의 비(斷送落花三月爾)요, 버들가지를 시들고 마르게 하는 구추의 서리(摧殘楊柳九秋霜)라는 격이다.

# 17 엄중한 체포령

花 和 尙 單 打 二 龍 山
青 面 獸 雙 奪 寶 珠 寺

　언덕 아래로 몸을 던지려던 양지는 퍼뜩 느끼는 바 있어 자살을 단념했다. 부모에게서 받은 당당한 육체가, 어려서부터 십팔반무예(十八般武藝)의 재간까지 배워 가지고 그대로 죽는다는 것은 너무나 서글퍼서, 일후에 강도놈들이 잡히는 꼴이나 보고 나서 다시 생각하리라는 결심을 한 것이었다.

　양지는 다시 열네 명이 눈만 꿈벅꿈벅하며 나뒹굴어 있는 곳으로 되돌아왔다.

　"네 놈들이 내 말을 듣지 않았기 때문에 이런 꼬락서니가 돼 가지고 나까지 못 살게 만든 것이다!"

하며 호통을 치고 손가락질을 하며, 소나무 밑에서 박도를 뽑아 허리춤에 차고 한숨을 내쉬며 휘적휘적 언덕 아래로 내려왔다.

　그런데 밤이 이경이나 되어서 약기운이 풀린 일행 열네 명은 생각할수록 겁이 났다. 머리를 짜서 엉뚱한 생각을 해냈다. 즉, 일체의 책임을 양지에게 뒤집어씌우고, 돌아가서 양중서에게는 도중에서 양제할이 강도들과 미리 결탁하여 자기네를 때리기만 하고 생일축하물을 함께 강탈해 가지고 도주했다고 보고하기로 늙은 도관과도 계교를

졌다.

날이 밝자 도관은 일행을 거느리고 제주부(濟州府)로 나가서 관할 관리에게 이런 사실을 보고했다.

한편 양지는 따분한 심정으로 황니강을 뒤로 하고 남쪽을 향하여 반나절이나 걸었다. 밤이 되어서는 숲속에서 밝혔다. 날이 밝자 서늘한 아침결에 20리 길을 또 걸었다.

피곤함을 참을 길이 없어서 어떤 술집으로 기어들어서 20전(二角)어치 술을 무전취식하고 뺑소니를 쳤다. 술을 따라 주던 술집여자와 또 다른 젊은 장정 하나가 쫓아와서 술값을 내라고 아우성을 쳤다.

양지가 그 젊은 장정을 한 대 쥐어박고 달아나려고 했을 때, 뒤에서 또 쫓아오는 장정이 있었다. 그는 손에 몽둥이(桿棒)를 들고 웃통을 벗어부치고 덤벼들었다.

그들은 2,30합이나 싸웠다. 그 장정은 도저히 양지를 당해내지 못했고, 뒤쫓아온 마을 젊은이들과 백성들까지 양지에게 덤벼들려고 했다.

바로 그때, 그 장정은 뒤로 몸을 빼면서 소리를 질렀다.

"여러분, 잠깐만 참으시오! 그 박도를 쓰는 거창하게 생긴 장정, 성명을 밝히시오!"

"분명히 말하마! 청면수 양지라는 사람이 바로 나다!"

"동경, 전사부의 양제사님이시군요!"

"그대가 나를 어떻게 아는가!"

그 장정은 서슴지 않고 양지에게 자기 소개를 했다. 그는 80만 금군(禁軍)의 교두(敎頭) 임충의 제자로서 조정(曹正)이라고 했다. 조상 때부터 고기장수가 직업이어서 짐승을 잡는 데는 상당한 솜씨가 있어서 사람들이 그를 조도귀(操刀鬼)라고 부른다는 것이며, 본고장 어떤 재주(財主)가 돈 5천 관을 주어서 산동(山東)에 나가서 장사를 해보라고 했는데 그 돈을 강도에게 털리고 하는 수 없이 이곳에서 어떤 백성의 집 데릴사위 노릇을 하면서 술집을 내고 그날그날을 지내고 있는데, 방금 쫓아온 술집 여자가 바로 그의 아내요, 젊은 장정이 그의 처남이라는 것이었다.

양지와 조정은 고태위의 모함에 빠져서 지금은 양산박에서 강도질을 하고 있는 임충의 이야기를 서로 주고받는 동안에 일맥상통할 수 있는 사이임을 깨닫고, 조정은 양지를 자기 집으로 데리고 가서 아내와 처남을 불러 인사를 시킨 다음, 술상을 차려 내어 대접했다.

양지도 그제야 마음을 놓고 통사정을 했다. 예전에 양산박에서 왕륜(王倫)을 만나, 산채(山寨)에 함께 있어 달라는 것을 뿌리치고 내려온 일도 있으니, 임교두(林敎頭)를 의지하고 그곳으로 가보고 싶은 생각이 간절하지만 시퍼렇게 뜸을 뜬 흉한 얼굴을 해 가지고 이제 새삼스럽게 왕륜에게 머리 숙이고 들어가기가 난처해서 망설이는 중이라고 솔직히 말했다.

양지의 말을 듣더니, 조정도 왕륜이란 인물이 생각하는 점이 편협해서 남을 잘 신용해 주지 않는다고 공감하면서, 자기 고장에서 멀지 않은 곳에 청주(靑州)가 있는데 거기 이룡산(二龍山)이라는 산이 있다는 것을 가르쳐 주었다.

그 산꼭대기에는 보주사(寶珠寺)라고 하는 절간이 있는데, 사면이 산으로 둘러싸였고 그리로 가는 길은 단지 한 갈래 뿐이며, 그 절간의 주지(住持)가 환속(還俗)해서 머리를 기르고 다른 중들과 함께 5,6백 명이 모여서 강도질을 하고 있다는 것이다. 그 두목인 금안호(金眼虎) 등룡(鄧龍)이란 자를 찾아가서 한번 그들 틈에 끼여 보는 것이 어떠냐는 것이었다.

"그런 곳이 있다면 그곳을 탈취해 가지고 안신입명(安身立命)해 보지 않을 까닭도 없지요!"

양지는 이렇게 말하고, 조정의 집에서 하룻밤을 묵고 나서 이튿날 박도를 잔뜩 움켜잡고 조정과 작별한 다음 곧장 이룡산으로 걸음을 옮기었다.


양지는 하루 종일 걸었다.

날이 어둑어둑 저물 무렵에 깊은 산속에 다다랐다. 거기서는 살이 뚱뚱하게 찐 괴상한 화상(和尙)이 한 사람, 웃통을 벗어젖히고 소나무 밑에서 바람을 쐬고 있었다. 그의 등에는 화문(花紋)을 시퍼렇게 뜸뜬 자국이 유난히 뚜렷이 드러나 보였다.

그 화상은 양지를 보자, 선장(禪杖)을 움켜잡고 벌떡 일어나 덤벼들었다.

"네 이놈! 어디서 온 놈이냐?"

양지는 그 화상의 말투가 관서(關西) 태생임을 알고 동향 사람을 만나게 된 기쁨에서 어느 곳에 계신 스님이냐고 물었다. 그 화상은 대답도 하지 않고 다짜고짜로 선장을 휘두르며 양지를 때리려고 했다.

양지도 가만히 있을 수 없었다. 4,50합이나 싸웠으나 승부가 나지 않았다. 둘이서 막상 손을 멈추고 통성명을 해보니 뜻밖에도 서로 알 수 있을 만한 사이였고 의기상

통하는 점이 있었다.

그 화상은 다른 사람이 아니라, 바로 연안부(延安府) 경략사(經略使) 종상공(種相公) 장전(帳前)의 군관(軍官)으로 있던 노제할(魯提轄)－등에 화문(花紋)의 뜸을 떴대서, 사람들이 화화상(花和尙)이라고 부르는 노지심(魯智深)이었다.

고깃간 주인 진관서(鎭關西)를 주먹으로 때려죽인 죄로, 오대산에 가서 머리를 깎고 중이 된 노지심은 그 동안 이리저리 정처없는 방랑생활을 하다가 얼마 전에 맹주(孟州) 십자파(十字坡)라는 곳에 당도했다.

거기서 우연히 어느 술집에 들어갔다가 술집 여편네에게 하마터면 목숨을 빼앗길 뻔했다. 술에다 마취제를 타서 먹이려고 했기 때문이었다. 노지심은 이런 위기일발에서 그 여편네의 남편 되는 술집주인에게 구함을 받고 그와 의형제를 맺었다. 술집주인은 채원주(菜園主) 장청(張青)이라는 사람이었고, 여편네는 모야차(母夜叉) 손이랑(孫二娘)이라고 했는데, 다 같이 의리를 심히 존중할 줄 아는 부부였다. 그 집에서 4,5일 머무르는 동안에 이룡산(二龍山) 보주사(寶珠寺)로 가면 몸을 의탁할 수 있으리라는 말을 듣고, 노지심은 서슴지 않고 등룡(鄧龍)을 찾아서 일당에 가담시켜 달라고 청해 봤다.

그러나 등청은 첫마디에 노지심을 거절했다. 싸움이 벌어졌다. 등청은 노지심을 감당해낼 수 없음을 깨닫고 산기슭에 있는 세 군데 관문(關門)을 굳게 잠가 버렸다. 노지심이 아무리 욕설을 퍼부어 봤지만 등청은 나와서 싸우려 하지 않았다. 하는 수 없이 돌아서서 근처를 어슬렁어슬렁 돌아다니고 있는 판인데 우연히 양지를 만나게 된 것이다.

노지심에게서 자초지종을 자세히 듣고 난 양지는, 뜻밖에도 목적이 서로 같은지라 크게 기뻐하며 새삼스럽게 정중한 인사를 차리고, 자기도 과거지사를 솔직이 고백했다. 생일축하 물건을 강탈당한 전말까지 자세히 알려 주었다.

조정은 그들 두 사람을 크게 환영하며 술상을 차려 잘 대접했다. 또 머리를 짜서 근사한 계책까지 제공했다. 그 계책이란, 우선 양지의 몸차림을 그 고장 백성들과 똑같이 차리어 놓고, 노지심의 선장(禪杖)과 계도(戒刀)는 조정의 처남에게 부하 여섯 명을 딸려서 산기슭으로 미리 운반해다 놓을 것. 그러고 나서는 노지심을 동아줄로 결박하는데, 여기에는 조정이 평소에 잘하는 솜씨로 꽁꽁 묶은 것 같아 보이지만 사실은 저절로 풀리는 매듭〔活結頭〕으로 묶어 가지고 노지심을 산기슭으로 끌고 가서 조정이 소리를 지른다는 것이었다. 즉, 자기네들은 근처에서 술집을 차려 놓고 장사하는 사람인데, 이 괴상한 중이 나타나서 술을 실컷 퍼먹고 주정만 하며 술값도 내지 않고 야료를 부리는데, 그 말을 들어 보니 이 산채(山寨)를 빼앗아 버리겠다고 큰소리를 탕탕 치는지라, 술취한 틈을 타서 이렇게 꽁꽁 묶어 가지고 와서 두령님께 바치는 바입니다―하고 소리를 지르면, 반드시 산 위로 올라오라 할 것이고, 마침내 등룡의 앞에 나갈 수 있을 것이니, 이때 노지심을 묶은 줄을 슬쩍 잡아당겨서 풀어 놓고 곧 선장을 내줄 것이니, 비호같이 등룡에게 덤벼들면, 그놈도 꼼짝 못할 것이며, 그놈만 때려눕히면 다른 놈들이야 저절로 항복할 것이 뻔하다는 것이었다.

"그것 참 묘하군! 묘해!"

양지와 노지심은 이구동성으로 찬성했다.


이튿날, 그들은 오경에 일어나서 아침식사를 든든히 먹고 난 다음, 곧 계책대로 실천에 옮기기로 했다. 두 시골 사람을 시켜서 노지심을 결박한 동아줄 끝을 양편에서 붙잡도록 하고, 양지는 완전히 시골 사람 몸차림으로 박도를 질질 끌며, 조정은 노지심의 선장을 들고, 그밖의 여러 사람들도 곤봉을 잔뜩 움켜잡고 노지심을 앞뒤로 포위하고 산기슭에 당도하여 관문(關門)을 바라다보고 섰다.

미리 짜여진 계책대로 조정이 소리를 질렀다. 젊은 두목이 그 말을 듣자, 당장에 등룡에게 보고한 것은 물론이다. 노지심은 등룡의 부하들에게 끌려서 세 군데 관문을 통과하여 산문(山門)을 지나 불전(佛殿) 앞에까지 끌려나갔다. 바라다보니 불상은 간 곳이 없고, 불당 한복판에는 호피교의(虎皮交椅)가 한 채 놓였으며, 여러 소졸들이 창봉(鎗棒)을 들고 양편에 죽 늘어서 있었다.

얼마 안 되어서 소졸 두 명이 등룡을 부축해서 모셔 내다가 교의(交椅) 위에 앉혔다.

등룡은 노지심을 보자 화가 머리끝까지 올랐다.

"이 못된 중녀석아! 전일에는 나를 넘어뜨리고 아랫배에 상처를 입게 해서 멍든 것이 채 낫지도 않았는데, 오늘에야 나한테 혼이 나보려구 여기 왔구나!"

노지심은 괴상하게 생긴 두 눈을 부릅뜨고 큰 목소리로 호통을 친다.

"이놈! 꼼짝 말고 게 있거라!"

그때, 두 시골 사람이 동아줄 양편 끝을 버썩 잡아당겼다. 꽁꽁 묶은 매듭이 저절로 풀리며 동아줄은 흐트러지고 말았다. 노지심은 조정에게서 선장을 받아들기가 무섭게, 구름이 휘몰아치듯 휘둘렀다. 양지도 양립(涼笠)을 벗어던지고 박도를 움켜잡고, 조정도 몽둥이〔桿棍棒〕를 휘두르기 시작했다. 여러 시골 사람들도 일제히 힘을 합쳐서 덤벼들었다.

등룡이 재빨리 몸부림을 치면서 대항하려 했을 때에는 벌써 노지심의 선장이 정통으로 떨어졌다. 등룡의 대갈통은 두 쪽이 나버렸고, 교의(交椅)도 산산조각으로 부서지고 말았다.

섣불리 덤벼들던 등룡의 부하 4,5명도 양지의 박도에 맞아 죽어 넘어졌다. 조정이 큰 소리로 호통을 친다.

"모두 와서 항복해라! 거역하는 놈은 깡그리 죽여 없애겠다!"

절간 안팎에 있는 5,6백 명의 소졸들과 젊은 두목들은 어리둥절 얼이 빠져서 모두 항복하고 귀순했다. 등룡의 시체는 뒷산으로 떠메고 가서 화장해 버렸고, 일변 창고를 조사하고 방사(房舍)를 정돈하여 절간에 물건이 얼마나 있는지 확인하고 나서 술과 고기를 마련하여 한바탕 잔치를 벌였다.

노지심과 양지는 마침내 산채(山寨)의 주인이 되었다. 소졸들이 모두 항복했기 때문에 전과 같이 젊은 두목을 두어서 관리하도록 했다.

조정은 두 쾌남아들과 작별하고 시골 사람들을 거느리고 자기 집으로 돌아갔다.

한편, 생일축하 물품을 약탈당한 늙은 도관(都管)과 호위병 일행은 급히 북경으로 돌아와서 양중서 부중(府中)에 나아가 꿇어 엎드려 보고했다.

그들이 미리 짠 계획대로, 양지가 대추장수로 가장한 일곱 명의 도둑놈들과 미리 결탁하여 물품을 강탈 도주했다고 그럴듯하게 꾸며댔다.

이 말을 들은 양중서가 대경실색한 것은 물론이다.

"이 유형(流刑)을 받은 도둑놈이! 죄를 범한 수도(囚徒)놈을 내 애써서 기용하여 사람을 만들고자 했더니, 어찌 감히 이 따위 불인망은(不仁忘恩)한 짓을 한단 말이냐! 그놈을 잡기만 한다면 갈갈이 찢어 죽이고 말 테다!"

즉각에 서리(書吏)를 불러서 문서를 작성하여 밤길을 헤아리지 않고 제주(濟州)로 사람을 파견했다. 따로 가서(家書)를 한 통 써서 사람을 파견하여 밤을 도와 동경(東京)으로 가서 태사(太師)에게 알리도록 했다.

양중서의 편지를 받아 본 채태사(蔡太師) 역시 대경실색.

"얼마나 대담한 도둑놈들이냐! 작년에도 내 사위가 보내는 예물을 강탈해 가서 여태까지 잡지 못하고 있었는데, 올해도 또 이런 괘씸한 짓을 했으니 어찌 그대로 내버려둘 수 있으랴!"

즉각에 공문서를 작성해서 부간(府幹) 한 명을 시켜 친히 그것을 가지고 밤길을 헤아리지 말고 제주로 가서 부윤(府尹)을 만나보고, 경각을 지체하지 말고 도둑놈을 잡아 가지고 회보(回報)하라고 명령했다.

제주부윤은 북경 대명부 유수사(留守使) 양중서의 서신

을 받은 뒤부터 매일 초조하고 답답하게 지내고 있는 판이었는데, 문리(門吏)가 또 아뢰어 왔다.

"동경 태사부에서 부간을 파견하시어 긴급한 공문을 가지고 와서 상공을 뵙겠다고 합니다."

선뜻 생일축하품에 관한 일인 줄 알아차리고 황망히 등청하여 부간을 만나보고 이렇게 말했다.

"이 사건에 관하여는 하관(下官)도 이미 양부(梁府) 우후(虞侯)의 고소장도 받았기 때문에 집포인(緝捕人)을 내세워서 도둑놈의 종적을 찾게 하고 있으나 아직도 알지 못하고 있습니다. 또 전일 유수사(留守使)께서도 사람을 보내시어 공문을 내리셨기에 위사(尉司)와 집포를 동원하여 도둑놈의 종적을 찾고 있으나 역시 아직도 붙잡지 못하고 있습니다. 만약에 무슨 동정이나 소식을 알게 되면 하관이 친히 상부에 나가서 보고하겠습니다."

부간이 말한다.

"소인은 태사부 안의 심복지인의 한 사람입니다. 이제 태사님의 균명(鈞命)을 받들고 도둑놈 일당의 체포문제 때문에 이곳에 파견되었습니다. 떠날 때에 태사님께서 친히 분부하시기를, 소인더러 본부(本府)에 도착하는 대로 아문에 머물러 있으면서 즉각에 일곱 놈의 대추장수와 한 놈의 술장수와 도주한 군관 양지 등 진범을 체포하도록 상공(相公)과 협력하라고 하셨습니다. 또 열흘 동안을 기한으로 하고 깡그리 잡아들여서 동경으로 압송하라 하셨으니, 만약에 열흘 안에 공무집행을 이행하지 못한다면 아마 상공(相公-부윤)께서는 사문도(沙門島)로 귀양살이를 가셔야만 될 것 같습니다. 소인 역시 그대로 태사부로 돌아갈 수 없을 뿐더러 생명까지 어찌될지 모르겠습니다. 상공께서 나의 말을 못 믿으신다면 태사부에서 보내신 이 균첩(鈞帖)을 보십시오!"

부윤은 균첩을 받아서 다 보고 나더니 대경실색하며 즉각에 집포인을 불러들였다.

섬돌 아래서 선뜻 대답을 하며 염전(簾前)에 나서는 사람이 있었다.

"너는 누구냐?"

"삼도집포사신(三都緝捕使臣) 하도(何濤) 관찰(觀察)입니다."

"전일 황니강(黃泥岡)에서 일어난 생일축하품 강탈사건은 응당 그대가 관할할 일이 아니었더냐?"

"상공께 아룁니다. 이 하도는 이 공사를 맡은 이래, 주야로 잠을 못 자고 본관(本管)의 약삭빠르고 솜씨 좋은 공인들을 내보내어 황니강(黃泥岡) 위를 내왕하며 체포에 힘쓰도록 했고 누차 매를 때려 가며 책임을 추궁했사오나 아직까지도 종적을 찾지 못하고 있습니다. 이는 이 하도가 관부 일에 태만하옴이 아니고 어쩔 도리가 없는 일입니다."

부윤은 격분하여 호통을 쳤다.

"네 이놈! 오늘 동경 태사부로부터 간판(幹辦) 한 분이 파견되어, 열흘 안으로 도둑놈의 일당을 체포해 놓지 못한다면 내가 사문도(沙門島)로 귀양살이를 가야 한다는 엄중한 명령을 받았다. 네 놈은 집포사신(緝捕使臣)의 몸으로서 도무지 책임을 다하지 않고 화를 내게까지 미치게 할 작정이냐? 먼저 네 놈을 기러기도 날아가지 못할 멀고 험악한 군주(軍州)로 귀양살이를 보내야겠다!"

당장에 문필장(文筆匠)을 불러들여 하도의 얼굴에다 '××주로 귀양살이를 보낸다(迭配××州)'는 몇 자의 뜸을 떠버렸다.

"하도야! 알겠느냐? 도둑을 체포 못하면 중죄에 처하고 결코 용서함이 없을 것이다!"


하도는 명령을 받고 하청(下廳)하여 사신방(使臣房)으로 나와서 여러 공인들을 소집해 가지고 기밀방(機密房)으로 들어가서 공사를 상의했다. 그러나 수많은 공인들은 서로 얼굴만 쳐다볼 뿐, 마치 입에 화살을 맞은 기러기처럼, 낚싯바늘에 아가미를 꿴 물고기처럼, 통 말이 없었다.

하도가 말한다.

"네 놈들은 이런 어려운 사건에 대해서 어째서 모두 말이 없느냐? 내 얼굴에 새겨진 글자를 보고도 딱하다는 생각도 안 드느냐!"

여러 공인들이 그제야 입을 모아 아뢴다.

"하관찰님! 그 강도들은 반드시 타주외부(他州外府) 심산광야(深山曠野)의 도둑놈들로서 우연히 그 재보(財寶)를 만나게 되어서 산채로 가지고 가서 기뻐하고 있을 판이니, 도저히 체포할 도리는 없습니다!"

하도는 극도의 절망을 부둥켜 안은 채, 사신방(使臣房)을 나와서 말을 타고 자기 집으로 돌아왔다. 말을 마구간에 매두고 혼자서 답답한 심정을 어찌해야 좋을지 몰랐다.

그의 부인이 이상한 기색을 알아차리고 물었다.

"오늘은 어째서 그다지 안색이 나쁘시지요?"

하도는 자초지종을 자세히 이야기하고, 귀양살이보닥도 생명까지 위태로운 엄중한 체포령이 내렸다고 말했다.

"어쩌면 좋겠어요? 큰일났군요!"

아내가 이런 말을 하고 있는 판에 하도의 아우 하청(何淸)이 찾아왔다. 하도는 벌컥 소리를 질렀다.

"뭣하러 왔느냐? 노름이나 하고 돌아다닐 것이지!"

하도의 부인은 눈치빠른 여자였다. 얼른 손짓을 해서 하청을 불러 가지고 이렇게 말했다.

"도련님! 부엌으로 좀 들어오셔요. 여쭐 말씀이 있으니…."

부엌으로 들어온 하청은 형수가 내놓는 술과 안주를 먹으면서 형이 자기를 푸대접하고 술 한 잔도 같이 마시지 않는다고 투덜거렸다.

하도의 부인은, 자기 남편의 괴로운 심정을 설명하고 도둑놈을 체포하라고 상부에서 엄중한 명령이 내렸다는 사실까지 말해 주었다.

그랬더니 하청은 뜻밖에도 이상한 말을 하였다.

"형님이 나하고 잘 상의하고 돈이나 몇 관(貫) 쓴다면, 그까짓 대단치도 않은 도둑놈 몇 명쯤야 힘 안 들이고 체포할 수 있을 터인데…."

"도련님! 무슨 풍문이라도 들으셨군요?"

하청이 웃으면서 계속했다.

"형님이 정말 위태로운 지경에 빠지게 되면 혹 내가 구해 드릴 수 있을지도 모르죠!"

이런 말을 남기고 일어서서 나가려고 하는 아우를 붙잡아서 술을 몇 잔 더 마시게 하고, 부인이 급히 남편에게로 가서 자세한 이야기를 했다. 하도는 황망히 아우를 불러들여서 웃는 낯으로 묻는다.

"너, 도둑놈들의 행방을 알고 있다면 왜 이 형을 좀 구해 주지 않는 거냐?"

"나는 아무 영문도 모르오. 단지 형수와 농담을 했을 뿐인데, 내가 어찌 형님을 구해 드릴 수 있겠소?"

하도는 아우를 슬슬 구슬러서 달래기까지 하였다. 진심으로 목숨을 구해 달라고 애원하다시피 했다. 그러나 하청은 막무가내 딴청만 부릴 뿐이었다.

"형님에게는 날쌔고 솜씨 좋은 공인(公人)들이 얼마든지 있지 않소? 그들도 못하는 노릇을 가지고 어떻게 내가 형님을 구해 드릴 수 있겠소?"

"네 말투를 들어 보면 무슨 연줄이 닿아 있는 것 같으니, 다른 사람 좋은 일 시켜 주지 말고 놈들의 행방을 나한테 말해 주렴! 한 어머니 뱃속에서 나온 형제가 좋다는 것이 무어냐…."

"조급히 굴지 마시오. 정말 어쩔 수 없게 됐을 때는 내가 친히 나서서 그까짓 좀도둑 몇 놈쯤야 잡아 드리리다."

옆에 있던 형수가 거든다.

"어쨌든 형님을 좀 구해 드리셔요. 이제 태사부에서 균첩(鈞帖)이 와서 즉각에 온갖 힘을 다해서 도둑놈의 일당을 체포하라는 엄명이 내렸는데 좀도둑이라고 하시다니요?"

하도는 아우의 말이 심상치 않다 생각하고 얼른 은자 열 냥을 상 위에 내놓으면서 말했다.

"애, 우선 이 은자를 받아 넣어라. 일후에 도둑놈을 잡게 되면 금은단필(金銀段疋)로 다시 후히 상을 줄 테니!"

하청이 웃으면서 하도를 쳐다본다.

"형님은 그야말로 급할 때는 부처님 다리를 붙잡고 살려 달라 하고(急來抱佛脚), 평소에는 향불도 올리지 않는다(閒來不燒香)는 격이구려! 내가 형님의 돈이야 받을 수 있겠소? 도로 집어 넣으시오!"

"돈은 관사(官司)에서 상금으로 내놓은 것이나. 4,5백 관(貫)쯤 쓴들 어떻겠니! 어서 말해 다우! 그 도둑놈들이 어떤 방향으로 연줄이 닿아 있니?"

하청이 넓적다리를 탁 치며 큰소리를 쳤다.

"그 도둑놈들은 모두 나의 이 호주머니〔便袋〕 속에 잡혀 있소."

하도가 깜짝 놀라며 묻는다.

"그게 무슨 말이냐? 도둑놈들이 너의 호주머니 속에 잡혀 있다니?"

"형님, 놀라지 마시오! 모두 이 속에 잡아 넣었다면 넣은 것이지! 돈은 도로 집어 넣으시오! 나는 정당한 말씀만 해드리면 되는 것이니까…."

# 18  도둑을 놓아 주는 포리

美 髥 公 智 隱 揷 翅 虎
宋 公 明 私 放 晁 天 王

하청은 지니고 있던 초문대(招文袋) 속에서 수첩을 꺼내면서 입을 열었다.

"그 도둑놈들은 모두 이 속에 들어 있소."

"어째서 도둑놈들이 그 속에 적혀 있다는 거냐?"

"형님에게 솔직히 하는 말인데, 나는 며칠 전에 노름에 몽땅 잃고 빈털터리가 되었는데 어떤 노름친구 하나가 나를 데리고 북문(北門) 밖 15리쯤 되는 안락촌(安樂村)이란 곳엘 갔었소. 거기 있는 왕(王)씨 집 여인숙에서 도박을 하고 있었는데 관사(官司)에서 공문이 돌았소. 여인숙을 경영하는 집은 누구나 숙박부를 작성해서 도장을 확실히 찍고 매일 밤 장사치들이 와서 쉴 때마다 어디서 왔고, 어디로 가며, 성명이 뭣이고, 무슨 장사를 하는지? 일일이 물어서 장부에 기입하라는 것이었소. 그래서 관사(官司)에서 조사가 있을 때는 한 달에 한 번씩 이정(里正)에서 가서 보고를 하라구. 그런데 여인숙 하인들이 글자를 모르기 때문에 내가 그들 대신 반달 동안이나 그것을 적어 주었소. 그날은 바로 6월 초사흘. 일곱 명의 대추장수 장돌뱅이들이 일곱 채의 강주차(江州車)를 끌고 와서 묵었소. 나는 그 장사치들의 두목쯤 되는 사람이 바로 운성현(鄆

城縣) 동계촌(東溪村)의 조보정(晁保正)이라는 것을 대뜸 알았소. 어떻게 그를 아느냐구요? 나는 그 전에 어떤 노름꾼 하나를 따라서 그 사람 집에 갔던 일이 있었으니까 알아볼 수 있을밖에. 내가 숙박부에다 기입을 하면서 성씨가 누구냐고 물었더니, 수염이 더부룩하고 얼굴이 허여멀쑥한 자가 가로채서 대답하는 말이—자기네는 성이 이(李)씨인데 몽주(濠州)에서 대추장사를 하러 동경으로 가는 길이라고 합디다. 나는 기입을 하면서도 다소 의심을 품었소. 이튿날 그들은 떠나갔고, 여인숙 주인은 나를 데리고 마을로 노름을 하러 가게 됐는데, 한군데 세 갈래 길에 다다랐을 때, 어떤 장정 한 사람이 통 두 개를 떠메고 지나갔소. 나는 그를 몰랐지만 여인숙 주인은 소리를 질렀소. ‘백대랑(白大郎), 어디를 가나?’ 하구. 그랬더니 그 사람의 대답이 ‘초를 통에 담아 짊어지고 마을 재주(財主)에게 팔러 가는 길일세!’ 합디다. 여인숙 주인이 나에게 하는 말이, ‘저 사람은 백일서(白日鼠) 백승(白勝)이라는 사람인데 역시 노름꾼이지!’ 나는 그 말을 기억해 두고 있었는데, 얼마 안 되어서 여기저기서 어수선하게 들려오는 소문이, 황니강(黃泥岡)에서 대추장수 장돌뱅이들이 마취제로 사람을 마비시켜 놓고 생일축하품을 강탈했다는 것이었소. 나는 이것이 바로 조보정이 아니면 또 누구랴 하는 생각을 했소. 이제 백승을 잡아다가 한 번 물어 보기만 하면 단서를 곧 알 수 있을 것이오. 이 수첩은 내가 한 벌 베껴 둔 부본(副本)이오."

하도는 이 말을 듣자 기뻐서 어쩔 줄 모르며 즉각에 하청을 데리고 주의 아문〔州衙〕으로 가서 태수에게 보고하고, 여덟 명의 공인(公人)을 대동하고 밤이 삼경이나 되어서 여인숙 주인을 앞장세우고 백승의 집을 습격했다.

백승의 아내에게 물어 봤더니 백승은 열병이 걸려서 땀을 못 내고 드러누워 있다고 했다. 당장에 침상에서 끌어내려서 결박했다. 땅바닥이 울퉁불퉁한 것을 발견하고 그곳을 파헤쳐 보니 한 꾸러미의 금은(金銀)이 튀어나왔다. 더 물어 볼 여지도 없이 백승 부처를 압송해 가지고 제주(濟州)성으로 돌아왔다.

오경쯤 되어서 결박한 백승을 청전(廳前)에 끌어 내어 심문을 했다. 그는 일체 모른다고 잡아뗐다. 그러나 심한 매에 못 이겨 피를 줄줄 흘리며 자백했다.

"주모자는 조보정입니다. 그는 다른 여섯 사람과 같이 소생을 끌어다가 술통을 떠메라고 했는데 그 여섯 사람은 모두 생면부지의 인물들이었습니다."

그는 끝까지 여섯 사람의 성명을 대지 않았다. 그러나 부윤은 조보정만 체포하면 나머지 여섯 명은 자연 잡히게 되리라는 생각으로, 우선 백승 부처를 감옥에 가두고, 곧 공문을 발포하는 한편 하도와 함께 솜씨 있는 공인(公人) 20명을 운성(鄆城)으로 파견하여 조보정과 함께 성명미상의 여섯 명을 즉각 체포하도록 현(縣)에다 명령을 내렸다.

그날 아침 열시경. 그곳 지현(知縣)은 마침 일찌감치 퇴근하여 자기 집으로 돌아갔다. 현전(縣前)은 조용하고 쓸쓸했다. 하도는 현(縣) 맞은편에 있는 한 군데 다방(茶坊)으로 들어가서 차를 마시며 기다리고 있었다. 차를 한 잔 마시고 차심부름꾼〔茶博士〕에게 오늘은 어째서 현전(縣前)이 이렇게 조용하냐고 물었다. 상공(相公)도 퇴근

했고 공인들도 모두 식사를 하러 나가서 돌아오지 않은 까닭이라고 했다.

"그러면 오늘 현안의 일직 압사(押司-서기)는 누군가?"

심부름꾼은 손으로 가리키면서 말했다.

"저기, 오늘 당번이신 압사께서 오시는군요!"

하도가 바라보니 마침 현 안으로부터 한 사람의 압사가 걸어나오고 있었다.

그 압사는 송강(宋江)이라고 하는 사람이었다. 자(字)를 공명(公明)이라 하며, 형제 중에서 셋째요, 조상 때부터 운성현(鄆城縣) 송가촌(宋家村)의 인씨(人氏)였다. 얼굴이 거무튀튀하고 키가 작아서 사람들이 모두 그를 흑송강(黑宋江)이라고 불렀다. 부모에게 효성스럽기로 유명했고, 위인이 의(義)를 존중하고 재물을 우습게 여겨서 사람들이 효의흑삼랑(孝義黑三郎)이라고도 불렀다. 위로 부친이 재당(在堂)했으나 모친은 세상을 떠나고 없었다. 아래로 아우가 하나 있는데 철선자(鐵扇子) 송청(宋淸)이라는 사람으로 부친 송태공(宋太公)과 함께 시골에서 농사를 지으며 살아가고 있었다.

송강은 운성현에서 압사 노릇을 하고 있는데 그는 도필(刀筆)에 정통하고 이도(吏道)에 순숙(純熟)하며 아울러 창봉(鎗棒)을 즐겨 공부하고 여러 가지 무예도 할 줄 알았다.

평소에 강호의 쾌남아들과 사귀기를 즐겨했고, 그를 찾아오는 사람이 있으면 귀천을 가리지 않고 받아들이지 않는 법이 없었다. 자기 집에 유숙케 하여 진종일 시중을 들면서도 싫다거나 귀찮아하는 기색이 없었다.

그들이 떠나갈 때에는 힘자라는 데까지 노자(路資)를 도와주었고, 돈쓰기를 흙을 뿌리듯, 돈을 달라는 사람을 거절해 본 일이 없었다. 또 남의 편의를 잘 봐주었고, 언제나 남의 시끄러운 일을 해결해 주었다. 관이며 약제 같은 것을 제공하여 어려운 사람을 건져 주었으며, 항시 남의 급한 일, 괴로운 일을 돌봐 주었다.

그래서 산동(山東) 하북(河北) 지방에서는 유명한 존재로서 사람마다 그를 급시우(及時雨)라고 불렀다. 그것은 하늘에서 때맞춰 내리는 단비〔雨〕와 같이 만물을 구제한다는 것에 그를 비유한 것이었다.


송강이 반당(伴當-從者) 한 사람을 거느리고 현전(縣前)으로 나오자, 하관찰(河觀察-하도)은 선뜻 나서서 그를 다방으로 안내하여 인사를 했다. 차 두 잔을 시켜 마시면서 범인 체포에 나선 자기의 입장을 천명하고, 백승이란 자가 이미 체포되었다는 사실, 그의 자백에서 범인 일곱 명이 모두 당현(當縣)에 거주하는 자들임이 판명되었고, 그 주모자가 동계촌 조보정임이 밝혀졌다는 사실을 상세히 이야기하며 송강의 협력을 부탁했다.

그 말을 듣자, 송강은 깜짝 놀랐다.

혼자 속으로 생각한다.

'조개는 나의 심복(心腹)의 친구인데, 이제 그가 기막히게 큰 죄를 범했구나! 내가 그를 구출해 주지 못한다면 그의 생명은 끝장이 나고 말 것이다!'

내심 당황하면서도 태연히 대답했다.

"조개란 놈은 굉장한 말썽꾸러기여서 우리 현 안에서도

미워하지 않는 사람이 없습니다. 이번에 또 그 따위 짓을 했다면 톡톡히 혼을 내줘야죠.”

하도는 밀봉한 공문서를 지현(知縣)에게 한시 바삐 바쳐야겠다고 재촉했으나, 송강은 지현이 아침 공무를 마치고 잠시 쉬고 있는 시간이니, 그 대신 다방(茶坊)에서 기다려 주면 그가 등청한 다음에 자기가 다시 와서 모셔 가겠다고 일러 놓고 밖으로 나오면서 차를 나르는 심부름꾼에게 분부했다.

“저 관인께서 또 차를 마시겠다거든 차를 올리고 차값은 모두 내 앞으로 달아 두게.”

다방에서 나온 송강은 날 듯이 자기 거처로 돌아가서 직사(直司) 한 사람을 불러서 분부했다. 다방문 앞을 지키고 있다가 지현이 등청하거든, 하도에게 들어가서 곧 압사(押司)가 모시러 올 것이라 하고 잡아 두라고 했다.

경각을 지체할 수가 없었다.

마구간으로 달려가서 말에 안장을 얹고 뒷문으로 끌어내어 동문 밖으로 나와 동계촌(東溪村)을 향하여 채찍을 마구 휘둘러 갈겼다.

반시간도 못 되어서 조개의 집에 도착했다. 그때 조개는 오용·공손승·유당과 함께 후원 포도덩굴 밑에서 술을 마시고 있었다. 원씨(阮氏) 삼형제는 이미 자기 몫을 받아 가지고 석갈촌(石碣村)으로 돌아가고 그 자리에 없었다.

송압사(宋押司)가 단신 말을 달려 나타났다는 연락을 받자, 조개는 급히 나와서 송강을 맞이했다.

“압사! 웬일이시오? 지극히 당황한 모양이니….”

"조형! 나는 아우의 입장에서 목숨을 내걸고 형을 구출하러 달려왔소. 황니강(黃泥岡)사건이 탄로났고, 백승은 지금 제주(濟州) 영창에 갇혀 있으며 일곱 사람에 관한 일을 모두 자백했기 때문에, 제주에서 하집포(何緝捕)란 자가 태사(太師)의 명령장과 제주부의 공문을 가지고 형들을 체포하려고 이곳에 와 있소. 두목은 형으로 지명되어 있는데 다행히 이런 소식을 내가 먼저 알게 됐기 때문에, 지현(知縣)이 부재중이라 하고 그 하관찰을 다방에 잡아 놓고, 그 틈을 타서 급히 말을 달려 형에게 알려 드리려고 온 길이오. 여러 말할 것 없이 삼십육계(三十六計) 줄행랑이 제일 상책, 빨리 몸을 피하는 것밖에 도리가 없소. 내가 이제 돌아가서 그 하관찰을 지현에게 안내하여 공문서만 바치게 되면 경각을 지체치 않고 포리(捕吏)들이 달려들 것이고, 그때는 나도 어떻게 손도 쓸 수 없게 되고 말 것이니 어떻게 형을 구출할 수 있겠소?"

조개는 깜짝 놀라며 송강의 손을 덥석 잡았다.

"현제(賢弟)! 그대의 태산 같은 은혜, 좀처럼 갚기 어렵겠는걸!"

조개는 송강을 후원으로 데리고 들어가서 오용·공손승·유당에게 인사를 시켰지만, 송강은 인사를 하는둥 마는둥 허둥지둥 문밖으로 나와서 부리나케 현(縣)으로 되돌아왔다.

공손승·오용·유당은 그가 송강이라는 의리 있는 인물임을 알자 생명의 은인을 우러러보며 감탄하고 감사하여 마지않았다. 조개는 즉각에 그들 세 사람과 더불어 대책을 강구했다.

결국, 원씨(阮氏) 삼형제의 집은 고기잡이의 집이니 오래 머무를 만한 곳이 못 된다는 결론 아래 석갈촌에서 멀지 않은 곳에 양산박이 있으니, 그 군관의 손길도 뻗치지 못하는 든든한 산채(山寨)를 찾아가서 일당의 틈에 끼여 보자는 결심을 했다. 아무리 왕륜(王倫)이 고집이 세다 하더라도 금은(金銀)이 얼마든지 있으니 그것을 내놓으면 받아 줄 것 같았다.

조개가 단을 내렸다.

오용과 유당은 조개의 집 하인배들을 데리고 먼저 짐짝을 짊어지고 원씨 삼형제의 집으로 가서 만반의 준비를 갖춰 놓고 다시 육로로 돌아와서 행동을 같이할 것이며, 그 동안에 조개와 공손승 둘이서는 이편 뒷수습을 깨끗이 해 놓기로 작정했다.

오용과 유당은 약탈한 생일잔치 물품을 대여섯 개의 짐짝으로 꾸려 가지고, 대여섯 명의 시골 사람을 불러서 술과 음식을 잔뜩 먹인 다음, 오용은 쇠사슬〔銅鍊〕을 소맷자락 속에 간직하고, 유당은 박도를 손에 들고, 일행 10여 명이 석갈촌으로 길을 떠났다. 조개와 공손승은 그곳에 남아서 뒷수습을 하면서, 그들을 따라가지 않겠다는 하인들에게는 얼마간 돈을 집어 주어서 다른 곳으로 보내고, 행동을 같이하겠다는 하인배들만 데리고 재물은 정리하여 짐짝을 꾸리었다.


송강이 말을 달려 다방으로 돌아와 하도를 안내하여 아문으로 들어서니, 지현(知縣) 시문빈(時文彬)은 벌써 등청하여 사무를 보고 있었다.

집포사신(緝捕使臣) 하관찰을 만나고 그가 바치는 공문을 뜯어 본 지현은 당장에 명령을 내려서 위사(尉司) 한 사람과 도두(都頭) 두 사람을 불러들였다. 도두 중의 한 사람은 주동(朱同), 또 한 사람은 뇌횡(雷橫)이라 하였는데, 두 사람이 다 같이 하는 일 없이 밥이나 치우는 그런 보통 인물들이 아니었다.

주동과 뇌횡은 현위(縣尉)와 함께 말을 달려 위사(尉司)에 도착하여 마보궁수(馬步弓手)와 병사 백 명을 점검하여 대동하고, 하관찰과 함께, 두 우후까지 목격자〔眼拿人〕의 역할로 데리고, 그날 밤으로 말을 몰아 동문(東門)을 나와서 동계촌 조개의 집을 향하여 쏜살같이 달려갔다.

그들이 동계촌에 도착했을 때는 밤이 일경(一更)쯤 되었다. 일행은 어떤 관음암(觀音庵)에 총집결했다. 주동이 입을 열었다.

"조개의 집에는 전후로 길이 트여 있으니 앞으로 쳐들어가면 놈은 뒷문으로 빠질 것이고, 뒷문으로 쳐들어가면 앞문으로 빠질 것이오. 조개를 빼놓고는 나머지 여섯 놈은 대단치도 않겠지만 어쨌든 일곱 놈이 하인배들까지 협력해서 기를 쓰고 덤벼든다면 만만치 않을 것이니, 우리는 동쪽에서 소리를 지르고 서쪽을 들이치는(聲東擊西) 작전을 써서 놈들이 당황하는 틈을 타서 손을 써야겠소. 나하구 뇌도두하고는 둘로 갈라져서 인원을 절반씩 거느리고 살며시 걸어들어가 내가 먼저 뒷문으로 돌아 들어가 매복하고 있다가 휘파람을 불 터이니, 그것을 신호로 하여 여러분은 앞문으로 몰려 들어와서 깡그리 붙잡도록 해주시오."

뇌횡도 찬성했다.

"옳은 말씀이오. 허지만 주도두가 현위상공(顯尉相公)과 함께 앞문으로 쳐들어가 주시오. 내가 뒷문을 맡아서 막고 있겠소."

"아니, 주도두는 모르실 것이지만, 나는 예전부터 조개의 집에 도주할 구멍이 세 군데 있다는 것을 잘 알고 있소. 내가 뒷문으로 돌면 횃불이 없어도 놈의 동정을 파악할 수밖에 없지만, 주도두가 그쪽으로 돌다가는 어두워서 놈의 동정도 살피지 못하고 도리어 우리 편이 꼬리를 잡히게 되면 큰일이오."

현위(縣尉)도 주동의 의견에 찬성하였다. 뇌횡은 하는 수 없이 마보궁수(馬步弓手), 현위를 앞뒤로 호위시키고 조개의 집을 정면으로 공격해 들어갔다.

조개의 집이 아직도 반리(半里)쯤 떨어져 있는 지점에 이르렀을 때, 집 안에서는 불길이 치밀어오르며 시커먼 연기 속에서 건물이 타고 있었다. 다시 10여 발짝 앞으로 나갔을 때, 이번에는 앞문 뒷문 사면팔방에서 화염이 충천하고 무려 3,40군데에서 불길이 치솟아 올랐다.

뇌횡이 선두에 서서 박도를 휘두르고 그 뒤로 병사들이 고함을 지르며 달려가 문을 부수고 안으로 쳐들어갔다. 주위는 불빛으로 대낮같이 밝았다. 그러나 집 안에는 사람의 그림자라곤 하나도 없었다.

이때 문 뒤쪽에서 난데없는 고함소리가 들렸다.

"앞문에서 놈들을 잡도록 해라!"

본래 주동은 조개를 잡지 않고 놓아 줄 배짱을 먹고 있었기 때문에 고의로 뇌횡을 앞문으로 쳐들어가게 한 것이었다.

그런데 뇌횡에게도 조개를 잡지 않고 구해 주고 싶은 배짱이 있었기 때문에 서로 뒷문을 지키겠다고 옥신각신했던 것이다.

그래서 뇌횡은 하는 수 없이 앞문으로 들이치게 됐지만, 사실은 되는 대로 함부로 들이치는 체하고 분잡을 떨다가 그 틈을 타서 조개를 도망쳐 버리게 해줄 작정을 하고 있었다.

"관군(官軍)이 쳐들어옵니다!"

하는 부하의 보고를 받고, 조개는 공손승과 함께 하인배 10여 명을 거느리고 고함을 지르며 박도를 휘두르고 뒷문을 향하여 대항하고 나가면서 소리를 질렀다.

"덤벼드는 놈은 목을 벨 테다! 목숨이 아까운 놈은 얼씬도 말라!"

이때 주동이 시커먼 어둠 속에서 소리를 질렀다.

"보정님! 빨리 달아나시오! 주동이 여기서 오랫동안 기다리고 있었소!"

조개는 그 소리도 들리지 않는다는 듯, 닥치는대로 치고 찌르고 하면서 돌진했다. 주동은 일부러 몸을 피하여 조개에게 달아날 길을 터주었다.

조개는 공손승과 하인배들을 앞장세워 도주하게 하고 자기는 뒤를 지키면서 달아났다. 주동은 궁수(弓手)를 뒷문으로부터 집 안으로 몰아넣고 앞문으로 나가서 도둑놈을 잡으라고 명령했다.

뇌횡은 그 말을 듣자 몸을 돌려 앞문 밖으로 나와서 마보궁수(馬步弓手)들에게 추격하라 하고 자기는 불더미 속에서 도둑놈을 찾는 체하고 있었다.

주동은 병사들은 내버려 둔 채, 칼을 휘두르며 조개의 뒤를 쫓았다. 조개가 도주하면서 소리를 질렀다.

"주도두(朱都頭)! 나를 이렇게까지 추격해서 뭣하겠다는 거요? 내 그대에게 잘못한 일도 없었는데!"

주동은 뒤에 사람이 없는 것을 확인하고 나서야 이렇게 말했다.

"보정님! 내가 마음을 쓰고 있는 것을 모르시오? 나는 뇌횡이 몰인정한 짓을 할까 겁이 나서 앞문을 지키라고 속여서 돌려 놓고 뒷문을 맡아 가지고 보정님을 놓아 보내자는 것이었소. 길을 틔워서 당신을 도주케 한 것을 보시지 않았소? 다른 데로 가시면 안 되오. 단지 양산박만이 안신(安身)할 수 있는 곳이오!"

"목숨을 구해 준 은혜 심히 감사하오! 반드시 보답할 날이 있으리다."

주동이 조개를 그대로 쫓아가고 있을 때, 뇌횡이 뒤에서 큰 소리를 질렀다.

"도둑놈을 놓쳐서는 안 되오!"

주동이 조개를 재촉했다.

"당신은 그저 달아나기만 하시오! 내가 저자를 다른 곳으로 돌릴 테니!"

주동이 다시 머리를 돌리며 뇌횡에게 소리친다.

"세 도둑놈이 동쪽 좁은 길로 뺑소니를 쳤으니 뇌도두는 그놈들을 추격하시오!"

뇌횡은 병사들을 거느리고 동쪽 좁은 길로 방향을 바꿨다. 한참 만에 조개의 모습이 어둠 속으로 완전히 사라져 버리자, 주동은 일부러 발을 헛디뎌서 쓰러진 체하고 땅 위에 나뒹굴었다. 뒤쫓아오던 병사들이 그를 부축해 일으켜서 구출했다.

뇌횡도 좁은 길을 추격해 가다가, 마침내 돌아서면서 혼자 생각한다.

'주동은 조개와 친한 사이니까, 그대로 놓아 주었을 것이다. 나는 공연히 애만 쓰고 인정을 베풀어 주지 못한 것이 서운하다!'

그는 그대로 돌아와서 투덜거렸다.

"어디 쫓아갈 수가 있어야지! 그놈들은 아주 지독한 놈들인데!"

현위(縣尉)가 두 도두와 함께 조개의 집으로 돌아온 것은 밤이 사경이나 되었을 때였다. 하관찰(何觀察)은 일행이 하룻밤 동안 분잡만 떨고 도둑은 한 놈도 잡지 못했다는 사실을 알자 한탄할 따름이었다.

"어떻게 제주(濟州)에 돌아가서 부윤을 만나뵙는단 말인가?"

현위는 빈손으로는 돌아갈 수 없었다. 조개의 이웃 사람 몇을 잡아 가지고 운성현으로 호송해 갔다.

지현(知縣)은 하룻밤 동안 잠 한 잠 못 자고 결과를 기다리고 있었으나 도둑놈은 모조리 놓쳐 버렸고 이웃 사람 몇 명을 잡아 왔다는 보고를 듣자 실망낙담, 어쩔 수 없이 이웃 사람 몇 명을 불러들여서 심문해 봤다.

"저희들은 조보정님 근처에 살고 있기는 합니다만, 먼 사람은 2,3리씩 떨어진 곳에 살고, 가까운 사람들도 마을이 다른 곳에 살고 있읍니다. 보정님 댁에는 항시 창봉(鎗

棒)을 쓰는 양반들이 출입하는 줄 알기는 했지만, 이런 일을 저지른 줄은 전혀 몰랐습니다."

지현이 그래도 무슨 단서를 잡아 보려고 짓궂게 심문을 계속했다. 그 중의 한 사람이 말했다.

"확실한 일은 그 댁 하인들이 잘 알고 있을 것입니다!"

지현은 그 말을 듣자, 경각을 지체치 않고 이웃 사람을 앞장세우고 동계촌으로 하인을 체포하러 보냈다.

얼마 안 되어서 하인 두 사람이 붙잡혀 왔다. 처음에는 통 말을 하려 들지 않았으나 매에 못 이겨서 사실대로 자백했다.

"맨 처음에는 여섯 사람이 의논을 했습니다. 제가 알 수 있는 것은 그 중에서 한 사람뿐이고, 바로 마을에서 선생 노릇을 하고 있는 오학구(吳學究)라는 사람입니다. 또 한 사람은 공손승이라는 분인데 이분도 선생(先生)이고, 또 얼굴빛이 시커멓고 몸집이 건장한 유(劉)라는 분도 있었습니다. 그밖의 세 사람은 본 일이 없습니다. 오학구란 분이 끌어들인 사람들인데 석갈촌에서 고기잡이로 살고 있는 삼형제로서 성이 원씨(阮氏)라는 말만 들었습니다."

지현은 그의 진술대로 기록해서 공문서를 만들고, 두 하인은 하관찰에게 맡겨 두고 제주부(濟州府)로 이런 사실을 보고했다. 송강은 잡혀 온 이웃 사람들의 편의를 봐주고, 보석을 시켜서 각각 집으로 돌아가서 처분을 기다리고 있도록 해주었다.

여러 사람들은 하도와 함께 두 하인을 압송해 가지고 밤을 새워 제주로 돌아왔다. 마침, 부윤이 등청해 있었다. 하도는 일행을 거느리고 출두해서 조개가 제 집에 불을

지르고 도주한 전말을 보고하고 하인들의 진술서를 내놓
았다.

부윤이 명했다.

"그렇다면 백승(白勝)을 한 번 더 이리 잡아들이라!"

영창에서 끌려나온 백승을 부윤이 심문했다.

"원(阮)이라는 세 놈은 어느 고장 놈들이냐?"

백승은 속일 도리가 없어서 마침내 솔직히 고백하고 말
았다.

"세 사람의 원씨(阮氏)란 한나는 입지태세(立地太歲)
원소이, 하나는 단명이랑(短命二郎) 원소오, 또 하나는 활
염라(活閻羅) 원소칠이라는 자로서 모두 석갈촌에 살고
있습니다."

"또 다른 세 놈의 성명은 뭐라고 하느냐?"

"하나는 지다성(智多星) 오용, 하나는 입운룡(入雲龍)
공손승, 또 하나는 적발귀(赤髮鬼) 유당이라고 합니다."

부윤은 그 말을 듣더니,

"좋아! 이놈을 처음과 같이 영창에 집어 넣어라!"

하고, 즉시 하관찰을 불러 석갈촌에 가서 도둑놈들을 체포
하라는 명령을 내렸다.

과연, 하관찰은 석갈촌으로 달려가서 어떻게 도둑놈들
을 체포할 것인지? 이것 때문에 풍운이 중첩하게 되고 수
호산성(水滸山城)에는 종횡으로 인마(人馬)가 몰려들 판
이다.

# 19 두목이 죽는 날

林 冲 水 寨 大 倂 火
晁 蓋 梁 山 小 奪 泊

하관찰은 명령을 받고 하청(下廳)하자 바로 기밀방(機密房)으로 가서 여러 사람과 상의했다. 여러 공인(公人)들의 말이, 석갈촌은 양산박과 인접한 곳이요, 호수가 망망탕탕(茫茫蕩蕩)하고 갈대가 무성한 수항(水港)이어서 대대관군(大隊官軍)을 풀기 전에는 감히 도둑을 잡으려고 그곳에 갈 사람이 없다는 것이었다.

하도가 다시 등청하여 부윤에게 이런 난처한 실정을 아뢰자, 부윤은 수완 있는 포도순간(捕盜巡簡)을 한 명 더 파견하고 5백의 관병인마(官兵人馬)를 거느리고 함께 가서 체포하라는 명령을 내렸다.

부윤의 명령대로 그 이튿날 포도순간은 하관찰과 함께 5백의 관병인마와 수많은 포리들을 거느리고 일제히 석갈촌으로 달려갔다.

이때, 벌써 조개 일당 일곱 사람은 원소오(阮小五) 집에 집결해 있었고, 원소이(阮小二)는 가족을 전부 호수 속에 있는 집으로 옮겨 놓고 있었다. 그들은 양산박으로 갈 일을 상의하고 있었다.

오용이 제의하기를, 이가도(李家道) 어귀에서 한지홀률(旱地忽律) 주귀(朱貴)가 술집을 차려 놓고 사방에서 몰

려드는 쾌남아들의 접대를 맡고 있으니 우선 그곳을 찾아
가는 게 순서라고 했다.

이런 상의를 하고 있는 판인데 어부 몇 사람이 달려들
며 관군이 마을로 쳐들어온다는 놀라운 소식을 전해 주었
다.

그러나 유당도 조개도 공손승도 태연자약했다. 관군을
쳐부술 자신이 만만했다. 조개가 지시를 내렸다. 유당과
오학구는 먼저 짐짝과 가족들을 배에 싣고 떠나 이가도
(李家道) 어귀 왼편에서 기다리고 있게 하고, 나머지 사람
들이 뒤쫓아 그곳으로 달려가기로 했다.

원소이는 두 척의 배를 마련해 가지고 모친과 가족과
세간을 실었다. 오용과 유당은 각각 배 한 척씩을 맡아 가
지고 일꾼〔伴當〕 7,8명을 고용해서 배를 젓도록 하여 이
가도 어귀에서 기다리고 있기로 했다.

원소이는 원소오와 원소칠에게 계책을 꾸며 주고 조그
만 배를 타고 가다가 여차여차 적을 처치하라고 지시해서
떠나 보냈다.

하도와 포도순간이 원소이의 집을 습격했을 때는 집 안
은 텅 비었고, 개미새끼 한 마리 구경할 수 없었다.

하도가 이웃 어부들을 잡아 가지고 물었다. 원씨 형제
들은 호수 속에서 살고 있으니 배를 타지 않고는 갈 수 없
다는 것이었다. 하도 일행은 그곳에서 말을 내려 몇 명이
말을 지키고 있도록 하고, 배를 백 척이나 모아 가지고 전
원이 일제히 원소오의 어촌을 향해서 물 위를 달렸다.
5,6리쯤 갔을 때, 난데없이 갈대숲 속에서 누군지 노래를
부르는 소리가 들렸다.

한평생 요아와에서 고기만 잡고,
모도 가꾸지 않고 삼도 심지 않네.
혹독하고 지저분한 관리들을 깡그리 죽여 버리고,
충신이 되어서 천자께 보답하리.
打魚一世蓼兒注 不種靑苗不種麻
酷吏臟官都殺盡 忠臣報答趙官家


그 노랫소리를 듣고, 하관찰 이하 모든 사람이 깜짝 놀랐다. 저편에서 어떤 사나이가 조그만 배를 저어 가면서 노래를 부르고 있는데, 그 얼굴을 아는 사람이 소리를 질렀다.

"저게 바로 원소오다!"

하도가 손을 흔들어 신호를 하니 수많은 포리들이 각각 병기를 들고 덤벼들었다. 원소오는 오히려 껄껄대고 웃으며 욕지거리를 퍼부었다.

"백성을 학대하고 해만 끼치는 이 도둑놈들아! 대담하게도 감히 이 영감을 건드려서 뭣하겠다는 거냐! 가만히 있는 호랑이의 수염을 건드리는 격이다!"

하도의 뒤에 있던 궁수(弓手)들이 일제히 활을 쏴댔다. 원소오는 노를 손에 잡은 채 물속으로 텀벙 빠져 버렸으며, 그곳으로 배를 저어 가봤지만 아무 소용도 없었다.

하도 일행이 다시 얼마 동안 배를 저어 나아가고 있노라니, 이번에는 갈대숲 깊숙한 곳에서 휘파람 소리가 들렸다. 일행이 배를 빨리 몰아 달려갔더니 알지 못할 사나이 둘이서 배를 젓고 있었다. 배꼬리에 서 있는 사람이 노래를 불렀다.

이 영감은 석갈촌에서 자랐고
사람 죽이기를 좋아하는 성질.
먼저 하도순간의 목을 잘라
서울로 가서 천자께 바치겠네.
老爺生長石碣村  稟性生來要殺人
先斬何濤巡簡首  京師獻與趙王君


하관찰 일행은 또 한 번 깜짝 놀랐다.
그 얼굴을 아는 사람이 소리를 질렀다.
"저게 바로 원소칠이오!"
하도가 호통을 쳤다.
"모두 있는 힘을 다해서 앞으로 달려라! 먼저 저 도둑놈
을 잡아라! 놓쳐서는 안 된다!"
원소칠이 그 소리를 듣고 껄껄대며 소리쳤다.
"이 멀쩡한 도둑놈들아!"
그리고 창으로 뱃전을 쿡 찌르니 배는 방향을 빙글 돌
려서 좁디좁은 물길〔小港汉〕을 향하여 뺑소니를 쳐버렸
다. 일행은 결사적으로 쫓아갔다. 원소칠은 날 듯이 노를
저어 여전히 휘파람을 불면서 좁은 물길로 도주해 버렸다.
하도는 또 호통을 친다.
"배를 멈추어서 언덕으로 대라!"
언덕으로 올라가서 그 고장 사람들에게 물었다. 그들의
대답은 똑같았다.
"우리는 이 고장에 살고 있기는 하지만, 이 근처에 길이
어떻게 뚫려 있는지는 전혀 모릅니다."
하도는 하는 수 없이 배 두 척에다 3,4명의 공인(公人)

을 태워서 길을 조사해 보고 오라고 떠나 보냈다.

그러나 그들은 날이 저물어도 한 사람 돌아오지 않았다. 하도는 마침내 솜씨 있는 공인들을 여러 명 거느리고 친히 배를 타고 길을 찾아보려고 나섰다. 날이 완전히 저물었다. 5,6리쯤 나가서 앞을 바라보니, 언덕 위에서 호미[鋤]를 들고 걸어오는 사나이가 있었다.

"너는 누구냐? 여기는 어디냐?"

그 사나이가 굽실하며 대답한다.

"나는 이 마을 사람이오. 여기는 단두구(斷頭溝)라는 곳인데 앞으로 더 나갈 길은 없소."

"배 두 척이 지나가는 것을 보지 못했느냐?"

"원소오를 잡으러 온 배 말이오?"

"너는 어떻게 원소오를 잡으러 온 줄 아느냐?"

"그들은 저 앞 숲속에서 싸우고 있소."

"거기까지 얼마나 되느냐?"

"저기 바라다뵈는 곳이 바로 거기오."

하도는 싸움을 거들러 갈 생각으로 배를 기슭에 대고 먼저 두 포리(捕吏)를 시켜서 쇠갈퀴를 들고 기슭 위로 올라가게 했다. 그런데 그 사나이가 별안간 호미를 높이 쳐들더니 두 포리를 후려갈겨서 물속에 처박아 버리고 말았다.

하도가 깜짝 놀라서 기슭으로 뛰어오르려고 했을 때 별안간 배가 몹시 흔들리며 기슭에서 멀어졌다. 순간, 물속으로부터 또 다른 사나이가 나타나서 하도의 두 발을 덥석 움켜잡아 물속으로 끌어당겼다.

배에 남아 있는 다른 사람들이 도주하려고 했을 때, 호미든 사나이가 배 위로 껑충 뛰어오르더니 호미를 마구 휘둘러서 한 사람 한 사람 모조리 대갈통을 까버리는 것이었다.

하도는 물속에 있는 사나이에게 거꾸로 질질 끌려서 간신히 기슭 위로 올라갔다. 그 사나이는 허리띠로 하도를 꽁꽁 묶어 버렸다. 자세히 살펴보니 물 속에 있는 사나이는 바로 원소칠이었고, 호미를 휘두르던 사나이는 바로 원소이였다. 그들 형제는 하도를 노려보며 호통을 쳤다.

"우리 삼형제는 본래부터 살인 방화를 좋아한다! 네 따위가 뭐란 말이냐? 대담하게도 관병(官兵)을 끌고 여길 와서 우리를 붙잡으려 들다니!"

하도가 엎드려 빈다.

"소인은 상부의 명령을 받고 파견되어서 어쩔 수 없었습니다. 소인이 어찌 감히 당신 같으신 훌륭한 분들을 잡으러 왔겠습니까! 집에는 팔순 노모가 계시니 불쌍히 여기시어 목숨만은 살려 주십시오!"

그러나 원씨 형제는,

"이놈을 꽁꽁 묶어서 선창 속에 처박아 두자!"

하면서 다른 몇 구(具)의 시체는 물속으로 텀벙텀벙 집어 던져 버렸다. 형제가 휘파람을 한 번 부니 갈대숲 속으로부터 4,5명의 어부들이 나타나서 배 위로 올라왔다. 원소이와 원소칠은 각각 배 한 척씩을 잡아 타고 유유히 사라졌다.


한편. 포도순간(捕盜巡簡)은 하관찰이 돌아오기를 눈이 빠지도록 기다리면서 밤이 초경(初更)이 되도록 배 위에서 바람만 쐬고 있었다.

이때 등덜미에서 난데없이 괴상한 바람이 휘몰아쳐 왔다. 일행이 얼굴을 가리고 대경실색하며 비명을 지르고 있는 동안에 뱃줄〔船索〕은 모조리 끊어지고 말았다. 허둥지둥 어쩔 줄 모르고 있는 판인데, 뒤에서 휘파람 소리가 들려왔다. 바람결을 거스르며 고개를 돌이켜 바라보니, 갈대숲 옆에서 한 줄기 불빛이 뻗쳐 나오고 있었다.

여러 사람들이 소리를 질렀다.

"이제는 마지막이구나!"

대소 4,50척의 배들은 억세고 괴상한 바람에 휩쓸려서 서로 부딪고 흔들리고 야단법석이 일어났다. 불길은 점점 가까이 치밀어 왔다. 그것은 조그만 배들이 떼를 지어서 두 척씩 한데 묶여 가지고 그 위에는 갈대나무 시초(柴草)를 잔뜩 실어서, 그것이 후두둑후두둑 소리를 내고 타오르면서 순풍을 따라 밀려드는 것이었다.

4,50척의 관병의 배들은 바람에 불려서 한데 몰려 있었는데, 피해 보려고 해도 워낙 물길이 좁아서 어찌할 도리가 없었다. 큰 배도 10여 척이나 있었는데 이것들은 불이 타오르고 있는 배에게 몰려서 여러 배들의 틈을 헤치고 다니며 도리어 불길을 다른 작은 배에 옮겨 붙이고 있었다.

물속에도 사람이 숨어 있어서 배를 몰아 가며 불을 지르고 다니었다.

불길이 덤벼드는 큰 배 위에 있던 관병들은 기슭으로 뛰어올라가 결사적으로 도주했지만 사면이 모두 갈대숲으로 휘말린 깊은 웅덩이〔野港〕뿐이었고, 길이라고는 찾을 수 없었다. 기슭 위의 갈대숲까지 후두둑후두둑 소리를 내며 불붙기 시작했다. 포도관병들은 이리도 저리도 나갈 수가 없게 됐는데, 바람은 여전히 거세고 불길은 맹렬하였다. 관병들은 아무데나 닥치는대로 시궁창 속으로 뛰어드는 도리밖에 없었다.

이때, 불길이 치미는 물 위에 한 척의 자그마하고 속도가 빠른 배〔小快船〕가 나타났다. 배꼬리에서는 한 사나이가 노를 젓고 뱃머리에는 선생(先生-道士) 한 사람이 앉아 있었다. 손에 번쩍번쩍 빛나는 한 자루의 보검(寶劍)을 쥐고서 호통을 쳤다.

"한 놈도 놓치지 말아라!"

여러 병사들은 당황하여 시궁창 속에 한데 뭉쳐 있었다. 호통소리가 채 끝나기도 전에 갈대숲 동쪽 기슭에서 또 다른 두 사람이 4,5명의 어부를 이끌고 나타났다. 손에는 번쩍번쩍하는 칼을 들고 있었다. 또 서쪽 기슭에서도 똑같이 두 사람이 4,5명의 어부를 이끌고 나타났다. 역시 손에는 번찍번쩍하는 고기잡이 쇠갈퀴〔飛魚鉤〕를 들고 있었다.

이렇게 동서 양쪽으로부터 네 명의 장정이 나타나서 이끌고 온 사람들과 일제히 힘을 합쳐서 공격을 가하니, 순식간에 무수한 관병들이 시궁창 흙탕물 속에서 찔려 죽고 말았다.

동쪽 기슭의 두 사람은 조개와 원소오였고, 서쪽 기슭의 두 사람은 원소이와 원소칠, 배를 타고 있는 그 선생(先生)이란 사람은 바로 괴상한 바람을 일으킨 공손승이었다.

이 다섯 사람이 10여 명의 어부를 거느리고 수많은 관병들을 갈대숲 시궁창[蘆葦湯] 속에서 찔러 죽이고 만 것이었다.

남아 있는 것은 하관찰 한 사람뿐, 꽁꽁 묶이어서 선창 속에 처박혀 있었는데 원소칠이 기슭으로 끌어내 놓고 손가락질을 하면서 매도했다.

"네 놈은 제주에서 백성을 들볶는 해충이다! 내 네 놈을 갈갈이 찢어 죽일 것이로되 그대로 돌려 보내 줄 것이니 돌아가서 제주부에서 일을 맡아 보는 도둑놈에게 말해라. 석갈촌의 원씨삼웅(阮氏三雄)과 동계촌의 천왕조개(天王晁蓋)는 그렇게 섣불리 집적댈 인물들이 아니라고. 우리는 성 안에 들어가서 네 놈들에게 양식을 꾸어 달란 일도 없었으니, 그놈도 우리 마을로 죽으러 올 것은 없다! 똑똑히 따지자면 시시한 주윤(州尹) 따위는 문제도 아니고, 채태사(蔡太師)가 사람을 풀어서 우리를 잡으러 드는 것도 겁나지 않으며, 채태사가 친히 달려온대도 우리는 그놈의 몸을 찔러서 2,30군데나 구멍을 뚫어 버릴 테다! 우리는 너를 놓아 보낼 터이니 두 번 다시 올 생각은 말라! 네 놈들의 그 못생긴 관리놈들에게도 그런 꿈을 꾸지 말라고 전해라! 여기는 길이 없다. 나갈 길을 틔워서 보내 주마!"

원소칠은 조그만 배 한 척에 하도를 싣고 큰길 어귀까지 나와서 또 호통을 쳤다.

"이리 곧장 나가면 길이 있다. 다른 놈들은 모조리 죽었는데 네 놈만이 살아서 돌아가면 주윤(州尹)에게 웃음거리가 될 것이니, 네 두 귀를 베어 버려서 증거가 되도록 주마!"

원소칠은 차고 있던 첨도(尖刀)를 꺼내더니 하관의 두 귀를 베어 버렸다. 선혈이 임리(淋漓)했다. 칼을 도로 꽂고 묶은 것을 풀어서 기슭 위로 놓아 보냈다. 이렇게 하도는 간신히 목숨을 건져 가지고 제주(濟州)로 돌아갔다.

조개·공손승·원씨 삼형제와 10여 명의 어부들은 6,7척의 작은 배에 갈라 타고 석갈촌 호수〔湖泊〕를 떠나 곧장 이가도(李家道) 어귀로 달렸다.

오용과 유당이 타고 있는 배도 찾아서 모두 한 군데로 뭉쳤다. 조개가 설명하는 싸움의 전말을 자세히 듣고 난 오용은 기뻐서 어쩔 줄 몰랐다. 일행은 유유히 배를 몰아 한지홀률 주귀의 술집으로 향했다.

주귀는 여러 호걸들이 찾아온 것을 크게 기뻐하면서 그들을 극진히 대접해서 하룻밤을 묵게 한 다음, 그 이튿날 아침 큰 배를 한 척 마련해 가지고 양산박으로 보내 주었다.

일행이 소졸들에게 안내를 받으며 관상(關上)으로 올라가니, 왕륜도 두목들을 거느리고 관(關)에까지 나와서 그들을 영접했다.

처음에는 왕륜의 태도가 여간 겸손하지 않았다. 조개가 인사를 하니 왕륜도 황망히 절을 하며 말했다.

"소생이 왕륜입니다. 조천왕(晁天王)의 대명은 귀를 찌르는 우레 소리같이 오래 전부터 잘 듣고 있었습니다. 오늘 이렇게 왕림해 주셔서 참으로 영광입니다."

그러나 시간이 흐를수록 왕륜은 본성을 드러냈다. 처음에는 호의를 가지고 그들을 대했지만, 한 번 조개가 과거지사를 이야기했을 때, 더군다나 수많은 관병, 포도순간을 죽이고 하도를 살려서 돌려 보냈다는 이야기를 했을 때, 왕륜의 표정에는 남몰래 전광석화와 같이 스쳐 가는 것이 있었다. 대답하는 입이나 태도는 아무렇지 않은 듯했지만 벌써 내심으로는 딴 배짱을 먹고 있었다.

이런 눈치를 재빨리 알아챈 것은 오용이었다. 그가 조개에게 말한다.

"왕륜은 확실히 사람된 품이 편협하고, 자기 자리를 빼앗길까 봐 전전긍긍하는 놈입니다. 우리를 쉽사리 받아들여 줄 것 같지 않습니다. 왕륜의 이런 태도에 불평을 품고 못마땅해하는 것은 임충(林冲)이란 인물뿐이라는 것도 눈치챘습니다. 정 그놈이 우리를 이렇게 푸대접한다면 내가 임충에게 몇 마디 말해서 저놈들이 이 산채 속에서 서로 맞붙어서 싸우도록 만들겠습니다."

"모든 일을 선생의 묘책(妙策)만 믿고 있겠습니다."

조개는 이렇게 간단히 대답했고, 일행은 그런대로 첫날 밤을 무사히 쉬었다.

이튿날 아침, 임충이 일찌감치 하관(下關)에 있는 숙소로 그들을 찾아왔다. 평소에 마땅치 않게 여기는 왕륜에 관해서 그들 일행과 상의하자는 목적에서였다. 임충이 자기의 과거를 간단히 이야기하고 나서 계속해서 말을 이었다.

"요컨대 왕륜이란 자는 위인이 변덕스럽고 풍이 많아서 말하는 것을 믿을 수도 없습니다. 자기보다 조금이라도 뛰어난 사람이면 덮어놓고 꺼려 하며 자기를 눌러 버리지나 않을까 해서 좀처럼 받아들이지 않습니다. 소생만 하더라

도 저 유명한 시대관인(柴大官人)—소선풍(小旋風) 시진
(柴進)이란 분이 알선해 주셨기 때문에 마지못해서 여기
있도록 한 것이고, 여러분이 수많은 관병을 죽이셨다는 이
야기를 듣던 순간부터 그자는 딴 배짱을 먹고 있는 모양
입니다."

오용이 꾀를 쓴다.

"왕두령이 그런 배짱이라면 우리는 가라는 말을 듣기 전
에 자진해서 딴 곳으로 갈까 합니다."

임충이 펄쩍 뛴다.

"여러분께서 그런 생각을 하실까 해서, 소생이 이렇게
아침 일찌감치 달려온 것입니다. 오늘 다시 그자의 태도를
보아서 어제와 아무 변동이 없으면 그만이지만, 한 마디라
도 트릿한 소리를 한다면 모든 일은 이 임충이 하기에 달
렸습니다. 그쯤 아시구 여러분은 소생이 하는 대로 맡겨
주십시오. 옛사람들도 '현명한 사람은 현명한 사람을 아끼
고, 호걸은 호걸을 아낀다(惺惺惜惺惺, 好漢惜好漢)'고 하
지 않았습니까!"

임충은 이렇게 말하고 총총히 작별하고 다시 산채로 올
라갔다.

얼마 안 되어서 소졸이 내려와서 일행을 초청했다. 오
늘 산채의 두령들이 산 남쪽에 있는 채정(寨亭)에서 일행
을 위하여 연회(筵會)를 베푼다는 것이었다.

소졸이 돌아간 다음, 조개가 묻는다.

"선생, 이 연회에 나가는 게 괜찮을까요?"

오용이 대답한다.

"형장은 안심하십쇼! 이번 연회에서 형장은 산채의 주인

이 되실 것입니다. 오늘 임교두(林敎頭)는 반드시 왕륜과 한바탕 겨루어 볼 작정이니 조금이라도 그가 힘에 부친다면, 내가 입심을 부려서라도 싸움을 붙여 놓고야 말겠습니다. 형장들은 각각 신변에 무기나 감춰 두셨다가 소생이 손으로 수염을 쓰다듬는 것을 신호로 일제히 협력해 주시면 됩니다."

조개 일행 여러 사람은 남몰래 기뻐했다. 일곱 사람은 그 길로 교자를 타고 산채 뒤에 있는 수정(水亭)으로 올라갔다. 왕륜·두천·임충·주귀 등 여러 사람이 모두 나와서 그들을 영접했다.

연회는 오후까지 계속되었다.

이때, 왕륜이 고개를 돌이켜 소졸을 부르더니 뭣인지 가져오라고 분부했다. 3,4명의 소졸들이 밖으로 나가더니 얼마 안 되어서 소졸 하나가 큼직한 쟁반 하나를 받들고 들어왔다. 그 위에는 대은(大銀)이 담겨 있었다.

왕륜이 몸을 일으키더니 술잔을 높이 들고 조개에게 말한다.

"여러 호걸들께서 우리 산채에 가담하시려고 와주신 것은 심히 감사한 일입니다만, 유감스럽게도 우리 조그만 산채는 마치 한 줌의 웅덩이 물과 같아서 여러분 진룡(眞龍)을 용납할 도리가 없습니다. 미미한 예물이나마 웃으시며 받아 주시고, 수고스러운 일이지만 다른 큼직한 산채를 찾아가 주시기 바랍니다."

그 말이 채 끝나기도 전에, 돌연 임충이 눈썹을 불끈 일으켜 세우며 두 눈을 부릅뜨고 교의(交椅) 위에 앉은 채로 호통을 쳤다.

"네 놈은 전번에 내가 산에 올라왔을 때에는 양식이 없다고 핑계를 대더니, 오늘 여러 호걸들이 산에 올라오자 역시 똑같은 말로 핑계를 대니 이는 무슨 버르장머리냐?"

"이 못된 놈아! 술도 취하지 않았는데 그 따위 소리를 해서 나를 집적거리자는 거냐? 윗사람을 알아보지도 못하느냐!"

"이 낙제꾸러기 궁서생놈아! 뱃속에 글이라곤 한 자도 없어 가지구 산채의 주인 노릇을 하겠다구!"

임충은 벌써 상을 발길로 걷어차고 몸을 벌떡 일으키며 옷 속에서 한 자루의 시퍼런 칼을 뽑아들었다.

이때라고 생각한 오용은 손으로 수염을 쓰다듬었다. 조개와 유당은 왕륜을 감싸 주는 체하고 사실은 싸움판으로 덤벼들었다. 오용도 임충을 붙잡는 체, 공손승도 싸움을 말리는 체, 원소이는 두천을, 원소오는 송만을, 원소칠은 주귀를 각각 맡아 가지고 말리는 체하고 있었다.

임충은 왕륜을 움켜잡고 매도했다.

"네 놈은 시골뜨기 궁한 서생으로서 두천의 덕택으로 여기 오게 된 것이다! 시대관인께서는 네 놈을 그렇게 도와 주셨고 노자까지 주셨고, 특수한 교분이 있으셔서 나를 천거하셨는데도 이 핑계 저 핑계 못마땅해하고, 또 오늘날 여러 호걸들께서 모처럼 모이게 됐는데 그분들도 산 아래로 쫓아 버리려 하다니! 이 양산박이 네 놈의 것이란 말이냐? 현능(賢能)한 사람을 질투, 시기하는 이 도둑놈아! 네 놈을 죽여 버리지 않고 뭣에 쓰겠느냐! 대량대재(大量大才)도 없는 놈이 어찌 산채의 주인 노릇을 할 수 있느냐!"

　두천·송만·주귀가 앞으로 나서서 말리려고 했지만 여러 사람 틈에 끼여서 옴짝달싹도 할 수 없었다.

　이때, 왕륜은 달아날 구멍을 찾았으나, 조개와 유당에게 가로막혀 있었다.

　왕륜은 사태가 험악함을 알자 소리를 질렀다.

　"나의 심복들은 모두 어디 있느냐?"

　심복지인이 몇 명 있기는 했으나, 임충의 기세에 눌려서 감히 나서지 못했다. 임충은 그대로 왕륜을 붙잡아 그 가슴을 일도(一刀)로 퍽 찔러서 정자 위에 거꾸로 처박아 버렸다.

　조개 일행은 왕륜이 칼에 찔리는 꼴을 보자, 각각 칼을 손에 뽑아들었다.

　임충이 선뜻 왕륜의 목을 베어 한 손에 들고 서니 두천·송만·주귀도 겁을 집어먹고 꿇어앉았다.

　"원컨대, 형에게 협력하고 싶소!"

　조개 일행은 얼른 세 사람을 부축해 일으켰다. 오용은 피투성이 속에서 교의(交椅) 한 채를 끌어내다가 임충을 앉게 하고 소리를 질렀다.

　"복종하지 않는 자가 있다면, 왕륜과 같이 되는 것뿐이다! 오늘로 임교두를 받들어 산채의 주인으로 삼는다!"

　임충이 그 말을 듣더니 소리를 질렀다.

　"선생! 그것은 잘못입니다. 나는 오늘 단지 여러 호걸의 의기(義氣)를 위하여 불인지적(不仁之賊)과 싸운 것뿐이고, 정말 이 자리를 생각한 마음은 조금도 없었습니다. 오늘날 오형께서 나를 제일 윗자리에 앉히시니 이는 천하 영웅들에게 웃음거리가 될 뿐입니다. 억지로 맡으라고 하

신대도 나는 죽어도 못하겠습니다! 이 아우에게 한 가지
여쭙고 싶은 말이 있으니, 여러분은 우선 그 말부터 들어
주십시오.”
　“누가 감히 듣지 않겠습니까? 어서 말씀하십시오!”
　여러 사람들이 선뜻 대답한다.

# 20  음탕한 남녀들

梁 山 泊 義 士 尊 晁 蓋
鄆 城 縣 月 夜 走 劉 唐


임충은 왕륜을 죽이고 나서 손에 첨도(尖刀)를 잡은 채 여러 사람을 가리키며 말했다.

"나는 이번에 왕륜이 여러 호걸을 푸대접했기 때문에 죽여 버린 것이지, 결코 이 자리를 꾀한 것은 아닙니다. 또 나의 흉금담기(胸襟膽氣)를 가지고야 어찌 후일에 군측(君側)의 원흉수악(元兇首惡)을 전제(剪除)할 수 있겠습니까? 이제 조형(晁兄)으로 말하면 의리를 존중하고 재물을 탐하지 않으며 지용족비(智勇足備)한 분이니, 천하의 사람치고 그 이름을 들으면 복종하지 않을 자 없을 것입니다. 나는 오늘날 의기(義氣)를 중히 여기어 그를 산채의 주인으로 삼고자 하는데, 여러분의 의향은 어떠십니까?"

여러 사람들이 선뜻 동조했다.

"두령의 말씀이 지당합니다!"

조개는 산채의 주인 되기를 완강히 거절하고 사양했다. 그러나 임충은 막무가내, 끝까지 그를 두령의 자리에 앉히고 말았다.

또 오학구(吳學究-오용)에게는 군사(軍師)가 되어서 병권(兵權)을 맡아 달라고 둘째 자리에 앉혔으며, 이번 관병과의 싸움에서 혁혁한 공로를 세운 공손승을 셋째 자리에 앉히게 되니, 이 세 사람은 임충에게 권하여 넷째 자리에 앉도록 했고, 유당이 다섯째, 원소이가 여섯째, 원소오가 일곱째, 원소칠이 여덟째 자리에 앉게 되고, 두천과 송만은 잠자코 있다가 그들이 정해 주는 대로 아홉째 자리를 두천이, 그리고 열째 자리를 송만이, 열한째 자리를 주귀가 차지하게 되었다.

이리하여 양산박에는 도합 11명의 호걸들이 집결했다. 산전산후에서 7,8백 명의 부하들이 모두 본채(本寨)로 달려들어 새 주인에게 인사를 드리고 좌우로 죽 늘어섰다. 이 자리에서 조개가 선언한다.

"오늘날 임교두께서 나를 산채의 주인의 자리에 앉히셨고, 오학구를 군사로 공손 선생과 함께 병권(兵權)을 장악케 하여 임교두와 함께 산채를 관리하도록 하셨다. 그대들은 구직(舊職)대로 산전산후의 사무를 돌보고 채책(寨柵)과 탄두(灘頭)를 수비할 것이며 실수함이 없도록 해야 할 것이다. 각자 일심동체가 되어 대의(大義)에 뭉치도록 하라!"

조개는 양편에 있는 방옥(房屋)을 수습하여 원씨(阮氏) 가족들을 편안히 자리잡도록 해주고, 약탈한 금주보패(金珠寶貝) 등 생일축하 물품을 꺼내서 젊은 두목들과 소졸들에게 나누어서 상을 내렸다.

또 소와 말을 잡아 천지신명께 제사를 올리고 여러 사람이 새로 의(義)를 위하여 뭉치게 된 것을 축하했다. 여러 두목들은 밤이 깊도록 술을 마시고 헤어졌다. 이튿날도 주연을 베풀었고, 며칠 동안 연일 잔치가 계속되었다.

조개는 오용 등 여러 두목들과 협의하여 창고를 정돈하

고 채책을 수리하고 창도궁전(鎗刀弓箭)·의갑두회(衣甲頭盔) 등 무기를 제조하여 관군을 맞을 준비를 하고, 대소 선척(船隻)을 마련하여 수수(水手)의 훈련에 전력을 기울였다.

임충은 조개의 관대한 태도와 의리를 존중하고 재물에 탐이 없는 인품을 알게 되자, 문득 생사를 모르고 있는 가족을 생각하고 편지 한 통을 작성해서 심복의 부하 두 사람을 산 아래로 내려보냈다.

그러나 두 달 만에야 가족의 소식을 탐지해 가지고 온 부하들의 보고는 놀라운 일들뿐이었다.

임충의 장인 장교두(張教頭)를 찾아갔더니, 임충의 부인은 고태위(高太尉)가 강제로 제 사람을 만들겠다고 성화를 부려 견디다 못해서 벌써 반년 전에 목을 매어 자살해 버렸으며, 장교두도 이런 고난 속에 반달 전에 병으로 세상을 떠났고, 혼자 남은 금아(錦兒)는 남편을 얻어 가지고 집에서 그럭저럭 지내고 있다는 것이었다.

임충은 그 소식을 듣자 눈물이 비오듯했다. 그러나 한편 그의 심중의 모든 근심걱정은 이로써 깨끗이 없어진 셈이었다. 조개와 그밖의 여러 사람들도 그 소식을 듣고 슬퍼하여 마지않았다. 산채 속에서는 이때부터 모든 사사로운 이야기가 없어졌고, 매일같이 인병(人兵)을 훈련하여 관군을 막아낼 생각에만 골몰하게 되었다.

한편, 제주부(濟州府)에서는 부윤(府尹)이 단련사(團練使) 황안(黃安)과 본부(本府) 포도관(捕盜官) 한 사람을 내세워서, 병사 1천여 명을 거느리고 그 고장의 선척(船隻)을 구집(拘集)하여 석갈촌 호탕(浩蕩)으로 출동시켜

가지고 양로(兩路)로 갈라서 양산박을 습격하게 했다.

양산박 산채로 이런 정보가 전해지자 조개는 대경실색하며 군사(軍師) 오용과 상의했다. 오용은 태연자약하게 웃으면서 원씨 삼형제를 부르더니 귓전에다 대고 여차여차하라고 계책을 가르쳐 주었으며, 두천·송만에게도 무엇인지 지령을 내렸다.

단련사 황안은 부하를 거느리고 행동을 개시하여 금사탄(金沙灘)까지 진출했을 때, 저편으로부터 세 척의 배가 달려오는 것을 발견했다.

배 한 척마다 다섯 사람이 타고 있었는데 네 사람은 두 개의 노를 젓고, 한 사람은 배꼬리에 서 있다. 배꼬리마다 서 있는 사람이 원씨 삼형제라는 것을 알게 되자, 양옆으로 따라가던 4,50척의 배들은 일제히 고함을 지르며 습격을 가했다. 그러나 세 척의 배는 갑자기 휘파람을 신호로, 배꼬리를 반대 방향으로 돌리어 뺑소니를 쳤다.

관군의 배는 뒤를 쫓아가며 빗발치듯 화살을 쏴댔으나, 원씨 삼형제는 선창 속으로부터 각각 한 조각의 청호피(靑狐皮)를 꺼내어 그것으로 화살을 막아냈다.

관군의 배들이 결사적으로 추격을 하고 있을 때, 황안의 배후로 한 척의 조그만 배가 달려들더니 알리는 말이 있었다.

“추격하지 마십시오! 놈들의 배를 추격해 간 저희들은 놈들의 손아귀에 걸려서 모조리 물속에 빠졌고 배까지 뺏겨 버렸습니다.”

“어째서 놈들의 손아귀에 걸렸단 말이냐?”

“저희들이 배를 몰고 나갔을 때 저편에서 두 척의 배가 달려왔습니다. 한 척에 다섯 사람씩 타고 있었습니다. 저희들이 그 배를 추격하여 3,4리쯤 갔을 때, 사면 좁은 물길[小港]로부터 7,8척의 작은 배들이 나타나더니 빗발치듯 화살을 쏴댔습니다. 급히 배를 되돌려서 좁디좁은 물길로 들어섰더니, 이번에는 기슭으로부터 2,30명의 장정들이 나타나더니 굵다란 멸색(蔑索-대나무껍질로 만든 줄)으로 물 위를 가로질러 버렸습니다. 그 멸색을 조심조심하며 앞으로 나아가고 있노라니 이번에는 기슭 위에서 돌이 빗발치듯 마구 퍼붓는 것이었습니다. 저희들은 견디다 못해서 배를 버리고 물속으로 뛰어들어서 간신히 목숨만 건졌습니다. 저희들이 있는 힘을 다해서 기슭으로 올라가 봤더니 놈들은 이미 모조리 도주했고 말까지 빼앗아 갔으며, 말을 지키던 병사들은 모조리 죽어서 웅덩이 속에 나자빠져 있었습니다. 저희들은 갈대숲 시궁창 속에서 이 조그만 배를 찾아가지고 단련(團練)께 보고하려고 달려온 길입니다."

황안은 그 말을 듣자, 즉각에 백기를 휘둘러서 추격을 중지하란 명령을 내리고 배를 뒤로 되돌리라고 소리를 질렀다. 명령을 받은 여러 척의 배들이 방향을 바꾸고 채 움직이기도 전에, 먼저 나타났던 세 척의 배가 이번에는 뒤로부터 10여 척의 배를 거느리고, 한 척의 배에 4,5명씩, 붉은 깃발을 흔들고 휘파람을 불면서 쏜살같이 덤벼드는 것이었다.

황안이 배를 정돈하고 대결하려고 했을 때, 돌연 갈대숲 속으로부터 포(砲)소리가 울려 왔다. 황안이 바라보니 사면에 온통 붉은 깃발이 휘날리고 휘파람 소리가 요란스러웠다.

허둥지둥 어쩔 줄 모르고 있을 때 뒤쫓아오던 배에서 고함을 질렀다.

"황안! 모가지를 내놓고 돌아가거라!"

황안이 있는 힘을 다해서 배를 갈대숲 가까이 대려고 했을 때, 양편 좁은 물길로부터 4,50척의 작은 배들이 내닫더니, 화살을 빗발치듯 쏴댔다. 간신히 길을 찾아서 몸을 뛰쳤을 때는 겨우 3,4척의 배가 남았을 뿐이었다. 황안은 쾌선(快船)으로 뛰어올라 머리를 돌이켜 바라보았다. 뒤따라오던 사람들은 하나하나 모조리 풍덩풍덩 물속으로 몸을 던졌다. 배에 질질 끌려서 없어지는 사람도 있었고 태반이 죽어 버렸다.

황안은 쾌선을 타고 도주했다. 그러나 얼마 못 가서 갈대숲 웅덩이 근처에서 한 척 배 위에 유당이 버티고 섰다가, 쇠갈퀴로 황안의 배를 낚아채 가지고 훌쩍 뛰어넘어와서 단번에 황안의 허리를 덥석 움켜잡고 호통을 쳤다.

"몸부림치지 말아라!"

헤엄을 칠 줄 알아서 물속으로 뛰어든 병사들은 물속에서 화살을 맞고 죽었으며, 물속으로 뛰어들지 못한 병사들은 모두 배 안에서 산 채로 붙잡히고 말았다. 황안은 유당에게 질질 끌려서 기슭 위로 올라갔다. 멀리 조개와 공손승이 산기슭에서 말을 타고 칼을 뽑아들고 5,60명의 부하와 2,30필의 말을 거느리고 싸움을 거들러 달려들었다.

싸움은 물론 양산박 호걸들의 승리였다. 조개는 취의청(聚義廳)에 들어서서 무기를 거둬들이고 황안을 군주(軍柱)에 꽁꽁 묶어 달았다. 자세히 조사해 보니 탈취한 군마

(軍馬)는 도합 6백여 필. 이것은 임충의 공로였고, 동항(東港)은 두천과 송만의 공로, 서항(西港)은 원씨 삼웅(阮氏三雄)의 공로였다.

황안을 산채 위 영창에 가두고 난 다음, 축하의 주연을 베풀고, 술이 거나하게 돌아가고 있을 때, 부하 한 사람이 달려들며 아뢰었다.

"주두목(朱頭目-주귀)께서 연락이 왔습니다. 수십 명의 객상(客商)들이 떼를 지어서 오늘밤 꼭 육로로 지나갈 것이라고 합니다."

조개가 껄껄 웃었다.

"마침 금백(金帛)이 모자라는 판인데 잘됐소! 누가 한 차례 나가 보겠소?"

이럴 때마다 앞장을 서서 가장 활약하는 것은 원씨 삼형제였다. 또 이럴 때마다 조개가 신신부탁하는 것은, 재물을 빼앗더라도 절대로 인명에 해를 끼치지 말라는 당부였다.

밤중에 산 아래로 내려간 원씨 삼형제를 기다리며, 조개·오용·공손승·임충이 술을 마시며 초조한 시간을 보내고 있었다. 동이 훤히 터올 무렵에, 과연 원씨 삼형제는 객상들의 목숨은 하나도 해치지 않고, 20여 양(輛)의 수레에 금은재백(金銀財帛)을 가득 싣고 4,50필의 나귀와 노새를 약탈해 가지고 돌아왔다.

조개는 관대한 도량을 지닌 인물이었다. 모든 공로를 부하들에게로 돌리고 재물을 분배하는데, 말단의 소졸에 이르기까지 불평불만이 없도록 원만하게 해주었다. 이런 부귀영화를 누리게 된 것은 오로지 송압사(宋押司)와 주도두(朱都頭-주동)의 힘이라 감사했다. 제주(濟州) 영창에 갇혀 있는 백승(白勝)의 생각이 간절히 났다.

조개가 운성현(鄆城縣)으로 사람을 보내어 송강에게 금은(金銀)으로 사례할 일과, 백승의 구출방법을 오용에게 상의했다. 오용이 아뢴다.

"가장 시급한 문제는 백승의 일입니다. 백승과는 전혀 모르는 사람을 보내서 상하 관리들에게 돈을 집어 주고 감시의 눈이 소홀해지는 틈을 타서 탈출시키는 방법이 좋을 것 같습니다."

"모든 것은 군사(軍師)의 계책에 맡기겠소."

오용은 즉각에 두목들을 배치하여 만반 준비를 분담시켰다.


제주부(濟州府) 태수(太守)는 도망쳐 온 황안의 부하에게서, 양산박에서 관군이 몰살했고, 황안이 산 채로 잡혔으며, 또 양산박의 호걸들이 어찌나 영웅적인지 감히 접근할 사람이 없어서 솜처럼 잡기 어렵고, 수로(水路)를 분간키 어려우며, 굽이굽이 갈래길〔港汊〕이 많아서 이겨낼 도리가 없다는 사실을 알게 되자, 그저 한탄만 할 뿐 어찌할 바를 모르고 있었다.

바로 이런 판국에 부윤의 경질을 보게 되어서, 구관태수(舊官太守)는 그 이튿날로 의장행리(衣裝行李)를 수습해 가지고 동경으로 청죄(聽罪)차 떠나가고 말았다.

신부윤(新府尹)이 부임하여 이 고장의 형편을 알아보니 별로 자신이 없었다. 그래도 제주를 지키기 위해서 새로 파견된 군관을 불러서 군인모집과 말을 사들일 일을 상의

하고, 초량(草糧)을 모아들여 둔적(屯積)할 것과, 용감한 민부(民夫)와 지모현사(智謨賢士)를 모집하여 양산박의 호걸들을 체포할 준비를 착착 진행시켰다.

또 소속 주현(州縣)에 친히 공문을 내리어 양산박 토벌 사건을 통지하고, 각각 본경(本境)을 극력 방비하라는 명령을 내렸다.

운성현(鄆城縣)의 지현도 공문을 받았다. 즉시 송강(宋江)을 시켜서 문안을 작성하여 각 향촌(鄕村)으로 전달하고 일제히 수비를 든든히 하라고 했다.

송강은 공문을 보고 내심 곰곰 생각했다.

'조개와 여러 사람들이 또 뜻밖에도 큰일을 저질렀구나! 생일축하 물품을 약탈한 것만도 큰 죄인데 공인(公人)을 죽이고 하도관찰(何濤觀察)을 다치게 하고 또 허다한 관군인마(官軍人馬)를 때려눕히고, 황안을 산 채로 산 위에 납치했으니 이런 죄는 구족(九族)이 성하지 못할 짓이다! 비록 핍박한 사정에 어쩔 수 없이 저지른 노릇이라고는 하지만 법도(法度)상 용서를 받을 수 없는 일이니, 만약에 앞으로 실수라도 한다면 어쩌잔 말인가?'

혼자서 가슴을 태우다가 후사(後司) 장문원(張文遠)이란 사람에게 즉시로 문안을 작성해서 각향각보(各鄕各保)로 전달하라 분부하고, 휘적휘적 걸어서 현(縣)을 나섰다.

뜻하지 않은 사람을 만났다.

왕(王)할멈이라고 하는 매파(媒婆)였는데, 옆에 또 다른 노파 하나를 데리고 오면서 송강을 만나자 반색을 하며 사정을 했다. 왕할멈의 말을 들어 보니, 함께 가는 노파는 동경에서 온 사람인데 가족이 세 사람, 남편 염공(閻

公)과 파석(婆惜)이라는 딸이 있는데 금년 18세이고, 매우 아리땁게 생겼으며, 세 사람이 이곳 산동(山東)으로 어떤 관인(官人)에게 의탁하려고 찾아왔으나, 그를 만나지 못해서 운성현을 떠돌아다니며 현 뒤(縣後)에 있는 궁벽한 골목 안에 살고 있다는 것이다.

그런데다가 며칠 전에 노파의 남편 되는 염공(閻公)이 세상을 떠났는데, 관재(棺材)를 살 돈이 없어서 어찌할 바를 모르는 판이니 불쌍히 여기고 어떻게 좀 마련해 달라는 것이었다.

송강은 선술집으로 들어가서 붓과 벼루를 빌려 가지고, 현(縣) 동쪽에 있는 진삼랑(陳三郎)의 집에 가서 관재를 가져갈 수 있도록, 선선히 편지 한 통을 써주고 따로 돈 10냥까지 주어서 곤궁한 노파가 장사를 치르도록 해주었다.

어느 날 아침에 그 노파는 송강의 집으로 감사하다는 인사를 하러 갔다가 뜻밖에도 엉뚱한 생각을 했다. 송강이 혼자 지낸다는 것을 알게 된 노파는, 자기의 딸 파석(婆惜)을 송강과 짝지어 주자는 생각을 한 것이었다.

노파는 매파 왕할멈에게도 달려가서 송압사(宋押司)에게 잘 말해서 성사가 되도록 해달라고 졸라댔다.

왕할멈은 그 이튿날 송강의 집으로 가서 자세한 이야기를 했다. 처음에는 말 같지 않아서 상대도 하지 않았지만, 매파 할멈의 놀라운 말솜씨에, 송강도 마침내 승낙하고 말았다. 현(縣) 서쪽 골목에 이층방 한 채를 마련해서 세간을 장만하고 염씨(閻氏) 노파와 파석(婆惜)을 그곳에서 편히 살도록 해주었다.

처음 얼마 동안은 송강도 파석과 잠자리를 같이했으나, 날이 갈수록 점점 소원해졌다. 송강은 본래가 호걸로, 창봉(鎗棒)을 휘두르기만 좋아했고 여색(女色)을 중요시하지 않았다. 파석은 18,9세의 묘령의 몸인지라, 송강의 그런 것이 마땅치 않았다. 그러던 중, 어느 날 송강은 후사첩서(後司貼書) 장문원(張文遠)을 데리고 파석의 집에 가서 함께 술을 마셨다. 장문원은 소장삼(小張三)이라는 별명으로 불리는 미목이 청수하고 주색을 즐기는 자였다.

파석의 백치홍순(白齒紅脣)에 홀딱 반한 판에 주색창기(酒色娼妓)인 파석이 매혹적인 추파를 연방 보내니 견딜 수가 없었다. 소장삼은 그날부터 송강이 그 집에 없는 틈을 타서, 송강을 찾아온 체하고 무시로 출입하다가, 결국 음탕한 두 남녀는 일을 저지르고야 말았다.

염파석(閻婆惜)은 소장삼과 관계를 맺은 다음부터는 송강에 대한 푸대접이 점점 심했다. 게다가 송강은 여색에 그다지 흥미를 느끼지 못해서 반달에 한 번, 열흘에 한 번밖에 그 집에 드나들지 않았다. 그러나 소장삼은 마치 아교풀같이 잔뜩 달라붙어서 밤이면 가고 아침이면 나오곤 했다. 그런 소문이 근처 사람들에게 퍼졌고 송강의 귀에도 들어왔다. 송강은 부모가 정해 준 처실(妻室)도 아닌데 대단할 게 없었다. 제가 싫다면 내가 안 가면 그뿐이지 하는 생각으로, 몇 달 동안 발을 딱 끊었다. 노파는 수차 사람을 보내서 오라고 했지만, 이 핑계 저 핑계 하고 통 가지 않았다.

어느 날 저녁때, 송강은 현(縣)에서 나와서 건너편 다방에 앉아 차를 마시고 있었는데, 큼직한 보따리를 짊어진 괴상한 사나이가 땀을 뻘뻘 흘리며 헐레벌떡 지나갔다.

송강은 수상쩍게 생각하고 얼른 몸을 일으켜 다방 문 밖으로 나와 그 사나이의 뒤를 쫓아갔다. 그 사나이는 흘끗 뒤를 돌아다봤다. 송강의 얼굴을 모르는 모양이었다. 그 사나이는 송강을 한참 동안이나 바라다보더니 별안간 근처에 있는 이발소로 뛰어 들어갔다.

그리고 얼마 안 있어서 도로 밖으로 나왔다. 이발소 사람들에게 송강이 누군지를 물어 본 모양이었다.

그 사나이는 다짜고짜로 송강에게 달려들었다.

"좀 여쭐 말씀이 있으니 골목 안에 있는 선술집으로 함께 가주셨으면 감사하겠습니다!"

하였다. 송강은 서슴지 않고 따라가서 조그만 방을 잡고 서로 마주 대하고 앉았다.

그 사나이는 보따리를 상 밑으로 밀어넣으면서 대뜸 절을 했다. 송강이 황망히 답례를 하고 물었다.

"노형은 뉘시오?"

"대은인(大恩人)께서 어찌 소인을 잊으셨습니까?"

"뉘시오? 몹시 낯이 익기는 하지만 소인은 잘 기억이 나지 않습니다."

"저는 조보정(晁保正) 댁에서 만나뵙고 목숨을 건져 주신 일이 있는 적발귀(赤髮鬼) 유당입니다."

송강은 그 말을 듣자 깜짝 놀랐다.

"현제(賢弟)! 어찌 이다지도 대담한가? 공인(公人)이 보지 못했으니 망정이지, 하마터면 큰일날 뻔했소!"

유당은, 양산박에서 조개가 두령이 됐으며, 오학구가 군사(軍師)가 되어 공손승과 함께 병권(兵權)을 장악하고, 임충이 여러 가지로 협력해서 왕륜을 죽였다는 사실과, 본래 산채에 있던 장정으로는 두천과 송만·주귀 세 사람뿐이고, 자기네 칠형제가 모두 두령 노릇을 하고 있으며, 산채에 집결한 인원수는 도합 7,8백 명이고, 양식도 먹고 남을 지경이라는 자세한 형편을 이야기하며, 이것이 모두 송강의 큰 은혜이기 때문에 그 은혜를 보답하기 위해서 자기가 파견되었다고 하며, 편지 한 통과 황금(黃金) 1백 냥을 내놓고 송강·주동·뇌횡에게 사례로 바치는 것이라고 했다.

송강이 편지를 다 보고 나자, 유당은 의복 앞자락을 헤치고 초문대(招文袋)를 꺼내어 연 뒤 금덩어리를 상 위에 내놓았다. 송강은 그 금덩어리를 하나만 집어 편지와 함께 싸서 초문대 속에 넣고 다시 의복 앞자락 속에 집어넣었다.

"이 금덩어리는 처음과 같이 도로 싸 넣으시오."
하고 술과 안주를 시켜서 유당과 함께 마셨다. 유당은 날이 저물자, 술집에 손님들이 다 돌아간 것을 알고, 상 위의 금덩어리 보따리를 또 풀어서 꺼내려고 했다. 송강이 황망히 가로막으며 입을 열었다.

"아우님! 내 말을 좀 들어 보시오. 그대들 칠형제는 처음으로 산채에 올라갔으니 지금 금은(金銀)이 많이 소용될 것이오. 이 송강은 집안이 그래도 상당히 넉넉하게 살고 있으니 그것을 도로 산채에 갖다 두면 내가 용돈이 모자랄 때 친히 가서 가져오겠소. 오늘도 이 송강이 결코 섭섭하게 대하는 게 아니고 그 중에서 한 덩어리를 받았으니 그만 아니겠소? 주동(朱同) 그 친구도 집안에 재산이 꽤 있으니 그걸 보낼 것은 없소. 내가 그 친구에게 이런 형편을 이야기하면 그뿐이오. 아우님, 나는 그대를 감히 내 집에 머무르게 할 수는 없소. 만약에 눈치채는 사람이 있다면 그야말로 보통 일이 아니니까. 오늘 밤에는 달이 밝을 것이니 곧 산채로 돌아가시고, 여기서 머뭇거리지 마시오. 이 송강은 축하하러 가지 못하니 용서해 달라고 여러 두령들께 잘 말해 주시오.”

“이 아우가 어찌 감히 이대로 돌아갈 수 있겠습니까? 산채에 돌아가면 반드시 꾸지람을 들을 것입니다.”

“그렇게도 호령이 엄격하다면, 내 답장을 한 장 써줄 터이니 그것을 가지고 가면 될 게 아니오!”

유당은 꼭 받아 달라고 떼를 썼지만 송강이 굳이 받지 않았다. 곧 종이 한 장을 꺼내어 술집의 붓과 벼루를 빌려 가지고 자세한 답장 한 통을 써서 유당의 보따리 속에 간직하도록 했다.

유당도 송강이 이렇게 사양하는 것을 보자, 결코 받으려 하지 않을 것을 알고, 금덩어리를 처음과 같이 보따리 속에 도로 꾸려 넣었다.

벌써 밤이 다가오고 있었다.

유당이 일어섰다.

“이제 형장의 회답을 받았으니 이 아우는 밤길을 헤아리지 않고 급히 돌아가겠습니다.”

송강이 대답한다.

“아우님, 더 머무르게 하지 못함이 유감이지만, 피차간의 마음만은 통할 줄 아오.”

유당은 다시 사배(四拜)를 했다.

송강이 술집 심부름꾼을 불러서 분부한다.

"이분 관인(官人)께서 백은(白銀) 한 냥을 두고 가시겠다니 받아 두게. 술값은 내가 내일 다시 와서 계산할 것이니."

유당은 보따리를 떠메고 박도를 손에 들고 송강을 따라서 술집 아래층으로 내려와 골목 밖으로 나왔다.

천색(天色)은 황혼이요, 8월 중순 날씨에 달이 떠올랐다.

송강이 유당의 손을 잡고 분부한다.

"아우님, 몸조심하시오. 여길 또 오시면 안 되오. 여기는 공인이 많으니 섣불리 나타날 곳이 못 되오. 더 멀리 전송할 수 없어 이대로 작별하겠소!"

유당은 그대로 서쪽을 향하고 밤길을 걸어 한걸음을 빨리 하여 밤중에야 양산박으로 돌아갔다.

송강은 유당과 작별하고 천천히 자기 거처로 돌아가면서 속으로 생각한다.

'공인들에게 들키지 않아서 천만다행이다. 하마터면 큰일날 뻔했다!'

골목을 두어 번 구부러지기도 전에 등덜미에서 누군가 부르는 소리가 들렸다.

"압사(押司)! 어디를 가시오? 요즘은 통 뵐 수가 없더니!"

고개를 돌려 바라본 송강은 놀랍기도 하고 귀찮기도 했다.

옮긴이 약력

중국 남양대학에서 수업
경향신문 문화부장 및 편집부국장 역임.


저서
단편집 : 《결혼패전》 《날아다니는 코끼리》 《인형의 도시》 등 다수
장편소설 : 《태양은 누구를 위하여》 《달과 기계》 《국어의 주인》 《빛
과의 관계》


수호지 (1)　〈서문문고 075〉

초판 발행 / 1973년 4월 20일
개정판 인쇄 / 2002년 9월 20일
개정판 발행 / 2002년 9월 25일
옮긴이 / 김 광 주
펴낸이 / 최 석 로
펴낸곳 / 서 문 당
주소 / 서울시 마포구 성산동 54-18호
전화 / 322—4916~8  팩스 / 322—9154
창업일자 / 1968. 12. 24
등록일자 / 2001. 1. 10
등록번호 / 제10-2093
SeoMoonDang Publishing Co. 2001

ISBN 89-7243-275-X　※ 잘못된 책은 바꾸어 드립니다

# 서문문고 목록

001~303
◆ 번호 1의 단위는 국학
◆ 번호 홀수는 명저
◆ 번호 짝수는 문학

| | |
|---|---|
| 234 박경리 단편선 / 박경리 | 276 삼현학 / 황산덕 |
| 235 대학과 학문 / 최호진 | 277 한국 명창 열전 / 박경수 |
| 236 김유정 단편선 / 김유정 | 278 메리메 단편집 / 메리메 |
| 237 고려 인물 열전 / 이민수 역주 | 279 예언자 /칼릴 지브란 |
| 238 에밀리 디킨슨 시선 / 디킨슨 | 280 충무공 일화 / 성동호 |
| 239 역사와 문명 / 스트로스 | 281 한국 사회풍속야사 / 임종국 |
| 240 인형의 집 / 입센 | 282 행복한 죽음 / A. 까뮈 |
| 241 한국 골동 입문 / 유병서 | 283 소학 신강 (내편) / 김종권 |
| 242 토마스 울프 단편선/ 토마스 울프 | 284 소학 신강 (외편) / 김종권 |
| 243 철학자들과의 대화 / 김준섭 | 285 홍루몽 (1) / 우현민 역 |
| 244 파리시절의 릴케 / 버틀러 | 286 홍루몽 (2) / 우현민 역 |
| 245 변증법이란 무엇인가 / 하이스 | 287 홍루몽 (3) / 우현민 역 |
| 246 한용운 시전집 / 한용운 | 288 홍루몽 (4) / 우현민 역 |
| 247 중론송 / 나아가르쥬나 | 289 홍루몽 (5) / 우현민 역 |
| 248 알퐁스도데 단편선 / 알퐁스 도데 | 290 홍루몽 (6) / 우현민 역 |
| 249 엘리트와 사회 / 보트모어 | 291 현대 한국시의 이해 / 김해성 |
| 250 O. 헨리 단편선 / O. 헨리 | 292 이효석 단편집 / 이효석 |
| 251 한국 고전문학사 / 전규태 | 293 현진건 단편집 / 현진건 |
| 252 정을병 단편집 / 정을병 | 294 채만식 단편집 / 채만식 |
| 253 악의 꽃들 / 보들레르 | 295 삼국사기 (1) / 김종권 역 |
| 254 포우 걸작 단편선 / 포우 | 296 삼국사기 (2) / 김종권 역 |
| 255 양명학이란 무엇인가 / 이민수 | 297 삼국사기 (3) / 김종권 역 |
| 256 이육사 시문집 / 이원록 | 298 삼국사기 (4) / 김종권 역 |
| 257 고시 십구수 연구 / 이계주 | 299 삼국사기 (5) / 김종권 역 |
| 258 안도라 / 막스프리시 | 300 삼국사기 (6) / 김종권 역 |
| 259 병자남한일기 / 나만갑 | 301 민화란 무엇인가 / 임두빈 저 |
| 260 행복을 찾아서 / 파울 하이제 | 302 무정 / 이광수 |
| 261 한국의 효사상 / 김익수 | 303 야스퍼스의 철학 사상 |
| 262 갈매기 조나단 / 리처드 바크 |    / C.F. 윌레프 |
| 263 세계의 사진사 / 버먼트 뉴홀 | 304 마리아 스튜아르트 / 쉴러 |
| 264 환영(幻影) / 리처드 바크 | 306 오를레앙의 처녀 / 쉴러 |
| 265 농업 문화의 기원 / C. 사우어 | 309 한국의 굿놀이(상) |
| 266 젊은 처녀들 / 몽테를랑 |    / 정수미 |
| 267 국가론 / 스피노자 | 310 한국의 굿놀이(하) |
| 268 임진록 / 김기동 편 |    / 정수미 |
| 269 근사록 (상) / 주희 | 311 한국풍속화집 / 이서지 |
| 270 근사록 (하) / 주희 | 312 미히엘 콜하스 / 클라이스트 |
| 271 (속)한국근대문학사상/ 김윤식 | 314 직조공 / 하우프트만 |
| 272 로렌스 단편선 / 로렌스 | 316 에밀리아 갈로티 / G. E. 레싱 |
| 273 노천명 수필집 / 노천명 | 318 시몬 마샤르의 환상 |
| 274 콜롱바 / 메리메 |    / 베르톨트 브레히트 |
| 275 한국의 연정담 /박용구 편저 | 321 한국의 꽃그림 / 노숙자 |